The Annotated Wizard of Oz

［ヴィジュアル注釈版］

上

オズの魔法使い

ライマン・フランク・ボーム
Lyman Frank Baum

マイケル・パトリック・ハーン 編
Michael Patrick Hearn

川端有子 日本語版監修　龍和子 訳

原書房

THE ANNOTATED
Wizard of OZ

Contents

上巻目次

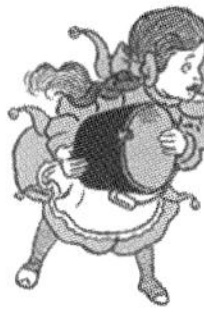
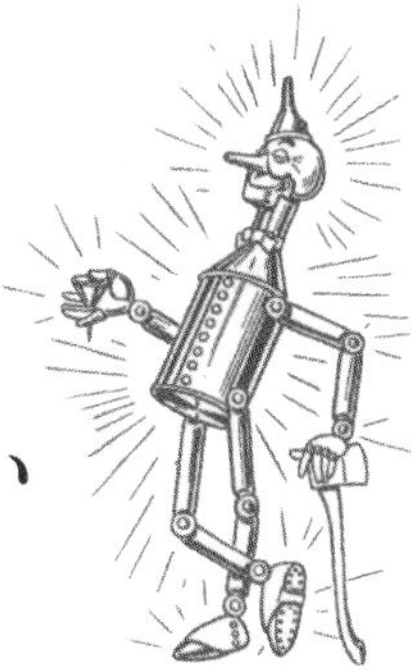

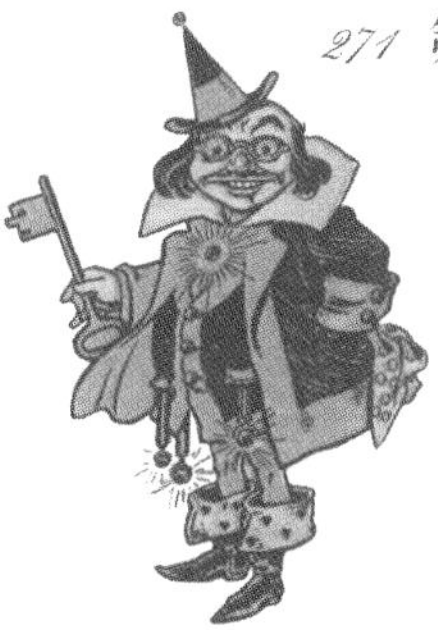
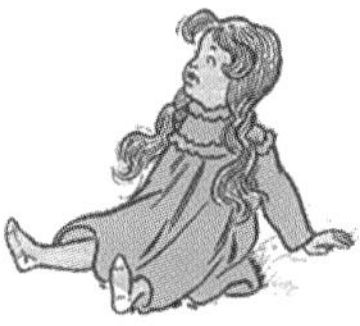

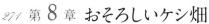

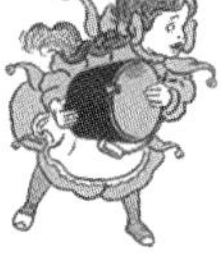

THE ANNOTATED
Wizard of OZ
Contents
下巻目次

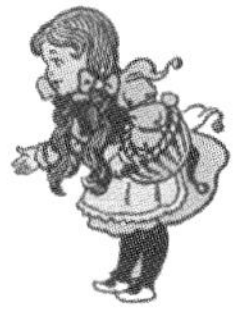

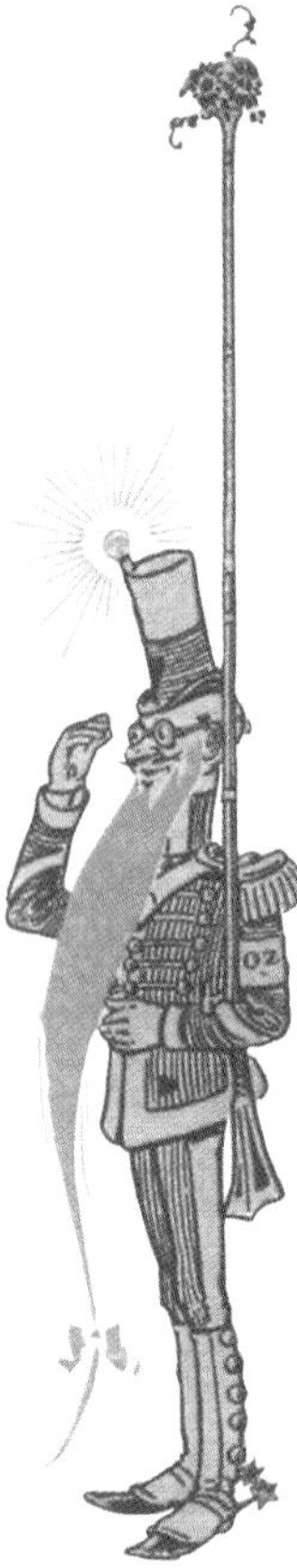

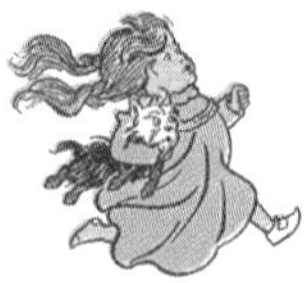

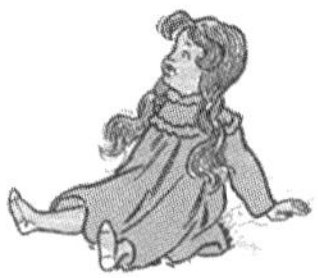

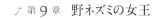

Lyman Frank Baum

謝辞

『オズの魔法使い』注釈版の初版および最新版にさまざまに貢献していただいた次の方々に感謝する。フィラデルフィア・アンドリューズ、ジョッシュとベティ・ボーム、ロバート・A・ボーム、ロバート・A・ボーム・Jr、ルース・S・ブリトン、ウィラード・キャロル、ブルースとゲイル・クロケット、グレゴリー・K・ドレイサー、ジョアン・ファーンスワース、ドリス・フローンスドルフ、ジョン・フリック、マティルダ・ジュウェル・ゲイジ、マイケル・ゲセル、デイヴィッド・L・グリーン、ダグラス・G・グリーン、ジェームズ・E・ハフ、マーガレット・ハミルトン、ピーター・E・ハンフ、エディスとC・ワレン・ホリスター、デイヴィッド・カーシュナー、ナンシー・ティスタッド・クーパル、バーンハード・ラーセン、ラッセル・P・マックフォール、ダニエル・P・マニックス、オズマ・ボーム・マンテル、パトリック・モーンド、ディック・マーティン、ドロシー・カーティス・マリオット、ナタリー・マザー、デイヴィッド・マキシン、フレッド・M・メイヤー、ブライアン・ニールセン、ジータ・ドロシー・モリーナ、アンリー・ニール、グレースとハンク・ナイルズ、ジェイ・スカーフォーン、ジャスティン・G・シラー、ベツィ・シャーリー、リンとダン・スミス、ウィリアム・スティルマン、マーク・スワーツ、レイモンド・テリー・テイタム、ブレンダ・ボーム・ターナー、サリー・ローシュ・ワーグナー、ポーリンとロバート・ウォーカー、ジョセフ・イランスキ。また、書籍の調査や挿絵の提供に快くご協力をいただいた以下のさまざまな施設や団体、協会にも感謝申し上げる。シラキュース大学図書館特別コレクション、ペンシルヴェニア州チャズフォードのブランディワイン・リヴァー美術館、シカゴ歴史協会、コロンビア大学図書館、サウスダコタ州アバディーンのダコタプレーリー博物館、ジョージ・イーストマン・ハウス、ハーヴァード大学ホートン図書館、コーネル大学アルバート・R・マン図書館、メトロ・ゴールドウィン・メイヤー社、ミネアポリス公共図書館歴史部門、サウスダコタ州アバディーンのアレクサンダー・ミッチェル図書館、ニューヨーク市立博物館。ニューヨーク公共図書館のアレンツ文庫世界タバコ、ドネル児童図書館、芸術・プリント・写真部門およびビリー・ローズ・シアター・コレクション。スミス・カレッジのウィリアム・アラン・ニールソン図書館、サウスダコタ州歴史協会、タイム社。ニューヨーク州ウェスト・ポイントの合衆国陸軍士官学校図書館、アメリカ議会図書館および著作権事務所。この書を美しく仕上げるのに力を貸してくれたW・W・ノートンのみなさんにもお礼申し上げる。さらに、いつもながら、一九七三年版にくわえ、本書にもあらたにまえがきを寄せていただいたマーティン・ガードナーに感謝する。

M・P・H

はじめに

大国にはほぼどの国にも、少年少女向けファンタジーについては不朽の名作が存在する。英国にはルイス・キャロルの『アリス』シリーズがある。ドイツにはグリム童話が、フランスにはペローの作品、デンマークにはアンデルセン童話、またイタリアには『ピノキオ』がある。そしてアメリカの古典的ファンタジーと言えば、もちろん、L・フランク・ボームの『オズの魔法使い』だ。

一〇〇年ほど前に『オズの魔法使い』が初めて刊行されたとき、子どもたちはこの本にすぐに飛びついたが、評論家や教育家、それに図書館員たちがこの書の真のすばらしさを認めるまでには五〇年以上を要した。ジュディ・ガーランドがこの作品を有名にしたと思っている方もいるだろうが、それは逆だ。ボームの想像力がジュディを有名にしたのだ。今日では、精力的に活動するオズ関連の団体も存在する。「国際オズの魔法使いクラブ（the International Wizard of Oz Club）」は不定期で会議を開催し、公式ジャーナルである『ボーム・ビューグル』誌を定期刊行している。また若い会員が熱心に活動しているさまは、子どもたちが『オズ』に夢中になるのと同じだ。

クラークソン・N・ポッター社が拙著『詳注アリス』に続き、『［注釈版］オズの魔法使い』の刊行を決めたのは一九七〇年のことだった。わたしがこの件に心惹かれたかと問われれば、

「ノー」と即答できる。自分にはボームと『オズ』に関する十分な知識がないことはわかっていたからだ。すると夏を過ぎた頃だっただろうか、マイケル・パトリック・ハーンという人物が、『オズ』注釈版の案を出版社にもち込んできたのだ。当時ハーンはバード大学で英文学を専攻する学生だった。ポッターはその案についてわたしの意見を求め、わたしは契約することを勧めた。ハーンが提出した原稿に目を通すと、ポッターはわたしに電話をかけてきて、ハーンがまだ二〇歳だなんて知っていたかと聞いてきたものだ。

ハーンは長年にわたり、信頼のおけるボームの伝記をまとめる仕事に取り組んでいる。一方でディケンズの『クリスマス・キャロル』やトウェインの『ハックルベリー・フィンの冒険』に注釈を付し、ボームに関する学術的エッセイ集やヴィクトリア朝期の童話を編集し、『オズの魔法使い』初版の挿絵画家であるウィリアム・ウォレス・デンスロウの伝記を共著し、魅力的なファンタジー作品『陶器のネコ［*The Porcelain Cat*］』を著してもいる。

あなたが手にしている美しい書に付けられたハーンの注釈は、『オズの魔法使い』においてこれまで意味があいまいだとされていた箇所や、哲学的な意味をもつ場面について理解を深めてくれる。『［注釈版］オズの魔法使い』の力を借りてわたしたちは旅を続け、友と一緒に「黄色いレンガの道」を歩き、不思議とおどろきに満ちたすばらしい世界をめぐるのだ。

マーティン・ガードナー

読者への案内——日本語版序文　川端有子

『オズの魔法使い』といえば、多くの人が思い起こすのはジュリア・ガーランドが「虹の彼方に」を歌って有名になったMGMミュージカル映画（一九三九年）なのかもしれない。モノクロの映像が、オズの国に入ると突然テクニカラーの世界に変わる瞬間は、当時はもちろん現在見ても、目が覚めるような経験をさせてくれる。

この映画のおかげで原作の物語も評価され、今も読まれる古典となったのだと記述する文学史の本もあるのだが、実はそれは事実ではない。『オズの魔法使い』が非常に広く読まれ人気を博したからこそ、このミュージカル映画が作られたのだ。

一九〇〇年、フランク・L・ボームという、それまではあらゆる事業に手を染め、大儲けと大損を繰り返してきた旅のセールスマンで起業家で子どもの本の作家でもある好奇心旺盛なアメリカ人が出版した『オズの魔法使い』は、それまでファンタジーものがほとんどなかったアメリカ児童文学の、最初のファンタジー長編である。また、この本にはW・W・デンスロウが挿絵をつけ、それまでにはなかった色刷りのカラフルな本に仕上げ、作家と挿絵画家は等分に、この作品の著作権を共有した。このことはのちほど、いろいろと厄介ごとを生むことになるのだが……。大ベストセラーとなった作品は、ミュージカル劇や映画にもアダプトされ、作者ボーム自身が脚本を書き、書き換え、少しずつ形を整え、一九三九年までにすでに多くのバージョンを生み出していた。

現代の新しいおとぎ話を創作することを目指したボームは、ヨーロッパの昔話の教訓性や残酷な場面を拒否し、子どもたちのための明るく楽しめる物語を書いたと主張した。とはいえ、この物語の中にまったく「教訓性」がないわけではなく、勧善懲悪の世界観の上に「求めていたものは実は身近にあった」とか「我が家に勝るところはない」とか、ごく平凡で常識的であるせいで見えないくらい当たり前の教訓はあふれている。殺人場面だってないわけではなく、ヒロインは魔女を押しつぶし、ブリキの木こりやかかしも敵をなぎ倒す。

とはいえ、楽天性と明るさと色とりどりが特徴の物語が、子どもたちの人気の的であったことは否定できない。映画にあまり縁がなかったわたしは、日本で出版されたカラー挿絵の翻訳本を読んでいた。灰色のカンザスの畑から竜巻で飛ばされて青いマンチキンの土地についたドロシーが、緑輝くオズの都に行くために、黄色のレンガの道を、銀色の靴を履いて出かける物語は、映画でなくとも色にあふれていた。迷う恐れもないくらいに目印がある道を外れたドロシーたちが、赤いケシの花畑に迷い込む場面が、わたしには一番印象的で、ケシの醸し出す夢幻の中に眠り込んでしまうこのエピソードは鮮明に覚えている。

ドロシーは、ゆるぎない自己を持ったしっかりものの少女だ。自分の目的地も心得ているし行き方も知っている。不思議の国を迷い続けるアリスのようにともすれば自分の名前まであやふやになってしまう危うさはまったくない。ドロシーに付き従う仲間たちも、オズの国で知り合う人々も、得体が知れていて協力的で、黄色のレンガの道を行きさえすれば目的は達することができる。そのことが安心な冒険物語を支えていると同時に、やや物足りなさをも感じさせるとはいえ。

ボームはこの物語をそれほどしっかりとした世界観をもって作り上げたわけではなかったので、オズの国とその制度、この世界のあり方は、ここから続く彼自身の書いた六冊のオズ・シリーズでだんだんと固められていった。そこにはさらに舞台、映像バージョンも加わる。ボームの死後、この人気作品は複数の違う作家の手で、さらに続きが書かれてゆき、いまや「オズ・シリーズ」は作家個人を超えた一大サーガとなっている（その中にはとうぜん駄作も含まれるのだが）。おまけに、MGM映画のあと、さまざまに話題を呼んだ『ウィズ』、『ウィキッド』などの舞台・映像版アダプテーションを含めると、「オズ」が生み出した作品群は膨大なものになる。

『オズの魔法使い』は子どもたちには大人気の作品となったが、批評家や図書館からは冷遇されがちだった。主な理由は「文章がまずい」「シリーズ物は質が落ちる」などなど。この物語を当時のアメリカの経済政策の寓話として読み解き、銀の靴は銀本位制、金の帽子は金本位制、ブリキの木こりやわらのかかしは、疎外された労働者であると謎解きめいた解釈をするのが流行ったこともあるが、今や嘲笑されがちである。これからの「オズ」研究は、異本や脚本を含め、様々なアダプテーションを系統的に位置づけ、変化自在な物語のそれぞれの顔を読み解いていくことになるだろう。

この本におさめられているのは、そのもっとも源泉にある『オズの魔法使い』一九〇〇年と、画家デンスロウが独自に書いた短編ひとつである。詳細につけられた注には、「オズ・シリーズ」全体への目配りや、映像バージョンへの言及もある。いままであまり知られていなかった作家L・フランク・ボームの生涯も併せ、今後のオズのおとな読者のための「黄色のレンガの道」になることであろう。むろんケシ畑への逸脱もありだけれど。

『オズの魔法使い』への案内

L・フランク・ボームが一〇〇年前に『オズの魔法使い』を完成させたとき、彼は特別な作品を書き上げたことをわかっていたはずだ。だがそのボームでさえも、自分が書いたアメリカの童話がすばらしい歴史を作ることまでは予測できなかった。ボームの作品が児童書の定義を変え、またアメリカ文学にその後もずっと残る貢献をなすことになったのだ。不思議なオズの国でドロシーが繰り広げる冒険は一見単純な筋書きだが、一九〇〇年に刊行されて以来、年齢を問わず読者の心に響いている。『オズの魔法使い』はアメリカの民話になっていると言える。アメリカ人の国民性を映し出し、またこれを変えてもいるのだ。著者の誕生一〇〇年にあたる一九五六年にパブリックドメインとなるまでに五〇〇万部が売れている。それ以降、どれだけ売れたかあえて言うまでもない。ボームの原作をベースとした一九三九年のミュージカル映画は、これまでに製作されたどの映画よりも多く上映され、また多くの人々が観ている。おそらくこの映画は、ハリウッドの映画史上もっとも広く引用されている（多くは、L・フランク・ボームが書いたせりふではない）。ボームの原作を読んだり映画を観たりしたことがない人でも――現代においてそのような人がいるとしてだが――カンザスの少女と有名な三人の仲間――かかし、ブリキのきこり、おくびょうライオン――のことはよく知っている。過去二〇〇年のアメリカの児童書でもっとも重要な作品を選ぶべく、一九七六年に、アメリカ児童文学協会が会員による投票を行ったところ、『オズの魔法使い』はやすやすと上位一〇作品に選ばれた。この作品の知名度の高さは、これが書かれたアメリカ国内にかぎられたものではない。今日『オズの魔法使い』は、おそらくはアメリカの児童書のなかでもっとも多く翻訳されている作品だ。多くの人々が、今ではとても有名になった映画が『オズの魔法使い』を成功に導いたと思っている。だがそれはまちがいだ。映画は公開当初、三〇〇万ドルの製作資金を回収することさえできなかったし、当時は、現在思われているように、映画の古典になると思う人などいなかったのだ。映画が成功したのはテレビのおかげだった。最初に映画化の権利を買ったのはメトロ・ゴールドウィン・メイヤーだった。『オズの魔法使い』はすでに二〇世紀最高の児童書となっていたからだ。だがこれはもっとも悪評のある作品でもある。アメリカ文化における画期的作品とされているのと同じく、重荷だともみなされているのである。

この矛盾はおどろくものではない。歴史的に見てアメリカ人は、自国における先見の明のある人々になかなか目を向けようとしない。アメリカ文学における三大古典と言えばまちがいなく、ハーマン・メルヴィルの『白鯨』(一八五一年)、マーク・トウェインの『ハックルベリー・フィンの冒険』(一八八四年)、そしてL・フランク・ボームの『オズの魔法使い』(一九〇〇年)だ。三作品ともアメリカの描き方は異なり、そしてどの作品も、それぞれに物議をかもしてきた。偉大な文学作品はみなそうした道をたどるのだ。『白鯨』は発表当初は読者にも批評家にも拒絶された。ちょっと変わった冒険物語ではなくアメリカ文学の礎石となった作品であると評価されたのは、発表後七〇年あまりが経ってからのことだった。出版当初から、『ハックルベリー・フィンの冒険』はアメリカの図書館におくことを禁じられた。最初はゴミと呼ばれ、スラム街にふさわしい作品だと言われたのである。そして今日では人種差別主義だと攻撃されている。

「黄色のレンガ道」をたどる旅は、この一〇〇年、長く険しいものだった。二〇世紀の児童文学においては、『オズの魔法使い』ほど人気が高く、また物議をかもしている書はない。ボブズ=メリル社が一九〇三年に初版を発行したとき、ある書評家は、「L・フランク・ボーム氏のちょっとしたナンセンスはすぐれたものであるし、子どもたちにとってもおもしろいものだし、もう少し年かさの子どもたちが読めばもっと楽しめる。意味のある児童書を書けることは決して取るに足りない才能ではない。そしてボーム氏は、ほかのだれよりもこの才能に恵まれている」と述べている。六〇年近く経って『オズ』シリーズのペーパーバック版が刊行されたとき、別の書評家はボームを「この才能あるアメリカ人作家」と呼び、「L・フランク・ボームは想像力にあふれ、ユーモアのセンスと登場人物造形の才、それにファンタジー小説の作家にはまれな、物語のコントロール力を持っている」[1]と評した。長く続く『オズ』シリーズの第一巻は今日、二〇世紀のベストセラー作品のひとつであり、初版刊行時と変わらず子どもたちに人気である。だが、何十年にもわたり、司書や批評家はボームの『オズ』シリーズを重要な児童書だと認めようとはしなかった。[2]二〇世紀も残り二五年になってようやく、ボームと『オズ』は文学および学術研究の対象となったのである。レイ・ブラッドベリ、アンジェラ・カーター、アーサー・C・クラーク、F・スコット・フィッツジェラルド、シャーリー・ジャクソン、ケン・キージー、サルマン・ラシュディ、ジェームズ・サーバー、ウィリアム・スタイロン、ジョン・アップダイク、ゴア・ヴィダル、ユードラ・ウェルティといった作家たちはみな、オズに対する愛を表明している。いまだに教育家や図書館員のなかにはこれを認めようとしない人々がいるが、『オズの魔法使い』はアメリカの代表的文学作品であり代表的児童書なのである。

長年人気を誇り、『オズ』シリーズに書評家が向ける興味が増しているにもかかわらず、その著者が広く知られているとは言いがたい。ボームは児童書の執筆以外にも、西部の新聞の編集からミュージカル狂騒劇や映画の製作まで、多方面に興味を向けた。ボームのアメリカ文化における重要性はその人生ではなく作品で判断されるべきだが、執筆したすべての作品と同様、ボーム自身も魅力的な人物だった。

ライマン・フランク・ボームは一八五六年五月一五日に、ニューヨーク州の小村であるチッテナンゴに生まれた。[3] 父親のベンジャミン・ワード・ボームは息子同様多くの職業を経験した。ベンジャミンは息子の誕生時にチッテナンゴに樽工場を建設中だったが、わずか数年で、揺籃期にあるペンシルヴェニアの石油産業で財を成した。彼は家族をシラキュースの近くに移し、妻のシンシア・スタントン・ボームのために邸宅を建て、妻はここをローズ・ローン（ばら屋敷）と名付けた。何年ものちの作品である、子ども向けの物語『メリーランドのドットとトット［*Dot and Tot of Merryland*］』（一九〇一年）にある描写は、ボームが子ども時代を過ごした家を回想したものだ。

> 涼しいが陽当たりのよい屋敷は、街中の邸宅に住んだあとではすばらしいところに思えました。この屋敷は風変わりではあるけれど美しく、翼《よく》や切妻屋根がたくさんあって、どの面にも広いベランダがついていました。屋敷の前はとにかく見わたすかぎりなめらかな芝生の庭で、低い木々がそこここに生え、鮮やかな花を咲かせる花壇があちこちにおかれていました。庭からは、白い小石を敷きつめた曲がりくねった道が四方に延びています。その道をたどれば敷地をすべてまわることができて、地図を見るかのように、その屋敷の全世界を見わたすことができたのです。

ここでボームと兄弟姉妹は外界から守られた子ども時代を過ごし、ボームはここでの時間の多くをひとり遊びにあてた。広大な屋敷では、数ある部屋のどこかに逃げ込んで、読書や空想の世界にひたることができたのだ。

ボームは感受性が強く想像力豊かな子どもであり、生まれながらに病弱だったと言われている。九人の子どものうち四人を亡くしていた両親はボームを溺愛し、ずいぶんと甘やかした。当時の裕福な家庭の子どもによくあるように、ボームとその兄弟姉妹はイギリス人家庭教師によって自宅で教育を受けた。子どもたちのうち年長のハリエットとメアリー・ルイーズはその後フィニッシング・スクール（花嫁修業をするお嬢さん学校）へと進んだ。フランクは次男で、長男のベンジャミン・ウィリアムが父親の事業を引き継ぐべく教育を受けていた。フランクは弟のヘンリー・クレイとのほうが仲がよく、弟はフランクと文学の好みも合うし、だじゃれが大好きなところも同じだった。フランクが先の望めない空想家になることを恐れたボーム家は、彼をハドソン川を望むピークスキル士官学校に入れた。しかし男ばかりの寄宿学校は荒っぽいことも多く、フランクはスパルタ式の教育になじめずに二年でここを中退した。その後、弟のハリーが学ぶシラキュース・クラシカル・スクールに移ったが、フランクがここを卒業したという記録はない。フランクはカレッジには進まなかった。彼が生涯学校の教師や軍隊を嫌っていたことは、彼が書いた子ども向けの物語のなかに見て取れる。

少年フランクがはじめて印刷機に夢中になったのもローズ・ローンでのことだ。当時はアマチュアの新聞作りが大きな人気を呼び、子ども向け雑誌は安価な印刷機の広告で埋めつくされていた。このためフランクは父に性能のよい印刷機を買ってもらい、弟のハリーと短期ではあったが、自分で編集した四ページの『ローズ・ローン・ホーム・ジャーナル』を発行した。その記事の多くは、一五歳の編集長ボームが書いたものだった。また学校の友人であるトーマス・G・アルヴォード・Jrとともに、フランクは『エンパイア』を企画した。これは「アマチュアによる一級の月刊紙であり、詩、文学作品、切手のニュース、アマチュアによる作品その他」を掲載する新聞だったという。だがこの新聞はまったく残っていないため、発行にはこぎつけずに夢物語に終わったのだろう。ボームは短期ではあったが、ほかにも『スタンプ・コレクター』というアマチュア誌を発行した。切手収集も当時の子どもたちには人気だったのだ。さらに一八七三年には最初の本を刊行している。『ボームの切手商目録完全版［*Baum's Complete Stamp Dealers Directory*］』と題した小冊子だった。

しかしまもなく、子どもっぽいお遊びは卒業して事業をはじめる時期がやってきた。フランクは、義兄経営の織物類卸店であるニール、ボーム&カンパニーで一年間働き、この繁盛する店で実務をいくらか身につけた。兄のベンジャミンがボーム家の石油と不動産事業を見ていたため、フランクは農場に戻り、B・W・ボーム&サンズ社を設立して高級種の養鶏事業を行った。彼はすぐにこれを州で大手の養鶏事業に育てた。フランク・ボームはいたるところに顔を出していたようだ。ボームはニューヨーク州家禽協会の設立を手伝い、その初代会長に選出された。ボームは、この組織がシラキュースで開催する盛大な家禽品評会の仕事を一手に引き受けた。若きボームが育てた鶏は全国で評判をとり、すぐにアメリカ家禽協会の執行委員会のメンバーに選出された。さらにB・W・ボーム&サンズ社の美しいチラシの発行も手がけ、『ニューヨークの農家と酪農家』という雑誌に家禽のコラムを毎月寄稿し、数号ではあったが『家禽の記録』誌を編集した。彼が扱ったのはハンバーグ種の鶏だが、この鶏は黒の基調にどんな色が入るかが微妙で美しいことで知られる。ボームはすぐにアメリカの養鶏における一流の専門家となり、『家禽世界』誌はボームに、養鶏に関するかなりの分量の学術記事

執筆を依頼した。これをもとにボームは初めての市販用書籍『ハンバーグ種読本［*The Book of the Hamburgs*］』をまとめ、この本はコネティカット州のH・H・ストッダード社から一八八六年に出版された。

一八八一年には、ボームは養鶏事業からすっかり離れており、舞台に傾倒していた。おじのアダム・クラーク・ボームがシラキュースのアマチュア劇団の主要メンバーのひとりであり、その甥であるボームがアマチュア劇に何度か出演していたのはまちがいない。おばのキャサリン・グレイがシラキュースに戻って発声法を教えはじめると、ボームはこのおば自慢の生徒となった。ボームは演技を学ぶためにニューヨークに出て、二流のレパートリー劇団でジョージ・ブルックスという名で「子役」として仕事を得、ペンシルヴェニア州の石炭の街を巡業した。自分の演劇の才能に自信があったボームは、父親にねだってニューヨーク州リッチバーグに自分の劇場を建ててもらった。ここは当時石油で潤い、ボーム家もいくらか投資をしていた街だった。この劇

場はボームの俳優としての才能を披露する場だけでなく、彼が創作したさまざまな劇を上演する場でもあった。だがボームの幸運は続かなかった。一八八一年一二月二九日に開業したボームの劇場は、一八八二年三月八日には焼け落ちたのだ。

しかしボームは演劇を続けるべく別の計画を練った。すでに劇を三作書き上げており、劇団支配人であるおじのジョン・ウェズリー・ボームとともに、ボームは一八八二年五月一五日の二六歳の誕生日に、シラキュースで『アランの乙女』を上演した。「ルイス・F・ボーム」は劇の台本執筆、歌の作詞作曲にとどまらず、主演男優までも務めた。おばのケイトはこの作品で二役を演じ、いとこのジェネヴィーヴ・ロバーツも役をもらった。この劇は当時の典型的なアイルランド風メロドラマであり、スコットランド人小説家ウィリアム・ブラックの有名な作品『テューレの王女』(一八七七年)を下敷きとしたものだった。シラキュースでは上々の評判をとったため、ボームは北はカナダ、西はカンザス州まで巡業に出て、ニューヨーク市でも一週間上演し、客の入りもまずまずだった。『アランの乙女』とともに上演していたのはボーム作の喜劇『マッチ[*Matches*]』だったが、リッチバーグの、ボームの劇場が焼け落ちたまさにその場所で火事があると、この喜劇はすぐに上演が中止された。『アランの乙女』上演時のことを懐かしく思うボームは何年もかけていくつもの劇を書いたが、その多くは上演されることはなかった。一度だけ、一九〇二年に『オズの魔法使い』のミュージカル狂騒劇が上演されたときには、ボームは『アランの乙女』上演時の興奮をまた味わえたのだった。

短期ではあったが演劇から離れているあいだに、ボームはファイエットヴィルに住む二〇歳のモード・ゲイジと結婚した。一八八二年一一月九日のことだ。彼は一年前のクリスマスに、姉のハリエット・ニールが主催したパーティーでモードと出会っていた。モードは、コーネル大でボームのいとこのジョシーとルームメイトで、シラキュースのボーム家を訪問中だった。あの子はきっとモードのことが好きになると言ってふたりを引き合わせたのは、ボームのおばだった。「ゲイジさん、愛されているとおわかりですよね」。ボームはモードにそう言った。[4]その夜が終わる頃には、ボームは恋に落ちていたのだ。だが、モードの母親はふたりの交際に反対した。母親とは著名な女性活動家のマティルダ・ジョスリン・ゲイジで、女性参政権を認める条項の起草を手伝い、エリザベス・キャディ・スタントンとスーザン・B・アンソニーとともに『女性参政権の歴史［*History of Woman Suffrage*］』の第三巻まで（一八八一〜一八八六年）を執筆した人物だった。上のふたりの娘、ヘレン・レスリーとジュリアを結婚させたばかりのマティルダは、モードがコーネル大を中退して一介の俳優と結婚するのは望まなかった。だがモード・ゲイジは母親と同じく意志が強く、許しをもらえないなら駆け落ちすると言って母に迫った。マティルダ・ゲイジはあきらめ、自宅の客間で結婚式を挙げるように言った。ボームと義母のマティルダは互いを認め合うようになり、リベラルな思想を多く共有した。だからと言って、ボームが著作や脚本で「新しい女性」をしばしば風刺するのを止めることにはならず、『オズのふしぎな国』（一九〇四年）のジンジャー将軍と女の子軍団には、それがはっきりと見てとれる。

モードは夫とともに巡業の旅に出たが、第一子を妊娠してからは、ボームは劇団を離れてシラキュースに戻り、家族の石油事業を手伝った。ボームとおじのアダム・クラーク・ボームはボーム・カストリン・カンパニーを設立し、当時はバッファローで化学者となっていた、兄のベンジャミンが開発した車軸用グリースを販売した。ふたりの事業はかなりうまくいき、グリースは現在もニューヨーク州ロームで生産されている。しかしモードの姉妹や弟がみなダコタ領に住むようになると、モードは自分と兄弟姉妹が遠く離れているのが寂しくなってしまった。このためボーム・カストリンの営業で西部に旅に出ると、フランクはサウスダコタ州アバディーンに立ち寄ってモードの兄のトーマス・クラークソン・ゲイジと姉のヘレン・レスリー・ゲイジと会い、その地での商機も調べた。またボームは写真家としても才能をあらわしており、『アバディーン・デイリー・ニュース』（一八八八年六月）はボームのアバディーン訪問を報じている。

義理の姉や兄に会うために当地を訪れている

ニューヨーク州シラキュースのL・フランク・ボーム氏は、忙しい事業の合間に余暇としてアマチュア写真家の腕前を披露している。ボーム氏は写真術に秀いで、当地滞在中に、ダコタの風景と雲景を捉えたすばらしいネガフィルムが多数生まれた。ダコタの美しい黄昏を写した一枚の写真を見れば、写真に対する特別な思い入れと、卓越した撮影技術がよくわかるだろう。

これは生涯つづく趣味であり、ボームはネガフィルムの現像とプリントを行い、のちには子どもたちもこれを手伝った。木々が生えず荒涼としたダコタの風景にボームは魅了され、この平原で初めて過ごした頃の回想が『オズの魔法使い』の冒頭部に生かされている。

アバディーンにないのがさまざまな雑貨や小物を扱う商店だった。このためボームとその家族は西部に進出し、一八八八年一〇月一日に雑貨店のボームズ・バザールを開店した。だがアバディーンはすでに急成長の頂点に達しており、干ばつで穀物に被害が出た一八八九年には景気後退がはじまった。しかしボーム家は街の活発な社交生活に熱心に参加し、経済の下降も長くは続かないだろうと思っていた。ボーム家の人々はカード・パーティーやダンスに興じ、フランクは地元のアマチュア劇団で役を演じた。また地元の野球チームの幹事も務め、一八八九年にはこの地域の大会で優勝している。だが経済はクリスマスを前にしても上向きにならず、ボームズ・バザールは一八九〇年一月一日に閉店した。

元シラキューズ市民のジョン・H・ドレークはその頃、週刊紙の『ダコタ・パイオニア』を売却しようとしていた。アバディーンに九つあった地元紙のひとつだ。ボームはすぐにこれを引き継いで、『アバディーン・サタデー・パイオニア』と名を変えた。一八九〇年一月二五日には、発行人欄に「編集長L・F・ボーム」と書かれた第一号が発行された。この新聞の大半は、ニュース配信社のひとつからの配給記事で、たとえばユーモア作家ビル・ナイのコラムにウォルト・マクドゥーガルの挿絵が付いたものや、全国ニュースや流行に関する記事などが掲載されていた。そしてその他の記事の大半を書いたのがボームだった。この新聞

最大の売りが「われらが女地主」のコラムであり、これは架空の女地主ビルキンズ夫人による時事談義コーナーだった。アバディーンの人々は毎週、今回はだれが皮肉られているかと、熱心にこれを読んだ。ボームはこの記事に地元のゴシップを満載し、さまざまな名をあげつらっていた。ビルキンズ夫人のコラムはその当時の人々の好みや願望についてコメントする一方で、ボームの空想を表現する場ともなっていた。夫人は、空気よりも軽い乗り物や馬が引かない馬車が登場する可能性や、電気を使った発明が生まれることなどを論じたのだ。この連載のなかでも秀逸だったのが、一八八八年刊のエドワード・ベラミーのベストセラー小説『顧みれば』のパロディだ。一八八七年のボストンから二〇〇〇年のボストンへとタイムスリップした主人公の体験を描くこの小説は、アメリカの一部世代に影響を与えた作品だった。コラムの女主人も手紙に遠い将来のことを書いており、そこでは『ボームズ・アワリー・ニュースペーパー』という新聞があって、世界で起きたあらゆることが、すぐにそこに記されるのだ。それはまるで、『オズ』シリーズに出てくるグリンダの「魔法の本」のようだ。

　ボームは社説のほとんどを書き、スピリチュアリズムから女性参政権までさまざまな話題を取り上げた。ボーム夫妻はその後神智学や他のオカルト科学を研究し、ボームは地元に昔からある教会の教えに挑んだ。女性の権利に対するボームの立場は、義母であり、ときおり『アバディーン・サタデー・パイオニア』紙に寄稿するマティルダが論じる内容を反映させたものだった。彼は社説で、サウスダコタ州でも男女平等の参政権を得られるように投票しようと読者に呼びかけた。さらにはスーザン・B・アンソニーとマティルダ・ゲイジの最新の活動報告や、『アリーナ』誌やその他刊行物にゲイジが寄稿した記事の論評などが掲載された。

　ボームの社説の多くが、広大なダコタ平原での苦労を取り上げたものだった。人々はつねに、次の収穫時にはもちなおすだろうという期待を抱いていたが、豊かな実りは戻ってはこなかった。一八九〇年は農民にとって大災害に見舞われたともいえる年で、農作物の種子さえも隣州からもち込まなければならないほどだった。サウスダコタ・ステートフェア開催の頃には状況も好転しているのではと思ったボームは、ステートフェアの公式プログラム刊行の権利を買った。また金融誌の『ウェスタン・インベスター』も創刊したもののの、これは数号で廃刊になった。さらに、一八六二年に起きたニューアルムの戦いのような先住民の暴動が勃発する危険もあった。ダコタでも先住民によるゴースト・ダンス（幽霊踊り）が行われるようになり、先住民のあいだに入植者に対する嫌悪の感情が増していたのだ。ゴースト・ダンスはもとは先住民の宗教的運動だったのだが、今や亡くなった先住民戦士の霊を呼び、入植者を平原から追いやろうとする動きになっていた。政府が食料の分配を削減したため先住民のラコタ族は飢えており、食料を得ようと、多くが保留地を離れて別の地へと向かった。そして、一八七六年のリトルビッグホーンの戦いでカスター将軍と第七騎兵隊を一掃するのに力を貸したシッティング・ブルがゴースト・ダンスにくわわると、軍は彼を殺害した。その後、カスターが率いていた部隊は部族長のビッグ・フットとその部族をウンデッド・ニーで虐殺した。先住民による報復を恐れたボームは、社説で、先住民の排除のみがサウスダコタの平和を維持する唯一の道だと説いた。こうした不寛容と人種差別はなにも、ボーム特有の思想でありその新聞の主張だったというわけではなかった。そしてウンデッド・ニーの虐殺は、北米先住民と米国軍との武力紛争における、最後の大きな戦いとなったのである。

新年はさまざまな理由で惨憺たる年となり、ボームが得る購読料と広告収入は激減した。一八九一年二月には、ボームは舌の裏にできた腫瘍を除去する手術をいく度か受けなければならなかった。その後、大勢の人々がサウスダコタを離れ、ボームもここから出る潮時だと考えた。彼は『シカゴ・イブニング・ポスト』紙の職員となり、『アバディーン・サタデー・パイオニア』紙を一八九一年四月にドレークに売却した。一八九三年には世界コロンビア博覧会が開催予定で、ボームはシカゴが開催地であることを知っていたのだ。だが彼は『ポスト』紙の仕事ではひどくみじめな思いをしており、一か月でここを辞め、ピットキン&ブルックス社の巡回営業員となった。ここはシカゴにある陶磁器とガラス器の大手卸し会社だった。家族もすぐにシカゴのボームに合流した。

　ボーム家にはすでに、フランク・ジョスリン、ロバート・スタントン、ハリー・ニール、ケネス・ゲイジの四人の息子がいた。フランクは仕事で家を離れていることが多く、モードは息子たちをひとりで育てているも同然だった。父親のフランクに代わって息子たちをしつけなければならなかったモードは、息子が無作法なふるまいをすると、ためらわずにヘアブラシでその子をたたいた。モードはゲイジ家の母の気質を受け継いでおり、かっとしやすく、またすぐにそれを忘れた。ロバートは幼い頃に、厳しい罰を受けたときのことをこう書いている。

> 我が家ではネコを飼っていて、ある日、子どものわたしはなにかでへそを曲げ、ネコを二階に連れていって窓から放り投げたことがあった。幸いネコはけがをせずにすんだが、母はわたしがしたことを知ると、説教し、わたしを抱えて窓から突き出し、そこから落とすふりをした。だが幼かったわたしは母が本気だと思い泣き叫んだので、近所の人たちがみな外に出てきて、窓からわたしをぶら下げる母の姿に肝を冷やした。まさかとは思いながらも、母がわたしを落としそうに見えたのだ。言うまでもなく、それからわたしがネコを窓から放り投げることはなかったが、ある日、樽にネコを放り込んだとき、それがどんな気分かわかるようにと、すぐにわたしも樽に放り込まれてしまった。

父親のフランクにはこうした行動はできなかった。ハリーは、ケネスがいたずらをしたときに、母のモードが父フランクにケネスをたたくよう言ったことを覚えている。フランクは嫌々ながらモードの言う通りにし、幼いケネスは泣き疲れて眠った。この一件に心を痛めたフランクは夕食がのどを通らず、二階に上がって息子を起こした。「ケネス」。フランクは呼びかけた。「お前をたたいたりしてごめんよ。わたしはもう決してお前たちのだれもたたいたりしない」。そしてフランクは、決して子どもたちに手を上げることはなかった。[6]

家族のなかではモードが実際的な役割を担っており、フランクの向こう見ずな計画が失敗し、モードが家計を支えなければならないことが何度もあった。シカゴに移った当初、ボーム家が金に困っていた頃には、入用なお金を少しでも稼ごうと、モードは時間をやりくりして刺繍を教えた。気性は違っていても、フランクがモードを、モードがフランクを愛していたのはまちがいない。「フランクは何度も、愛したのはおまえだけだと言ったわ」。フランクが亡くなった夜のことを、モードは家族にこう語った。「フランクは死ぬのを嫌がった。わたしをおいていきたくなかったのよ。わたしがいなければ幸せにはなれない、と言っていた。でも死ななければならないのなら、フランクが先に逝くほうがいいわ。あの人はわたしなしではやっていけないだろうから」。そしてフランクにとってつらいことは、モードにとってもそうだった。「悲しいなんてものではないわ」。モードは言った。「わたしにはなにもない、ひとりだわ。三七年ものあいだ、わたしたちはお互いしか見ていなくて、ふたりでとても幸せだったのに、わたしは今、ひとりぼっち。この広い世界にたったひとりでいる気分だわ」[7]。モードに対する深い愛情は、フランクが、自身にとって一番大事な作品である『オズの魔法使い』をモードに捧げたことでもわかる。フランクはこう記している。「わたしの親友であり同志である妻に」

ボームは家族をなにより大事にしていたが、ピットキン&ブルックス社の仕事では一度に何週間もシカゴを離れることもあった。モードは家事手伝いに「少女」をひとり雇っていたものの、それでは手が足りなかった。モードの母親が毎年かなりの期間をボーム家で過ごし、家事とやんちゃな少年四人の育児に忙殺される娘を手伝った。ボームはシカゴの自宅でモードと息子たちと過ごす日々をとても大切にした。家族がみなお気に入りだったのが家族の時間だ。ボームが家族に読み聞かせをしたり、自分が作った話を聞かせたりするのだ。年少の息子たちはちょうどマザー・グースの童謡を覚えかけの頃で、童謡にでてくる不思議な言葉のあれこれについてたくさん質問をしたため、息子たちを溺愛する父親は、短い話を作ってわかりやすく語ってきかせはじめた。さらにフランクはフンニランドと呼ばれる子どもの国、「コケイン」の話も創った。そこでは低木の茂みにキャンディがなり、川にはミルクとクリームが流れ、レモネードの雨が降り、そして雷はワーグナーの『タンホイザー』の合唱なのだ。ある夜、たまたまフランクの話を耳にしたゲイジは、その話を本にして売ればいいのに、と勧めた。それでフランクは作家として評判になり、『不思議の国のアリス』のように売れるだろうと思ったのだ。フランクはこの賢明なる勧めに従い、一八九六年六月一七日、子ども向けの『マザー・グースの物語［*Tales from Mother Goose*］』と『フンニランドの冒険［*Adventures in Phun[n]iland*］』という二作品の著作権を申請した。

　出版に関する初心者はみなそうだが、フランクも自分の原稿を東部のさまざまな出版社にあてもなくもち込んだ。新しい童話に注意を向ける出版社はなく、フランクは、シカゴにある小さいが名門の出版社、ウェイ&ウィリアムズにも原稿をもち込んでみた。この出版社のチャンシー・L・ウィリアムズはシカゴの出版者のなかでも非常に独創的で、実際的なことにとらわれない人物だった。彼の自宅は建築家フランク・ロイド・ライトが設計した初期の邸宅のひとつであり、ハムリン・ガーランド、ジョージ・バー・マッカチェオン、

『散文マザー・グース』の「とても賢い男」の挿絵。マックスフィールド・パリッシュ画、1897年。個人蔵

ケイト・ショパン、ウィリアム・アレン・ホワイトといった中西部の作家たちや、ジョン・T・マッカチェオンやウィル・H・ブラッドレーなど芸術家のたまり場となっていた。この出版社は児童書はあまり扱ってはいなかったが、チャンシー・L・ウィリアムズは、フィラデルフィアの新進気鋭の若き画家であるマックスフィールド・パリッシュに、昔の童謡に新しい絵をつけた本の制作を依頼しようと計画していた。しかしボームのマザー・グースに目を通したウィリアムズは、こちらを出版することにしたのだった。ウィリアムズは、『マザー・グース』の次には『フンニランド』の物語を出すことも約束してくれた。こうして刊行された『散文マザー・グース［*Mother Goose in Prone*］』（一八九七年）はボームが初めて書いた児童書であるだけではなく、パリッシュが挿絵を描いた初の本でもあった。ボームは自分の仕事を誇りに思い、姉のメアリー・ルイーズ・ブリュースターに贈った書にこう書いている。

> 若い頃、わたしはすばらしい小説を書いて有名になりたいと思っていました。年齢を重ねたわたしが書いた処女作は、子どもたちに向けたものです。わたしにはなにか「すばらしいこと」を成しとげる力がないこともわかっていますし、それに、名声とは鬼火のようなもので、手に入れてももっている価値のないものだということを理解しています。ですが、子どもたちを喜ばせるという行為はなんと愛おしく心地よいものでしょう。心が温かくなるというごほうびが返ってきます。わたしの本がそのように心を温かくし、子どもたちがこの本を気に入ってくれることを願います。姉さんとわたしは同じところがたくさんあり、文学の好みも同じです。姉さんはきっと、この易しい物語を見下しはしないでしょうし、わたしを理解し、わたしに心から共感してくれると思っています。

だがこの本に対する反応は、ボームの期待とはまったく違ったものになった。ボームは何年ものち、一九一六年一二月一六日付けのフランク・K・ライリーへの手紙でこの事実を認め、「大人は美しい挿絵に夢中になったものの、この本が子どもたちの心をとらえることはなかった」と書いている。[8]ウィリアムズがこの本を大量に刊行した時期はクリスマス商戦をめいっぱいに活用するには少々遅く、また経営判断のまずさがいくつも重なって、彼は一八九八年のはじめに出版社の経営から退かなければならなくなった。ウィリアムズは出版社を在庫とともにハーバート・S・ストーンに売却し、ストーンは『散文マザー・グース』を絶版にした。

　営業の旅に出る厳しい生活に疲れたボームは、新しい稼ぎ方を考え出した。町から町へと旅をするうちに、ボームは店のウィンドウを飾る実践的ガイドが必要なことに気づいていた。そこで出版者のウィリアムズとともに、ボームは一八九七年に、ショーウィンドウを装飾する人々（ウィンドウ・トリマー）のための専門誌、『ショーウィンドウ』を創刊した。業界はすぐにこれをもって公式の組織とし、ボームの勧めに従い全国ウィンドウ・トリマー協会が設立された。ボームはシカゴで開催された第一回の年次総会で協会の会長に選出された。彼は、「芸術」誌を出しているのだと主張し、この雑誌に、最大手の百貨店の多数のショーウィンドウを撮影した写真を豊富に掲載した。その多くは自らが撮影したものにちがいない。この雑誌の刊行には金がかかり、ボームが原稿の大半を書き、広告の一部さえも手がけた。ボームは創刊後の二年で『ショーウィンドウ』誌に掲載したさまざまな記事をまとめ、さらに発展させて、『雑貨向けショーウィンドウの装飾法と内装［*The Art of Decorating Dry Goods Windows and Interiors*］』（一九〇〇年）を刊行した。この挿絵が豊富な専門書を、ボームは予約でのみ販売した。

　ボームとウィリアムズは一八九八年にシカゴ記者クラブに入会し、ここでふたりはシカゴの作家やアーティストの重鎮たちの多くと顔なじみになった。そのなかにいたのがウィリアム・ウォレス・デンスロウだった。一八五六年にフィラデルフィアで生まれたデンスロウはボームと同年齢だったが、経験も人柄もボームとは大きく違っていた。デンスロウは生来のボヘミアンで、何年に

もわたり、仕事を求めて国中を渡り歩いていた。クーパー・インスティテュートとニューヨークの国立デザインアカデミーに数学期籍をおいた以外は、「デン」は独学、独立独行の人物だった。デンスロウの最初の仕事は、『心地よい家庭』と『アメリカの農学者』の雑用係で、この二誌向けに彼は数枚イラストを描いている。その後地方の地図や劇場のポスター、衣装デザイン、宣伝用のトレードカード、それにあらゆる種類の広告を手がけた。彼はまた、マーク・トウェインの『ヨーロッパ放浪記』(一八八〇年)に挿絵を描いた多数の画家のひとりでもあった。それからデンスロウは新聞の仕事をはじめ、シカゴの『ヘラルド』紙で働くことになった。しかしデンスロウは飲酒が原因で一時解雇されるとあてもなく西部へと向かい、最初にデンヴァー、次にサンフランシスコに行き、ここでウィリアム・ランドルフ・ハーストの新聞社で仕事をした。しかし、一八九三年にシカゴで開催されるコロンビア博覧会に行きたいというデンスロウへの支援をハーストが拒否すると、とにかくデンスロウは博覧会の地へと向かい、『ヘラルド』紙に再度雇ってもらった。デンスロウが初めて世界的な名声を得たのは、一八九〇年代にアートポスターが流行した時期だった。デンスロウはランド・マクナリー社をはじめとする出版社の広告を制作したのだ。彼はハードカバーの布表紙やペーパーバックの表紙デザインを手がけ、通信販売会社であるモンゴメリー・ウォード社のカタログの装飾画を描いた。また彼は、アーツ・アンド・クラフツ(美術工芸)運動に携わる起業家エルバート・ハバードが、ロイクロフト・プレスの仕事を任せるために、ニューヨーク州イースト・オーロラに招いた初めてのアーティストでもあった。デンスロウは『老水夫行[*The Rime of the Ancient Mariner*]』(一八九九年)や『ルバイヤート[*The Rubaiyat of Omar Khayyam*]』(一八九九年)の挿絵を手がけ、また蔵書票や、雑誌『ペリシテ人』や『フラ』に漫画を描いた。デンスロウは非常に多才な画家だったが、児童書を手がけたことはなかった。シカゴの出版業界ではデンスロウのほうがボームよりもずっと名が売れていたため、ボームが自作の詩集『燭台の灯りで[*By the Candelabra's Glare*]』(一八九八年)に挿絵を描いてもらいたいと思ったのも当然の成

ウィリアム・ウォレス・デンスロウ、1900年。個人蔵

り行きだった。
『ショーウィンドウ』誌の編集を休止したため、ボームは足踏み式印刷機と数種類の活字を手に入れて、限定版のつつましい詩集を刷ったのだ。ボームに言わせればこの作品は「わたしの一番の宝物——頭のなかのものをそのまま活字にして、自分で印刷し、製本した詩集」だった。[9]とはいえ実際には多くの詩が、『アバディーン・サタデー・パイオニア』紙や『シカゴ・サンデー・タイムズ・ヘラルド』紙などで発表済みのものだった。「わたしは独力で活字を組み、印刷機を動かし、製本しました」と、彼は『燭台の灯りで』のまえがきで自慢している。「だからこの詩集は『まさにわたしのもの』なのです」。ボームがやっていることを耳にした友人たちは、紙やインク、製本の材料を用意してくれた。ウィリアムズが提供してくれたのは見返し部分だ。デンスロウはじめ数人のアーティストは挿絵を描いてくれた。そしてこうした行為はすべて無償で行われた。著者が負担したのは労働のみであり、ボームは本の製作に貢献してくれた人々に、九九部発行のこの限定版詩集を一冊ずつ献呈した。

これとは別に、ボームには、デンスロウに手がけてもらいたい仕事があった。ボームは『燭台の灯りで』を子ども向けの詩何篇かでしめくくっており、これをもとに絵本を製作したいという考えがあった。そしてデンスロウはその絵を描くのに最適なアーティストだと思われたのだ。ボームは営業の旅で陶磁器類やガラス食器を売る合間に、使い古しの封筒や紙切れに何年にもわたって詩を書きつけていた。こうした子ども向けの童謡や詩をまとめれば本一冊には十分な量で、ふたりは熱心に出版の準備にとりかかった。画家と作家はしばしば夜に、フンボルト・ブルバード六八番地にあるボームの家で会い、計画を練った。「わたしは『デン』——わたしたちはそう呼んでいた——が真っ赤なベストを着ていたのを覚えている。彼はそのベストが異常なほど大好きだった」。ハリー・ボームは『アメリカン・ブック・コレクター』誌(一九六二年一二月号)でこう述べている。「それに我が家にやってくると必ず、暑いのでコートを脱がせてもらうと言って、その美しい赤いベストがわたしたちの目につくようにするのだ。我が家ではそのベストのことでよく冗談を言ったものだが、デンスロウにとっては触れてはならない問題だった。だからわたしたちはみな、彼がいるあいだは、この見栄っ張りのベストの話題はもち出さないよう気をつけていた」。この風変わりなアーティストが人目をひくのは、赤いベストのせいだけではなかった。デンスロウは大きなセイウチひげをはやしており、（エルバート・ハバードの息子が一九五八年八月一一日付けの手紙に説明しているように）「ひどいどら声のおやじ」だった。それにコーンパイプを吹かしていないときにはタバコをかんでいた。同世代のフェリックス・シェイも、著書の『イースト・オーロラのエルバート・ハバード［*Elbert Hubbard of East Aurora*］』（一九二六年）で、デンスロウは「嵐のなかの二等航海士みたいにしゃべり、だみ声を張り上げていて」、それにひねくれたユーモアのセンスの持ち主で、「いつもどうでもいいことに不平をこぼし、あらさがしをし、批判的にものを見ていて、そして自分の言ったことが受けると吠えるように笑っていた」と書いている。デンスロウの若い妻であるアン・ウォーターズは、デンスロウのこうした性格とは対照的だった。アンはにこやかに客を迎え、料理もじょうずで、ファイン・アーツ・ビルにあるデンスロウのスタジオにみなが立ちよる理由のひとつとなっていた。アンはシカゴの新聞記者であるマーサ・ホールデンの娘で、ホールデンはアンの美しい目にちなみ、アンバー（琥珀）という名で記事を書いていた。アン自身も才能ある著述家であり、ボームは新作の児童書で、アンに捧げる「かわいいアニー・ウォーターズ」という詩を書いている。

当初ボームとデンスロウはこの新作を自費出版するつもりだった。当時のほかの児童書とはまったくタイプが異なる本だったからだ。挿絵はカラーにする予定でもあり、ふたりの計画通りの本を出してくれる出版社などなさそうだったのだ。ともかくふたりはこの本を作ってくれそうなところをさがし続けた。そしてデンスロウは、製本大手のジョージ・M・ヒル・カンパニーにこの計画をもち込み、ふたりのために見本を作ってくれないかともちかけた。デンスロウは当時、この社の仕事を手がけていたのだ。そしてヒル社はそれ以上のことをやってくれた。ヒルは、ボームとデンスロウが刷版の製作費をもつ気があるなら、この本を出版しようと申し出たのだった。原稿を活字に組む費用を節約するため、デンスロウはアーティストで作家でもある友人のラフル・フレッチャー・シーモアを雇い、詩を手書きにしてもらった。このため本の各ページは、アート・ポスターのミニチュア版のようなできばえとなった。またアーティストのチャールズ・J・コステロもデンスロウを手伝ってくれた。この本はマザー・グースの詩集やパーマー・コックスの『妖精ブラウニーの本［*The Brownies, Their Book*］』（一八八七年）と同じ方向性をもつ作品だったため、『ファザー・グース、彼の本［*Father Goose, His Book*］』というタイトルがつけられた。製作担当者のフランク・K・ライリーと、秘書で営業トップのサムナー・C・ブリトンの指揮のもと、ヒル社は当時市販されていたものとはまったく異なる見事な本を生み出したのだ。

　初版の五七〇〇部はすぐに売り切れ、数回増刷されたがすぐに売れた。『ファザー・グース、彼の本』が一九〇〇年のベストセラー絵本となったことは、ボーム、デンスロウ、ヒルにとっては大きな、そしてうれしいおどろきだった。書評では、ボームはルイス・キャロルやエドワード・リアと比較され、マーク・トウェイン、ウィリアム・ディーン・ハウエルズ、エルバート・ハバードといった作家や、米西戦争の英雄デューイ海軍提督までもが『ファザー・グース、彼の本』を称賛した。市場には模倣品があふれ、ヒル社は、原版では

『オズの魔法使い』の出版社、シカゴのジョージ・M・ヒル社。個人蔵

白黒だったページを抜き出し、アルバータ・N・ホール（のちのバートン）が曲をつけた『ファザー・グースの歌［*The Songs of Father Goose*］』（一九〇〇年）を出版した。そしてボームは「フンニランド」の原稿をニューヨークのR・H・ラッセル社にわたした。おそらくはラッセルが同年に出版予定だったF・オッパーの『フンニランドのいたずら［*Frolics in Phunniland*］』との混同を避けるために、出版社はこれを『新しい不思議の国［*A New Wonderland*］』（一九〇〇年）というタイトルにし、フランク・ヴェル・ベックが美しい挿絵を付けた。ヒル社はボームの詩集をさらに二冊作り、ハリー・ケネディの挿絵とコステロの手書き文字による『陸軍のABC［*The Army Alphabet*］』と『海軍のABC［*The Navy Alphabet*］』（どちらも一九〇〇年）を出版した。『ファザー・グース、彼の本』の成功によって、ボームは四三歳にして当時のアメリカにおける著名児童書作家の仲間入りをし、少年少女向けのさまざまな作品を書きはじめた。

『ファザー・グース、彼の本』の思わぬ成功によって、ボーム家は、以前は手の届かなかった贅沢もできるようになった。この本の出版から得た収入で、ボームはミシガン州ミシガン湖沿いにあるマカタワ・パークに小さなコテージを購入して「サイン・オブ・ザ・グース」と名付け、ボーム家はここで夏を過ごした。ボームの主治医が軽い運動をしたほうがよいと勧めたため、木工がボームの新しい趣味となり、コテージで使う樫の木製の家具はすべて彼が手作りした。家具のなかには、革を張り、真鍮製のグース（ガチョウ）の

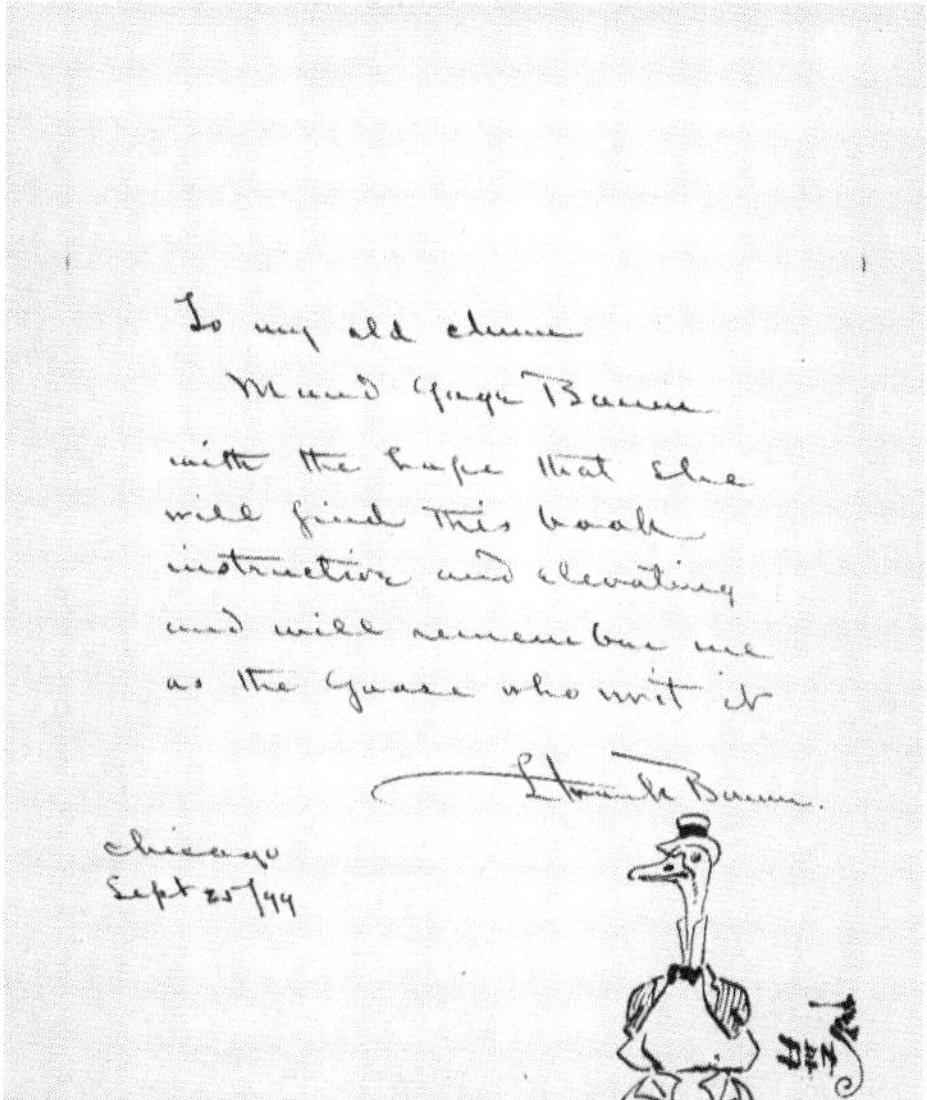

モード・ゲイジ・ボーム所有の『ファザー・グース、彼の本』に書かれた献辞。L・フランク・ボームとW・W・デンスロウの署名がある、1899年。個人蔵

頭がついた装飾用の鋲で留めたものもあった。この鋲は、友人でありチャンシー・ウィリアムスの義兄でもあるハリソン・H・ラウントリーが提供してくれたものだった。ラウントリーは、真鍮製品を製造するシカゴのターナー・ブラス・ワークスの社長を務めていた人物だ。コテージには大きな置き時計と小さな本棚があり、どちらもボームの本に登場するキャラクターで飾られていた。ボームはまた大きなロッキング・チェアを作り、その両側面に白い琺瑯《ほうろう》のグースを飾った。ボームは、緑色のガラスを背景にして巨大なグースを描いたステンドグラスの窓を居間につけ、壁上部には、自分で作ったステンシルで緑色のグースを押した装飾帯を飾った。仕上げにボームは大きな丸い看板を作り、デンスロウの表紙からとったグースの絵を鮮やかに描き、コテージの名を記した。ボームはこれを玄関前の目立つところに掲げたので、通りがかりの人たちはよく、あれが有名な「ファザー・グース」の著者が住む家だと言いあった。このコテージはカード・パーティーをはじめとするお楽しみの会を開いて人々が集う場となった。そしてボームは夏のリゾート地とそこで遊ぶ人々を『タマワカの人々［*Tamawaca Folks*］』（一九〇七年）というおもしろい小説に仕立て、「グース」を書いた当人だとわからないように、ジョン・エスティス・クックという名で自費出版した。ボームが『グランド・ラピッズ・ヘラルド』紙（一九〇七年八月一八日付）に、大人向けよりも子ども向けの本を書くのが好きな理由を語ったのも、このコテージでだった。

> おとぎ話を書いて子どもたちを楽しませること、休むまもない子どもたち、病気の子どもたちを慰め、雨の日には気をそらしてあげることが、大人向けの小説を書くことよりもずっと大事に思えるのです。大人向けの小説には、ずっと人気が続くものはあまりありません。時代の風潮が変われば心理的要求も異なり、それに応じた作品になるからです。一方で、それと比較すると、子ども向けの本に必要なことはつねに同じです。子どもたちはいつの時代にも、同じように心が満たされるべきだからです。

彼はここでもう一冊ファザー・グースの本を書いた。短期に書き上げた大人向けの『ファザー・グースのイヤーブック［*Father Goose's Year Book*］』（一九〇七年）で、挿絵を担当したのはウォルター・J・エンライトだ。ただしファザー・グース人気はその頃にはすでに下火になっており、このためボームはその後、ファザー・グース関連ではない作品の執筆に集中した。

『ファザー・グース、彼の本』の成功はうれしくはあったが、ボームはもっと野心的な本を出そうと思っていた。この本を出した頃、ボームとデンスロウはすでに次の「現代版」おとぎ話に熱心に取り組んでいた。「わたしは広間のラックに腰かけて、子どもたちに物語を話してきかせていました」。ボームは何年ものちに、出版社にこう話している。「そうしたら突然、この話が頭に浮かんで形になりはじめたのです。わたしは子どもたちを追い払って、ラックの上にあった紙をつかむとその話を書きつけはじめました。まさにペンが勝手に動くという感じです。それから、ちゃんとした紙が足りなくなって、紙ならなんでもいいと、古い封筒の束まで使って書いたのです[10]」。一九一六年一月二三

ミシガン州、マカタワ・パークにある「サイン・オブ・ザ・グース」のコテージ内。個人蔵

日付け、サムナー・C・ブリトン宛ての手紙では、ボームは自分が児童書を書くときのいつもの手順について説明している。

> 子ども向けのおとぎ話を書くときにはじっくりと考えることが必要です。一風変わった登場人物は、時と場所にかかわらず、ぱっと頭に浮かぶことがよくあります。ですが筋書きや冒険のプランは、ずいぶんと時間をかけて練り上げます。筋書きを練っているときは来る日も来る日もそれを考え、頭に浮かんださまざまなアイデアを紙切れに書きとめ、材料をまとめていくのです。新しい『オズ』の本は今この段階です。アイデアはすべて浮かんでいます——一番むずかしいところは終えているわけです……。けれども……印刷に出すのはまだまだです。これから手を入れて、いろいろなできごとをつなげてひと続きにし、登場人物を入念に作りこんでいくといった作業をするのです。

一八九九年のある時期、晩夏か初秋の頃、ボームはデンスロウと次の児童書の契約を交わした。暫定的に「オズの都［*The City of Oz*］」と題した本だった。『ファザー・グース、彼の本』と同様、ボームとデンスロウは印刷版製作費も所有権も折半することで合意した。ふたりはさらに、ボームが文章に、デンスロウが挿絵にそれぞれの著作権をもつことにも合意した。珍しい条項もあった。出版後二年で販売数が一万部に満たない場合は、「この契約はボームかデンスロウのどちらかの訴えにより無効とされ、その場合は文章はボーム、挿絵はデンスロウが所有し、それぞれに使用する」[11]というものだ。ボームは一一月一日までにデンスロウに原稿をわたすことに同意し、挿絵は遅くとも一九〇〇年五月一日に完成することになった。ふたりが一九〇〇年九月一日までにこの本の出版社を見つけられなかった場合は、契約は破棄または修正されることになっていた。

ボームの仕事は思っていたよりもはかどり、一八九九年一〇月九日に、およそ四万語からなる原稿を仕上げた。彼はこの新しい物語が特別なものになることがわかっていた。だからこそ、紙に「この鉛筆で、

W・W・デンスロウとL・フランク・ボームの肖像画。アイク・モーガン画、1899年。個人蔵

わたしは『エメラルドの都［*The Emerald City*］』の原稿を書いた」と記して日付を入れ、その鉛筆をこの紙に貼りつけ額に入れて、ライティングデスクの上の壁に掛けたのだ。左利きのボームが書いた左に傾いた文字は優雅であり、不思議がたくさん詰め込まれたこの原稿を、印刷業者がそのまま印刷して本にできるほどきれいに書かれていた。ボームとデンスロウは一八九九年の年内に刊行できると思っていた節があり、デンスロウは挿絵の著作権に関するページに一八九九年と書いている。『ファザー・グース、彼の本』の成功で、ヒルはボームとデンスロウの本ならなんであろうと出版したがっていた。とはいえ、手の込んだカラー挿絵の印刷にかかる高額な費用を支払いたくはなかった。ヒルはふたりに『ファザー・グース、彼の本』と同様の契約を申し出て、一一月一六日に「エメラルドの都」に関する契約が成立した。ボームとデンスロウは一九〇〇年五月一日までに「本を印刷するための刷版を完成させ、装丁に用いる染料インクを用意し」ヒルに提供することに合意した。ふたりが予定よりも早く本をわたしたのはまちがいない。『シカゴ・ジャー

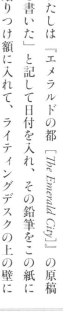

ナル』紙が一九〇〇年一月一九日に、ヒルが四月中か、それ以降まもなくこの本を出版予定であると報じているからだ。ただヒルは、ボームの「現代版」おとぎ話のできをすっかり信用していたわけではなかった。というのも、通常通りにプロの書評家に読んでもらったあとに、ヒルはふたりの子どもと幼稚園の教師に読んでもらい感想を求めているのだ。とはいえ、読んだ人みながこの話を気に入った。著者と挿絵画家がこの本の製作すべてを行ったため、出版社は原稿の編集や挿絵の準備に携わっていないも同然だった。しかしヒルは「前述の書籍を印刷、出版し、流通させ……販売と流通に関して通常行われるべきあらゆる手配を行う。また流通、広告、その他、前述の書籍を市場に出すための全費用を負担し、……前述の書籍の販売促進に向けた一般的手段のすべてをとる」ことに合意していた。印税は一ドル五〇セントの本一冊につきそれぞれに九セント。ヒルはまた一九〇〇年一月一五日に、ボームとデンスロウにふたりで二分するよう、一〇〇〇ドルの前払いを行うことを申し出た。ふたりが、「この合意から五年間にふたりが共同で文章と絵を製作した書籍類を出版する独占権」をヒルに認めている点を考慮したのだ。ヒルは合意にいたった日にそれぞれに五〇〇ドルを支払った。[12] だがこの条項はのちに双方が同意して破棄された。ジョージ・M・ヒル・カンパニーが契約の別の条件を履行することを怠ったからだ。同社は「前述の書籍の英国における出版を手がけ、前述の書籍を期日どおりに出版業組合に登録」することを約束していたのだが、ボームが記しているように、「これが履行されることはなかった」。とはいえカナダでの販売は、ヒル社により、トロントのジョージ・J・マクラウド社を通じて手配が行われた。

契約の翌日、ボームはこの本にまったく新しいタイトルを付けることにした。実は、その頃に書いた作品のすべての権利をモードに移す契約書を作成するさいに、ボームは『散文マザー・グース』、『ファザー・グース、彼の本』、「フンニランドの王［*The King of Phunniland*］」

(『新しい不思議の国［*A New Wonderland*］』のタイトルで出版された)、そして「カンザスからおとぎの国へ［*From Kansas to Fairyland*］」というタイトルを記入している。デンスロウとアン・ウォーターズは一一月一七日にこの合意の証人となり、モードはこれら作品に対する権利の対価として一〇〇〇ドルを夫に支払った。しかし「カンザスからおとぎの国へ」というタイトルも長くは続かなかった。『シラキュース・サンデー・ヘラルド』紙(一一月一九日付)の記事で報じられているのは、「オズ大王の都［*The City of the Great Oz*］」だ。そして一九〇〇年一月二日には、モードがヘレン・レスリーへの手紙に、この本が「『オズ大王』かその類のタイトルになる予定だ」と書いている。ジェームズ・J・オドネル・ベネットは、一月一九日付け『シカゴ・ジャーナル』紙の自分のコラムで「オズのおとぎの国［*The Fairyland of Oz*］」と書き、ヒルも、『ブックセラー・ニュースディーラー・アンド・ステーショナー』誌(二月一日号)で同じタイトルを紹介している。だがデンスロウはこの本の絵入りタイトルページを作成するさいに「オズの国」と短いタイトルにしていた。デンスロウは一月一五日に、帳簿にこのタイトルを記入しており、またボームも「オズの国」を一月一八日に著作権事務所に登録した。ボームが『新しい不思議の国』の著作権を一月二六日に登録したときにはまだ「オズの国」と呼ばれており、その翌日にはベネットが彼のコラムでこのタイトルに触れていた。だがまだこれでは華やかさが足りなかった。数日後、デンスロウは、自分の絵が載るタイトルページに紙を貼り、ボームがつけた新しいタイトルを書いた。そしてこの作品は『オズの魔法使い』として出版されることになったのだ。

ボームは「はじめに」の最後に「一九〇〇年四月」と日付を入れ、初版の発行は、ボーム四四歳の誕生日である一九〇〇年五月一五日に設定された。ボームは弟のハリーに宛てた四月八日付けの手紙に、作家としての転換点となったこの作品について書いている。

わたしの本の金銭的成功はまだ過小評価されているが、この秋のシーズン後になればはっきりとするだろう。『ファザー・グース、彼の本』が出てからまだ三か月しか経過しておらず、この本は

当たってよく売れたものの、将来もそうであるかはわからない……。わたしはこの本の成功がとてもうれしい。金が入ってくることもそうであるし、かつてはわたしがもち込んだ原稿を鼻で笑った出版社が、わたしの作品を欲しがっているのだから。先週にはハーパー&ブラザーズ社から人がやってきて、来年の出版契約を申し出た。スクリブナー社は原稿に現金の前払いを提案しているし、アップルトンにロスロップ、それにセンチュリー社は、内容は問わないので一冊書いてほしいと言ってきている。わたしは誇らしい気分だ。わたしにとっては『ファザー・グース、彼の本』は満足のいく作品ではなかったためになおさらだ。わたしにはもっといい作品を書けることがわかっている。だが来年の一月まではどの出版社とも契約するつもりはない。今年出す本が成功すれば、条件を聞いて出版社を選ぶことができる。うまくいかなかったとしても、悪い点を見つけて、もっといい作品にするよう努めればいい話だ。

当地のアルバータ・N・ホール夫人は『ファザー・グース、彼の本』の詩にすてきな曲を付けてくれた。そうして生まれたのが『ファザー・グースの歌』であり、現在製作中のこの本は六月一日の刊行が宣伝されている。ハリー・ケネディがすばらしい挿絵を描いてくれた『陸軍のＡＢＣ』は五月一五日刊行だ。この本は必ずや人気がでるはずだ。同じくハリー・ケネディの挿絵による『海軍のＡＢＣ』は八月一日に刊行予定だ。フランク・ヴェル・ベックがわたしのフンニランドの本に描いてくれた挿絵の試し刷りも届いており、この本はニューヨークのR・H・ラッセル社から七月一日に出る予定だ。この作品はとてもすばらしい。フランク・ヴェル・ベックはアメリカ中のアーティストのなかから選ばれて、キプリングが新しく出す動物の物語に挿絵を描いた人物だ。彼の作品はほかとまとめられて一冊の本になる予定だ。[13] わたしのフンニランドの本のタイトルは『新しい不思議の国』だ。ほかにもある。『オズの魔法使い』という本だ。これまでに書いたなかで最高傑作だと言われている。現在印刷中で、五月に入れば出版される。デンスロウはこの本に挿絵をたっぷりと描いてくれたし、挿絵の鮮やかな彩色でこの本は輝きを放つだろう。出版者のヒル氏は少なくとも二五万部は売れると見込んでいる。それがほんとうなら、この本だけでわたしの問題は解決される。だが一般大衆は気まぐれで信頼できない。今年、一冊当たりさえすれば作家としての地位を確立できるし、今年出す本のうち三冊は読者に受けそうだ。だが、すべてを見通せる者などいない！　わたしは仕事に精を出し、給料を稼いで家族を養っている。本が世に出るまでは確実に稼げることにしがみついているのだ。[14]

四月、ヒルは『ブックセラー・アンド・レイテスト・リタラチャー』誌に、『オズの魔法使い』が六月頃に刊行予定だという広告を出した。ボームが手にした最初の本は綴じてはあったが製本されておらず、ボームとモードがシラキュース滞在時の五月一七日に、それを姉のメアリー・ルイーズ・ブリュースターに贈った。「この『見本』は」とボームは見返しの白いページに書いている。「印刷機から出てきたばかりのページを集めて自分で一冊にしたものです。この物語のまさに最初の本です」。ボームは完成品の一冊目の本を受け取ると、「これは『オズの魔法使い』の初版第一冊であり、出版社の手を離れた第一号の本である。この本を著者より親愛なる弟ハリー・C・ボームに贈る。一九〇〇年五月二八日」と記した。[15]『ブックセラー』誌は六月に、「この本が発売を報じられてからの二週間で、五〇〇〇冊を超える注文が入っている。第二版の五〇〇〇冊が現在印刷中」という記事を載せている。

六月二〇日には、ボームはこの本を母親と姉のメアリー・ルイーズに贈った。ヒルはこの本の正式な刊行を八月まで延期したが、『ブックセラー』誌は、七月五日から二〇日までパーマー・ハウスで開催されたシカゴ・ブック・フェアで、この新しい本の取引きが初めて行われたと報告している。次々と注文が舞い込み、ヒルは九月までにそのすべてに応じることはできなかった。正式な著作権表示年月は一九〇〇年八月だが、アメリカ議会図書館にこの本が届いたのは一九〇〇年一二月一二日になってからのことだ。[16] ヒルは一〇月に、初版の一万部は刊行二週間で売り切れ、第二版の一万五〇〇〇部がほぼ品切れ状態、第三版の一万部がまもなく品切れになる見込みだという広告を打った。さらに三万部が一一月に印刷されたと言われており、一九〇一年一月に、ヒルは最後の二万五〇〇〇部を刷った。『オズの魔法使い』は一九〇〇年のクリスマス・シーズンにもっとも売れた児童書となり、新年に入っても売れ続けた。ヒルは、ヒル社が発行したのは九万部近いと述べている。[17]

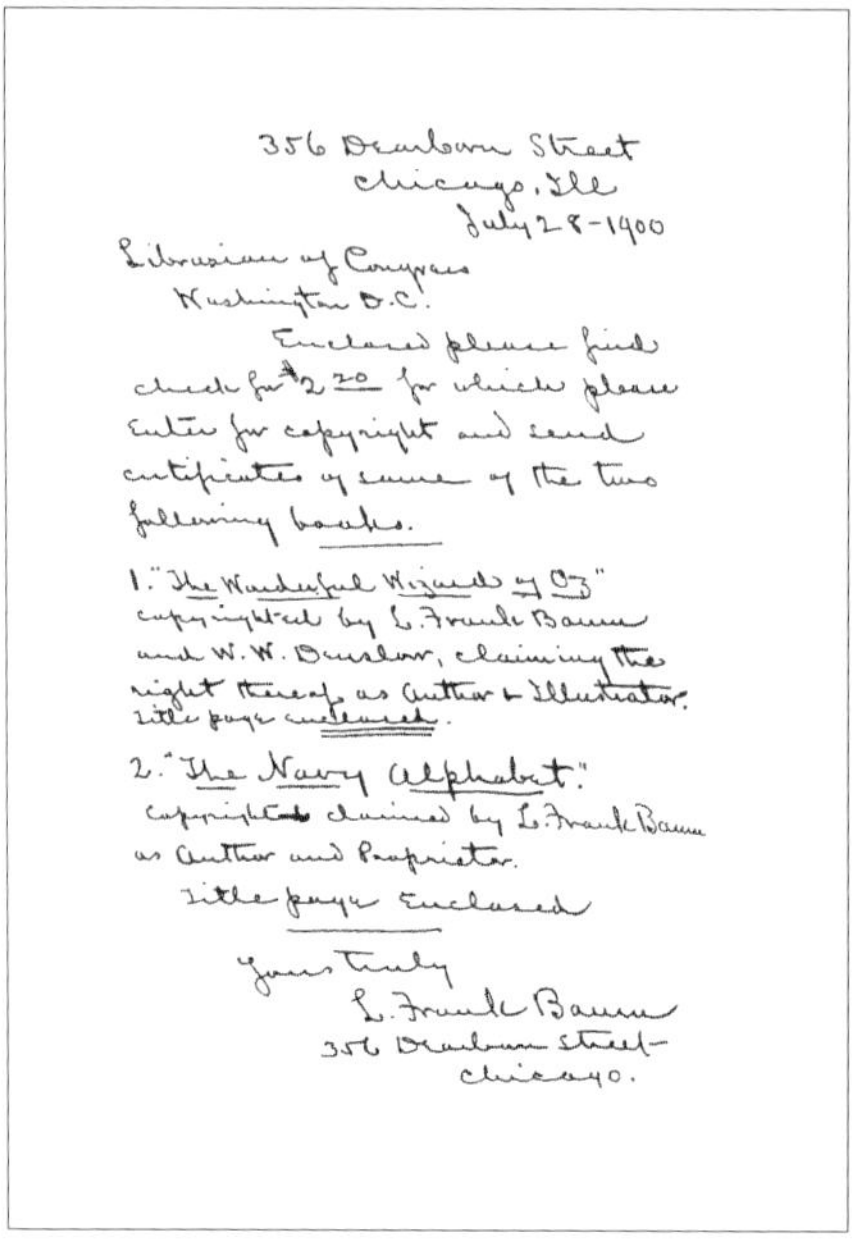
356 Dearborn Street
Chicago, Ill
July 28-1900
Librarian of Congress
Washington D.C.
Enclosed please find check for $2.00 for which please enter for copyright and send certificates of same of the two following books.
1. "The Wonderful Wizard of Oz" copyrighted by L. Frank Baum and W. W. Denslow, claiming the right thereof as Author & Illustrator. Title page enclosed.
2. "The Navy Alphabet" copyright claimed by L. Frank Baum as Author and Proprietor. Title page enclosed.
Yours truly
L. Frank Baum
356 Dearborn street
Chicago.

『オズの魔法使い』と『海軍のABC』の著作権登録、1900年7月28日。アメリカ議会図書館提供

　生まれたのはとても美しい本だった。二四枚の版を用い、彩り豊かな一〇〇を超す挿絵が添えられたこの書は、二〇世紀のアメリカでもっとも贅沢に挿絵が使われた児童書の一冊だ。表紙は美しい薄緑色で、そこに濃緑と赤の文字があった。本を覆う浅緑のカバーには、エメラルドグリーン一色の文字が印刷されていた。そして奥付には、この本の製作情報が記されていた。

　L・フランク・ボーム著、ウィリアム・ウォレス・デンスロウ挿絵『オズの魔法使い』最終ページ。

活字、イリノイ・エングレーヴィング・カンパニー。紙提供、ドワイト・ブラザーズ・ペーパー・カンパニーおよびメッサーズ社。印刷、A・R・バーンズ&カンパニー。ジョージ・M・ヒル・カンパニー出版、一九〇〇年五月一五日完成。

一九五三年のクリスマスに『ライフ』誌が、ヒル社から刊行当時のデンスロウの挿絵を復刻刊行したさい、アート・ディレクターのチャールズ・テューダーは(この件に関する質問に回答した簡単な印刷文書で)、印刷版は四枚必要だったと説明している。亜鉛版エッチング、つまり「黒版」は濃い青の印刷用。さらに、赤、黄、薄い青の印刷に三枚の木彫版が必要だったという。だがこの本が印刷された時期にイリノイ・エングレーヴィング・カンパニーの見習い技師だったアーサー・バーンハードは、挿絵は木彫版ではなく亜鉛版エッチングが使われており、一八七九年にニューヨークのベンジャミン・デイが特許を取ったベンデイ・プロセスで色のグラデーションを出した、と述べている。製本についてはいくつか言及があるが、ヒルがこの本を印刷出版したのはわずか二回であり、二度目の出版時には文と挿絵にわずかな修正を行っている。このふたつの版それぞれの要素を併せもつ版が多数現存している。のちのボブズ=メリル社とM・A・ドナヒュー社版も含め、一九二〇年代まではすべての本がヒル社のふたつの印刷版を使っており、これが摩耗して使えなくなると、すべて新しい版で印刷されるようになった。

印刷費用を支払ったのはボームとデンスロウであり、出版社は挿絵の印刷費用をまったく出していなかった。ボームが、この本におけるデンスロウの役割についてどう思っていたのか、ほんとうのところはわからない。彼は『メリーランドのドットとトット』(一九〇一年)の序文でデンスロウの挿絵を称賛しているが、『オズの魔法使い』の挿絵に対しては、同じほどすばらしいとは思っていなかった可能性もある。現在はインディアナ大学リリー図書館に所蔵されている一九四〇年五月四日付けの手紙で、モード・ボームはこう打ち明けている。「わたしはずっとデンスロウさんが描くドロシーが嫌いでした。ドロシーはあまりにもありきたりですし、子どもらしさがないのです」。ボームのモードの夫もそう思っていたのかもしれない。ボームは自分が所有していた『新しい不思議の国』に、「わたしのこれまでのどの本よりもこの本の挿絵が好きだ」と記しているのだ。[18] おそらくボームは『ファザー・グース、彼の本』で、自分の詩よりも挿絵のほうが書評家の注目を集めたことに憤慨したのだろう。ボームは、優雅で派手な挿絵よりも、漫画風のものを好む傾向にあった。『イクスのジクシー女王［*Queen Zixi of Ix*］』（一九〇五年）の製作中には、ボームは出版社に対し、「もし［フレデリック・リチャードソンに］ユーモアたっぷり――パロディと言えるくらい――の小さな挿絵を書かせることができるなら、言うことはない」と助言を行っている。[19] ほかにもこうしたことはあり、ライリー＆ブリトン社に宛てた一九一五年九月一一日付けの手紙では、ジョン・R・ニールの絵に関して「必要なのはもっと『ユーモラスな』絵だ」と書いている。ボームは、一度はニールをウィンザー・マッケイか別の漫画家と代えようと思ったこともあった。マッケイは新聞の日曜版に連載された『夢の国のリトル・ニモ』や『チーズトーストの悪夢』を描いている。ボームのこうした意向があったため、新聞に連載されたボーム原作の漫画『オズのふしぎな国からの奇妙な訪問者たち［*Queer Visitors from the Marvelous Land of Oz*］』は、ウォルト・マクドゥーガルがドタバタ喜劇のような絵を描き、極端にちゃかした作品となってしまった。さらにはその絵は粗野で、ジョークは古くさいものだ。こうした絵は、デンスロウやニール、その他のアーティストたちがボームのおとぎ話につけた挿絵がもつ、美しさや真のウィットを欠いている。結局、ボームのほうが折れて、一九一五年一〇月二五日には出版社にこう告げている。「おそらく自分の挿絵画家に満足する作家などいないでしょうし、作品の登場人物やできごとに対するわたしの見方がアーティストと同じではないために、わたしはアーティストの才能を評価できないのでしょう」。彼はデンスロウの挿絵をとても気に入っていたわけではなかったのかもしれない。だがもし読者が楽しめるのなら、ボームもうれしかったのだ。ボームは一九一五年九月一一日付けの手紙で不承不承認めている。「デンスロウがわたしの本に挿絵を描いていた頃には、わたしは子どもから大人まで、多くの人々から彼の挿絵に対する誉め言葉をもらったものです」

物語と挿絵に対する声は概して好意的だった。当然、『オズの魔法使い』と『不思議の国のアリス』を比較する書評家はいた。一八九八年のルイス・キャロルの死をきっかけにこの有名な英国のファンタジーを模倣した作品が市場に登場し、アメリカの少年少女向け文学においては『アリス』に類するジャンルが生まれていた。『ブックセラー・アンド・レイテスト・リタラチャー』誌は七月に、ボームとデンスロウの新しい本は「児童書の名作『不思議の国のアリス』が特徴とする、とほうもない空想がふんだんに盛り込まれている」と評した。『ザ・ダイアル』(一九〇〇年一二月一日号)は『新しい不思議の国』の書評で、「キャロルが確立したような独自のスタイルは、この本にはまったく欠けている。しかしこれもボーム氏の作品である『オズの魔法使い』には、そうした章がひとつかふたつは見られる」と書いた。ボームは自身初の長編が、もっとも有名な現代の童話と比較されてうれしかったに違いない。もちろん、物語の相似性は表面的なもので、またボームとキャロルの作品の比較を詳細に論じる者もいなかった。

書評家たちはこのすばらしい本の価値を上げているのはボームなのか、デンスロウなのかを決めかねていた。『ザ・ダイアル』誌は、「W・W・デンスロウによる挿絵はすばらしく、この作品の独自性はすべてデンスロウが発揮したもので、共作者にそれはない」と

『オズの魔法使い』の製版を担当したシカゴのイリノイ・エングレーヴィング・カンパニー製作のL・フランク・ボームの肖像画、1900年。アメリカ議会図書館提供

いう見方だった。『シカゴ・イブニング・ポスト』紙（一九〇〇年九月二一日付）は、デンスロウは「子どもらしい」子どもの描き方がわかっていないと批判はしたが、もしこの本が成功するとしたら、著者よりも挿絵画家によるところが大きいと認めている。一方で、「ボーム氏による物語はたくみで独自性があり、好評を博すにふさわしく」、「あまり見ない類の挿絵は、インクボトルをひっくり返したようだ」という書評もあった。だが大半の人々は、『キンダーガーテン・マガジン』一〇月号の評価と同じ意見だった。

　少女の一風変わった仲間たちをよく考えついたものだ。著者の魔法のペンをアーティストの絵筆がたくみに助け、まるでこの仲間たちがほんとうにいるかのように思わせる。子どもならみな、実は頭のよいかかし、とても心の温かいブリキのきこり、恐れを知らぬおくびょうライオンに、温かい思いで胸がいっぱいになることだろう。どのページにも明るいユーモアとすばらしい哲学が込められている。著者の想像力をしっかりと支える発想豊かなアーティストはW・W・デンスロウその人で、『ファザー・グース、彼の本』の挿絵も担当した。

　多くの書評家が、『オズの魔法使い』はこれまでの児童書よりもはるかにすぐれているという意見だった。『ブックセラー・アンド・レイテスト・リタラチャー』誌はこう予測した。「子どもたちはこの本に夢中になるだろう。そして大人たちは喜んでこの本を子どもに読み聞かせることだろう。もっとお堅い小説の合間に楽しんで読めるからだ」。『ザ・ダイアル』誌でさえ、ボームの本は「無数に出版されている子ども向けの本のなかでほんとうに注目に値する本であり、一定の好みをもつ人々にはかなり魅力的」と認めざるをえなかった。『ブック・ニュース』誌一〇月号は、フィラデルフィアの新聞の記事を引用している。「教訓もあり風刺もあって、大人も楽しませてくれるし、少年少女は、新しく健康的な考えをもつようになる。また、小賢しすぎると反発を招くようなものではないし、早熟を促すといって責められるようなものでもない」。『ミネアポ

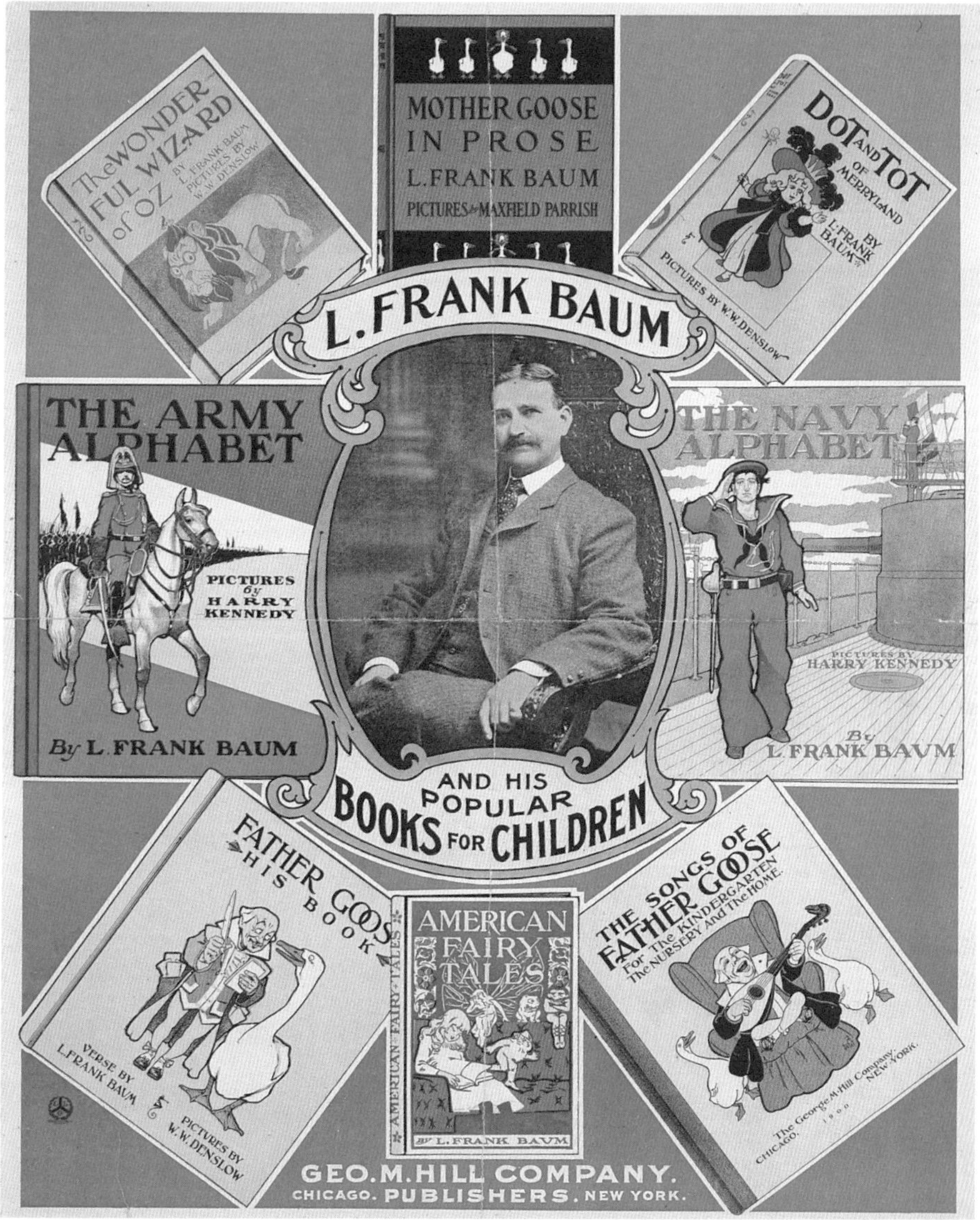

ジョージ・M・ヒル社が出版したL・フランク・ボーム作品の広告用ポスター、1901年。シカゴ歴史協会提供

W・W・デンスロウが描いた『ファザー・グース』のコミック・ストリップ（漫画作品）、『ニューヨーク・ワールド』紙、1900年1月21日付け。マイケル・ゲッセル・コレクション提供

W・W・デンスロウの水彩画による『オズの魔法使い』の表紙、1900年。C・ウォーレン・ホリスター・コレクション提供、写真提供ブランディワイン・リヴァー美術館

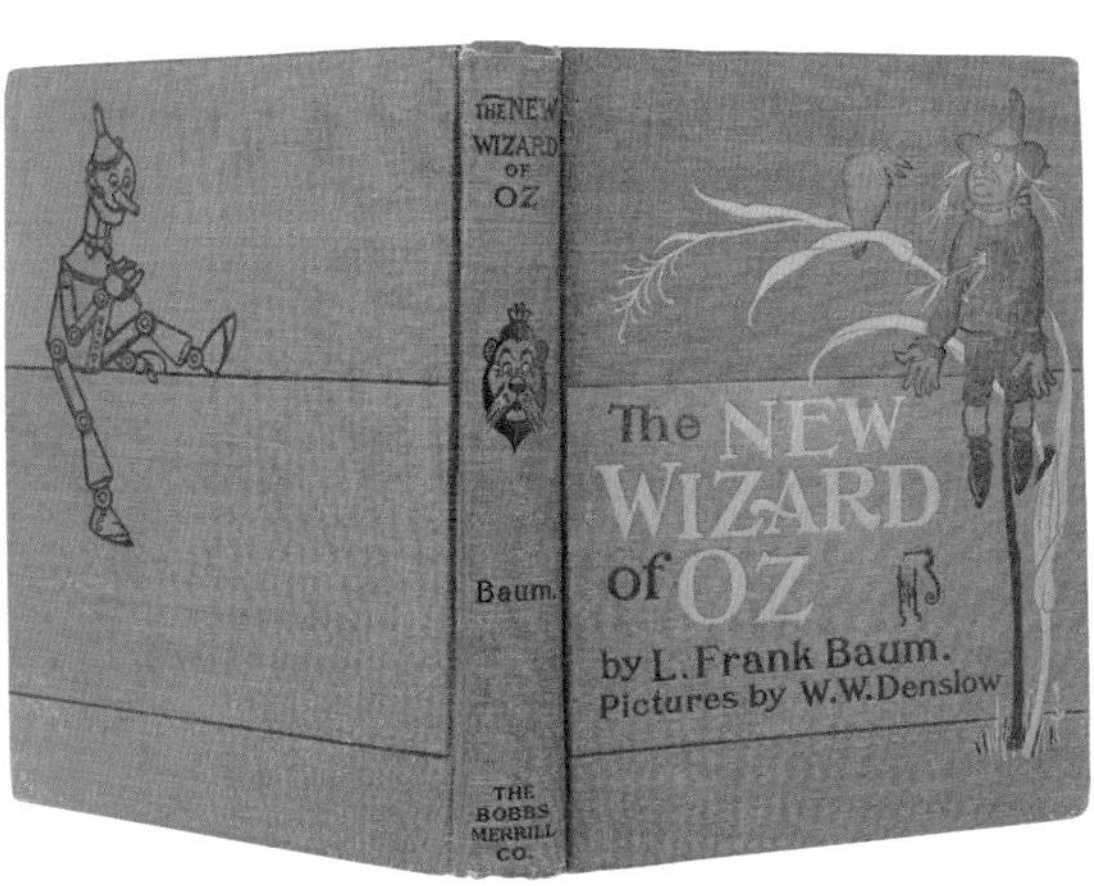

『新しいオズの魔法使い』(Indianapolis: Bobbs-Merrill、1903年)の表紙。個人蔵

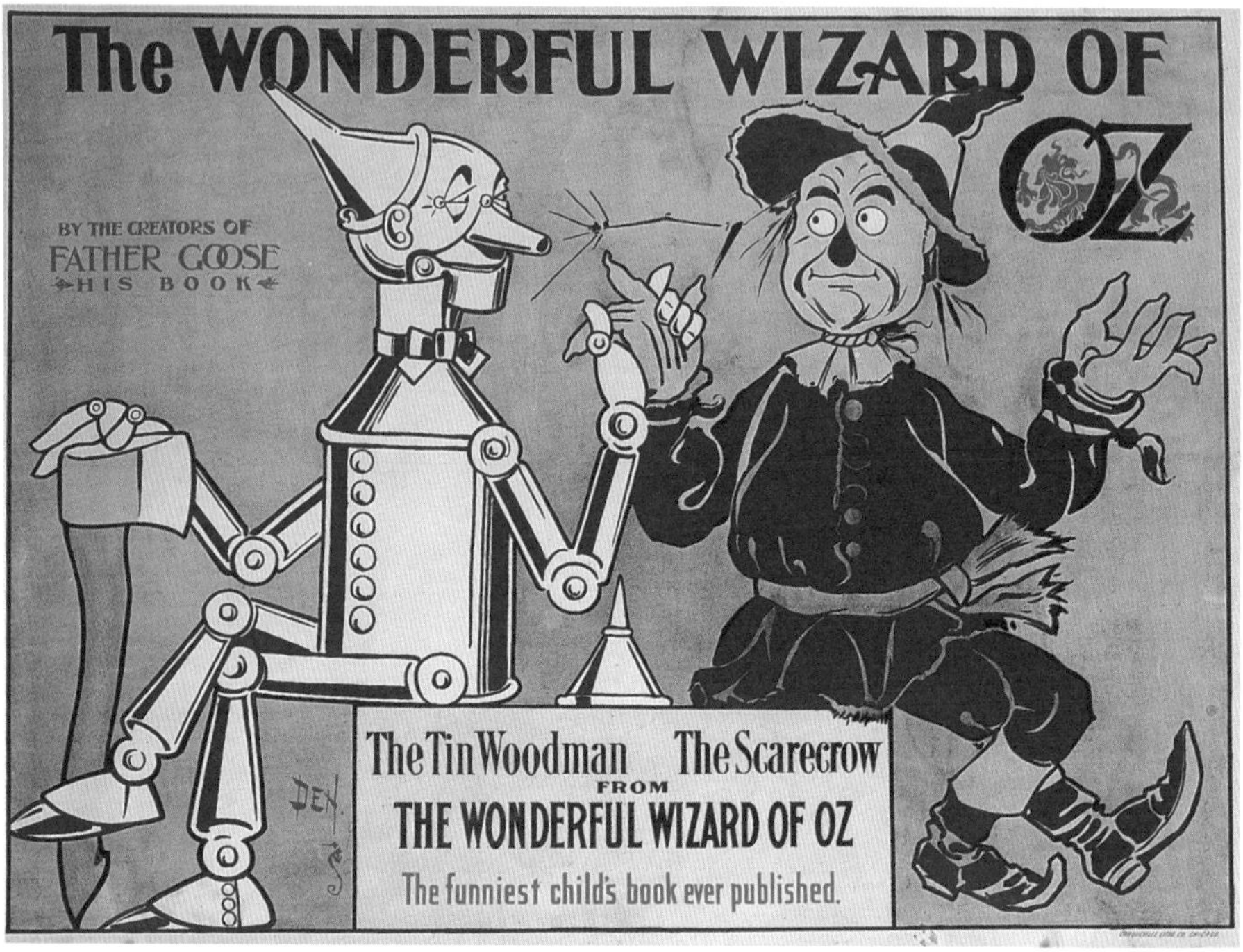
The WONDERFUL WIZARD OF OZ
BY THE CREATORS OF
FATHER GOOSE
HIS BOOK
The Tin Woodman The Scarecrow
FROM
THE WONDERFUL WIZARD OF OZ
The funniest child's book ever published.
DEN

The Wonderful Wizard of OZ
BAUM & DENSLOW
BOOKS
FATHER GOOSE
HIS BOOK.
The SONGS of
FATHER GOOSE
(MUSIC by ALBERTA N. HALL)
L. FRANK BAUM, AUTHOR W.W. DENSLOW, ILLUSTRATOR GEORGE M. HILL CO. PUBLISHERS.

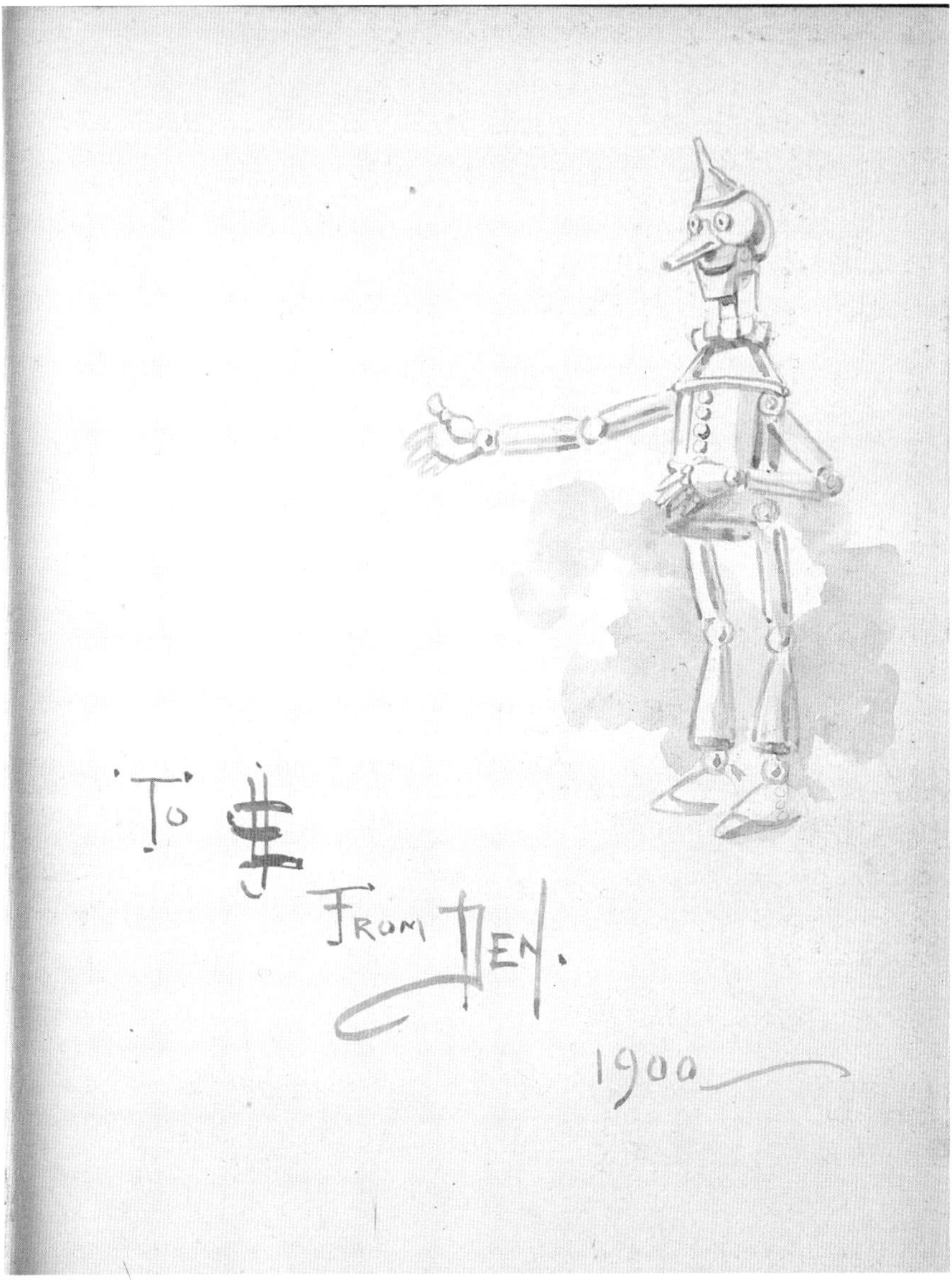

『オズの魔法使い』の本にW・W・デンスロウが描いたブリキのきこりの水彩画。画家のJ・C・レイエンデッカーに贈ったもの、1900年。個人蔵

(右頁上)『オズの魔法使い』の広告用ポスター、ジョージ・M・ヒル社製作、1900年。個人蔵
(右頁下)『オズの魔法使い』の広告用ポスター、ジョージ・M・ヒル社製作、1900年。個人蔵、写真提供ブランディワイン・リヴァー美術館

FRED R·HAMLIN'S MUSICAL EXTRAVAGANZA
THE WIZARD OF OZ
RUSSELL-MORGAN PRINT
6868

(右頁)『オズの魔法使い』のミュージカル狂騒劇の広告用ポスター、1902年。アメリカ議会図書館提供

(上)トーマス・H・ラッセルが文章を書いた『オズの魔法使いの絵本』(Chicago: George W. Ogilvie、1902年)の表紙。ジェイ・スカーフォン&ウィリアム・スティルマン・コレクション提供

ドロシー役のロモーラ・リーマス、かかし役のフランク・バーンズ、ブリキのきこり役のジョージ・E・ウィルソン、おくびょうライオン役のジョセフ・シュロード、腹ぺこタイガー役のバーンズ・ワントリング。『フェアリーログ・アンド・レディオ・プレイズ』より、1908年。ジャスティン・G・シラー提供

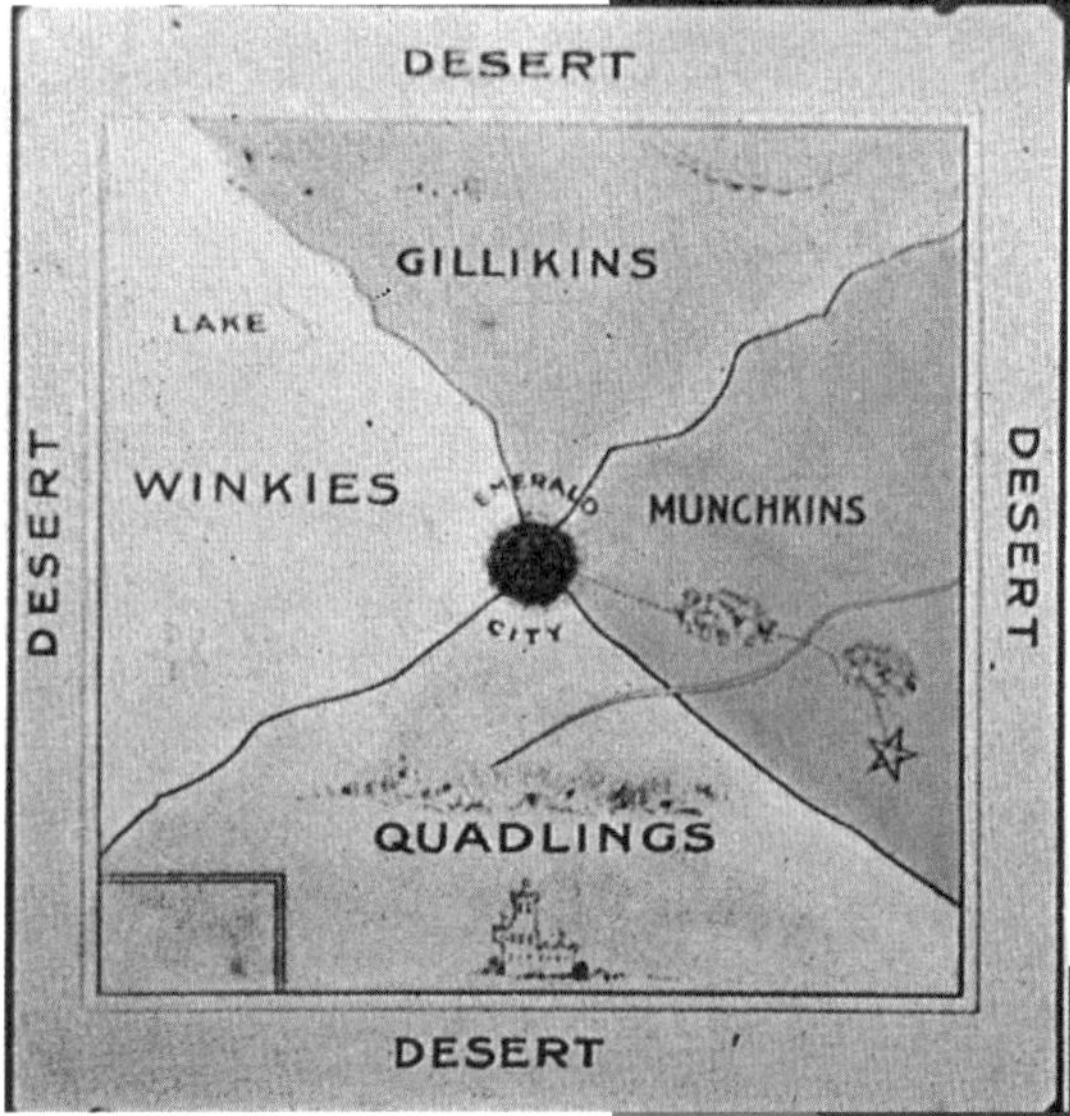

オズの国の最初期の地図。『フェアリーログ・アンド・レディオ・プレイズ』向けにL・フランク・ボームが製作したもの、1908年。ジャスティン・G・シラー提供

オズの国旗。『オズのグリンダ』向けに製作。個人蔵

リス・ジャーナル』紙（一九〇〇年一一月一八日付）は、『オズの魔法使い』は「今世紀最高の児童書」と簡潔な言葉で称賛した。おそらく『ニューヨーク・タイムズ』紙の九月八日付け書評ほど、『オズの魔法使い』について、鋭くかつ予言的分析を行っているものはない。

一六世紀には新しいジャンルだった児童書の古典と、『オズの魔法使い』を代表とする現代の児童書ほど、へだたりの大きいものはないだろう。昔の子どもたちを楽しませるための昔の出版物は荒っぽさが特徴であった。だが現代の子どもたちがそうしたものを読まされれば、窓から投げ捨てはしないにしても、腹が立って即座にそのいら立たしい本を拒否することだろう。子どもたちに与えるものはなんでもよいという時代はずっと前に終わり、子ども向けの本は、子どもたちは将来の大人であるという事実のもとに書かれている。つまりは子どもたちは国の希望であり、粗悪なものではなく、最高の芸術を与えるのに値するのである。絵本作家のケイト・グリーナウェイ（『ABCの絵本』のすばらしい絵本を出している）は、福引きについてくる本や文字を覚えるためのホーンブック（アルファベットを記した紙に透明なシートを貼り、持ち手の付いた枠におさめたもの。手に持って学べるようになっている）を駆逐《くちく》してしまった。『オズの魔法使い』を読めば、少年少女も大人も、新しいものが好きなのだという事実がはっきりとわかる。子どもも大人も、豊かな色彩と、グリム童話やアンデルセン童話に出てくる昔ながらの羽のある妖精に代わる、新しいものを楽しんでいる。

イソップをはじめとする寓話も「三匹のクマ」のような物語も、すっかり忘れ去られることはないだろう。しかし喜んで迎え入れられるのは、『ファザー・グース、彼の本』や『ファザー・グースの歌』、そして今回の『オズの魔法使い』のような物語であり、どれもがボームとデンスロウによる作品だ。

『オズの魔法使い』は、どこにでもあるような材料を工夫して織り上げたものだ。もちろんドタバタとした物語ではあるが、子どもたちにも、母親に読んでもらう幼児にも、あるいは子どもたちに読み聞かせをする人々にも、強く訴えかけるものがあるのは確かだ。子どもは生来、物語がとても好きなのだ。だから子どもたちはよく、もっとお話を読んでとお願いするのだ。

挿絵自体も、その色彩の豊かさも、物語同様とてもすばらしい。それによって、今日の平均的児童書のはるか上をいく、現在の基準からして高い水準の本ができたのだ。少女ドロシーと不思議な仲間たちは多くの冒険を繰り広げ、大きな危険にたびたび遭遇し、さまざまな経験をする。それはある意味、アンドルー・ラング（ラングは世界各国の昔話を十二色の色の童話集として刊行した（『あおいろの童話集』など））やジョセフ・ジェイコブズ（ジェイコブズはイングランド・アイルランドなどの昔話を集めて昔話集を出版した（『ジャックと豆の木』など））がわたしたちのために残してくれた、イギリスの古いおとぎ話のなかの一ページのようにも思える。しかし古いおとぎ話とは違いもある。そしてボームが言葉で物語を紡ぎ、デンスロウはそれをすばらしい絵で表現している。物語にはユーモアがあり、あちこちにちょっとした人生哲学が散りばめられ、それは子どもの心に響き、またこの先、心理学を学ぶ学生や教授にとって、研究や調査の対象となることだろう。「すばらしい魔法使いオズ」には、これまでのおとぎの世界にはない特徴や考えがいくつか取り入れられており、この魔法使いは、最後にはただの腕のいいペテン師だということがわかる。ワラをつめたかかし、ブリキのきこり、おくびょうライオンは、登場当初は、心を打つヒーローにはなりそうもない。だが実際には、古典となっている「三匹のクマの物語」でクマたちがそうであるように、生身の人間のような性質をおびていく。

この本には陽気で楽しい雰囲気があり、暴力や死は強調されない。しかしわくわくするような冒険がたっぷりあって趣もあり、ごくふつうの子どもであれば、きっとこの物語に心弾ませることだろう。

だが、なぜ『オズの魔法使い』にはそれほど、世紀の変わり目に生きる子どもたちの心と想像力に訴えるものがあったのか、書評からわかるのはごく一部だ。それまで市場には、こうした本はまったくなかった。

ボームとデンスロウは、アリスの「絵も会話もない本なんて、なんの役にも立たないわ」という嘆きから学んだのだ。そしてデンスロウはとても魅力のある多くの絵で、この本を美しく飾った。『ブック・ニュース』誌もこう報じている。「デンスロウ氏は、これまでの作品によって独自性があるという評判を得ているが、その評価どおりの挿絵を描いている。また独自性にくわえ、この挿絵には生き生きとした動きとユーモアがある」。デンスロウは浮世絵の明快さと、アール・ヌーヴォーの装飾的な優雅さを組み合わせコントロールした。当時の子ども向け文学には黒と白だけの挿絵があふれ、作品を台無しにしている場合が多かったが、そうしたなかで、デンスロウの大胆な線と平坦ではっきりした彩色は際立っていたはずだ。「子どもたちのための児童書」(『ブラッシュ・アンド・ペンシル』誌、一九〇三年九月号)では、芸術評論家のJ・M・ボウルズが、デンスロウの挿絵がなぜ子どもたちの心に訴えるのか、解説を試みている。

デンが描く枠や円や点、それにページ下部にひとつ、小さな人物や物を描いた豪華な色合いのすばらしい挿絵には、目にした瞬間に心がぐいとつかまれる。もっともこれは全体的な印象を語っているにすぎない。言い換えれば、わたしの友人であるW・W・デンスロウは幼い子どもたちにとっての印象派画家なのだ。彼は重要なもの、不可欠なもの以外は切り落としてしまった。彼が自分の本に描いているのは、わたしたちが住むちっぽけな現実世界に存在するもののみなのだ。

斬新な描き方にくわえ、デンスロウの色の使い方も独特だった。当時の児童書には、これほど実験的な色使いで、その可能性をさぐった作品はほとんどなかった。もちろん、英国のエドマンド・エヴァンズが印刷した優雅な本や、派手な多色石版刷りを用いた、幼児向けの古いおとぎ話集といった本はあった。だが児童書に別刷りの図版を使ったものはめったになく、物語の内容に沿って場面ごとにぴったりの挿絵を添えるという、工夫を凝らした構成の本は皆無だったのである。『オズの魔法使い』の非常に彩り豊かな挿絵は、アメリカの児童書のデザインに革命をもたらした。生き生きとしたところのない、退屈な児童書などもうお呼びではなくなったのだ。ボームとデンスロウは、新しい作品が売れることを証明したのだった。それ以降ボームは自作のおとぎ話に、新しく、ありきたりではない色使いを求めるようになった。『イクスのジクシー女王』では装丁にさえも『オズの魔法使い』の贅沢な色使いをまねたが、この本は『オズ』のまがい物でしかなかった。色版を使った本は多く、または多色刷りのページにした本もあり、『オズへの道』（一九〇九年）は何色もの色つきの紙を使うという特徴もあった。だが、『オズの魔法使い』ほどダイナミックな作品はなかった。それにどの作品も、この第一作ほど、全編を通して文章と挿絵が一体となっているものはなかった。

ボームはデンスロウ同様、子どもがなにを好きかを知っていた。彼は物語にくだけたおもしろい会話をふんだんに取り入れたが、それは当時の少年少女たちが話すおおげさな言葉とも大きく違っていた。また彼は、細かく説明するのではなく、行動や受け答えで登場人物のキャラクターを明確に示した。ボームはあからさまに説教とわかるものを軽蔑しており、だから彼の物語はだいたいにおいて、感傷性や道徳的な話が盛り込まれていない。そうした話は、今では忘れられているが、一九世紀にもてはやされていた児童文学作品にはつめ込まれていたのである。一九世紀の児童文学で今も読まれている本には、別の時代や別の場所の子どもたちのリアルな生活を描いているものが多い。『小公女』や『トム・ソーヤーの冒険』は、今とは違う昔を描いているからこそ、今も子どもたちの心をとらえるのだ。後世に残るような重要なおとぎ話で、アメリカ人作家によるものはほとんどない。もちろん、ナサニエル・ホーソーン、ハワード・パイル、フランク・ストックトンによるすばらしい物語はあるが、そうした物語はボームの作品ほど、アメリカ社会の背景や状況を取り上げているわけではなかった。こうした作品は、ヴィクトリア朝期に人気となった英国のおとぎ話の恩恵を受けているところが大きかったのだ。アメリカの子どもたちにとっては、母国よりも英国の物語のほうが魅力があった。空想的な物語を読みたい子どもたちは、ジョージ・マクドナルドやルイス・キャロル、ジョン・ラスキン、チャールズ・キングズリー、オスカー・ワイルド、イーディス・ネズビットの作品に目を向ければよかった。一方でアメリカで出版されている児童書はいまだに、日曜学校やアメリカトラクト（宗教的な内容の小冊子。教養を広めるために発行された）協会が勧める鼻もちならないピューリタン的道徳心を盛り込んだものだった。子どもたちが、「ただ楽しむ」ための本を与えられることはめったになかった。しかしボームは、本のなかに喜びを求めることは、アメリカの少年少女の天賦の権利だという信念をもっていた。

さらには当時の子ども向けおとぎ話には、ボームにとっては有害で無用と思えるものもあった。子どもの頃のボームはグリム童話やアンデルセン童話によく出てくるおそろしい話がとてもこわかったため、彼は自分が書く物語にそうした話を登場させないようにしたのだ。それにボームにとって王子と王女のロマンスは退屈なものであり、彼の話には恋や結婚は出てこない。さらには大人には評判がよいが子どもたちは退屈するような、長く回りくどい表現も避けた。ボームはハンス・クリスチャン・アンデルセンについて、「現代のおとぎ話」（『ジ・アドヴァンス』紙一九〇九年八月一九日付）でこう解説している。「アンデルセンにはおどろくような想像力があるばかりか、詩人でもあり、話を物語る美しい文章は極上のものだ。だがみなさんが子どもの頃に読んだときは、そうした文章は読み飛ばしたのではないか。わたしが子どもの頃にはそうだったからだ」。ボームが一般に採用したのは、ウェブスターの辞書に準じ、正しい用法で、一般に定着しており、飾りのない、ほとんど型からはずれることのないアメリカ英語の散文だった。詳細を描くことや強調は控えめにして、ボームは、物語の舞台が実在の世界であれ想像上のものであれ、その雰囲気や実際のできごとも含め生き生きと描写することができた。『オ

ズの魔法使い』の冒頭数段落だけで、ボームには、最小限度の言葉で状況をありありと描きだす独特の力があることがうかがえるのだ。彼が言葉のむだ遣いをすることはめったになかった。

ボームがなにより興味を持ったのが、人の心をつかんで離さない物語を書くことだった。彼はキャロルの本を「長ったらしくてまとまりがなく、一貫性もない」と批判する一方で、アリスには「つねになにかをして、それも、不思議なこと、びっくりするようなことをする」才能があり「そのため、子どもはアリスに大喜びでついていく」と称賛した。ボームが自分のおとぎ話に求めていたのは、子どもたちが大喜びすることだった。彼は書くことそれ自体に興味があったのではなく、物語を理解してほしかったのだ。その文章の構成や構文にいくらか不器用さはあっても、ボームは明確な表現を追求していた。執筆はボームにとって難なく行えることだったようで、めったに自分の作品を改訂しておらず、このため、もっと洗練された表現にできた箇所もあるだろう。頭脳明断というイメージもあるが、彼自身はふだんはくだけた人物だった。また

ボームは子どもたちのために書いたが、子どもたちにわかるようにとレベルを下げた文を書くことはなかった。彼は――子ども時代の自分を思い出し――自分自身を楽しませるためにも書いた。とにかく彼は楽しませたかったのだ。だがそれはなにも、彼がちょっとした教訓をそこここに盛り込もうとしなかった、ということではない。『ボームのアメリカのおとぎ話［*Baum's American Fairy Tales*］』（一九〇八年）のまえがきで、ボームは「現代の妖精にまつわる現代のおとぎ話」を書くつもりなのだと解説している。「堅苦しくなりすぎず、楽しめる話をお届けするが、しかしわたしは、読者のみなさんがしっかりと考えながら読むことで、ドタバタとした言動やおもしろいできごとのなかにもためになる教訓を見いだせると信じています」。『オズの魔法使い』にも同じことが言える。ボームが音楽出版社のイシドア・ウィットマークに渡した原稿（コロンビア大学バトラー・ライブラリー収蔵）に、これは「わたしが書いた一番の真実の物語」だと記したとき、彼は皮肉を言っていたのかもしれないし、あるいはそうではなかったのかもしれない。この物語がボームのもっ

とも難解なる作品だと考える人は多い。

もちろんボームは、イソップ寓話やペローの童話のように、自分の物語のなかで道徳的なことをとても重要だと言ったり、強調したりするつもりはなかった。彼は、多くの真実を表現できる、自分なりの神話を生み出そうとしていた。作品中の登場人物やできごとはなんらかの象徴と見ることができ、同時にその象徴が多くのものを表している場合があるのだ。たとえば、ドロシーの三人の仲間は勇気と知恵、やさしさをもつという以外にも、自然界の三つの存在――動物、植物、鉱物――を体現している。またボームは灰色一色のカンザスの平原と彩り鮮やかなオズの世界を対比させている。これは、現実の世界が人の想像力のなかの風景よりもずっと彩りに欠けていることを示唆しているのだろうか？　詩人のW・H・オーデンは、ジョージ・マクドナルドの物語についてこう述べている。「だが、おとぎ話のなかにシンボルを探し出そうとすることはきわめて有害なのだ[20]」

ボームが意識して「現代版」おとぎ話を生み出そうとした点はどんなに強調してもしすぎることはない。もちろんこれ以前に、アメリカをおとぎ話の国にしようという試みはあった。ワシントン・アーヴィングやナサニエル・ホーソーンの話には、こうしたアメリカ固有の神話を作ろうとする試みが反映されている。しかしボームは、アーヴィングのようにアメリカの伝説を守ろうとすることにも、ホーソーンのような難解な抽象的表現にも興味はなかった。ボームが関心をもったのは、自分が子どもの頃に抱いていたような、ごく身近な興味や希望だった。彼はホーソーンがしたように、ギリシア・ローマの伝統に立ち返って神話を生もうとはしなかった。またパイルのように、グリムの不思議な物語を模倣する必要性も感じてはいなかった。ボームが『ボームのアメリカのおとぎ話』のまえがきに書いたところによると、彼の物語は「わたしたちが生きている時代の特徴を描き、今日の革新的な妖精を描写している」のだった。彼はそれ以前の作家たちのように過去を振り返らなかった。彼はロマン主義者ではなく、革新主義者だった。そして彼は前を向き、新しい物語の描き方を求めた。エドワード・ワーゲンクネヒトが『ユートピア・アメリカーナ［*Utopia*

Americana]』（一九二九年）でこう指摘している。ボームは、子どもたちに「自分の身の回りで不思議なことを探すこと、わたしたちが十分なエネルギーとビジョンをもち、それらの重要性を見抜き、形を変えて使うことができさえするなら、煙や機械でさえもおとぎ話にできるかもしれないこと」を教えたのだ。

ボームは純粋な「アメリカのおとぎ話」を生み出すことに成功したわけではなかった。彼の魔女や魔法使い、魔法の靴、魔法の帽子は、かかしやツギハギの少女たち、それに魔法の洗いおけと同じ世界にはいるが、元をたどればヨーロッパのものだ。『ボームのアメリカのおとぎ話』と題されてはいるが、すべての話がアメリカ固有のもの、あるいはおとぎ話というわけではないのだ！　またできの悪い作品もある。ボームの最高傑作とされる本のうち数冊は、彼の言う「時代遅れの」おとぎ話だ。しかしワーゲンクネヒトは『イクスのジクシー女王』をこれまでに書かれた最高のおとぎ話のひとつと評した。こうした作品は「昔むかし」の物語であって、オズ・シリーズのように「今ここに」の話ではなかった。子どもたちの「ボームさん、もっとオズの話を聞かせて」と言う声が大きくなると、ボームはこうしたオズとは違うタイプの話の執筆をやめて、もっとも有名で愛されたおとぎの国の話に戻るのだった。

注目すべきは、大人が『オズの魔法使い』を、子どもたちと同じように躊躇なく受け入れたことだった。子ども向け文学作品は子どもの読者のために書かれると言えるだろうが、それを買うのは子どもたちの親だ。そして親たちは新しいおとぎ話に魅了されたのだった。この児童書には子どもだましのところはなかった。文章と挿絵は洗練されており、世紀の変わり目に合った雰囲気をもっていた。語り口はたくみで、一般的な子ども向けの話を超えるレベルの作品になっていた。ボームは物語にちょっとした機知と知恵を織り込んでいたが、大人になるまでこうしたちょっとしたいたずらに気づかない読者も多かった。マックフォールが『子どもを楽しませるために［*To Please a Child*］』に書いているように、当時、アメリカの小説で一番人気だったのは現実逃避のロマンスだった。大人たちが好んで読んだのは、アンソニー・ホープの『ゼンダ城の虜《とりこ》』

（一八九四年）やエドウィン・キャスコデンの『騎士道華やかなりしとき［*When Knighthood Was in Flower*］』（一八九八年）、それにジョージ・バリー・マカッチョンの『グロースターク［*Graustark*］』（一九〇一年）といった作品だった。『グロースターク』は、新世紀における アメリカ初のベストセラー小説となり、三〇年近くにわたり、ヨーロッパの架空の王国で繰り広げられる無数の冒険物語を生んだ。領土拡大を正当化した「マニフェスト・デスティニー（明白なる運命）」が高らかに謳《うた》われ、アメリカという国が東海岸から西海岸まで拡大し、フロンティアとしての西部が正式に消滅した。アメリカ帝国はハワイ、プエルトリコを領土にくわえ、それに一八九八年の米西戦争の結果、フィリピンまで勢力を拡大し、人々は外国の国々に関する話を読みたがるようになった。結局、一八九〇年代の自然主義は、現実主義者や、ジャーナリストが転身した小説家に道を譲ってゆく。『シスター・キャリー』（一九〇〇年）でスキャンダラスなシカゴを描いたセオドア・ドライサーや、「世界のための豚屠殺者」（安藤一郎訳）を書いたカール・サンドバーグはそういった作家だった。しかし世紀の変わり目の「お上品な」好みの読者たちは、むしろ奇想天外な物語を求め、ボームはそうした話を子どもたち向けに書いたわけだ。親たちが中世の国々や架空のヨーロッパの公国を描いた本に目を向けていたのなら、子どもたちが新しいおとぎの国の本を読まないはずがないだろう。

『オズの魔法使い』が出版後すぐに成功したにもかかわらず、ボーム家はクリスマス間近になっても、少々金欠状態だった。最初の印税は一月に支払われる予定だったが、モードはフランクに、ヒル社に出向いてクリスマスのプレゼント用資金を少々前払いしてほしいと頼むようにと言った。フランクは嫌々ながら言われたとおりにし、出版社は事務員にボームの明細書を作るように命じた。ボームは金額も見ずにそれをポケットに突っ込み、家に戻った。台所でフランクのもう一枚しかないシャツのアイロンがけをしていたモードは、支払ってもらったかとフランクに聞いた。小切手をフランクから受け取ったモードは、一〇〇ドルもあればいいほうだと思っていた。しかしそこには三四三二・六四ドルという金額が書かれていたのだ！

あまりに興奮したモードはアイロンのことを忘れてしまい、フランクのシャツを焦《こ》がしてしまった。ボームはのちに、ヒルに頼んで支払い済みの小切手をもらい、それを家の壁に掛けて、幸運の記念とした。[21] オズの成功は、その年の休暇を盛大に祝うに値するだけのものだった。だからデンスロウ家は大晦日のお祝いに、ボーム家とその他友人たちを、当時のシカゴで最新流行のレストランのひとつだったレクターズに招待した。そして客はテーブルに集まって新世紀を迎える乾杯をしたのだが、テーブルにはうれしそうなブリキのきこりの人形がのり、それをアメリカン・ビューティー種のバラの花が囲っていた。[22]

ボームには書きたい物語がたくさんあり、オズの成功によって、あらゆるタイプの本を書くことができるようになり、さまざまな出版社からの依頼も舞い込むようになった。とはいえ彼はまだ子ども向け文学において特別な地位を確立していたわけではなく、さまざまな申し出は一時的なものだった。一九〇〇年に『オズの魔法使い』を刊行したボームは、その後の一年で、「電気時代のおとぎ話」である『マスター・キー［*The Master Key*］』、現代版ファンタジーの短編集『アメリカのおとぎ話［*American Fairy Tales*］』、また『オズの魔法使い』の流れをくむ長編作品『メリーランドのドットとトット』を発表した。どの作品も、『オズの魔法使い』ほど一大流行を巻き起こすことはなかった。とくに『メリーランドのドットとトット』はわかりづらい作品で、美しい挿絵でさえそれを補うことはできなかった。

一方のデンスロウはいまや、アメリカの児童書におけるもっともすばらしい挿絵画家というあらたな評判を得て絶頂期にあった。デンスロウの名は、ウォルター・クレーン、ケイト・グリーナウェイ、ランドルフ・コールデコット、モーリス・ブーテ・ド・モンヴェルといった芸術家や画家、イラストレーターの集まりで好意的に語られていた。そしてデンスロウはボーム以外の作品の挿絵も手がけた。女性誌の読者から子どもたちにどのような本を与えるべきかと聞かれると、編集者がよく勧めるのが、『ファザー・グース、彼の本』をはじめ、デンスロウが挿絵を描いた本だった。デンスロウは、大胆にも『デンスロウのマザー・グース

ジョージ・M・ヒル社が刊行するL・フランク・ボームの作品の広告用パンフレットの表紙、1901年。個人蔵

［*Denslow's Mother Goose*］』と題し、伝承童謡に緻密《ちみつ》な挿絵を付けた本を、ニューヨークの出版社マクルーア・フィリップス＆カンパニーから出し、また通信社のマクルーア・シンジケートを通じ、『ビリー・バウンス［*Billy Bounce*］』という漫画を毎週日曜に新聞に連載した。デンスロウはさらに、ニューヨーク州イースト・オーロラで夏を過ごし、エルバート・ハバードが創設した出版社ロイクロフターズのために絵を描き、その後、ニューヨーク市に自身のスタジオを開設した。こうした活動をしつつ、デンスロウは時間を作っては『メリーランドのドットとトット』向けのすばらしい作品を描いたのである。

この本は、ボームとデンスロウが組んだ最後の作品となった。ふたりが協力関係を解消したほんとうの原因はわからないが、多くの要因があったようだ。一番の問題は実際的なことだった。ボームもデンスロウも、もう互いを必要とはしなかったのだ。どちらもいまや児童書出版の分野では名声を確立し、十分な収入があり他人と印税を分け合う必要もなかった。また共作の『メリーランドのドットとトット』はそれ以前の本のように大きな成功とはならなかった。『マスター・キー』は注目を集めつつあり、ボームは息子のロバートに贈った本にこう書いた。「このような終わり方にして、続編を書く余地も残さずに申し訳ない」。一九〇三年八月に『セント・ニコラス』誌はこの本を、子どもの読者がもっともよく読む本の一冊に挙げた。実際の売り上げは期待したほどではなかったが、一方で『デンスロウのマザー・グース』は出版二か月で四万部が売れたと言われている。著者も画家ももう相手の力を必要とはしていなかったのである。

ふたりの協力関係がこわれてから何年ものち、モード・ボームは「デンスロウはうぬぼれがひどく、だからそうなったのです」とだけ述べている。[23]『ファザー・グース、彼の本』に対してこれまでにない評価を得て以来、ボームとデンスロウのあいだにはかなりのライバル意識があったのは確かだ。この成功は、ボームとデンスロウ、どちらの力によるところが大きかったのだろうか。ボームは自分の作品がそれほどよいできではなく、自分の文章よりもデンスロウの挿絵の力が大きかったことを理解してはいたが、デンスロウの態度は気に入らなかった。現在はニューヨーク公共図書館の版画・絵画部門に所蔵されている『ファザー・グース、彼の本』のカバー絵には、大きな文字で「絵、W・W・デンスロウ」とあり、著者であるボームの名が小さな文字で書かれている。一八九九年時点では、デンスロウは出版界においてはボームよりも名を知られていたかもしれないが、そのように書いていい理由などなかったのだ。デンスロウはまた一九〇〇年に『ニューヨーク・ワールド』紙に『ファザー・グース』の漫画をふたつ描いたが、どちらにも、原作の共同制作者としてボームの名はない。ボームは一九一五年八月一〇日に、出版社に対ししいくらか辛辣にこう述べている。「わたしが文章に対してもつのと同じく、デンスロウは彼の挿絵に著作権をもっていた。わたしはデンスロウとの不幸な経験から学び、できれば、わたしの作品の登場人物を描いた挿絵に対し、その画家に著作権を認めたくはないと思うようになった」。そしてそれ以降、ボームはその思いを貫いた。『オズの魔法使い』をミュージカル狂騒劇にする依頼を受け、その製作についても何週間にもわたって侃々諤々《かんかんがくがく》の議論が続くうちに、ボームとデンスロウのあいだには憎悪が育っていき、一九〇一年にはそれが頂点に達した。この劇の脚本家と作曲家であるボームとポール・ティーティエンスには、衣装デザイナーとしてのデンスロウが、ふたりと同じ稼ぎを得るほどの働きをしているとは思えなかった。だが、このミュージカルの原作である本の共同著作権をもつデンスロウは、収益について均等の分配を求めた。とはいえ彼は、劇の上演準備にはごくわずかしか関わっていなかった。法的闘争や劇が上演中止になることを避けるために、ボームとティーティエンスは最終的にデンスロウの要求をのんだ。しかしふたりには、デンスロウが自分たちから不当に金を奪ったという思いがずっと残ったのだった。

ヒル社との共同契約にもかかわらず、一九〇一年末にはすでに、ボームとデンスロウは別の道を歩みはじめていた。ボームはクリスマスの日に、新しい本『サンタクロースの冒険』の原稿を出版社にわたしたが、この新しい童話の刊行前の広告には、挿絵画家としてデンスロウの名はなかった。その後、ジョージ・M・ヒル・カンパニーの事業が破綻し、この件は、著者と挿絵画家が、大きな利益をもたらした過去の協力関係を解消するのに都合よく働いた。

ヒルは、新社屋の建設と事業拡大を発表したわずか数週間後の、一九〇二年三月に倒産に追い込まれた。ボームとデンスロウの評判でさえ、債権者の請求をくい止めることにはならなかったのだ。四月二六日に裁判所がロバート・Ｏ・ロウを一時的な管財人に指名し、ロウは財産の売却を命じた。『パブリッシャーズ・ウィークリー』紙は三月二九日に、「最新の製本所……数百組の版……児童書（ボームとデンスロウが著作権をもつ多数の児童書を含む）……未製本および製本過程にある書」の売却を報じている。ヒルは会社の運営権を取り戻そうとしたが、ジョージ・Ｗ・オギルヴィー・カンパニーとの債権売買交渉が五月八日に完了した。Ｃ・Ｏ・オーウェン＆カンパニーがヒル社の製本工場を購入し、ジョージ・ヒルを社長として新しく設立されたヒル・バインダリー・カンパニーに再度これを売却した。フランク・Ｋ・ライリーとサムナー・Ｃ・ブリトンはヒル社の専門書部門を引き継ぎ、ジョージ・Ｗ・オギルヴィーと取引する西部唯一の書籍販売会社になるべく、すばやくマディソン・ブック・カンパニーを設立した。さらに、ニューヨークではカップルズ＆レオン・カンパニーが誕生し、東部唯一の販社となった。ニューヨークの出版者Ｊ・Ｓ・オギルヴィーの兄弟であるジョージ・オギルヴィーは、一九〇二年八月下旬には「ボームとデンスロウの作品はまもなく当社で刊行」という広告を出した。しかしこれが実現することはなかった。

ヒル社の財政問題には、ボームの個人的事情も絡むことになった。『ブックセラー・アンド・レイテスト・リタラチャー』紙は一九〇二年四月四日に、イリノイ女性通信協会の会議で、ボームが「作家と出版社との関係」というテーマで講演を行ったことを報じている。ヒル社との経験に触れたことはまちがいない。ボームは作家たちに、一社のみと契約するよう助言した。そして出版社が作家の名声確立のために多額の広告を打ったあとに、作家が出版社を見捨てるのは不当

な仕打ちであると述べている。おどろくことに、ボームは印税率を小さくしたほうがよいとも言った。それによって出版社が広告に費用をかけられるようになり、それが本の大きな売り上げにつながるというのだ。ボームはまた、著者の原稿を編集者が改変することに対しては失望を表した。変更は、作家自身が、書いた当初の趣旨を出ない範囲で行うべきものだというのがボームの主張だった。

ボームとデンスロウは、一九〇二年六月の『オズの魔法使い』のミュージカル狂騒劇上演前に本が再度刊行されることを望んだ。だがオギルヴィーがヒル社から引き継いだ借金その他の問題があり、早急な刊行は不可能だった。さらに『ブックセラー・アンド・レイテスト・リタラチャー』誌は八月に、「ボームとデンスロウの問題に関して、裁判所はデンスロウ氏の主張を認め、著者と挿絵画家はパートナーではないと裁定した。このため一方にのみ行った支払いは、双方に支払われた印税とはみなされないとした。争点となっている事項については、裁判所の判断が待たれる」と報じた。ヒル社がしばしばボームに前払いしていた多額の金に関して問題が生じたのだ。デンスロウが前払いを求めたことはなかったからだ。デンスロウは結局オギルヴィーを訴えて、デンスロウに言わせれば自分に支払われるべき印税を取り戻さなければならなかった。オギルヴィー社は、ボームとデンスロウはパートナーの関係にあり、ボームの借金が片付くまでは、同社がデンスロウに支払う必要はないと反論した。挿絵画家と出版社との争いはとてもみにくいものに発展し、マディソン・ブック・カンパニーは、『オズの魔法使い』やその他の本を直接デンスロウに売ることはしない、大手デパートででも買ってくれとデンスロウに言ったほどだった。裁判所はデンスロウに有利な裁定を出し、オギルヴィーはデンスロウ分の印税を支払わなければならなかった。そしてオギルヴィー社はボームに対し、ヒル社から借りていた金の返済を求める訴えを起こした。この件は、法廷の外で解決したのはまちがいないようだ。

またボームとデンスロウはオギルヴィー社を相手どり、本の原版を確保するために共同の訴えを起こした。ふたりの所有物だと主張したのだ。『マスター・

キー』を出版したインディアナポリスのボブズ＝メリル（一九〇三年まではボーエン＝メリル）社は既刊、新作にかかわらず、ボームの作品の刊行を熱望していた。同社はすでに『サンタクロースの冒険』をヒル社から引き継いでおり、クリスマス休暇には十分間に合うよう刊行した。しかしヒル社の問題は一九〇三年一月まで解決せず、五月には、オギルヴィーの支援者のひとりが手を引いていた。不本意ながら保有する版を利用し、オギルヴィーは急遽、『オズの魔法使いの絵本』をまとめた（「デンスロウに関する付録」を参照）。この薄い本は『オズの魔法使い』向けの未使用の版を使ったもので、トーマス・ラッセルによるまったく新しい物語を左ページに載せた。この本にはボームのボの字もなく、「オズ」という言葉も使われておらず、それにドロシーはただの「小さな女の子」だった。表紙とタイトル・ページにはデンスロウの名があったが、彼自身はおそらくは出版に関わっていない。この本はミュージカル狂騒劇を利用し、その表紙には劇での役どおりに、かかしに扮したフレッド・A・ストーンと、ブリキのきこりのデヴィッド・C・モンゴメリーのリトグラフがこれ見よがしに載っていた。この本は当然のごとく、オズのミュージカルを上演中の劇場ロビーで販売された。

結局ボームとデンスロウは版の権利を手に入れ、これをボブズ＝メリル社にわたした。しかし大きく脚色されたミュージカル劇と子ども向けの物語とを混同されたくなかった出版社は、この本のタイトルを『新しいオズの魔法使い』と変更した。[24]デンスロウは再刊にさいし、表紙、タイトルページ、それに巻末用の絵をあらたに描いた。だがこの本の出版にかける費用は削られ、ボブズ＝メリル社は二四枚あった刷版をわずか一六に減らし、以前には緻密な配色がなされていた本文挿絵が、この本では明るい赤みがかったオレンジ色と緑色の二色だけになってしまった。ボブズ＝メリル社はイギリスでの著作権保護のため、ロンドンの大英図書館、エディンバラの弁護士会図書館、オックスフォードのボドリアン図書館にこの作品を納本した。イギリスでは、ホッダー＆スタウトン社が一九〇六年にこの本を出版した。残念ながらボームはボブズ＝メリル社の本の売り方に満足できず、ライリーとブリトンのもとに出向き、『オズの魔法使い』の続編である新作を提供した。そしてマディソン・ブック・カンパニーはライリー&ブリトン・カンパニーと名を変え、一九〇四年に『オズのふしぎな国』を出版した。

デンスロウにはまもなく、自分自身の問題がもちあがった。ニューヨークに移ってしばらくして、結婚生活が破綻したのだ。アン・ウォーターズは若きアーティストのローレンス・モザノヴィッチと恋に落ち、ふたりはパリで結婚し、アンはローレンスの子を産んだ。だが一九〇四年のクリスマス・イヴには、デンスロウも再婚した。相手はフランセス・ドゥリトルという名の、裕福だという噂の未亡人だった。デンスロウは児童書に挿絵を描き続け、『クリスマスのまえのばん』(一九〇二年)や一八巻からなる「デンスロウの絵本シリーズ[*Denslow's Picture Book Series*]」(一九〇三~一九〇四年)は有名だ。ミュージカル狂騒劇『オズの魔法使い』から得る印税で彼はバミューダ沖の島を購入し、自らデンスロウ島の王デンスロウ一世と称し、島の船乗りを王国艦隊の提督に、日本人料理人を首相に任命した。彼は作詞家のポール・ウェストとの共作で、自作の児童書である『真珠とカボチャ[*The Pearl and the Pumpkin*]』(一九〇四年)をミュージカル劇にすることにもこぎつけたが、『オズの魔法使い』のようにうまくはいかなかった。デンスロウの飲酒量は増え、三番目の妻とも離婚し、きちんと仕事をこなすのもむずかしくなった。短期ではあるが彼はバッファローに住み、そこで美しい広告用パンフレットを描いたが、晩年はニューヨーク市に戻り、美術作品を扱う二流の代理店から仕事をもらった。そして楽譜の表紙や子ども向け雑誌の『ジョン・マーティンズ・ブック』の挿絵を描いていたのだが、有名誌である『ライフ』にフルカラーの表紙を描き、その後週に一度の漫画連載の仕事をもらったときには、将来の展望が開けたように思えた。だがこの契約に有頂天になったデンスロウは祝杯を挙げに出かけ、肺炎にかかってしまう。[25]一九一五年五月二七日にW・W・デンスロウは亡くなり、また同年には、エルバート・ハバードとその妻が、商船ルシタニア号の沈没で命を落とした。この間、ボームは昔の共作者のことはほとんど耳にしておらず、デンスロウが亡くなったときには、彼が自殺したのだという誤った情報を知らされていた。

　ボームは挿絵画家と出版社の両方を一九〇二年に失ったが、『オズの魔法使い』を原作とするミュージカル劇上演という、生涯で最大の成功にも恵まれた。このショーの発案者がだれなのかは不明だ。ポール・ティーティエンスの日記によると、作曲家であるティーティエンスが、ボームにこの件について数週間考えるように促したのだが、ボームはこの物語でなにかをやることに乗り気でなかったという。デンスロウが著作権を共有しており、ふたりが当時はよい関係になかったからだ。ボームとティーティエンスは喜劇オペラ『タコ　または信頼［*The Octopus or The Title Trust*］』を製作したもののこれは上演にいたらなかったため、ボームがティーティエンスとデンスロウに対して折れ、自作の児童書を原作としたミュージカル狂騒劇の台本を書いた。デンスロウはこれをフレッド・A・ハムリンのもとへもって行った。ハムリンはシカゴ・グランド・オペラ・ハウスの支配人だ。ハムリン家はウィザード・オイル（魔法使いのオイル）という万能薬で財を成していたので、ハムリンはこれもうまくいきそうだと思い、翌年の夏にこのミュージカルを上演することに同意した。

　ボームはハムリンに原作の物語に沿った五幕のオペレッタを提示した。だがハムリンがそれを、ウェーバー＆フィールズ劇場のミュージカルレビューや、のちにはミュージカルレビュー『ジーグフェルド・フォリーズ』の舞台監督を務めたジュリアン・ミッチェルに送ると、彼は原稿の表に「不可」と書き、送り返してきた。ハムリンはそこで彼に原作の『オズの魔法使い』を送った。ミッチェルはこの本を気に入り、とくにかかしとブリキのきこりをおもしろいと思ったため、ミッチェルはこの台本をすべて書き換えるという条件で監督することに同意した。ミッチェルは自ら筋書きを考え、ボームが台本を書き換えるのを指導した。ボームが『シカゴ・レコード・ヘラルド』紙（一九〇二年六月一〇日付）に寄せた回想は、これとは少々異なる。


　　だがジュリアン・ミッチェルは原稿に目を通すと、わたしにこれを現代的な狂騒劇に修正するようにと言いました。派手な舞台効果とばかげた場面を生みだせるような物語にするためです。これを完成させるのにはずいぶんと苦労しました。というのも、本の筋をかなり変更する必要があることがわかったからです。わたしは想像力をフルに働かせてこのおとぎ話を書いたため、本のなかの動きの多くは、動きに制限のある舞台上では再現することが不可能だったのです。このためわたしはうまく使える部分を選び出し、いくつか、ドロシーと愉快な仲間の物語をくっきりと浮き立たせるような、新しい登場人物と小さな筋を取り入れることでそれをつなぎました。本のあらすじは残しましたが、原作の読者たちには、エメラルドの都と魔法使いオズを探す旅に出る有名な登場人物たちが、すぐにはそれとわからないでしょう。

実際には、ボームがミッチェルや台本修正者に協力する作業は難航し、ついにハムリンはボームに、ミッチェルのやり方でショーを上演するか、上演を止めるかのどちらかだと告げた。「わたしはこう告げられました」とボームは述べている。「本のなかではおもしろくても、ミュージカルの平均的な観客にそれは伝わりづらいだろうと。観客は、次から次へとウィット――あるいはウィットのようなもの――を繰り出されることに慣れているからです。だからわたしは、この作業にハムリン監督の勧めでふたりの専門家の助けを借りることになり、彼らはわたしの単調な文章にあれやこれやと『笑い』をくわえました」。ミュージカルの台本にはいく度も修正がくわえられ、ボームが書いた場面はどんどん却下されて新しいものに代えられた。「原作の物語は無視されたも同然でした」とボームは『シカゴ・トリビューン』紙（一九〇四年六月二六日付）に書いている。「会話は焼きなおされ、背景も入れ替えられて、ネブラスカの魔法使いはアイルランド人になり、ほかの登場人物のいく人かは、新しい脚本に合わせたものにせざるをえなくなりました」。トトはイモジンという名の牛になり、ほかにも、桂冠詩人のサー・ダシェモフ・デイリー（タイツをはいた女性が演じた）、トライクシー・トライフルという名のカンザスの給仕、精神錯乱者のシンシア・シンチ、エメラルドの都の元王でカンザス州トピカの運転士パストリアなど、新しい登場人物が生まれた。ミュージカル開演時には、ボームの原作は台本にはほとんど残っていなかった。

できあがったミュージカルは、原作となった児童書とは似ても似つかぬものとなった。時事的な歌、異国風のダンス、お決まりの喜劇や大仕掛けな舞台効果がつなぎ合わされ、ミュージカルレビューやヴォードヴィルショーと言ったほうがよい作品だった。上演初日の夜、一九〇二年六月一六日に、『オズの魔法使い』はハムリンのグランド・オペラ・ハウスの歴史に残るミュージカル劇となった。観客はなにを求めているのか、ミッチェルがもつ豊富な知識が、『オズの魔法使い』を当時では非常に成功したショーに変えたのだった。そしてこの劇はまちがいなく、その後の一〇年の喜劇ミュージカルに影響をおよぼした。すぐに、ニューヨークでの上演契約も交わされた。ウィリアム・ランドルフ・ハーストがコロンバス・サークルに建設したばかりのマジェスティック劇場で、一九〇三年一月から上演することになったのだ。この時期、ブロードウェイで『オズの魔法使い』よりもうまくいったのは、レビューの『フロロドーラ［*Florodora*］』とオペレッタの『メリー・ウィドウ』くらいしかなかっただろう。著者のボームほど、このミュージカル狂騒劇の成功を喜んだ者はいなかった。ボームは『シカゴ・サンデー・レコード・ヘラルド』紙（一九〇二年六月二九日付）でこう語っている。

> 自分の作品が初めて舞台上で、それも生身の登場人物によって演じられるのを見たときの著者の気持ちがわかる人など、ほとんどいないでしょう。かかしにブリキのきこり、おくびょうライオンは、わたしが頭のなかで生み出した自分の子どもたちです。わたしが本に書かなければ、実際には存在しない架空の者たちなのです。けれどもペンとインクで彼らを描くことと、彼らが実際に生きて動いているのを見ることとはまったくの別物です。『オズの魔法使い』の初演時にかかしに生命が宿ったとき、わたしはおどろきと畏れという不思議な感情に見舞われました。ブリキのきこりの姿には息をのみ、人が花を演じるあでやかなケ

シ畑――これまでに見たどれほど鮮やかな夢よりも真に迫っていました――が目に飛び込んできたときは、のどに大きな固まりがつまったようになり、わたしはこの光景を見るために生きてきたのだという感謝で胸がいっぱいになりました。こうした感情を恥ずかしく思うはずもありません。わたしの目には、登場人物が実在のものであるかのようにごく自然に映りました。おそらく、作家ならばみなこうした経験があることでしょう。ですから少なくとも、わたしの気持ちはわかってもらえるでしょう。

ミュージカルの成功はミッチェルの監督の手腕と俳優たちの演技によるところが大きかった。台本はそこそこ使えるものでしかなく、今見れば時代遅れで、精彩を欠いているように思える。音楽は平凡で、耳に残るようなできの曲はない。このミュージカルで当たったのが、元ヴォードヴィリアンでブリキのきこり役のモンゴメリーとかかし役のストーンだった。一夜にして、『オズの魔法使い』はふたりを喜劇ミュージカルのスターに押し上げた。そしてふたりはその後、『赤い水車［*The Red Mill*］』や『レディ・オブ・ザ・スリッパー［*Lady of the Slipper*］』などなど、ブロードウェイのミュージカルやオペレッタに次々と出演して名をあげた。アンナ・ラフリンはかわいいドロシーを演じ、ベシー・ウィンとロッタ・ファウストは何曲か挿入歌を歌ってこれがヒットした。また牛のイモジン（フレッド・ストーンの弟のエドウィンが演じた）とおくびょうライオン（イギリス人「パントマイム」のスター、アーサー・ヒル）も人気だった。おそろしい竜巻を演出するなど、ミッチェルは耳よりも目に訴えるミュージカルにした。コーラスガールの一団は舞台上を行進し、場面に合ったさまざまな歌を歌った。なにより観客の目を見張らせたのが、「おそろしいケシ畑」だった。ボームはコーラス隊に花の衣装を着せてケシ畑にしていたのだが、ミッチェルは舞台で雪嵐を吹かせてばらばらに散らしたのだ。「わたしはほんとうにびっくりしてしまいました」。ボームはこのショーについて、初めて観たときの感想を『シカゴ・トリビューン』紙（一九〇四年六月二六日付）にこう語った。「そして折りを見て、新しい演出のいくつか、わたしが気に入らないものについては抗議しました。けれどミッチェル氏が耳を傾けたのは客席を埋めた観客の喝采であって、彼はわたしの主張には耳を貸さなかった……。客に見せるのは彼らを満足させるものであって、作家が気に入るものを見せるわけではありません。ジュリアン・ミッチェルは偉大なプロデューサーとして認められていますが、彼は劇場に足を運ぶ大勢の観客の声を一心に聞き、それに従う——そしてそれが通常は成功していることが、その理由のひとつにあるのです」。劇作家のユージン・オニール、詩人のヴェイチェル・リンゼイ、エッセイストのE・B・ホワイトらも、このショーを好意的に評した。

ミッチェルはこれでショーを完成させたわけではなかった。歌やジョーク、登場人物については新しいものをくわえたり、以前のものを取りのぞいたりしつつ、何年も上演して利益を上げられるようにした。またミッチェルは二番手の劇団を立ち上げ、この劇団も巡業してオズのミュージカルを上演した。モンゴメリーとストーンがショーの出演を止めたあとも、劇団は全

1902年のミュージカル狂騒劇『オズの魔法使い』の登場人物。W・W・デンスロウ画。個人蔵

1902年のミュージカル狂騒劇『オズの魔法使い』でかかしを演じたフレッド・ストーンのスケッチ。W・W・デンスロウ画。ルイストン（メイン州）『サタデー・ジャーナル』紙、1903年2月21日付け。アメリカ議会図書館提供

国を回り、満員の観客にショーを見せた。ハムリンとミッチェルが『オズの魔法使い』の直後に上演したのは、ヴィクター・ハーバート原作の有名な『おもちゃの国の赤ん坊たち』で、『オズ』と同じ俳優たちがいく人か登場した。だがこの作品は、ボームのショーの大成功に続こうとして失敗したいくつものミュージカル喜劇のひとつにすぎなかった。『オズの魔法使い』のように八年にわたって上演されたミュージカルはほかにはなかったのである。

ボームが演劇への愛情を捨てることは決してなく、このミュージカル狂騒劇の成功によって自信を得、別の作品を製作しようとした。この頃彼は時間をやりくりして児童書と台本の執筆をこなしていた。『オズの魔法使い』が高い評判を得、またボームはつねに演劇の計画に一心に取り組んだにもかかわらず、残念ながら、ボームの劇に興味を示して上演しようとするプロデューサーは現れなかった。このためボームは『オズの魔法使い』の続編を書いて、これを次のミュージカル狂騒劇にしようとした。本来は「かかしとブリキのきこりのさらなる冒険［The Further Adventures of the Scarecrow and Tin Woodman］」という名（だれもこのタイトルを気に入らなかったのだが）の作品は、モンゴメリーとストーンのために書かれたものだった。ボームはこの作品をふたりの俳優に捧げさえしたし、本の見返しには、かかしときこりの衣装をまとったふたりの絵が掲載された。ライリー&ブリトンはこれを『オズのふしぎな国』というタイトルにして、新聞に絵を描いていたフィラデルフィアの若手画家、ジョン・R・ニール（一八七七〜一九四三年）の挿絵を付けて出版

ジョン・R・ニールによる、W・W・デンスロウのドロシーとトトの戯画。『オズへの道』(1909年)。個人蔵

した。この作品は『オズの魔法使い』と同じくらい評判がよく、この物語以降、オズ・シリーズは長く続くことになった。ボームはすぐに自作の詞とフレデリック・チェイピンの曲をつけ、この作品を『クルクルムシ［*Woggle-Bug*］』という劇にした。だが結局ボームはモンゴメリーとストーンを確保できず、一九〇五年夏上演の劇では最悪の入りの作品のひとつとなってしまった。「子ども向けの」ショーとレッテルを貼られたこの作品に、大人は足を運ぼうとしなかった。楽曲は称賛されたのだが、脚本や俳優たちは精彩を欠いていた。ボームは『シカゴ・トリビューン』紙(一九〇四年六月二六日付)に、「わたしがまた別の狂騒劇を書くか、わたしの別の作品を劇にするとしたら、ミッチェル氏が［『オズの魔法使い』で］授けてくれた教訓を役立てるつもりです。そして個人的な好みはおいて、チケットを買ってくれる人たちの要望を優先させます」と断言していた。だがボームはミッチェルから学んではいなかった。彼は自分のおとぎ話を、劇場の目の肥えた観客が気に入るような作品に書き換えることができなかったのだ。

この劇の上演最終日までボームと出版社は、この劇と、劇の原作となった本をあらゆる方法で積極的に宣伝した。漫画家のウォルト・マクドゥーガル（一八五八〜一九三八年）と組んで、ボームは『オズのふしぎな国からの奇妙な訪問者たち』と題した、新聞の日曜版に掲載する漫画を製作した。そしてこれをフィラデルフィアのノース・アメリカン社が、周辺の市に一九〇四年一一月から一九〇五年二月まで配信した。劇の開演数か月前のことだった。また上演初期には、本と劇に登場するもっとも風変わりなキャラクターであるクルクルムシ・ハカセを周知させるべく、「クルクルムシ・ハカセ・コンテスト」を開催した。ボームとティーティエンスは『クルクルムシはなんと言った？［*What Did the Woggle-Bug Say?*］』という歌を書き、コンテストを宣伝した。ボームはさらにアイク・モーガンの挿絵をつけた派手な大型絵本『クルクルムシのはなし［*The Woggle-Bug Book*］』を出版した。この本はおそらく、ボームが書いた児童書のなかで最悪のものだった。こうした目先の変わったやり方も劇の人気を呼ぶことにはならず、上演は一か月たらずで打ち切られた。

ボームが『オズの魔法使い』の続編を出版すると、デンスロウがオズの登場人物をほかで勝手に使った。残念ながら、挿絵画家であるデンスロウはこの本の著作権を共有していたため、デンスロウは作品に関してボームと同様の権利があった。それにボームは、デンスロウに『オズのふしぎな国』の挿絵を描いてもらおうとは一切思わなかったのだ。すると『オズの魔法使い』の挿絵画家は、自作の児童書『デンスロウのかかしとブリキ男［*Denslow's Scarecrow and the Tin-Man*］』（一九〇四年）を出版した。しかしこの作品は『オズの魔法使い』をもとにしたものとは言えなかった。デンスロウが描いたのは、舞台の登場人物たちがある日劇場から逃げ出すという物語だった。彼はこれを「小さなフレディ・ストーン」に献じている。この作品は一冊の本として出版されたほか、デンスロウの絵本の作品集にも収められた（デンスロウに関する付録参照）。彼はまた新聞の日曜版に『デンスロウのかかしとブリキ男』の漫画を描いたが、これはボームの『オズのふしぎな国からの奇妙な訪問者たち』ほど多数の新聞に配信されはしなかった。そしてボームが「オズ」に関わる新しい計画でデンスロウの名に触れなかったのと同じく、デンスロウが登場人物の共同制作者としてボームの名を挙げることはなかった。

『クルクルムシ』の失敗にもかかわらず、ボーム家は快適な暮らしを送っていた。『オズの魔法使い』のミュージカル狂騒劇から入る著作権料で著者であるボームは裕福になり、また名も売れた。ボームの児童書はいまだ売れ行きがよく、またボームは、大人と青少年向けに手っ取り早く金を稼げる本を書いて収入を増やしていた。「エディス・ヴァン・ダイン」名義で書いた『ジェーンおばさんの姪たち［*The Aunt Jane's Nieces*］』シリーズはオズ・シリーズに肩を並べるほど人気があった。シカゴの自宅とマカタワの夏の別荘をもつほか、ボーム家は、冬にはカリフォルニア州サンディエゴにある豪奢なホテル・デル・コロナドで過ごし、ここでボームはオズ・シリーズを数冊書いている。一九〇六年には出版社に数冊分の原稿をわたしており、ボーム夫妻は、エジプトとヨーロッパを巡る半年におよぶ旅に出る余裕もあった。もちろん、ボームは出版社との契約条件を満たすために執筆を続けていた。『パブリッシャーズ・ウィークリー』紙（一九〇六年一月六日付）には、ボームが「ナイルの妖精［The Fairies of the Nile］」をもとにしたおとぎ話の新しいシリーズを執筆中だという記事がある。こうした作品が出版されることはなかったが、このアイデアのいくつかは他の物語に組み込まれた可能性もある。彼は物語の題材をナイル川流域で集め、これを取り入れて、一九〇八年に別名義の大人向け小説『最後のエジプト人［*The Last Egyptian*］』を書いている。ボーム夫妻はイタリアのヴェスヴィアス火山の噴火からパリのルーヴル美術館にいたるまで、可能なかぎりすべてをその目で見ようとした。とはいえこれはフランクというよりもモードの旅であり、モードは熱心に大ピラミッドに登り、エジプトのハーレムを訪ねた。その翌年、フランクはモードが旅先から家族に出した手紙を編集し『こことは別の国で［*In Other Lands Than Ours*］』にまとめ、自身で撮った写真をこの本に掲載した。

パリ訪問中に、ボームは子ども向け映画産業について調べたということだ。パリに登場した、透明感のあるフィルムの彩色法に魅せられたボームは、開発者のミシェル・レディオから、アメリカでその技術を利用する権利を購入したと言われている。息子のフランク・J・ボームはその頃、自身がフィリピンやアジアの他地域で経験したことを一連のスライドにして披露しており、ボームはオズの国の物語でもこれと同じことができるはずだと考えた。彼は、中国やアジア諸国ではなく、おとぎの国の「トラヴェログ（旅行記）」である「フェアリーログ（おとぎの国紀行）」を思いついた。この作品は、E・ポラックがボームの児童書の挿絵を写した手彩色のスライドに、シカゴのセリグ・スタジオでトリック撮影し手彩色した短編映画『レディオ・プレイズ』を組み合わせるという、これまでにないものになった。ウィリアム・ニコラス・セリグ大佐はほぼ忘れられた存在だがアメリカ映画産業のパイオニアであり、一八九六年に動画用カメラの特許を取っていた。彼はその後シカゴにスタジオを開設し、またハリウッドでは最も初期に映画の仕事をした人物でもあった。

フィルムはその後パリに送られ、そこでデュヴァル・フレールによって手彩色が施された。ボームの『フェアリーログ・アンド・レディオ・プレイズ［*Fairylogue and Radio-Plays*］』は、ライリー＆ブリトン社のオズ関連の本や、ジョン・R・ニールが挿絵を描いた別のおとぎ話『ジョン・ドゥーとチェラブ［*John Dough and the Cherub*］』（一九〇六年）を売り出すための、手間のかかった広告キャンペーンだった。この作品は彩色したスライドと短編カラー動画の組み合わせという手の込んだものだったが、ボームが銀行や裕福な友人から借り入れて、ひとりですべての製作費を支払った。こうした費用には、スライドの製作費から映写、靴やカツラ、張り子の製作費など、ありとあらゆるものが含まれていた。当時はサイレント映画初期の時代だったため、スライドを変え、フィルムを巻き取るあいだに、ボームがオズの国について解説をした。スライドや映画とボームの解説のすべてにオーケストラの生演奏がついており、ナサニエル・D・マンがこのショーのために書き下ろした曲が演奏された。ボームはすべての支払いを負っていたため、『フェアリーログ・アンド・レディオ・プレイズ』は、オズの物語に関するものでは、ボームが芸術面のすべてを監督した初の作品となった。

『ニューヨーク・ヘラルド』紙（一九〇九年九月二六日付）のインタビューで、ボームはこの作品の特殊効果の一部について解説している。

　こうしたトリックで一番簡単なもののひとつが、わたしのおとぎ話の導入部に使われていました。小さな登場人物たちがそこにおかれていたオズの本のページから出てきて、この物語を演じる俳優になる場面です。まず閉じた本があり、これを妖精たちが開きます。一ページ目にかわいいドロシーの白黒の絵が出てきます……わたしが手招きすると、ドロシーがページから出てきて、色がつき、命が吹き込まれて動き出すのです。妖精たちはいったん本を閉じ、それから次々と開いていき、ブリキのきこり、かかし、それからその他すべての登場人物が本のページから出てきて、色がつき、命を吹き込まれ……。

　どうすればこうなるのでしょう？　実はこんな仕掛けです。本のページを正確に各登場人物の形になるようくりぬき、各登場人物はそのなかに立ちます。そして白黒で撮影します。それぞれが本から出てくるときは、人が立つ部分の背景は白くして、くりぬいた部分が見えないように撮影します。同時に、妖精が本を閉じます。登場人物がひとり出たらカメラはいったん止め、新しい登場人物が自分の型に入り、準備を済ませ、それから準備を行う人々がその場を出たら、カメラを回しはじめ、妖精が本を開き、新しい登場人物が本のなかから出てくるのです……。同じフィルムで白黒からカラーへと変化させることはむずかしかったため、この特殊な動きに人の手で彩色する必要が生じました。ですがこれにもきわめて精巧な作業が必要でした。四分の三インチ（二センチ弱）の登場人物が八フィート（約二四〇センチ）の大きさになるのですから、きわめて細かな点まで配慮して彩色しなければ、スクリーン上ではひどい色むらができることはおわかりでしょう。このため、倍率が非常に大きな拡大鏡を通してフィルムに彩色しなければならず、完璧に満足のいく結果を出すまでには、とても多くの試みがなされたのです。

この短編動画には、ジョルジュ・メリエス、エドウィン・S・ポーターその他、初期の映画の魔術師が開発した、ストップモーション・アニメーション（コマ撮り）や二重露光といった初歩的なトリックが採用されていた。映画が製作された一九〇八年当時の標準からすると際立った技術が使われているが、ごく簡単な方法で撮影された部分もある。たとえば『オズのふしぎな国』（一九〇四年）に登場する空飛ぶソファのガンプ号の撮影もそうだ。

まず登場人物たちが二脚のソファをひっぱってきて、これにシーツをかけて長い物干し綱でしばります。これにつめ物をしたガンプ、つまりシカの頭を一方に、もう一方にしっぽ代わりの箒をおきます。それから舞台から出て、翼代わりになる大きなヤシの葉を取ってきます。そしてこの奇妙な飛ぶマシーンに全員が乗ったら、ヤシの葉の翼を羽ばたかせてガンプ号が空中に浮いて、みんなを乗せて飛び去るのです。

これは……おどろくべき特殊効果ですが、説明は簡単です。登場人物が舞台を降りたところで撮影していたカメラをすぐに止めて、それから作業員がやってきて、飛ぶソファに見えないワイヤーをとりつけます。このワイヤーは天井裏まで延びていて、そこから舞台袖につながっています。すべてをきちんと手配したら作業員は舞台から降り、カメラは撮影を再開し、登場人物たちがヤシの葉とともに現れ、ソファの上に登ります。次の瞬間、見えないワイヤーが彼らを空に引き上げ、ガンプ号が空を飛ぶ完璧な場面が撮影されるというわけです。

ちょっとした撮影の工夫も、魔法のような働きをしていた。たとえば『オズのふしぎな国』で、ひとりの少年が少女に変身する場面だ。

少年は見ている人たちの目の前で溶け、どんどん薄くなり、ほとんど見えなくなって、するとそのかすかな霧のような姿のなかから、最初はぼんやりと影のような少女が現れ、それがしだいに濃くなって、ついにはしっかりとした人間の姿となって目の前に立つのです。どうしたらこんなことができるのでしょう？　露出の長さとちょっとした調整でこうなるのです。動画は高速度でシャッターを開閉し、短い露出時間で撮影したフィルムで作ります。露出を長くすれば――つまり、シャッター速度を遅くする――露出しすぎとなって、それに比例して、できる映像はしだいに影のようにぼんやりとなっていくのです。だから少年を消したいならば、しだいにカメラのシャッター速度を遅くしていって、最後には止める……。それから少年をその場からどかせて、少年が立っていたのとぴったり同じ場所に少女を立たせる。周囲のほかの人たちが映りこまない場所に出たら、再度遅いシャッター速度で撮影し、しだいにその速度を上げ、通常の速度まで戻します。ここで注意しなければならないのは、少年が消えかける姿が自然に少女の見えはじめの姿に変わるようにする点です。少女はこうして、フィルム上では徐々にはっきりとした姿になっていき、シャッター速度が通常通りになると、くっきりとした姿が現れます。もちろん、スクリーンに映すときにはこのフィルムを編集し、少年と少女が交代するときの中断部分は、切り取って簡単につなぎあわせることができます。……これは、自分の目を信じられない一例で……カメラは上手に嘘をつけるのです。

こうした場面よりもずっと複雑なものが『オズのオズマ姫』（一九〇七年）には登場する。

鶏舎のなかにいるドロシーは、嵐のまっただなかにある海に、信じられないほど激しい力で投げ出されます。少女は……これまで海に入ったことがありませんでした。わたしがこれを撮ろうと映画製作者たちに提案すると、みなわたしのことを笑いとばしました。……まず、わたしは嵐の海を撮りました。それからわたしはガラス張りの広いスタジオに入り……。スタジオの中央には舞台があります。わたしは空いたスペースに真っ黒な布を垂らし、そこに鶏舎にいるドロシーをおきました。鶏舎はいくつもキャスターが付いた揺り子の上に作り、見えないワイヤーを付け、鶏舎と少女以外はすべて黒い布で隠します。この準備を終えると、スクリーンの一方に先に撮った嵐の海を映し出しました。そして波が押し寄せると、その波の動きに合わせて黒い布の上で鶏舎をぷかぷかと動かし、それを撮影したのです。

　ここで撮った場面は現像すると少女と鶏舎だけのものですが、周囲の真っ黒な布のせいで、フィルムの鶏舎以外の部分は透明になります。ですからこの鶏舎のフィルムを嵐の海を撮ったフィルムの上においてポジフィルムに一緒に焼きつけ、それを映写するのです。映写すると、少女が海を漂っているように見えます。海の場面はフィルムの透明な部分に焼きつけられていて、少女のいる鶏舎が海面にあるように見えているからです。鶏舎を押し寄せる波の動きに合わせて動かすのは、とてもむずかしい作業でした。満足のいく結果をえるのに七回も試し撮りをしたのです。

　ボームはショーを二部に分けた。第一部は、『オズの魔法使い』、『オズのふしぎな国』、『オズのオズマ姫』を原作としスライドと映画からなる、フランシス・ボッグズ監督の『オズの国』。そして第二部は、オティス・ターナー監督による『ジョン・ドゥーとチェラブ』で、これにオズ・シリーズの最新作『オズとドロシー』（一九〇八年）の紹介も付いた。一部と二部の短い幕間には、ボームは子どもたちのために、本に手早くサインをした。

　『フェアリーログ・アンド・レディオ・プレイズ』は一九〇八年九月二四日にグランドラピッズで公開された。クリスマス休暇にはニューヨークで上演される予定だったが、中西部と東部では観客は少ないことが多かった。とはいえ、ボームは絹の縁取りの折り返し襟がついた白いフロックコートと、白い毛織物のブロードのズボンをまとって子どもたちを魅了した。複数の新聞が、ボームはアメリカでもっとも有名なユーモア作家、マーク・トウェインのようだと書いた。『セント・ポール・ニュース』紙は、いかつい口ひげをはやしてはいるが、詩人のユージーン・フィールドや『ピーター・パン』の作者ジェームズ・M・バリーのように、ボームは「永遠の少年」だと評した。「L・フランク・ボームはとても個性的な人だった」と回想するのは、作曲家ポール・ティーティエンスの妻で、詩人のユーニス・ティーティエンスだ。ユーニスは自伝の『身近な世界［*The World at My Shoulder*］』（一九三八年）にこう書いている。「ボームは背が高く、手足がひょろ長くて、あまりに想像力と活力がありすぎて、いつもどこへ行ってしまうかわからないような人だった……。なにをするにしてもつねに想像力を働かせ、実際に自分がしたことと、想像したことの区別がつかない状況になっていた。彼が話すことのすべては、話半分に聞かなければならなかった。けれど彼はとても魅力的な友だった」。ボームの無頓着で無邪気なところは、ショーの楽しさを増す要素となっていたに違いない。一〇月には、『シカゴ・トリビューン』紙に評論家がこう書いている。「ボーム氏は作家には珍しく訓練を積んだ話し手であり、その力を披露している。ボーム氏の発音は明晰で切れがあり、二時間も続く娯楽ショーのあいだ、大勢の観客の気持ちをつかむ能力が十分に発揮されている」。多くの評論家が、『フェアリーログ・アンド・レディオ・プレイズ』はほかにはないショーであり、親も子どもも楽しめる作品だと評していた。

ボームは金銭面でも「永遠の少年」だった。このショーの製作には莫大な費用がかかった。重くて巨大な映写機とスクリーンの搬入や、映写技師である息子のフランク・J・ボームの給料、それにオーケストラにかかる費用で興行収入は消えてしまい、チケットの売り上げは芳しくないことが多かった。ボームはクリスマス直前に、ニューヨークのハドソン劇場での上演終了に追い込まれた。ボームはセリグに、新年に再開する計画だと述べたが、それはただの願望にすぎなかった。スタジオへの借金返済のため、ボームは自著数冊に関する映画化の権利をセリグに譲り、セリグは一九一〇年に、楽しい短編映画を四作（『オズの魔法使い』、『ドロシーとオズのかかし［*Dorothy and the*

Scarecrow in Oz]』、『オズの国』、『ジョン・ドゥーとチェラブ』）を公開した。ボームは自分の借金が、当時製作中だった数作の劇の利益で帳消しになるという自信があった。ブロードウェイのプロデューサー、チャールズ・ディリンガムは『オズのオズマ姫』を原作としたミュージカル狂騒劇に興味をもち、シューベルト劇場を運営するシューベルト・オーガニゼーション（ザ・シューベルツ）は、『クルクルムシのはなし』と『イクスのジクシー女王』をつぎはぎしたミュージカル製作の契約を結んだ。ボームと、著名な作家でシカゴ市長の妻でもあるエディス・オグデン・ハリソンは、カーネギー・ホール付近に子ども劇場を建設する計画を温めていた。その劇場で最初に上演予定だったのは『銀翼の王子［*Prince Silverwings*］』だと言われている。これはハリソンが一九〇二年に出した児童書を原作として、ボームが書くことになっていたオペレッタだ。だが劇場が建設されることはなく、劇も上演されはしなかった。しかし一九一五年になってもふたりはまだ劇場の建設をあきらめておらず、このときはオペレッタやミュージカルの作曲者であるヒューゴ・フェリックスの作曲による狂騒劇と、エッサネイ・フィルム・マニュファクチュアリング・カンパニーによる映画の製作を目指していた。

これらが製作されることはなく、ボームの借金は膨れ上がっていった。一九一一年六月三日に、ボームはロサンゼルス地方裁判所に破産の申請を行った。「L・フランク・ボーム氏『破産』と本人が述べる」という記事（『ニューヨーク・モーニング・テレグラフ』紙、六月五日付）によると、ボームの財産目録には、何着かの衣類、使い古しのタイプライター、参考図書しかなかったという。彼は賢明にも、自作の児童書の著作権を含めすべての財産を妻名義に変更していた。ボームの旧友ハリソン・ラウントリーが管財人に指名され、ボームの大勢の債権者への対応にあたった。ボームはその後、債権者への返済がすめば著作権がボーム家に戻るという合意の上で、『オズの魔法使い』とボブズ＝メリル社から出した本の残りの著作権をラウントリーに譲り、印税が借金返済に使われるようにした。だがL・フランク・ボームがふたたび『オズの魔法使い』からの収入を手にすることはなかった。ボームの妻が彼の有名な児童書に関するすべての著作権を取り戻すことができたのは、一九三二年になってからのことだった。

破産を前に家計が苦しくなりつつあった一九一〇年に、ボーム家はマカタワの別荘を売却し、コロナドでの冬の休暇をやめ、ハリウッドに移った。南カリフォルニアの気候はボームにとってはシカゴよりも快適であり、また当時のハリウッドはロサンゼルスの静かな郊外といったところだった。ボーム家はチェロキー通りとユッカ通りの角に素敵なバンガローを建て、オズコットと名付けた。モードが母親から相続した遺産と、裕福な友人から借りた金を使ったのだ。ロングランを続けていた『オズの魔法使い』のミュージカル狂騒劇の人気も下火になりつつあり、ボブズ＝メリル社から出した本の権利譲渡も金銭問題を解決するにはいたらなかったが、オズ関連の本はよく売れており、ボームはまもなく借金もなくなるはずだと思っていた。オズ・シリーズの長編六冊を書いたボームは、アメリカ人好みのおとぎ話はもう十分に書いたと思っていた。彼には書きたい作品が別にあったため、『オズのエメラルドの都』（一九一〇年）で唐突にオズ・シリーズを終わらせた。この物語は、ドロシーの手紙で幕を閉じる。ドロシーは手紙で、オズは「見えなくする呪文」で外の世界から切り離され外敵から守られているので、この物語はこれでおしまい、と説明するのだ。その後ボームは、『海の妖精［*Sea Fairies*］』（一九一一年）と『空の島［*Sky Island*］』（一九一二年）という、「トロット」を主人公とするシリーズを二作書いた。どちらもすぐれたおとぎ話で、挿絵はジョン・R・ニールが担当した。だが一般読者が興味を示すのはオズの物語だけだった。ボームは『空の島』にオズの物語のいく人かを登場させることさえしたが、子どもたちはだまされはしなかった。彼は金銭面の理由からエメラルドの都に戻らざるをえず、一九一三年に、『オズのパッチワーク娘』と、短編六作からなる『オズの小さな物語』を刊行した。ボームはオズ・シリーズの新作の序文で、自分は「無線」でドロシーと連絡を取っていたため、おとぎの国の最近のニュースはすべて記録することができていた、と書いた。彼は読者の子どもたちをそれ以上がっかりさせることはできず、一年に一冊オズの本を書くことを約束したのだった。

しかしオズの物語に戻ったからといって、問題が解決することにはならなかった。第一次世界大戦の開戦でアメリカの経済状況が変わったため、のちに書いた作品は初期のものほど売れ行きはよくなかった。ライリー&ブリトン社は、売上げ高の減少は、市場にボームの安価な本があふれていることが大きな原因ではないかと考えた。実は、著者のボームに断りもなく、ラウントリーとボブズ＝メリル社は『オズの魔法使い』その他の本の版をシカゴのM・A・ドノヒューに譲渡していた。ここは廉価で再版を行う出版社としては大手で、ライリー&ブリトン社版につける価格の六分の一という、とても安い価格設定にしていた。販売部数が伸びてラウントリーとボブズ＝メリル社は利益を手にする一方で、ライリー&ブリトンとボームにとっては厳しい競争が生じる結果となった。ボームは自身の作品と競い合うことになったのだ。

しかしボームにもついに幸運が訪れたかに思われた。オリヴァー・モロスコが一九一三年はじめに、『オズのオズマ姫』を原作としたミュージカル狂騒劇の製作に合意したのだ。モロスコは西海岸の演劇界で大成功を収めた人物だった。彼は『私のペギー［*Peg o' My Heart*］』をヒットさせ、その後ロングランとなった『アビーの白薔薇』を製作している。彼はこの狂騒劇に関する費用を惜しまず、一九一三年三月三一日に、ロサンゼルスのマジェスティック劇場で『オズのチクタク男［The Tik-Tok Man of Oz］』を開演させた。ボサ男とチクタクにフランク・モートンとジェームズ・モートン、ラバのハンクにフレッド・ウッドワードというすばらしい配役のこのミュージカルは、舞台効果も目を見張るものがあった。ルイス・F・ゴットシャルクが美しい曲を提供し、ボームが書いた台本と詞も以前の作品よりもすぐれたものだった。しかしカリフォルニア州では評判を呼んだものの、残念ながら『オズのチクタク男』は巡業でははかばかしい成績を上げられなかった。シカゴで上演されたときには、評論家たちは一九〇二年のミュージカル劇『オズの魔法使い』をもち出して、このミュージカルと、登場人物やできごとを逐一比較し批判した。上演を続けるには費用がかかりすぎ、モロスコは利益が上がっているうちに上演を打ち切った。結局、このミュージカルがブロードウェイに到達することはなかった。ボームはすぐにこのショーを活用し、このミュージカル劇から題材の一部を採って、一九一四年にオズ・シリーズの『オズのチクタク』を刊行した。ボームはこの本をゴットシャルクに献じている。

このショーが打ち切りになってからまもなく、ボームはロサンゼルス・アスレチック・クラブのメンバーと会い、オズ・シリーズの映画を製作する会社を立ち上げられないか話し合った。映画産業は成長期にあり、映画界で幸運をつかむチャンスはだれにでもあるように思えた時代だった。一九一三年一二月一〇日、ボームが手を貸し、ロサンゼルス・アスレチック・クラブ内に私的な社交クラブである「社会的向上心にあふれた高尚かつ気高い騎士団アップリフターズ」が設立され、そのメンバーは早速「オズ映画製作会社」の資金を出した。ボームは社長に選出され、ゴットシャルクが副社長、クラレンス・R・ランデルが書記、ハリー・M・ハルデマンが会計担当となった。彼らはロサンゼルスのコールグローブ地区に事業用の立派なスタジオを建て、第一作の『オズのパッチワーク娘』製作の権利を取得した。ボームはこの子ども向けの物語を劇にしていたのだが、すぐにこれを映画の脚本に書き換えた。一か月ほどで、彼らは上映用にフィルム五巻からなる映画を準備したが、映画製作のほうが、その配給よりもはるかに簡単だった。トーマス・A・エジソン率いる特許保有会社、アメリカン・モーション・ピクチャーズ・パテント・カンパニーが、オズ社その他の独立系映画製作会社を、特許侵害で訴えたのだ。ボームの映画会社は裁判沙汰にはせずにこれを解決した。パラマウント社がボームの映画第一作の公開に合意したものの、『オズのパッチワーク娘』は興行成績があまりにも悪く、パラマウント社はオズ社の他作品すべてについての選択権を放棄した。最終的に、オズ映画製作会社が製作したのは、『オズのパッチワーク娘』、『オズの魔法のマント［*The Magic Cloak of Oz*］』（『イクスのジクシー女王』が原作）、『オズのかかし王［*His Majesty, the Scarecrow of Oz*］』（『新しいオズの魔法使い』として公開）、『最後のエジプト人』、『ベルギーのグレイ・ナン［*The Gray Nun of Belgium*］』（フランク・J・ボームが書いた第一次世界大戦のドラマ)、『パイと詩［*Pies and Poetry*］』というタイトルの短編ドタバタ喜劇、一巻もの四作の『ヴァイオレットの夢［*Violet's Dreams*］』シリーズといった作品だった。一九一五年出版の『オズのかかし』は、映画脚本を「小説化」した初の作品となった。ボームは『オズのかかし王』のエピソードや登場人物を、おとぎ話に再利用したのだ。ボームの映画会社は『最後のエジプト人』と『新しいオズの魔法使い』を公開したが、その他の作品にはだれもたいして興味を抱かなかった。これらは大金をつぎ込んだ作品であり、当時は当たり前だった「チカチカと点滅する映画《フリッカー》」のはるか上をいくレベルにあり、どの作品にもゴットシャルクのオリジナル曲が付けられていた。だがこうした映画も「子ども向け映画」のレッテルを貼られてしまった。そして一般大衆が観たかったのは、チャーリー・チャップリンやセックスシンボルのセダ・バラの映画や、『國民の創生』といった大作だったのだ。オズ社の映画は一切見ないという人もいた。このため社名をドラマティック・フィチャーズと変更したが、遅すぎた。映画会社は破綻し、スタジオはユニバーサル社に売却された。

ボームは自作の物語を映画にするという壮大な計画を抱いていたが、彼の死から六年後の一九二五年になってようやく、あらたな『オズの魔法使い』の映画が公開された（邦題は『笑国万歳』）。残念ながらこの作品の脚本はできが悪く（息子のフランク・J・ボームが一部を担当した）、原作のおとぎ話とはかけ離れたものとなった。当時ハリウッドで人気のコメディアンだったラリー・シーモンが目玉の作品だったが、かかしの衣装を着た彼の出番はごくわずかだった。シーモンの妻ドロシー・ドワンが少女のドロシーを、オリヴァー・ハーディ（この数年前にスタン・ローレルとお笑いコンビを組んでいた）がブリキのきこりを演じた。この作品はドタバタ追っかけ喜劇の駄作で、全体的にボームの本がもつ魔法を欠いていた。そして興行も成功はしなかった。

ハリウッドで再度映画が製作されるのは一九三九年のことで、そしてこの作品は傑作となった。このMGMの有名なミュージカル映画は原作からかなり離れてはいたものの、物語の筋とボームのおとぎ話の精神は多くを残していた。配役はほぼ完璧と言えるものだった。かかしにレイ・ボルジャー、ブリキのきこりにジャック・ヘイリー、おくびょうライオンにバート・ラー、グリンダにビリー・バーク、悪い魔女にマーガレット・ハミルトン、魔法使いはフランク・モーガン、そしてもちろん、ドロシー役はジュディ・ガーランドだ。特殊効果は印象的で、E・Y・ハーブルグとハロルド・アーレンによる美しい楽曲もふんだんに盛り込まれて、『虹の彼方に』はアカデミー賞の最優秀歌曲賞を受賞した。またハーバート・ストサートはアカデミー賞作曲賞を、ガーランドは子役賞を受賞した。『オズの魔法使』は公開時には利益を出さなかったが、一九五六年から毎年テレビで放映されるようになると、アメリカを代表する名作となった。公開から六〇年経っても、多くの子どもたちにとって、この作品がボームのオズの国への入口となっている。[26]

オズ映画製作会社が失敗すると、ボームは一年に一作オズ・シリーズの本を執筆することに戻った。彼はいまや「オズ王室史編纂家」を自任していた。スタジオでの失敗でボームは健康を大きく害し、また第一次世界大戦による経済縮小で本の売れ行きは落ちていた。しかしボーム家は慎ましやかではあったが、オズコットで快適に暮らした。彼の心を大いに癒してくれるのが庭園であり、ここでオズ・シリーズを執筆したり、オズ・ファンの子どもたちからの何百通もの手紙に返事を書いたりした。彼は美しいキクやダリアを咲かせることで有名になり、地元の花の品評会では賞を

L･フランク･ボーム、1915年。個人蔵

総なめにした。彼はまた円形の巨大な鳥の檻を作り、つねにそこで噴水を上げ、何種類もの鳴き鳥を飼っていた。息子のハリー・ニール・ボームが、『アメリカン・ブック・コレクター』誌（一九六二年一二月号）でこう書いている。「父は、なにも書かれていない、タイプライター用の真っ白な紙をはさんだクリップボードをもち、手書きで執筆していました。そしてその多くは、父が愛した庭園のなかで書いたのです。庭においた椅子にくつろいだ格好で座り、脚を組みクリップボードを膝において、口にはタバコをくわえ、思いつくままにペンを走らせていました。わたしの脳裏に浮かぶ父といえば、一番多いのがこの姿です。父は物語や冒険をひとつ書き終えると、椅子を離れて庭園の作業をします。執筆に戻るのは、二、三時間も動き回ってからです。アイデアが浮かぶまで、二、三日、あるいは一週間もかかることもありました。『わたしの物語の登場人物たちは、わたしの希望どおりには動いてくれないんだ』と父は釈明したものです」。ボームはめったに書きまちがいをせず、内容の変更もほとんど行わなかった。現存する手書き原稿はわずかではあるが、修正のあとはほとんどなく、とてもきれいだ。ボームはそれから、書斎にしていた寝室に上がる。「物語がひとつ仕上がると、父はそれを自分でタイプするのですが、両手の二本指で打つにしてはかなりの速さでした。父がなんらかの変更や必要と思われる修正を行うのは、タイプを打つときでした」

メソジスト教会の牧師で親しい友人でもあったエドウィン・P・ライランド博士は、何年ものちに、オズコットの優しい住人のことを回想している。「彼はごく控えめで内気でしたが、とても素敵な人物でした。人と会って交わり、話すことが好きでした。話を聞くのも、人とのつきあいもとても上手で、すぐれたユーモアのセンスをもっていました。それに彼が子ども向けの本を書いていなかったら、国内有数の技術書作成者になっていたかもしれません。彼は技術的な問題にとても興味をもっていたからです[27]」。（ボームが『オズのかかし』を献じた）「アップリフターズ」を立ち上げた実業家たちとボームは親しくつきあい、ボームは、この仲間で毎年出かける集まりのためにゴットシャルクとコメディの寸劇を書いて、大いに楽しんだ。ボームはオズコットの庭園で、オズ・ファンの子どもたちにレモネードをふるまうこともよくあった。

ボームの作品中にそれをうかがわせるものはほとんどないが、彼は晩年、激しい痛みに苦しんだ。狭心症の発作をはじめとする痛みに悩まされ、一九一八年初めには入院して胆嚢を切除することになる。虫垂炎も発症してさらにボームの体力は低下した。喫煙や食事内容、それにいかさま医師に診てもらいがちだったことで、ボームの体は危険な状態に陥ったのだった。退院後も痛みは続き、彼はとうとうモルヒネで痛みを緩和せざるをえなくなった。ボームは一九一八年二月一四日に、出版社にこう告げている。「オズ・シリーズは二作――『オズのブリキのきこり』以降の作品――を書き終えており、一九一九年と一九二〇年刊行の原稿の準備はできているため、ご安心いただきたい」。これは『オズの魔法』と『オズのグリンダ』のことだ。「またもう一冊、別の作品も準備中であるため、わたしに不都合が生じた場合でも、ボームの本は一九二一年まで刊行可能だ。またわたしが執筆を終え金庫に保管しているこの二作品は、これまでの作品に劣らずすばらしいものになったと思っている。もっとも、わたしの最高傑作とみなされるであろう『空の島』は別ではあるが」。「もう一冊の本」というのは、まだ刊行されていなかった「動物のおとぎ話［Animal Fairy Tales］」のことだ。しかし出版社はボームの意志に従わず、ライリー&ブリトン（のちのライリー&リー）社がこの本を刊行することはなかった。

健康状態の悪化にもかかわらず、ボームはまだ大丈夫だという気持ちをもち続けようとし、暇を見て息子のフランクを励ます手紙を書いた。フランクは大尉となってフランスのどこかで戦っていた。「息子よ、あまりしょげないように」とボームは一九一八年九月二日付けの手紙に書いている。「わたしはこれまで生きてきて、人生には逆風も吹くが、それはたいして長くは続かないことがわかっている。時が経ち過去を振り返ると、大きく落胆し、不公平だと思えたことがあっても、結局は、神がつねにそばにいてくださったのだとわかるのもまた真実なのだ。最後には、わたしたちにとってまちがいなく最良の結末となったのであり、当時はこれが一番の策だと思ったことが、現実にはまったく逆の結果になることもあるのだ」[28]。一九一九年五月六日の朝、ボームはあと九日で六三歳になるという日に、ハリウッドの自宅で息を引き取った。そばにはモードが付き添っていた。

子どもたちは作者の死でオズ・シリーズが終わることを受け入れなかった。第一次世界大戦が終わって本の売れ行きもよくなっており、ライリー&リー社も、稼ぎの大きいオズ・シリーズをとても手放せなかった。ウィリアム・F・リーはモード・ボームから許可を得て、この物語をルース・プラムリー・トンプソンに続けさせることにした。トンプソンは『フィラデルフィア・パブリック・レジャー』紙の日曜版子ども向けページを担当する若き編集者だった。オズ・シリーズを読んで育ったトンプソンは、第一作『オズ王室の本［*The Royal Book of Oz*］』（一九二一年）をなんなく書きあげ、トンプソンのシリーズは一九冊におよんだ。この本の表紙とタイトルページにはボームの名があるが、トンプソンが「はじめに」で書いているように、ボームが遺していたメモは一切この本の執筆に使っていない。『オズ王室の本』はトンプソン独自の作品だった。トンプソンはボームが描いた世界をそっくりそのまま再現するのではなく、彼の作品をもとに創作を行った。ときおりボームの物語から離れはしたものの、自身の世界観で、ボーム作品の全体的な世界観をこわすようなことはしなかった。「父のマイノリティ・リポート」（『ホーン・ブック』誌一九四八年三月号）でエドワード・イーガーは書いている。「シリーズ初期に書いた本でトンプソンはナンセンスやだじゃれの鋭いセンスを発揮し、自分なりの表現をし、そして次々と作品を出す熱意は読者にも伝わり、読者はあら探しもせず夢中で読んでいる」。オズ・シリーズの売れ行きはよく、トンプソンの作品にはボームに負けないくらい子どもたちのファンがついた。

トンプソンが一九三九年に「オズ王室史編纂家」から引退すると、第一作をのぞきオズ・シリーズの挿絵画家を務めたジョン・R・ニールが、短期ではあるが一九四三年に亡くなるまでにこのシリーズを三冊執筆した。ニールはすばらしい挿絵画家ではあったが、彼のアイデアはオズの世界と調和するものとは言えず、またそれをわかりやすい物語にまとめることができな

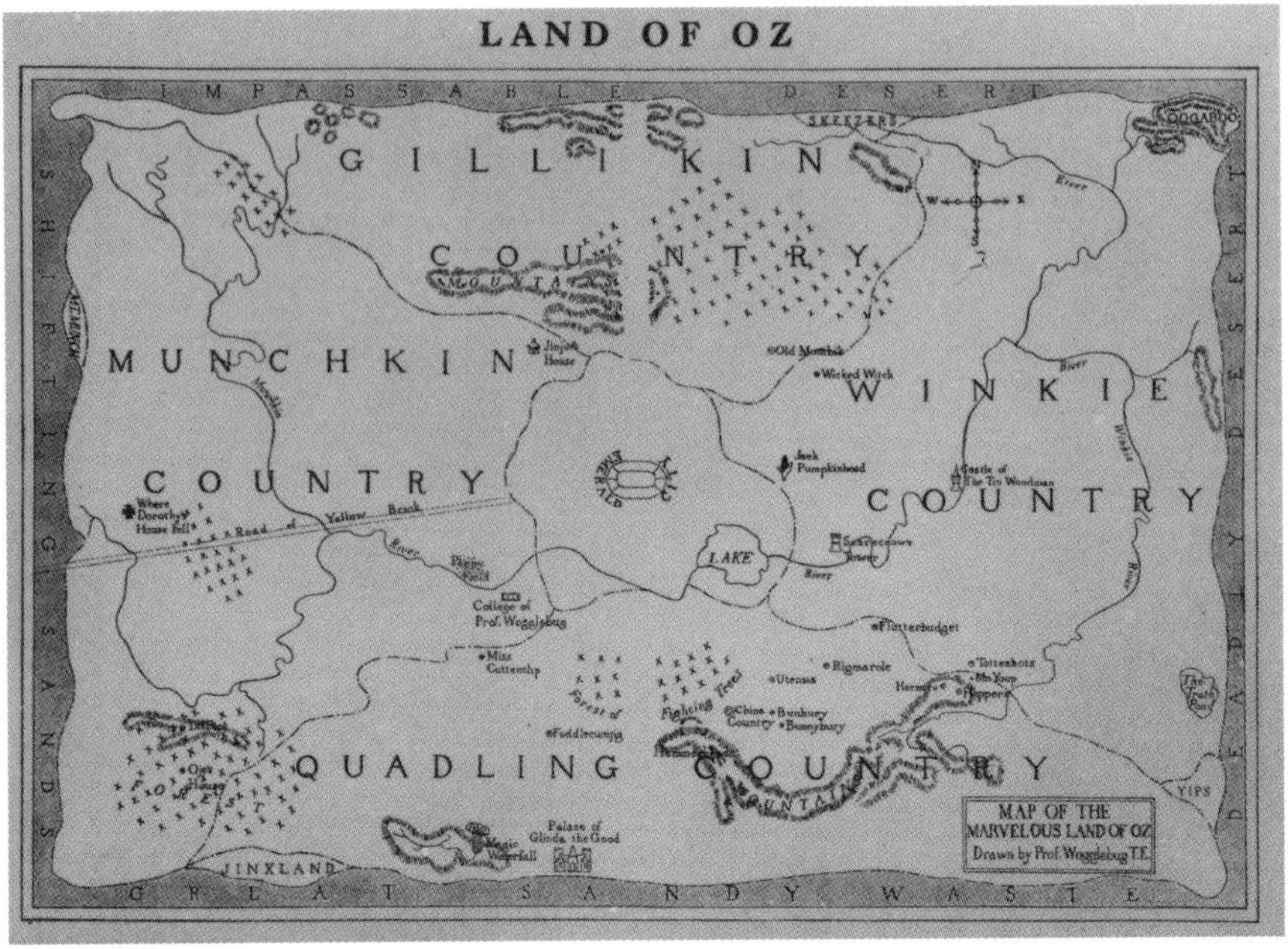

『オズのチクタク』の見返しページ向けにL・フランク・ボームが描いたオズの国の地図、1914年。個人蔵

かった。ニールのあとを継いだのがジャック・スノウだ。彼はあまり有名ではないSF作家であり、ボームのおとぎ話の模倣作とでも言うような、『オズの魔法の物まね［*The Magical Mimics in Oz*］』（一九四六年）と『オズのボサ男［*The Shaggy Man of Oz*］』（一九四九年）の二冊、それに大作の参考図書『オズの人物事典［*Who's Who in Oz*］』（一九五四年）を書いた。「オズ」をタイトルにもつ本は四〇冊におよぶ。そのなかでは、レイチェル・コスグローヴの『オズの隠れ谷［*The Hidden Valley of Oz*］』（一九五一年）とエロイーズ・ジャーヴィス・マグローとローレン・マグロー・ワーグナーによる『オズのメリーゴーランド［*Merry Go Round in Oz*］』（一九六三年）の二冊は、オズの物語にきわめて新しい風を吹き込んだとまでは言えなくとも、どちらもすばらしい冒険物語だ。オズ・シリーズの各巻の著作権が切れるにつれ、まがいもののようなオズの本が数えきれないほど登場したが、その多くにはたいして文学的価値がない。こうした、「オズ王室史編纂家」ではない著者による作品でなんとも奇妙な事情をもつのが、フランク・J・ボームが書いた『オズの笑う竜［*The*

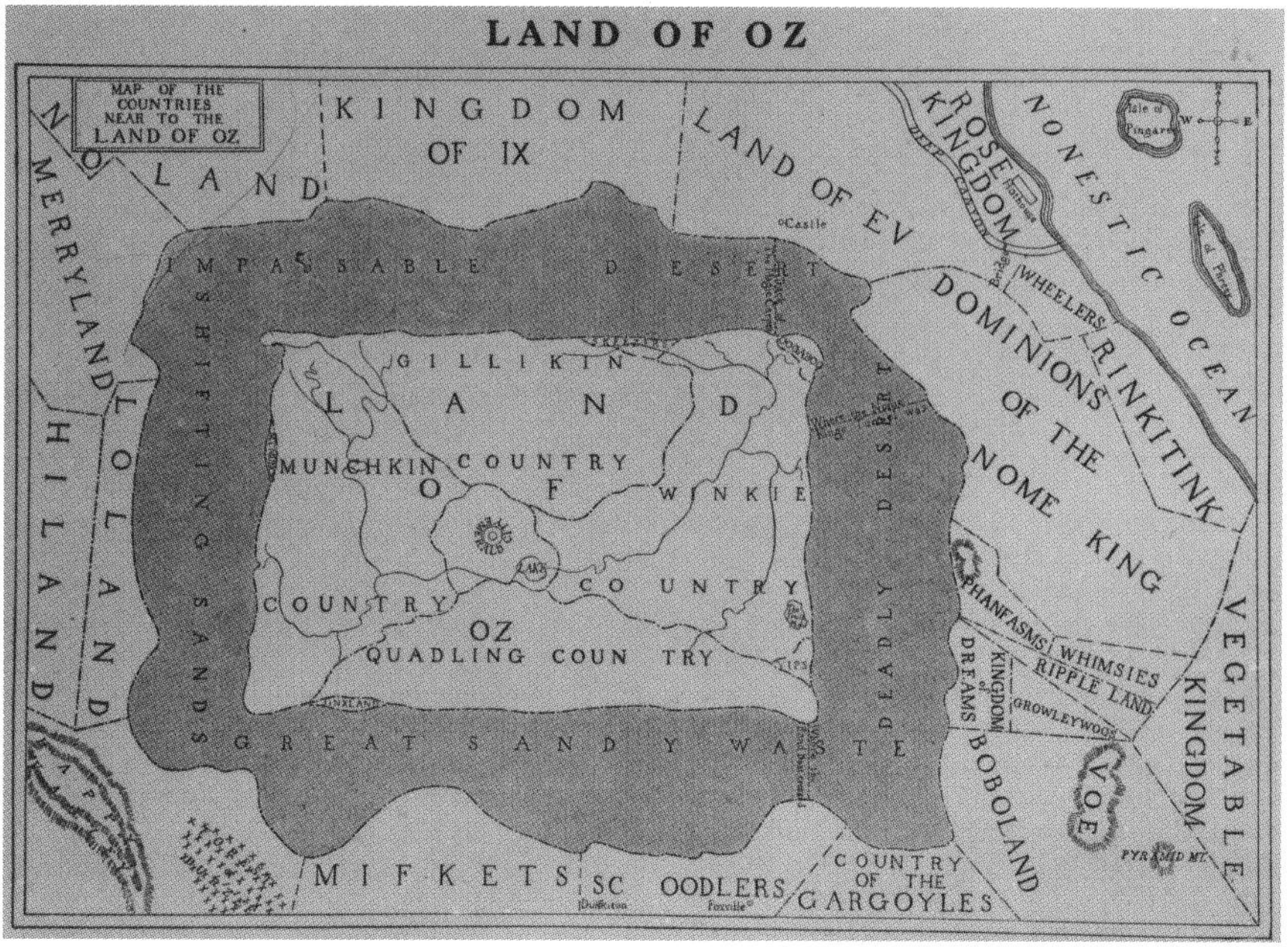

オズの国とその周辺の国々の地図。『オズのチクタク』の見返しページ向けにL・フランク・ボームが描いたもの、1914年。個人蔵

Laughing Dragon of Oz]』（一九三四年）だ。これはホイットマン出版が刊行した子ども向けの「ビッグ・リトル・ブックス」シリーズの一冊で、ミルト・ヤングレンが挿絵を描いた。この作品は、ボームの息子であるフランクが一九三〇年頃に書いていた未刊の作品、「オズのロジーヌ[Rosine in Oz]」の簡略版だ。ライリー&リー社が封も切らずに原稿を返してきたとき、フランクは自分の名前で「オズ」という言葉の商標を取得し、ほかの出版社からこれを出したのだ。ライリー&リー社が裁判に訴えると言うと、ホイットマン社は『オズの笑う竜』と、製作中だった別の作品「オズの魔法をかけられた姫[The Enchanted Princess of Oz]」から手を引いた。そこでフランク・J・ボームはライリー&リー社を商標権侵害で訴えた。この件では結局息子と母親が争うことになり、裁判所はモード・ボームに有利な判決を下し、ライリー&リー社がそれまで通りオズの作品の出版を続けた。[29]

オズ・シリーズの本は当時は代表的児童書であり、新聞に取り上げられることも多かったが、その当時の雑誌でオズの物語や作家について論じられているこ

とはほとんどない。キャロル・ライリー・ブリンクは「忘れられた児童書」(『サウスダコタ図書館官報』一九四八年四〜六月号)で、オズの本については図書館員が次のような不満を抱いていたことを書いている。「『オズの魔法使い』は子どもたちにあまりにも人気でした。熱心に読まれるあまり傷んでしまい、見た目がちゃんとしている本を本棚に並べておくことができませんでした。けれども『オズの魔法使い』自体の評判は、ミュージカル喜劇や映画になり、また安っぽいシリーズが次々と書かれたために、よくはなかったのです。そうした安っぽい本の多くは、三文文士たちが本来の著者のアイデアを拝借し、それをだらだらと引き延ばして書いた作品でした」。大手の定期刊行誌のクリスマス号に、その年のすぐれた児童書が掲載される時代において、ボームの名はどの推薦書のリストにもなかった。こうした雑誌の多くは大手出版社から出ており、雑誌に短編を掲載し、その著者によるものや著者についての論評を載せて、自社作品の販売促進を目的とするものだった。ハーパーズ、スクリブナーズ、ザ・センチュリーと、雑誌名を出版社名からとっていることにもこうした意向が反映されている。同じことは業界誌にも言えた。スクリブナーズ社は『ザ・ブック・バイヤー』を、マクミラン社は『リーダー』というビューズ』、ボブズ=メリル社は『リーダー』という雑誌を発行していた。ボームは大手の『セント・ニコラス』誌で児童書の一冊を連載したが、一九一二年二月九日にボームがライリー&ブリトン社に報告したところによると、センチュリー・カンパニー(この雑誌の所有者)は「『イクスのジクシー女王』の連載料を支払ってくれたが、最近、[W・W・]エルスワース[同社秘書]氏が、『セント・ニコラス』誌では出版権を所有しない本を連載することはないと言ってきた」という。こうした雑誌には「推奨図書」のリストがあり、それらは一般に、自社か、自社の広告主が所有する作品だった。ボブズ=メリル社から出た作品をのぞき、ボームの本で定期刊行物に大きく取り上げられたものはほとんどなかった。ジョージ・M・ヒル・カンパニーはおもに本の印刷と販売を行い、編集や販売促進には関わらなかった。ここは新しい作品をわずかしか出さない小規模な出版社であり、広告に多額の金を投入することはなかったのだ。『ファザー・グース、彼の本』はその斬新さで大きな成功となり、出版社が宣伝に金をかけて支援することがほとんどなかったにもかかわらず、書評家たちが好意的な評価を下してくれた。ヒルは『オズの魔法使い』をはじめとする他の本にもっと広告や宣伝が必要だとは考えず、また一般に、こうした作品に大手の雑誌は目もくれなかった。一九一四年一月一日に、フランク・ライリーはボームにこう書いている。「ヒル社が『ファザー・グース、彼の本』と『オズの魔法使い』を出版したとき、ブリトン氏と著者は離れ業をやってのけたのです――新聞による無料の宣伝という最高の広告です。それはわたしたちがまったく新しい本を作ったからこそです。だがいまや、オズの新作を――業界に対しても、一般読者に対しても――アピールするのに目新しいものはありません。プロのバイヤーはこうした本には目を通しませんし、毎年出るボームの本を、何千冊と出るふつうの本のなかの一冊としか見ないのです」。出版業界にとっては結局、『オズ』の新作が出たところで前作との違いはなく、またたいていは、それが出たことさえ認識していなかったのだ。

ボームは出版社を選んだため、当時、彼の作品を書評家から認めてもらえなかったのは、彼自身のせいとも言えるだろう。ガードナーが「なぜ図書館員はオズを嫌うのか」（『アメリカン・ブック・コレクター』誌、一九六二年一二月号）で認めているように、ボームの本はほとんどがライリー&ブリトン社（のちのライリー&リー）から出ており、ここはボームの作品と、一〇代向けフィクション、それにエドガー・A・ゲストの詩に特化したシカゴの小さな出版社だった。ライリー&ブリトン社は一九〇四年に、オズ・シリーズの第二作『オズのふしぎな国』の出版のために創設されたも同然の出版社だ。東部の大手出版社から一流作家の作品とともに出版されていたら、ボームの評判はもっと高まっていたかもしれない。大手出版社のいくつかはボームに原稿を書いてくれるよう依頼したが、ボームは印税の問題から通常はこれを断り、もっと自分のことを考えてくれる小規模な出版社と仕事をした。ボームは大手出版社にゆだねるよりも、作品の製作や広告のすべてに関わりたいと思っていた。ライリーとブリトンは仕事仲間であると同時に、プライベートでも親しい友人となっていた。ボブズ＝メリル社との関係はもっと複雑だ。ボブズ＝メリル社は絶えず大人向けのベストセラー小説を出版していたが、子ども向けの本ではうまくいかず、『オズの魔法使い』でさえも問題を抱えていた。ボームは、ライリー＆ブリトン社が『オズのふしぎな国』を出版して大きな成功を収めると、ボブズ＝メリル社と距離をおいた。

ボームは書評家たちには注意を払わなかった。本が売れ、子どもたちのファンがついているかぎりは、彼は満足していた。また、ボームはライリー＆ブリトンと特別な合意を結び、印税ではなく毎月給料を支払ってもらっており、これは当時の作家と出版社のあいだではめったに見ない契約だった。さらに、ボーム家はライリー家とブリトン家とはプライベートでも親しく、この出版社は、おそらく他の出版社では考えられないほどボームに丁重に接し、特別扱いをしていた。ボームは、彼らの利益は相互的なものであり、出版社もボーム自身と同様に、ボームの作品を愛すべきだと考えていた。ボームがこの出版社のために書いた本は推奨図書のリストにはなかったかもしれないが、ボームと出版社は、児童書のベストセラーを出すのに失敗したわけではなかった。

近年、ボームと彼の作品についての批評や研究は数知れずあるが、そうしたものは書籍の『オズの魔法使い』だけを取り上げているとはかぎらない。多くは、本よりも映画について言及している。そうした研究のなかでも、ヘンリー・M・リトルフィールドの「オズの魔法使い――ポピュリズムの寓話」（『アメリカン・クオータリー』誌、一九六四年春号）はきわめて強引な内容だ。この評論では、ボームが、オズ・シリーズの第一作を書いた当時の時代背景を寓話的に考察していると論じているのだ。妥当な指摘もありはするが、オズの本で実際には象徴していないものを、そうだと強調している部分があまりにも多い。たとえばリトルフィールドは、「銀の靴」が一八九六年の銀本位制運動を反映し、また「黄色いレンガの道」は、ウィリアム・ジェニングス・ブライアンが金権政治を批判した有名な演説、「黄金の十字架」と関連づけたものだと説いている。だがオズの国の通りは、実際に黄金で舗装されているわけではない。またブライアンはオマハで民主党大統領候補に指名されたため、ボームは「魔法使い」をオマハ出身にしなければならなかったのだとも述べている。だがボームはこの評論が主張しているような、ありきたりな作家ではなかった。リトルフィールドも、自身の説は、高校生にアメリカ史を教える授業の課題から発展したものであり、こうした比喩の多くを思いついたのは「高校生たち」だと認めている。[30]今日、リトルフィールドの説は、オズを批評するという点において過大に評価されすぎている。この説は、言い換えられたり剽窃されたり、またクルクルムシ・ハカセも赤面するほどの激しさで学者たちに議論されたりしてきた。しかしオズの本が出版された当時の書評も本に関するその他の議論でも、この物語とポピュリスト運動に類似点があると指摘していないということは重要だ。『ボストン・ビーコン』紙は一九〇〇年九月二九日に、「楽しくごく平易な子ども向けの物語の下に、大人向けの、現代史に対する風刺的な比喩が隠されている。かかしはロシア風のブラウスを着ており、気性の激しいブリキのきこりはドイツのヴィルヘルム皇帝ときわめて似ている。それにおくびょうライオンの真っ赤なたてがみとしっぽの先は大英帝国を示唆し、翼のあるサルはスペインの国の色の軍帽をかぶっている」という記事を掲載した。こうした意見は面白半分に書かれた部分もあるのかもしれないが、ただ、ポピュリズムについてはまったく触れられていない。

オズ・シリーズに関するもっともおかしな評論のひとつが、オズモンド・ベックウィズの「オズの不思議」（『クルチュール』一九六一年秋号）だ。この『オズの魔法使い』に関する精神分析的解釈では、（ほかにもさまざまなものがあるが）西の悪い魔女はドロシーの悪い母親を象徴しているため殺す必要があり、また脳みそや心、勇気がないという点は、ボームの去勢コンプレックスを表現していると論じているのだ。こうしたあまりにも安易なフロイト的解釈は、啓発的どころか笑いを誘うものでしかない。ほかにも精神分析的な研究は出てきているが、多くは、ボームの児童書ではなく、一九三九年の映画を取り上げたものだ。

『オズの魔法使い』に関する論評では、奇妙なものがもう一点ある。オカルト科学をあつかう協会であるサビアン・アセンブリーが一九六四年に発表した「存在術［The Art of Being］」であり、これはサビアン創始者マーク・エドモンド・ジョーンズの講演のひとつだ。この論文はボームの本の各章が、子どもたちが成熟するにつれて従うべき特別な価値を示唆していると述べている。各章における行動はこの組織の教義に沿った道徳的なものだというのだ。正しいのかどうかは不明だが、この論文は、ボームがオカルトに親しんでいた点を考慮すれば、まるででたらめというわけでもない。『オズの魔法使い』の著者は、義理の母であるマティルダ・ジョスリン・ゲイジを通じて、まず神智学に関心をもった。一八八五年にロチェスター神智学協会に入会したマティルダは神智学に関する最新の本に通じ、協会のジャーナルを定期購読して、これを家族にもわたしして読ませていた。ボーム家はアバディーンに住んでいた頃、自宅で降霊術の会を催し、透視を楽しんだ。シカゴに引っ越すと、彼らが最初に住んだ家には幽霊が出たと言われており、また一家は一八九二年にラーマーヤナ神智学協会に入会した。[31]

オカルトに関する興味は、当時のリベラルな思想家のあいだではごく一般的なことだった。一八四八年にアメリカではじまったスピリチュアリスト運動は、一九世紀末になってもまだ広く行われていた。透視の特殊な力を説明するにあたって、ボームは『アバディーン・サタデー・パイオニア』紙（一八九〇年四月五日付）でつぎのような宇宙構造論を語っている。

科学者は、この宇宙では、どれほど小さなものも、生命が備わっていないものはないと教えてきました。木材のかけらも、液体のしずくも、砂の粒、岩のかけらにも無数の住人がいる――万物の創造主の力で生まれ、無意識のうちに創造主に忠実な生物です。大気の生物は確かに存在しますが、とても微小であるか通常の人には見えないため、あまり知られていません。自然の学徒なら、創造主が、宇宙のほかのすべてには命をお与えなのに、大気に生きる物だけをお与えではないなどとは考えません。こうした目に見えない、ガスのような存在はエレメンタルとして知られ、人間の生活に重要な役割を果たしています。こうした生き物は魂をもたず、不死の存在です。並外れた知恵をもっていることも多く、また非常に愚かな場合もあります。なかには人類に非常に好意的なものもありますが、大半は悪意をもち、わたしたちに悪い影響を与えようとしています。人がだれしももっているると言われている「守護霊」はエレメンタルにほかならず、これによって悪へと煽り立てられるのではなく、善の影響を及ぼされるのであれば幸いです。

神智学協会の創設者であるH・P・ブラヴァツキーは、こうした「エレメンタル」あるいは「エレメンタル・スピリット」について、『ヴェールをとったイシス』(一八七八年)で「地、風、火、水の四大元素のなかで進化した生物であり、カバリストたちはノーム、シルフ、サラマンダー、ウンディーネと呼んだ」と述べている。そしてこれらは「自然の力とも言えるものである」と解説し、「一般には妖精という名がついているが、こうした精霊は、時代にかかわらずあらゆる国々の神話やおとぎ話、伝説、あるいは詩に登場する。精霊たちの名はさまざまだ――ペリ、デヴ、ジン、シルヴァン、サテュロス、ファウヌス、エルフ、ドワーフ、トロール、ノルン、ニッセ、コボルド、ブラウニー、ノッケン、ストレムカール、ウンディーネ、ニクシー、サラマンダー、ゴブリン、ポンク、バンシー、ケルピー、ピクシー、モスピープル、良き人、良き隣人、ワイルド・ウーマン、メン・オブ・ピース、白い貴婦人――数えきれないほどある。精霊たちはその姿をとらえられ、恐れられ、祝福され、禁じられ、そしてあらゆる時代の、地球上のいたるところで召喚されてきた」

もちろん、こうした考えは古代のオカルト的教えにさかのぼるものだ。この世のすべては自然を構成する地、風、火、水という四元素から成るという理論は、アリストテレスの説から発展した。一六世紀のスイスの錬金術師であり医師でもあったパラケルススはこれを、シルフ（風）、ニンフまたはウンディーネ（水）、ノーム（地）、サラマンダー（火）の四つのカテゴリーに分類した。これはまた古代における物質の四つの概念――気体、液体、固体、エネルギー――とも類似している。薔薇十字団やその他の組織はパラケルススの分類を取り入れており、こうした考えはアレキサンダー・ポープの『髪盗人』（一七一二年）、フリードリヒ・フーケの『ウンディーネ』（一八一一年）、サー・ウォルター・スコットの『修道院』（一八二〇年）にも見られる。ボームのおとぎ話をざっと見ても、彼がパラケルススの精霊の分類を取り入れていることがわかる。ボームの物語では、ニンフは「羽のはえた妖精」（『イクスのジクシー女王』のルーレオや『オズのブリキのきこり』のアラーリン）、ウンディーネは人魚（『海の妖精』のアクアレーヌ女王や『オズのかかし』の水の精）、ノームはノーム（『サンタクロースの冒険』や『オズのオズマ姫』のノーム王）、サラマンダーはエネルギーの妖精（『マスター・キー』の電気の悪魔や『オズのチクタク』の美しい光の女王）として登場する。ボームはこの伝統的なオカルト的宇宙構造論を思うままに取り入れて、自分のおとぎの世界を作り出した。

ボームは、神智学の基盤をなすのは「神とは自然であり、自然は神である」という考えだと述べている。同様に、『オズのグリンダ』（一九二〇年）の「三人の魔法の名手」たちは、その魔法が「自然のなかから学んだ秘儀」なのだと説明する。科学と魔法は目標を同じくするものであり、それは自然の神秘を解き明かすことなのである。神智学においては、古代の宗教信仰を新しい科学的発見や理論と調和させることが重要な目標だった。ボームは『サタデー・パイオニア』紙（一八九〇年一月二一日付）でこう述べている。「わたしたちの日常生活には説明しがたい不可解なものが数多くありますが、わたしたちに言えるのは、それは自然の神秘であり、無知の人間にとってはなぞであるということのみです。それでもなお、わたしたちはその源となるものに感嘆し、その神秘を暴きたいという望みを抱くのです」。だから、科学と魔法とは、同じ目的をもつものなのだ。正しいツールさえあれば、自分の問題は解決できる。だから、ボームが『オズのパッチワーク娘』（一九一三年）で、オズを「魔法とは科学」である妖精の国と述べていてもおどろきではないのだ。

『サタデー・パイオニア』紙（一八九〇年一月二五日付）の神智学に関する記事のなかで、ボームは自分の生きる時代を「不信心の時代」と呼んでいるが、「これは前世紀の無神論とは違うもの」と指摘している。「そうではなく、自然の神秘を知ろうと強く願うということであり、禁じられていると思ってきた知識を熱望することなのです」。神智学を学ぶ者とは「真実の探究者」であり、「神――人格神である必要はない――の存在を認める者」なのである。一般に神智学とスピリチュアリズムの発展は、科学が宗教の教えから離れ、ひとつの分野として力をつけるという状況に対して起きたものだった。たとえば「エレメンタル」の理論は、オカルト的性質をもちながら、自然科学の原則からも乖離しないものだった。ロマン主義は新しい「異教」を求めたが、それは自然宗教への回帰であり、理性よりも感情が支配するものだった。プロテスタント教会の教えとダーウィン主義との矛盾を受け入れることができない人は多かった。一九世紀にはあらゆるタイプの秘密結社が復活したが、これは、人々が神と自然と対話したいと熱望したことを裏付けている。（そしてそれとは別のやり方で）アルチュール・ランボーやウィリアム・バトラー・イェーツといった詩人たちは、トマス・ハクスリーの「不可知論」に傾きつつある世界において、新しい神秘主義を求めた。またニューヨーク州中央部は「バーンドオーバー・ディストリクト（焼き尽くされた地域）」と言われ、この当時、宗教復興や信仰改革運動が熱心に行われた土地であり、その革新的な考えがボームとその作品に大きく影響した。

ボームが実際に、こうしたことのすべてを信じていたかについては議論の余地がある。フランク・J・ボー

ムは、父親は神智学に興味をもってはいたが、その教えのすべてを受け入れられたわけではなかったことを認めている。[32] ボームは転生と魂の不死については固く信じ、ボームとモードが過去に何度も夫婦になっており、将来も生まれ変わって一緒になると信じていた。しかしヒンドゥー教にあるように、魂が人間から動物、あるいは動物から人間へと引き継がれるという考えは受け入れなかった。ボームは、この世の人間は大きなはしごの一段にすぎない、そのはしごは、さまざまな意識の状態や自然の諸界を通り、最上段の悟りへと向かうものだという、神智学の教えは認めていた。彼は善悪にかかわらず、人が人生において行うことは、将来の転生において報奨または罰として自分に戻ってくるという「業《カルマ》」の考えも受け入れていた。ボームは神が激怒するという考えを理解することができず、それはオズ・シリーズ各作品のテーマともなっている。また彼は悪事や邪心はあがなえないという考えを信じず、また自分の先祖たちが信仰してきたメソジスト教会の、地獄の業火や天罰という説教に共感をもてなかった。ボームの母親は伝統を重んじる敬虔なキリスト教徒であり、その信仰心にボームはしばしば逆らってみせていた。また若い頃に、こうしたキリスト教信仰を拒絶した。[33] 彼にとっては、よいこころがけよりも、よい行いのほうが重要だったのだ。

　ボームは宗教に好奇心を抱くのと同時に懐疑的でもあった。だが悪魔という概念は受け入れることができず、この信念から、キリスト教の特定の宗派に属することはなかった。『サタデー・パイオニア』紙（一八九〇年一〇月一八日付）では、彼は宗教組織としての教会をこきおろしている。彼はこう求めている。「牧師が、自分たちも誤りうるという点を認め、迷信や不寛容や頑迷さを捨てるならば、また神とキリストと人のあいだに真の関係を築き、そして自然を正しくあつかい、至高の存在に愛と慈悲とをもってあたり、そして神が悪意をもち報復を行うという考えを忌み嫌うようになれば、また理性と宗教とを調和させ、人々に自ら考えさせようとするならば、そうして初めて、教会は昔の力を取り戻し、その説教壇にすべての人々を引きよせることができるでしょう」。あらゆる宗教が、普遍なる創造主という同じ源をもつことを信じるボームは、異なる宗派同士の狭量な争いを受け入れることができなかった。ボームの作品で宗教に関する箇所は多くはなく、また宗教に触れていても否定的な述べ方だ（とくに『ボームのアメリカのおとぎ話』）。「ボーム氏は人が信心家と呼ぶような人物ではありませんでした」と回想するのは友人のライランド牧師だ。「つまり、彼は宗派主義者ではなかったということです。ボーム氏がハリウッドで教会に出かけるときは、とにかくわたしの説教を聞きにはきましたが、彼は教区民ではありませんでした。ボーム氏は自らの福音をもち、自分の作品を通してそれを説教していたのですが、もちろんそれは宗教とは言えませんでした。わたしはボーム氏にたずねたことがあります。どうしてオズの第一作を書くことになったのですか、と。『突然浮かんだのです』と彼は答えました。『ほんとうに、突然、この話が頭に浮かんだのです。わたしはこう思うのです。偉大なる創作の神にはときに伝えるべきメッセージがあり、それを伝えるための手段が必要な場合があるのだと。わたしはたまたまその手段となったのであり、魔法のカギが与えられたのです。そして、それは共感と理解、喜び、安寧と幸福に通じるドアを開けるためのカギだった。わたしはそう信じています。だからわたしはいつも、オズの物語には喜びとやさしさ以外のものは含まれるべきではないと思っています。悲劇や恐怖を味わわせるものはあるべきではないと。オズ・シリーズはいつも、子どもの目に映る世界、子どもの想像力を反映すべく描かれているのです』。ボーム氏は、わたしたちが宗教について議論したときも同じような考えを語っていました。しかしボーム氏がこうした信念をもち、それに従って生き、作品を書いたことは確かです」

『オズの魔法使い』に描かれたオズの世界は、のちの続編に描かれものとは大きく異なる。というのも、ボームのおとぎの国の概念が、シリーズが進むごとに進化したからだ。これはエドワード・ワーゲンクネヒト博士が最初に言い出したのだが、ボームはアメリカのユートピアを作り出したのだ[34]。S・J・サケットは「オズのユートピア」（『ザ・ジョージア・レビュー』誌、一九六〇年秋号）でさらに、オズの国の経済的、社会的、文化的側面を検証している。『オズのふしぎな国』

の、「魔法使い」が去り、玉座がその正統な統治者であるオズマ姫に移ったあとの「オズ」では、社会と背景そのものさえも変化していることがわかる。[35] オズの各王国の動植物はすべて同じ色で、それはその地域で好まれる色だ。オズの国を囲む広大な砂漠は、そこに足を踏み入れようとする旅人を破滅させる不思議な力がある。ボームは『オズのエメラルドの都』で、彼のおとぎの国のユートピア的性質をほぼ完璧に説明している。

> オズには病気がないので、人々は事故で命を落としでもしなければ、死ぬことがありませんでした。それに、事故もめったに起こりません。また、オズにはまずしい人がいません。お金というものがなく、ありとあらゆる財産は統治者のものだからです。統治者は、国民をわが子と思ってたいせつにし、人々は、必要なものがあれば、近所の人からなんなりとほしいだけもらえます。だれかが畑をたがやして穀物をわんさと育てれば、それは国民全員にじゅうぶんゆきわたるよう、公平に分けられます。紳士服、婦人服の仕立て屋や、靴屋もおおぜいいて、ほしい人のために服や靴をつくります。同様に宝石屋は、ほしい人のためにただでアクセサリーをつくり、人々を美しくかざってよろこばれます。だれもが、ほかの人のためになにかをつくり、かわりに近所の人から食べ物や服、家、家具、かざりものやおもちゃなどをもらうのです。万が一出まわる量が不足すれば、国の大きな倉庫から不足分をとりだします。そしてのちに、人々の必要な量より多くのものが出まわったときに、また国の倉庫を満たすのです。
>
> だれもが、起きている時間の半分は働いて半分は遊び、仕事も遊びと同じように楽しみます。することがあって、むちゅうになれるのはいいことですから。仕事中は、いじわるな現場監督がはりついて見はりをすることもなければ、しかったり、あらさがしをしたりする人もいません。だから各人がほこりをもって、友だちや隣人のために全力で働き、つくったものを人がもらってくれればよろこびを感じるのでした。(ないとうふみこ訳)

しかし賢明にも、ボームはこうつけくわえている。「わたしたちの国でこんな仕組みがうまくいくとは思いませんが、ドロシーによれば、オズの国ではうまくいっているということでした」(同訳)。オズマは『オズのパッチワーク娘』で、六葉のクローバーを摘んではならないといった、小さな法律をいくつか作っているが、『オズのブリキのこり』(一九一八年)ではブリキのきこりが、オズの国民が従うべき法律は「身をつつしめ」ということだけだと話している。もちろん、エメラルドの都から遠くはなれたオズの未踏の荒れ地には野人が隠れ住んでいるし、またオズマ姫が治める幸せな王国を乗っ取ろうとする利己的で不満を抱く魔術師や魔女たちはいる。しかし一般に、オズはやさしい国であり、善良な人々が報われ、悪い人々は許される国だ。オズのオズマ姫の善意の統治のもとに統一されたこの国は、「愛の国」となる。オズマ姫はすべてを包み込む母のような存在だ。それは、『オズの魔法使い』と、そこにあった、古典的な善と悪との戦いから一歩前進したものだ。死と税によって治める魔法使いの政治がオズの国の歴史における暗黒の時代だとすれば、オズマ姫の治める国は、黄金の時代へと戻ったのだとみなされるべきだ。オズの社会構造には、エドワード・ベラミーの『顧みれば』(一八八八年)やウィリアム・モリスの『ユートピアだより』(一八九一年)という同時代のユートピア小説との相似が見いだせるかもしれないが、ボームのおとぎの国の一見「社会主義的」構造は、あくまでも表層的なものだ。オズの制度は、マルクス主義や福祉国家というよりも、善意の専制政治と言ったほうがちかいのだ。

オズは「社会主義」国家ではないかという面倒な疑惑は、いくらかはボームや彼の作品に対する偏見からきているものだろう。スチュワート・ロブは「オズの赤い魔法使い」(『ニュー・マッシズ』誌、一九三八年一〇月四日号)で、『オズの魔法使い』以外のオズ・シリーズがニューヨーク公共図書館におかれていないのは、政治的な理由からであると熱を込めて語っている。オズの一見アナーキズム的構造が、マルクス主義の理想と似ているからと言うのだ。共産党が発行する『デイリー・ワーカー』紙(一九三九年八月一八日付)

がジュディ・ガーランド主演のミュージカルを「すばらしい映画」だと「熱心に」推奨したときには、保守層の人々はいらだったに違いない。「ＭＧＭが独裁者を風刺する機会を逸した点は残念であり」、「社会的観点はほぼゼロの映画」だとする一方で、ハワード・ラシュモアはそれでもこの映画を「アメリカ映画界が誇る、もっとも費用をかけた（そしてもっとも美しい）ファンタジー映画のひとつ」と評した。第二次世界大戦後、『コリアーズ』誌は「『魔法使い』四五周年」という見出し記事で、『オズの魔法使い』は「巨大な悪い狼を信じるな……大言に惑わされるな……自分で真実を見つけ出せ……うわさやプロパガンダで判断するな」という愛国的メッセージを発しているととらえている。アメリカが枢軸国を倒したのも、こうした考えのおかげだ、と記事は主張した。そして「この現実主義で探究心に満ち、懐疑的で、恐れを知らぬ心構えをもち続けよう。それは国民の貴重な財産だ」と結論づけているのである。

ロビンフッドの伝説さえもマルクス主義の作品だとされたマッカーシーの時代には、ボームのやさしいユートピアが、ボームが思いもしないようなものに曲解されることが多かった。一九五七年四月にはデトロイト公共図書館館長のレイ・アルヴェリンが、当図書館では子ども向け閲覧室の開架にオズ・シリーズはおかないと不用意に発言し、抗議の波が押しよせることになった。出版界はさっそく、これはボームの「禁止令」だと解釈した。アルヴェリンは、オズのシリーズは（あらゆることに対して）「否定主義」であり、子どもの心に人生に対するおくびょうな姿勢を植えつけるため、「価値がない」本だと断じた。「ボームの作品には、読む者を高揚させ、向上させるようなものはなにもない。オズ・シリーズはそのできにおいて、グリムやアンデルセンの物語とはくらべものにならない」とアルヴェリンは鼻であしらったのだ。[36] アルヴェリンは、一般読者はミステリーやおとぎ話その他の人気フィクション作品よりも、ＤＩＹの本を好きなのだと言った。アルヴェリンの仲間は彼を擁護し、一九二〇年以降、子ども向け文学には新しいアプローチが試みられており、『オズの魔法使い』はこの新しい姿勢に合致しないのだと主張した。一九五九年二月、フロリダ州政府は全機関に「標準的図書館におくべきではない書」のリストを送った。このリストにあるのは「文章が下手でわかりづらく、人生の真実を語っておらず、煽情的で、ばかげたほど感情的であるため、アメリカの子どもたちにとって不健全な書」と判断された書だった。州政府は、こうした本は「購入すべきでなく、贈物にすべきでもなく、貸し出しも、閲覧もすべきではない」ものだと指導した。L・フランク・ボームの作品はそのリストのトップにあった。『オズの魔法使い』は一九六六年まで、ワシントンDC公共図書館の児童書部門におくことを禁止され、禁止が解かれても、ワシントンDCの学校図書館にはおかれていなかったのである。「子どもたちがこの本を好きだということはわかっています」。学校図書館館長のオリーヴ・C・デブルーラーは、『ライブラリー・ジャーナル』紙(一九六六年一一月一五日付)でこう語っている。「ですがもっとすばらしいファンタジーはたくさんあるのです」。オズはあまりに感傷的であり、またおくびょうライオンに代表される擬人化はお粗末だとみなされたのだ。DCの公共図書館児童書部門のコーディネーターであるマキシン・ラバウンティは、ボームが書く類のファンタジーは「たとえば、『不思議の国のアリス』のような洗練された力がないというか、高い水準にないのです」と付けくわえている。出版界はオズに対する検閲に抗議したが、一九六一年四月時点でさえ、ウェストウッド・ブレントウッドの『ヴィレジャー』誌は、ボームが共産主義に傾倒していると非難する記事を掲載している![37] ばかげたことに、いまだに、一部図書館ではオズ・シリーズを貸し出していないのである。

図書館員や評論家が共通して口にする不満がもうひとつある。『オズの魔法使い』の著者は文章が下手だというものだ。だがこれはきちんとした批評というよりも、個人の好みの問題だ。多くの人々がボームの作品を楽しみ、その文章を称賛してさえいる。ボームはハンス・クリスチャン・アンデルセン、ロバート・ルイス・スティーヴンソン、ケネス・グレアム、あるいはジェームズ・M・バリーといった伝統に連なる名文家ではなかった。ボームは言葉遊びのために言葉に興味があったわけではない。自意識が高く自己満足しがちなインテリ気取りの読者向けに、名文句や気の利いた言い回し、博学さをほのめかすような作品を書くことに興味があったわけではなかった。ボームがまず大事にしたのが、読者にわかってもらえることだった。彼は平易で、心に残る文章を書いた。すぐれた物語を語りたいと思い、概して、冒険の道筋を損なうような描写は避けている。彼はまた、一九世紀の児童文学の多くを台無しにしている感傷主義や階級意識を、すがすがしいほどに取り入れていない。ファンタジーの偉大な作品はどれもそうだが、『オズの魔法使い』の表現方法や雰囲気は時代を超えた魅力をもち、今日においても、ボームの執筆当時と同様に通用するのである。

『オズの魔法使い』はまた構成もすばらしい。この物語では、二分法が重みをもっている。第一章と最終章の舞台はカンザス州だ。故郷を遠く離れたものの、最後にはそこに戻ってほっとする結末だ。ふたりのよい魔女は、ドロシーの友となり助けてくれる。北のよい魔女は、第二章でドロシーに銀の靴をわたしてくれるし、南のよい魔女は第二三章で、銀の靴がもつ力を教えてくれる。またドロシーは物語の前半で悪い魔女がはいていた銀の靴を、後半では別の悪い魔女がもっていた黄金の帽子を手に入れている。この本の中心にあるのは、おそろしくも偉大な王のオズを探す旅だ。そしてオズ大王はドロシーを二度がっかりさせる。一度目は、ドロシーが東の悪い魔女を殺したあと、彼が巨大な頭という姿で現れたとき、二度目は、ドロシーが西の悪い魔女を倒したあと、オズだけが気球で飛び去ったときだ。さらに、物語は淡々とあっけなく結末を迎えるようなことはない。この本の後半部分は、前半部分で語られたことをしっかりと受けた内容だ。旅の仲間は知性、やさしさ、勇気を求めているのだが、エメラルドの都へと向かう旅の途中で、実は本人たちがそれをもっていることがわかる。そしてオズから脳みそ、心臓、勇気の象徴となるものを与えられたあと、南への旅でそれをうまく使えるのか試されることになる。後半には、前半での会話の意識的な言い換えがある。ドロシーが南のよい魔女に質問する場面は、北のよい魔女との会話を連想させる。このしっかりとした物語の枠組みのなかに、ボームは、児童文学のなかでももっとも記憶に残る登場人物を配している。それぞれ脳みそ、心臓、勇気を求める、かかし、ブリキのきこり、おくびょうライオンは、他の子ども向け作品の人気登場人物と同じく、今も愛され、子ども時代に必ず親しむものとなっている。

オズ・シリーズに対してはさらに不合理な批評がある。シリーズものであるというものだ。子どもたちがいったんある特定の著者の作品ばかりを読むようになると、ほかの著者の作品に目を向けなくなるというのがその主張だ。だが図書館員に対して言わせてもらえば、つねにシリーズものは存在し、彼らに「受け入れられている」シリーズもあるではないか。彼らはオズ・シリーズを禁止しながら、『ピーター・ラビット』や『ドリトル先生』、『メアリー・ポピンズ』、『ナルニア国』、『プリデイン物語』、『床下の小人たち』、『グリーン・ノウ』、『五次元世界の冒険』、『ミス・ビアンカ』、『大草原の小さな家』といったシリーズ作品は喜んで図書館においたのだ。それに、ブタの『フレディ』や少年と馬の物語『ブラック・スタリオン［*the Black Stallion*］』のシリーズが、オズ・シリーズよりもすぐれた本だと心から言える人などいるだろうか？　もちろん、おとぎ話、とくに「アメリカの」おとぎ話は万人向けではない。E・M・フォースターも「幻想はいわば、追加料金のようなものを読者に要求します……幻想は、ふつうの小説を読む場合とは違う読み方、違う対応の仕方を要求します」（『小説の諸相』中野康司訳）と言っている。[38]アメリカの図書館員たちは、おとぎ話の本を購入するとき、イギリス人作家の作品だけを選ぼうとすることが多かった。そうした先入観は、上流気取りの裏返しだったと思われる。アメリカの児童文学界は長くイギリス中心だった。アメリカ図書館協会は毎年、アメリカの児童書へのすぐれた貢献に対し賞を授与するが、この賞はイギリス人出版者のジョン・ニューベリーの名を冠したものであるし、すぐれた絵本に対しては、イギリス人画家のランドルフ・コールデコットの名を冠した賞を贈る。『ホーン・ブック』誌はじめ児童書を扱う雑誌は、ローラ・E・リチャーズやスーザン・クーリッジといったさほど有名ではないアメリカ人作家について大々的な記事や伝記を掲載する一方で、ボームやオズ・シリーズのことはめったに触れなかった。掲載したとしてもほぼ否定的な記事だった。こうした何十年にもおよぶ非難や攻撃にもかかわらず、オズ・シリーズはこれまで出版されたなかでもっとも人気のある児童書のひとつであり続けた。一部の大人は嫌おうとも、子どもたちはオズの物語が大好きだったのだ。

図書館員たちはオズ・シリーズへの攻撃を続けたが、著名な作家や学者たちは時折、オズを擁護するようになった。エドワード・ワーゲンクネヒト博士は、一九二九年に『ユートピア・アメリカーナ』を出版してオズ評論に関するパイオニアとなった。博士と同様の熱意をもって取り組んだのがイェール大学の英語学教授C・ビーチャー・ホーガンで、オズの本ほかボームにまつわる貴重な品々を収集し、このボームに関する初のコレクションは、現在イェール大学バイネッキ図書館に所蔵されている。『風の子キャディ』(一九三五年)でニューベリー賞を受賞したキャロル・ライリー・ブリンクは、一九四七年一〇月四日にサウスダコタ州ピエレで開催された「中西部地区図書館会議青少年および学校図書館員昼食会」であえて、「『オズの魔法使い』はアメリカの児童書のなかで非常にすぐれた作品のひとつです。わかりやすく、ごくふつうの文体で語られたすばらしい物語です。ユーモアとファンタジー性があり、とりわけ人間の本性に関しては嘘のない、誠実な解釈がなされています」と語っている。コロンビア大学図書館特別コレクションの学芸員ローランド・ボーマンは一九五六年に、L・フランク・ボーム生誕一〇〇周年記念の展示会を開催した。この翌年、マーティン・ガードナーとピュリッツァー賞受賞の歴史家ラッセル・B・ナイは、オズの初版本を再現し、さらにボームや作品に関する評論、著作リストなどを掲載した『オズの魔法使いとオズの正体［*The Wizard of Oz and Who He Was*］』を大学出版会から刊行した。このあらたにオズによせられた関心の多くは、一三歳のジャスティン・G・シラーが一九五七年に創設した「国際オズの魔法使いクラブ」が喚起したものだった。この組織の季刊誌である『ボーム・ビューグル』誌は現在も、オズ研究のための主要な情報の宝庫として機能している。一九六一年には、フランク・ジョスリン・ボームとラッセル・P・マックフォールによる、L・フランク・ボーム初の長編伝記である『子どもを楽しませるために［*To Please a Child*］』が刊行された。また『［注釈版］オズの魔法使い』初版は、オズが、まじめな研究の対象としてふさわしい作品だと認められるのに大きな役割を果たした。ボームとオズは現在アメリカ全土および海外の大学の講義の教材となっている。テレビで『オズの魔法使い』を観て育った人々は、ボームを、アメリカの独自性をもつ作品を書いた作家だと認めている。今や、ジャーナルや学術誌その他がオズに関する論文を発表「しない」年はほとんどない。一九八三年にショッケン出版が出した『オズの魔法使い』の「クリティカル・ヘリテイジ版」には、こうした論評がまとめられている。オズ・シリーズの新版はつねに出版されている。ボームの生涯と作品を探究するドキュメンタリーもいくつか製作され、一九九〇年一二月一〇日にはNBCムービー・オブ・ザ・ウィークで、ボームを取り上げた『オズの夢見る人［*The Dreamer of Oz*］』が放映され、ジョン・リッターが『オズの魔法使い』の著者を演じた。オズ・シリーズは、かつてはこの作品を締め出した図書館にもおかれている。オズ刊行一〇〇周年と図書館創設二〇〇周年を記念して、世界で最大規模の図書館であるアメリカ議会図書館は、「L・フランク・ボームと『オズの魔法使い』展」を二〇〇〇年に開催した。

オズの魔法はアメリカ国内にとどまらず世界に広がっている。今日、このアメリカを代表するおとぎ話は世界のほぼすべての国の言葉に翻訳され、『不思議の国のアリス』や『ピーター・パン』、『たのしい川べ』とともに、世界で広く読まれている児童書の古典とみなされている。ボームと彼の作品の出版社は、その作品を海外で販売することについては無頓着だった。ジョージ・M・ヒル・カンパニーとボブズ＝メリル社は初期の作品の一部を場当たり的ではあったが英国で刊行し、英国での著作権を保護した。またライリー＆ブリトンはその作品の大半を、コップ・クラーク・カンパニーを通じてカナダで販売した。『セント・ポール・パイオニア・プレス』紙（一九〇八年一〇月一一日付）はオズの本にはドイツ語、フランス語、イタリア語、さらには日本語版のものさえあると報じているが、『オズの魔法使い』の最初期の公認翻訳書はフランス語版で、一九三二年に出版されたものだった。それ以降登場した翻訳書の大半は、一九三九年のMGM映画が世界的に人気を博したことを受けてのものだった。『オズの魔法使い』は旧ソ連でもとても人気があったため、翻訳家のアレクサンドル・ヴォルコフは、自分が翻訳したボームの作品をもとに、自ら長く続く続編のシリーズを書いた。今日、ボームが書いたオズ・シリーズ全作品がロシア語に翻訳されている。一〇〇年のあいだに『オズの魔法使い』がどれだけ売れたのか、また異なる版がどれほど出版されたのかは、だれにもわからない。

オズの出版一〇〇年を記念した本書は、ボームの偉大な作品への入門書の役割をもつ。この書は、『マザー・グースのメロディ［*Mother Goose's Melody*］』（一七九一年）に収められた「マージョリー・ドー」への注釈を念頭において編集された。「注目に値しないものに注釈をつけることは、著者の卑しく恥ずべき行いだ」（賢明なる読者なら、ロバード・ベンチレイのふざけたエッセイ「シェークスピア解説［*Shakespeare Explained*］」は避けるべき、ということだろう）。巻末にはボームの既刊と刊行予定だった作品すべてをまとめたリストを掲載しており、ボームが多数の多様な作品を生んでいること、また注釈者が考察すべき資料が膨大であったことがわかるだろう。本書に掲載するデンスロウの挿絵はすべて本来の彩色のままであり、本書は現時点で、デンスロウが描いた当時の絵を正確に再現している唯一の書だ。一〇〇年を経ても『オズの魔法使い』初版の魔法は色あせてはいない。本書の挿絵のなかには、デンスロウがオズの有名な登場人物を他の本で描いた作品も多数あり、そのいくつかは未発表のものだ。「デンスロウに関する付録」では、ボームと協力した作品をもとにデンスロウが独自に製作した、多数の作品を検討する。

『［注釈版］オズの魔法使い』は大人向けの書だ。これまで熱心にオズを読んできた、純粋なオズファンをこそ楽しませるべき書だ。ジュディ・ガーランドの映画を通じてしかオズを知らない読者は、ボームの物語に心地よいおどろきを経験するだろう。ボームの作品から長く離れていた人々にとっては、オズの世界へと戻るための有意義な書となるだろう。子どもたちにはこの書は必要ではない。子どもたちは最初からずっと、オズの魔法のことをよくわかっているからだ。

1．『ブックセラー、ニュースディーラー、アンド・ステーショナー』誌一九〇三年一一月一五日号、および『タイムズ文芸付録』一九六九年三月四日号の書評。

2．近年の研究のなかには、『オズの魔法使い』の文章は稚拙で、真剣な批評の対象に値しないという偏見が存在する。たとえば、ハンフリー・カーペンターとマリ・プリチャードによる『オックスフォード児童文学の友［*The Oxford Companion to Children's Literature*］』（一九八四年）、ジリアン・エイヴリー『その子を見よ［*Behold the Child*］』（一九九四年）、ペリー・ノーデルマンの『試金石：児童文学における最良の書に関する考察：全史図解［*Touchstones: Reflections on the Best in Children's Literature*］』第一巻（一九八五年）、ピーター・ハント『写真とイラストでたどる子どもの本の歴史』（一九九五年）、アニタ・シルヴィエ『児童書とその作家たち［*Children's Books and Their Creators*］』（一九九五年）などが挙げられる。イギリスの児童書作家であり書評家のジョン・ロウ・タウンゼンドはこの問題について、『子どもの本の歴史』（一九七四年）でこう述べている。「しかし、わたしは断言できる。L・フランク・ボームは……アメリカの児童文学の権威と言える人々からあまりにも低い評価を受けているのに驚かされる……なにか無意識の偏見があるのではないだろうか。……しかしごくふつうの人々にとっては、『オズ』の物語の臆面もないアメリカらしさが、なによりもこの本の独自性であり魅力なのだと思われる」

3．おじのライマン・スポルディング・ボームからもらった「ライマン」という名を嫌い、ボームは家族や友人に「フランク」と呼ばせていた。ボームはペンネームをいくつかもち、「ルイス・F・ボーム」は俳優と劇作家、「L・F・ボーム」は新聞の編集者、そして児童書の執筆には「L・フランク・ボーム」を使っていた。

4．『サンフランシスコ・エグザミナー』紙、一九三九年一一月五日付け掲載「『オズの魔法使い』の著者から妻への暗号」に引用。

5．ロバート・スタントン・ボーム「ロバート・スタントン・ボーム自伝　第1部」、『ボーム・ビューグル』誌、一九七〇年春号。

6．ハリー・ニール・ボーム「わたしの父は『オズの魔法使い』」、『ボーム・ビューグル』誌、一九八五年秋号。

7．一九一九年五月一六日付け、ヘレン・レスリーとレスリー・ゲイジへの手紙。サリー・ロッシュ・ワグナー「ドロシー・ゲイジとドロシー・ゲイル」、『ボーム・ビューグル』誌、一九八四年秋号に引用。

8．ボームとパリッシュによる別の作品が計画段階までいっていた。一九一五年に、プロデューサーのウォルター・ワグナーが出版社のライリー&ブリトンに、ボームには『白雪姫』上演用の台本を書く気があるだろうかと打診してきた。この作品のためにパリッシュはすでに衣装やセット、小物をデザイン中だった。ボームはこの提案を喜んで受け入れ、ライリー&ブリトンはこの台本をもとにした、ボームが書きパリッシュが挿絵を描く本の出版を提案した。だが第一次世界大戦のせいでこの計画は実現しなかった。

9．一九〇三年四月一九日付け、イシドール・ウィットマークへの手紙。コロンビア大学図書館バトラー・ライブラリー、特別コレクション蔵。

10．ジーン・O・ポッター「オズを考案した男」『ロサンゼルス・タイムズ・サンデー・マガジン』、一九三九年八月一三日号に引用。

11．デイヴィッド・L・グリーン、ピーター・E・ハンフ「ボームとデンスロウ　ふたりの書　第一部」、『ボーム・ビューグル』誌、一九七五年春号に引用。ロバート・A・ボームにより情報を追加。

12．C・ワレン・ホリスター「ボームとデンスロウの知られざるコレクション」、『ボーム・ビューグル』誌、一九六四年春号。

13. ボームが言っているのは、当時『レディーズ・ホーム・ジャーナル』誌に掲載されたキプリングの物語に、ヴェル・ベックが数点描いていた挿絵のことのようだ。この作品はのちにまとめられてキプリングの『なぜなぜ物語』（一九〇二年）になった。ちなみにこの本では著者のキプリングが挿絵を描いている。

14. フランク・ジョスリン・ボームとラッセル・P・マックフォール『子どもを喜ばせるために［*To Please a Child*］』（一九六一年）に引用。

15. ディック・マーティン「オズの魔法使い初版」、『アメリカン・ブック・コレクター』誌、一九六二年一二月号参照。ジャスティン・G・シラーは「ゴッドファーザーであるR・J・ストリートよりリチャード・アドレイ・ワトソンへ、一九〇〇年五月二三日」と、これより早い日付が書かれた本を見つけている。シラーは自作のカタログ、『チャップブック・ミセラニー』（一九七〇年夏号）で、ここに名前のあるストリートとはこの本の出版になんらかの関わりがあった人物で、ボームが弟に渡すよりも数日前に、印刷機から出てきたばかりの本を手にしたのだと推測している。

16. 著作権事務所には一冊の登録しか残っていないが、ボームは法に定められている通り、自身で一九〇〇年九月に二冊を送ったと主張した。一冊は郵送時に行方不明になったのはまちがいない。アメリカ議会図書館に所蔵されているのは出版社が送った三冊目の本で、文章を修正した第二版のものだ。著作権が正式に成立したのは、一九〇三年に、ボブズ＝メリル社が同社版『新しいオズの魔法使い［*The New Wizard of Oz*］』を二冊送ったときのこととなる。

17. グリーンとハンフは、デンスロウの帳簿に記載されていた著作権料とヒルの破産記録から、実際の発行部数は三万五〇〇〇部程度だったと推測している。「ボームとデンスロウ　ふたりの書第二部」『ボーム・ビューグル』誌、一九七五年秋号参照。

18. ディック・マーティン「ボーム書誌学　『新しい不思議の国』」『ボーム・ビューグル』誌、一九六七年春号に引用。

19. 一九〇四年九月九日付け、W・W・エルスワースへの手紙。L・フランク・ボームの原稿、コロンビア大学図書館バトラー・ライブラリー蔵。

20. マクドナルドの『かるいお姫さま』（一九六七年）の「あとがき」。

21. 「処女作がいかに価値ある作品か、一万三七〇〇ドルの小切手が著者であるボームに気づかせたと、フランク・ボームのマネジャーが語る」『デイリー・ユニオン』紙一九〇八年一一月八日付け、およびハリー・ニール・ボーム「父は『オズの魔法使い』」『ボーム・ビューグル』誌、一九八五年秋号を参照。この話は何度も何度も語られており、小切手の額は語る人によってさまざまだ。一九三九年九月二二日にロバート・L・リプリーのNBCラジオの番組「Believe It Or Not」に出演したモード・ボームは、一万三〇〇〇ドルの額面だったと言っている。しかし、ボームと同額の支払いを受けていたデンスロウがつけていた帳簿から判断すると、この時に支払われたのは三四三二・六四ドルだったようだ。

22. 一九〇一年一月二日付け、『シカゴ・ジャーナル』紙の社交欄。

23. 一九四三年六月二一日付け、ジャック・スノウへの手紙。

24. 出版社はまもなく表紙と背表紙から「New」の文字を外したが、タイトル・ページと欄外見出しはそのままになった。『新しいオズの魔法使い』はボブズ＝メリル社版の正式なタイトルであり、デンスロウの挿絵をイヴリン・コプルマンのものと差し替え、一九四四年にすっかり版を変えて本のデザインを新しくしたのちもこのタイトルのままだった。一九二一年にボブズ＝メリル社のデイヴィッド・L・チャンバーズが『オズの魔法使い』を新しくしようと考え、人気絵本のキャラクター、ラガディ・アンの生みの親であるジョニー・グルエルに、この有名な物語の挿絵を一新することを依頼した。グルエルはすっかりその気になっていたのだが、チャンバーズは、同社の契約はボームとデンスロウ双方と結んだものであったため、この本に関する権利を喪失させずに本来の挿絵を変える方法を見いだせなかった。一九三〇年代にはエドワード・ワーゲンクネヒトが、イギリス人画家のアーサー・ラッカムにこの本の新しい挿絵を描いてもらおうとチャンバーズの説得を試みたが、チャンバーズは結局、この本の読者はデンスロウ以外の挿絵は受け入れないだろうと判断した。一九三九年のMGMのミュージカル映画の上映は、それをすべて変えた。とはいえボブズ＝メリル社が『オズの魔法使い』の改訂版のために若手画家のイヴリン・コプルマンを雇ったのは、一九四四年になってからのことだった。タイトルページにはコプルマンの絵は「W・W・デンスロウによる有名な挿絵の翻案」とあるが、コプルマンは、物語の登場人物を描くのにジュディ・ガーランドの映画のイメージを参考にした。コプルマンは一九四七年に『魔法がいっぱい！』の新版も手がけた。ウィリアム・スティルマン「オズ（とモー）の失われた挿絵画家」、『ボーム・ビューグル』誌、一九九六年冬号を参照。

25. デンスロウの晩年のようすを知っていたモーリス・カーシュがデイヴィッド・L・グリーンに宛てた一九六八年五月一一日付けの手紙。

26. 『オズの魔法使い』を原作とした劇や映像作品がすべて成功したわけではなかった。テッド・エシュボーは一九三三年に初期のテクニカラー作品であるアニメ短編映画『オズの魔法使い』を製作したが、契約上の争いから配給されなかった。「続編」とされる長編アニメの駄作も二作品ある。ビデオクラフト社の『オズへの帰還［*Return to Oz*］』は、短期に放映されたランキン・バス・プロダクションの漫画シリーズ『オズの魔法使いの物語［*Tales of the Wizard of Oz*］』を原作とした作品で、一九六四年二月九日にNBCで放映された。もう一作の、フィルメーション社の『オズに帰る旅［Journey Back to Oz］』はエムおばさんの声優にマーガレット・ハミルトンを、ドロシーにジュディ・ガーランドの娘のライザ・ミネリを当て、これは一九七四年に劇場公開された。また一九六七年にはNBCが、週に一度、アンソロジー・シリーズ『魔法使いに会いに［Off to See the Wizard］』を放映したが短期に終わった。これは一九三九年のミュージカル映画から生まれた作品で、チャック・ジョーンズがアニメを製作した。ハイペリオン・エンタテイメント社はアニメ・シリーズ『オズ・キッズ』のビデオを一九九五年に発売した。これはワーナー・ブラザーズ社の『タイニー・トゥーンズ』と同様の楽しいアニメ・シリーズだった。シャーリー・テンプルは『オズのふしぎな国』のみごとな翻案作品を製作し、一九六〇年九月一八日に、NBCのテレビ番組『シャーリー・テンプル・ショー』で放映した。一九六九年秋にはシネトロン・コーポレーションが、「子ども向け」長編実写映画として『素晴らしいオズの国［The Wonderful Land of Oz］』を公開したが、これは駄作だった。さらにオーストラリアでは、『オズの魔法使い』を原作とし、当地では『オズ』、他国では『二〇世紀のオズ［20th Century Oz］』と呼ばれた現代版ロック映画が一九七六年に公開された。

　そして『オズの魔法使い』はついにブロードウェイに戻ってきた。一九七五年一月五日に、二代目マジェスティック劇場で『ザ・ウィズ』が開演したのだ。『ザ・ウィズ』は演出のジェフリー・ホールダーが豪華なセットと衣装をデザインし、チャーリー・スモールズが楽しい楽曲を提供し、それにステファニー・ミルズがドロシーを生き生きと演じて、アメリカの舞台にオズのミュージカル狂騒劇を復活させた。このオズの物語の一風変わった新しいミュージカルの製作は危険な賭けでもあったが、テレビによる抜け目のない宣伝キャンペーンが功を奏し、開演すぐの打ち切りはまぬがれた。そして上演が続くうちにヒットし、この年のトニー賞のミュージカル作品賞を受賞した。一九七八年にはユニバーサル・ピクチャーズの映画がブロードウェイの魔法を再現するのに失敗した。とはいえミスキャストではあったものの、ダイアナ・

ロスは、内気な二四歳の幼稚園教諭というドロシーを演じ観客の心を打った。この作品ではマイケル・ジャクソンがかかし、リチャード・プライヤーがウィズ、レナ・ホーンがグリンダを演じた。残念ながら、この『ウィズ』はシドニー・ルメットが監督した初のミュージカル映画であり、物語や楽曲、演技のすべてが、過剰につめ込まれたわかりづらいミュージカル曲に埋もれてしまった。

ウォルト・ディズニーは一九五六年に、ボームのオズ・シリーズの残る一三作品の映画化の権利を獲得したが、スタジオは何年もこれに手をつけないままだった。「オズへの虹の道［The Rainbow Road to Oz］」という仮題でテクニカラーのミュージカル映画を製作する計画があり、一九五七年九月一一日の『ディズニーランド・フォース・アニバーサリー・ショー［Disneyland Fourth Anniversary Show］』では、「マウスケティアーズ」と呼ばれる子どもたちが出演し、計画中の映画から二曲が披露された。しかしディズニーがオズ関連の映画製作を再開したのはずっとあとのことで、一九八五年にようやく『OZ』が製作された。『オズのふしぎな国』と『オズのオズマ姫』の翻案であるこの作品には多額の製作費がかけられ、特殊効果も駆使したが、オスカー賞受賞の映画編集者、ウォルター・マーチが監督した初の、そして唯一の大作映画となってしまった。とくにドロシー役のファルーザ・バークなどすばらしい部分もありはしたが、この作品にはユーモアが欠けていた。残念ながら、『OZ』はディズニーの映画スタジオの大規模再編の時期に公開され、このため前経営陣による失敗作として扱われた。また一般の人々が期待していたのも、ジュディ・ガーランドが登場する有名な『オズの魔法使い』のようなファンタジー・ミュージカル映画であり、『OZ』は興行的には失敗した。

27. ジーン・O・ポッター『オズを生んだ男［*The Man Who Invented Oz*］』に引用。

28. ボームとマックフォール『子どもを喜ばせるために』に引用。

29. 近年になって、オズの物語を取り入れた、大人向けの少々変わったサブジャンル小説が生まれている。マーチ・ローマーの『オズの緑のイルカ［*The Green Dolphin of Oz*］』（一九七八年）、フィリップ・ホセ・ファーマーの『オズの旅芸人［*A Barnstormer in Oz*］』（一九八二年）、ジェフ・ライマンの『夢の終わりに……』（一九九二年）、グレゴリー・マグワイアの『ウィキッド』（一九九五年）、マーティン・ガードナーの『オズからの訪問者［*The Visitors from Oz*］』（一九九八年）などだ。

30. こうした傾向に関する評論で最良のものとして挙げられるのが、マイケル・ゲッセルの「寓話の物語」（『ボーム・ビューグル』誌、一九九二年春号）だ。またヘンリー・リトルフィールドがこれに対して弁明した「寓話の魔法使い」も参照のこと。ポピュリズム神話に応じた最良の評論が、デイヴィッド・B・パーカーの「『オズの魔法使い』に対する「ポピュリズムの寓話」論の浮沈」（『ジョージア州歴史協会ジャーナル』一九九四年）だ。

31. ロバート・ボームは自伝（『ボーム・ビューグル』誌、一九七〇年クリスマス号で発表）で、シカゴで最初に住んだ家で、奇妙な心霊現象が起きたことを報告している。

弟のケネスはまだ赤ん坊で、父は出入口のそばに「ジャンパー」（バネで支えた小さいな椅子）をそなえつけた。それには弟を座らせて、椅子を上下に揺らしてあやすのだ。ジャンパーにはひもが付けられており、母が椅子に座って縫物や読書をしていても、ひもを引いて椅子を揺らせるようになっていた。ある夜、赤ん坊のケネスがひどくむずがり、ひもを引くのに疲れた母が大声で呼んだ。「霊かなにかがいるのなら、わたしに代わって赤ん坊をゆすってちょうだいよ」。すると、母が語ったところによると、ジャンパーがすぐに上下に揺れはじめて、かなり長いあいだ動いていたというのだ。だれも触れていないのに、だ。

これと同じ自伝の未公表部分で、ロバートは祖母のゲイジがオカルトに傾倒していたことについても語っている。

祖母は多かれ少なかれスピリチュアリズムに興味があり、手相占いの研究も行っていた。祖母はわたしたちの手相を読んでは楽しんでいた。祖母がひまなときには、インク台にわたしたちの手のひらをおかせてそれを紙に押し付けて手形をとり、手相を読んでいたのを覚えている。祖母はまた占星術にも興味があり、夜になって孫たちを外に連れ出し、さまざまな星や星座を指さし教えてくれたものだ。

32. 一九五五年一一月二一日付け、マーティン・ガードナーへの手紙。

33. 一九四三年六月七日付け、ジャック・スノウへの手紙で、ボームの甥のヘンリー・B・ブリュースターはこう述べている。

ボーム氏はいつもとっぴな話を語ってきかせるのがお気に入りでした。ごくまじめな顔をして、ごく真剣に、まるで彼がほんとうにそうした話を信じているかのように……。ボーム氏の母親は非常に信仰心に篤い人で……自分が聖書の内容を熟知していると思っていました。フランク・ボームは母親をからかうのがとても好きで、自身は聖書の内容など知りもしないのですが、それが聖書の言葉の引用であるかのように話すことが何度もありました。たとえば、あるときボーム氏の母親はこう言いました。「フランク、あなた作り話をしているのよね」。するとボーム氏は言うのです。「母さん、ご存じのように、使徒パウロのエフェソの信徒への手紙には『人はみな嘘つきだ』と書かれています」。すると母親は「いいえ、フランク、違うわ。そんなことは書かれていないはずよ」と言い、これまで何度もからかわれてきたというのに性懲りもなく、自分がまちがっていて息子が正しいのかどうか、聖書を調べようとするのです。フランク・ボームはとても想像力豊かな人物でした。まちがったことをしているわけではなく、彼は「おとぎ話」への愛を表現していたのです。「罪のない嘘」とも言えるでしょうが。

ボームの母親は聖書にそうした記述があるのを見つけることはできなかった。ボームはおそらく、クレタ人のエピメニデスが言ったという、「すべてのクレタ人は嘘つきだ」というパラドックスをもち出してからかっていたのだろう。同じような冗談は、『アバディーン・サタデー・パイオニア』紙（一八九〇年一二月二〇日付）にも見られる。心霊現象などは存在しないと述べた米国聖公会の教区牧師に対し、ボームは、この牧師は使徒行伝第五章第三八節と三九節のことを言っているのではないかと述べている。もちろん、この節は牧師の指摘とはまったく関係がない。

34. 『ユートピア・アメリカーナ［*Utopia Americana*］』（一九二九年）。

35. 「オズマ（Ozma）」という名の第二音節（ma）は、ボームの妻であるモード（Maud）を表しているのかもしれない。一九一三年製作のミュージカル狂騒劇『オズのチクタク男』を『オズのチクタク』（一九一四年）という本に書き換えたとき、ボームはバラの姫「オズマ」を「オズガ（Ozga）」と変えた。その名前の第二音節（ga）は、モード・ボームの旧姓であるゲイジ（Gage）からとったものなのかもしれない。

36. ニール・ハンターの「『オズ』シリーズを非難する司書」『ランシングステート・ジャーナル』紙、一九五七年四月四日付けに引用。アルヴェリンは、誤って引用されているとして次のように主張した。『オズの魔法使い』はデトロイト公共図書館に刊行の年からおかれていたが、本館や支館の子ども向け閲覧室になかっただけだ、と。子どもたちが読まないように書庫に安全に保管してあったわけだ。アメリカ図書館協会報（一九五七年一〇月号）の編集者への手紙でも彼はこう釈明している。「三〇年以上も前のことですが、その当時は、『オズの魔法使い』が初めて出版されたときよりも子ども向けの良書はたくさんありましたから、図書館は古くなった本はそのままにして、新しいものに取り換えないと決めただけなのです。しかし実際には三冊の本が残っており、それは読者が利用可能です。これは禁止令ではありません、選別なのです」。しかし閲覧されない本は禁止されているも同然だ。「困惑という子どもの庭園」(『サタデー・レビュー』紙、一九六五年七月一七日付)で、マーティン・ガードナーはこう返している。「まあ、ハンプティ「ダンプティ」が言ったように、言葉は、わたしたちがその言葉のために選んだ意味をもつようになるものなのだ。わたしとしては、アルヴェリン氏よりもかかしの言葉を信じるほうがたやすい」。「黄色いレンガの道沿いのボームのふたつのプロムナード」(『ロサンゼルス・タイムズ・ブック・レビュー』紙、一九七七年一〇月九日付)でレイ・ブラッドベリは、「焚書にはあらゆる方法がある。その本が存在しないふりをするのもひとつの方法だ」と書いている。

37. C・ウォレン・ホリスターは「ボームの他の悪役たち」(『ボーム・ビューグル』誌、一九七〇年春号)で、『オズの魔法』(一九一九年)の一節は、ボームが一九一七年に起きたロシアの一〇月革命を投影させたものかもしれないと述べている。ホリスターが取り上げているのはノーム王がググ森の動物たちに行った演説だ。オズ王室史編纂家であるボームが描こうとしているのは、マルクス主義の弁証法を効果的に使った演説を聞き、無垢な動物たちが戦争に引きずり込まれるようすだと解釈しているのだ。そしてこの場面には、二七年後に刊行される、ジョージ・オーウェルの『動物農場』を想起するというのだ。もしこれがほんとうだとすれば、ボームはこの部分の構想と執筆を手早く済ませたことになる。ボームが『オズの魔法』の原稿を書き終えたのは一九一八年二月以前のことであり(一九二〇年刊の『オズのグリンダ』も同様)、その後、胆嚢の手術のために入院しているからだ。

38. 『小説の諸相』(一九二七年)

オズの魔法使い

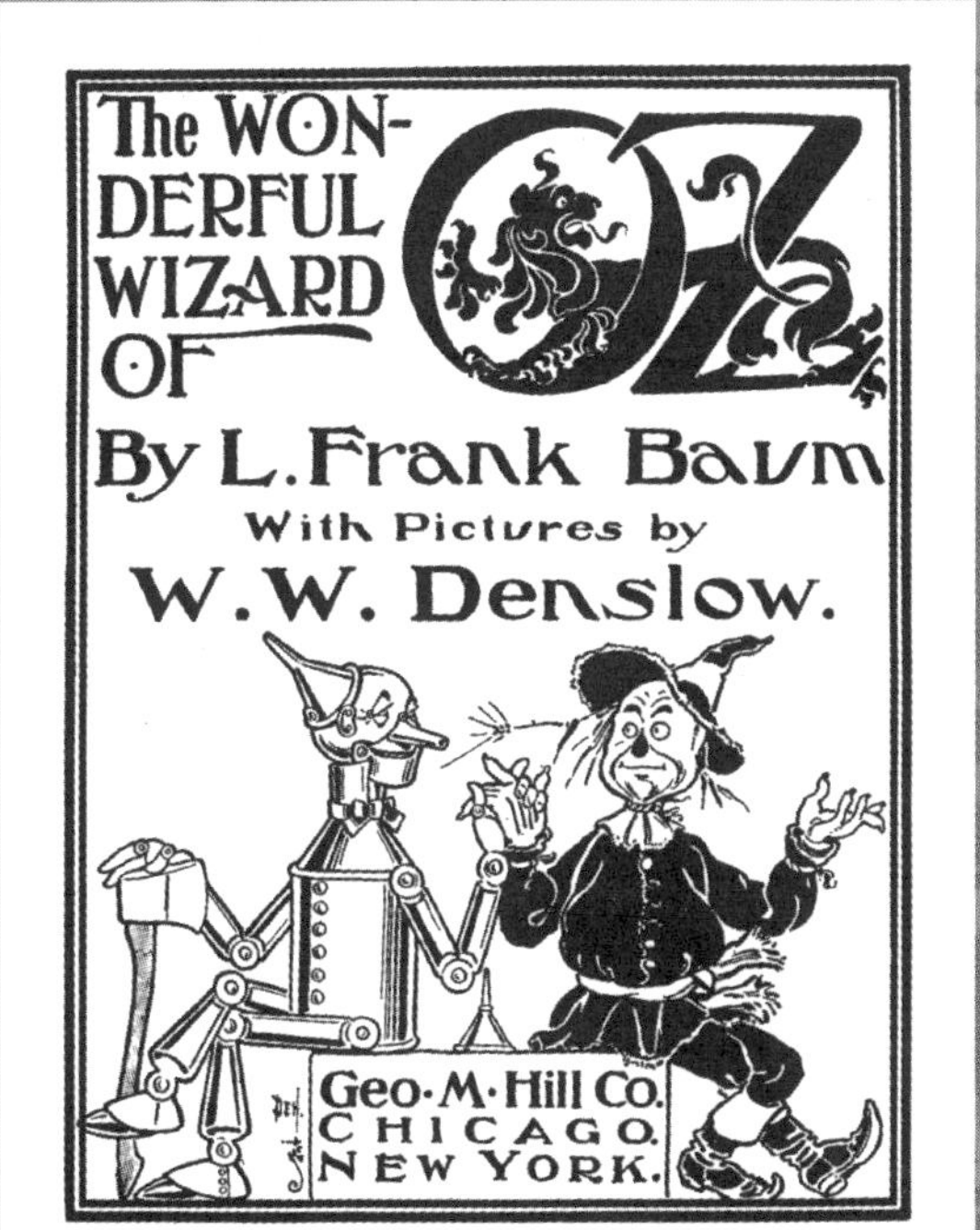

The WONDERFUL WIZARD OF OZ

By L. Frank Baum

With Pictures by

W. W. Denslow.

Geo. M. Hill Co.
CHICAGO.
NEW YORK.

1900

The WONDERFUL WIZARD OF OZ
By L. Frank Baum
With Pictures by
W. W. Denslow.
Geo. M. Hill Co.
CHICAGO.
NEW YORK.

1900

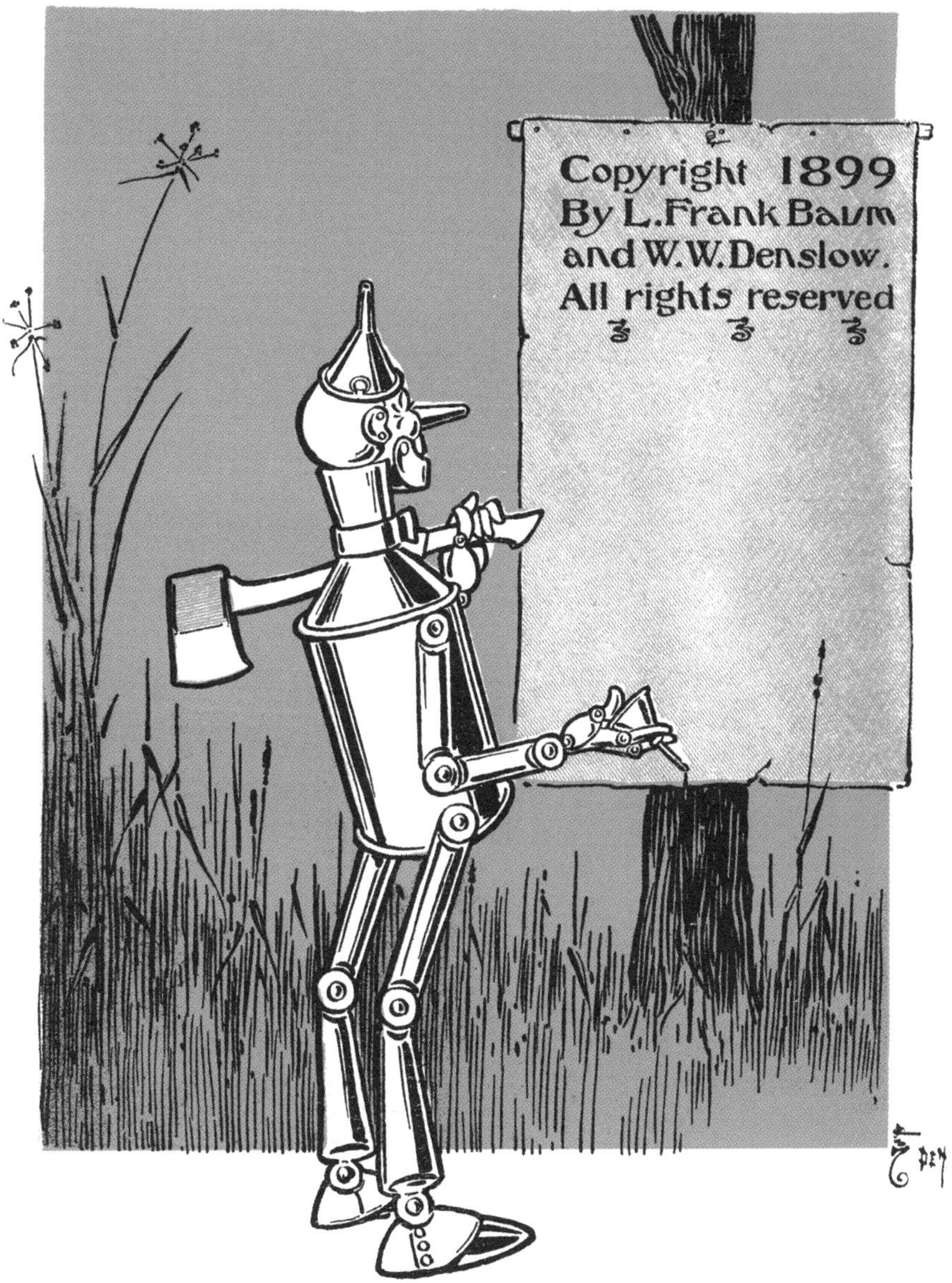
Copyright 1899
By L. Frank Baum
and W. W. Denslow.
All rights reserved

ブリキのかかしのこの素敵な絵は、初版の著作権掲載ページに描かれているものだ。本来の挿絵には、「著作権　一八九九年　L・フランク・ボーム、W・W・デンスロウ」とあるのだが、ワシントンDCの著作権事務所には、ボーム、デンスロウ、あるいはジョージ・M・ヒル社が一九〇〇年以前にこの本の著作権登録をしようとした証拠は残っていない。彼らは一八九九年末までに刊行するつもりだったのだろう。しかしデンスロウは、本の完成が翌年にずれ込んでも刊行年を書き換える機会がなかった。『オズの魔法使い』の著作権登録に関しては各所で不備があった。まず著作権表示は、法律で定められているようにタイトルページの左ページではなく、本の六ページ目に掲載されていた。出版社は急遽その誤りを正し、タイトルページの左ページの空白部分にゴム印を押して著作権を表示して、のちの版では正しいページに印刷した。その結果、ヒル社版の大半に著作権表示が二か所あるのだ。さらに法律では、出版時に、著作権事務所に完成した本二冊を提出し、それがアメリカ議会図書館に送られることが定められていた。しかし一九〇〇年には一冊しか提出されていない。ボームが二冊目を提出したのは一九〇三年になってからのことだった。厳密に言えば、『オズの魔法使い』は著作権の法的必要事項を満たさず、このためつねに、誰もが使える公有状態《パブリック・ドメイン》にあったのだ。幸い、この状況が裁判で争われることはなかった。

はじめに[1]

民話、伝説、神話、それにおとぎ話はずっと昔から子どもたちに親しまれてきました。[2]健全な子どもならみんな、[3]もともと、素敵な物語、不思議でこの世のものとは思えない物語が大好きです。グリム童話やアンデルセン童話に登場する羽のはえた妖精は、[4]人間が創造したどんなものより、子どもの心に幸せを運んできたのです。

けれども、何世代も前から語られ読まれてきた昔からのおとぎ話は、今では図書館の子ども向けの本のなかでは「古い時代のもの」とされているようです。[5]新しい「不思議な物語」の時代がやってきたからです。[6]こうした新しい物語では、代わり映えしない魔神や小人や妖精は一切登場しません。[7][8]それに、作者がおそろしく血なまぐさいできごとを描いて、子どもを震え上がらせるような教えを物語に込めることもありません。[9]現代では、学校で道徳を教えます。[10]だから、今の子どもたちはただ楽しむために不思議な話を読むのであって、物語にいやなできごとが出てこないほうがうれしいのです。

ですからわたしは、現代の子どもたちを楽しませたいという思いだけで『オズの魔法使い』の物語を書きました。[11]おどろきや喜びを与え、けれども心の痛みや悪夢は取りのぞいた、[12]現代版のおとぎ話となることを願った作品なのです。

一九〇〇年四月、シカゴにて

L・フランク・ボーム

はじめに　注解説

1【はじめに】このアメリカの児童文学の解放宣言とも言えるものは、当時シカゴの文学界にあった考えを反映するもので、その一部は、一八九三年のコロンビア万国博覧会で行われた議論から生まれたものだった。当時、新しい文学、純粋なアメリカの文学を求める声があり、それは古くさく退屈な東部ではなく、力強く活気に満ちた西部で生じた動きだった。「シカゴ文学があり西部の文学がある。まだ一大勢力とはなっていないが、しかし力強く、独立した文学だ」。小説家のスタンレー・ウォータールーは「シカゴの本を読むのはだれか?」(『ザ・ダイアル』誌、一八九二年一〇月一日号)でこう宣言した。「偉大なる西部があり、そのすばらしい生活とテーマ、色彩がある。森の木を伐採し、線路を作り、巨大な街を建設した人々には、希望や目的、道義心、熱意、衝動、そして愛があった。そして彼らの物語は語る値打ちがあるものだ。それは新しい物語であり、文学と西部との関係ははじまったばかりだ。西部を映し出した作品、あるいはそれに似たものもまだ登場してはいないのだ」と。ボームも同意見だ。ボームは『シラキュース・ポスト・スタンダード』紙(一九〇〇年六月一日付)に、誇らしげにこう書いている。「西部は文学の中心地として急速に成長しつつあります。今日の良書の一〇冊に七冊が西部で書かれ、東部で出版され読まれているのです」。ハムリン・ガーランドは「西部の文学的解放」(『ザ・フォーラム』誌、一八九三年一〇月号掲載。「文学の中心地」と改題してガーランドのエッセイ集『倒壊しつつある偶像[*Crumbling Idols*]』[一八九四年]に所収)で、ヨーロッパやニューイングランドの伝統を拒絶することを呼びかけている。彼はこう言っている。「芸術の中心は西へと移りつつある。東部の文学的優位性は過去のものになりつつあるのだ」(『倒壊しつつある偶像』)。シカゴはアメリカ文学の新しい中心地となるべき都市だった。彼は、「文学の伝統はことごとく弱くなっている。古いものが姿を消し、新しいものが登場している。古いものの存在が薄れるにつれ、伝統の拠りどころと古典に対する興味は忘れられ、過去のものとなっている」と主張している。西部の他の作家たちは新しい詩や小説を模索し、またボームはアメリカの子どもたちに、西部の精神を取り入れた、アメリカ初の「現代的な」おとぎ話を贈ったのだ。『オズの魔法使い』は、ガーランドの言う「全アメリカを支配する東部に対する革命」にくわわったのである。『アメリカの大衆文化におけるオズの魔法使い[*The Wonderful Wizard of Oz in American Popular Culture*]』(一九九三年)では、ニール・アールがボームのまえがきを「ボームによる、児童文学の一七七六年の独立宣言といってふさわしい」と評している。ボームは、二〇世紀になろうとするこの時代に児童文学における独立宣言を行ったわけだが、つまりは、アメリカの少年少女は、彼らが読む本に幸福を追求する不可侵の権利をもつと宣言しているのである。

2【おとぎ話】「おとぎ話」(fairy tale)という言葉は、フランスのドーノワ伯爵夫人(一六五〇年頃〜

一七〇五年）とルイ一四世のその他宮廷人たちが書いた『contes de fées（妖精物語）』の翻訳とともに英語に入ってきた。これらフランス人作家のなかでもっとも影響力が大きかったのが、下級官吏のシャルル・ペロー（一六二八〜一七〇三年）だった。「赤ずきん」、「シンデレラ」、「眠れる森の美女」、「長靴をはいた猫」、「青ひげ」を収めた『寓意のある昔話、またはコント集』（一六九七年）を書いた人物だ。この作品は、英語では『ガチョウおばさんの物語集』として知られる。

こうした作品群が初めて翻訳され読まれるようになった当初から、これらは不道徳であり、このため子どもたちには不適切な読み物だとして激しく攻撃された。イギリス人批評家のサラ・トリマー（一七四一〜一八一〇年）は、自身が編集する児童書の書評誌『教育の守護者』でペローのおとぎ話を批判し、世の親たちにこう警鐘を鳴らしている。「このような物語が子どもたちの心のなかに描きだすおそろしいイメージは、その刺激的で理不尽な、根拠のない恐怖によって深く心に刻まれ、子どもたちのやさしい心を傷つけるのが常です」と。たとえば「シンデレラ」は、「人の心に入り込む強い悪意……憎しみやねたみ、義理の母や義理の姉たちに対する嫌悪、虚栄心、ドレスへの愛などを」子どもたちの心に植えつけるというのだ。当時のアメリカでもっとも人気のあった児童書作家ピーター・パーレー（サミュエル・グリスウォルド・グッドリッチ、一七九三〜一八六〇年）も、おとぎ話を声高に批判した。彼は、『人生の回想［*Recollections of a Lifetime*］』（第一巻、一八五六年）で、「長靴をはいた猫」では、猫が「だまし取り、嘘をつき、盗むこともあり……つまり、友人に対する感謝を表すためなら、わたしたちは卑劣な手段やペテンに頼ってもいいということになる」と述べている。グッドリッチは、「巨人退治のジャック」は生まれつきの嘘つきでしかなかったと批判している。「こうした子どもに対し、勇敢だと共感してはならない。しかも、戦う相手は巨人のブランダーボアであり、その家の床は人間の頭蓋骨で埋め尽くされ、『人間の心臓をコショウとビネガーで味つけしたもの』が大好物だとは言語道断だ！　わたしたちは、よい結果をもたらし世のためになることをなそうとする場合には、悪事――嘘、欺き、殺人――も許し、いや愛し認めることを学ばなければならない――物語が説く教えとはそういうものだろう。……わたしは、この世の悪と犯罪のすべてが、子どもたちの手にわたされるこうした非人道的な本によるものだと強く思う。そしてこうした本は子どもたちを、あっさりと、その低い道徳基準まで堕落させるのだ」「子ども向けの本に書かれることは、ぶかっこうなものではなく美しいもの、邪悪さではなく善良さ、下品なものではなく上品なものであるべき」と論じるグッドリッチが書いたのは、役に立つ知識を盛り込んだ、退屈な児童書ばかりだった。ボームが『オズの魔法使い』を書いたのには、一九世紀の児童文学における、こうした禁欲的な傾向と戦う意味もあった。そしてボームの現代のおとぎ話は、二〇世紀版サラ・トリマーや「ピーター・パーレー」による非難に耐えなければならなかった。もっともそうした、アメリカの公共図書館からオズを締め出そうとする試みもむだに終わるのだが。

3 **【健全な子どもならみんな】**たとえば、子どもの頃のL・フランク・ボームがそうだ。「わたしは子どもの頃、おとぎ話をせがんだものです」。ボームは『フィラデルフィア・ノース・アメリカン』紙（一九〇四年一〇月三日付）にこう語っている。「それにわたしは批評的な読者でもありました。子どもの頃に好きになれなかったのが、魔女やゴブリンが登場する物語だったのです。わたしは、ひょいと現れて子どもをこわがらせる、森のなかに住む小さなドワーフが好きではありませんでした。だからわたしのおとぎ話には、子どもをこわがらせるそうした登場人物がいないのです。子どもの頃の気持ちを今でもよく覚えているので、自分の物語のせいで子どもたちが悪夢を見ないようにと決めたのです」。ボームは『新しい不思議の国［*A New Wonderland*］』（一九〇〇年。『魔法がいっぱい！』と改題して一九〇三年に再版）のまえがきでも同じことを述べている。「現実をいさぎよしとしないのが子供の本性ですが、いかんながら、成長するにしたがって、現実はあまりにも急速に子供たちの暮しの中に押しよせてきます。幼年時代こそ物語《フェイブル》の時代であり、夢の、そして歓びの時代なのです」とボームは説明している（佐藤高子訳）。ボームの物語は、「笑いをまきおこし、心を楽しませる」ことをいちばんの目的にしているのだ。

4【グリム童話やアンデルセン童話に登場する羽のはえた妖精】もちろんボームが言っているのは、ヤーコプ（一七八五～一八六三年）とヴィルヘルム（一七八六～一八五九年）のグリム兄弟と、ハンス・クリスチャン・アンデルセン（一八〇五～一八七五年）の童話のことだ。グリム兄弟はドイツの言語学者で、昔からの伝承をドイツの人々から直接聞き取り、正確に残そうとしているのだと主張した。だが実際には新しい版が出るたびに、ヴィルヘルムは物語の書き換えや削除を行っている。アンデルセンはロマン主義のデンマーク人詩人で、物語の大半は自作のものだ。グリム兄弟は一八一二年から一八五六年にかけて『子どもと家庭のための昔話集［*Kinder-und Hausmärchen*］』を数冊出版し、アンデルセンは一八三五年から亡くなる前年まで『童話集』を出している。ボームは『ミルウォーキー・センティネル』紙（一九〇五年六月一六日付）でこう述べている。「グリム兄弟は物語や古い民話の収集家であり、編集者でした。初めておとぎ話を自作したと言えるのはハンス・クリスチャン・アンデルセンであり、それによってアンデルセンは有名になりました。アンデルセンの作品は、そのおとぎ話を誰が作ったのか確かめられるという、大きな安心感が得られたのです」。グリムとアンデルセンの物語は今も、世界でもっとも人気のあるおとぎ話である。

「羽のはえた妖精」はグリムやアンデルセンの童話にはめったに登場しない。こうした妖精はおもにフランスの作家たちが考えたものだからだ。J・R・R・トールキンも、『木と木の葉［*Tree and Leaf*］』（一九六五年）収録の「妖精物語について」のなかで、「『妖精たち』、近代英語ではエルフ、とよばれる存在を扱うことをまず第一の目的としている物語は、比較的数が少なく、大体においてあまりおもしろくない」（『猪熊葉子訳）と認めている。トールキンもボーム同様、「花の精だの、ふるえる触覚を頭部にもつ妖精だのの長い系列」を「私は子どもの頃、そのような妖精たちが大嫌いだったし、のちになって私の子どもたちもひどく嫌がったものだ」（同訳）として避けている。妖精物語とは妖精についてではなく「妖精の国（Faërie）」についての物語であり、「この妖精の国には、エルフやフェイのほかにもさまざまなものが存在している。ドワーフや魔女、トロル、巨人、竜などに加えて、海も、太陽も、月も、空も、そして地球も。そして地球上のすべてのものが、木に鳥、水に石、葡萄酒《ぶどうしゅ》にパン、そして魔法をかけられている時には、私たち人間までもが」（同訳）というものなのである。

5【図書館】多くの図書館員や児童書の書評家たちが、かつてはボームの物語を、子どもの本の分野では「歴史的価値」しかないとしたのは皮肉な話だ。マーティン・ガードナーは「オズの図書館員」（『サタデー・レビュー』紙、一九五九年四月二日付）と「図書館員がオズを嫌うわけ」（『アメリカン・ブック・コレクター』誌、一九六二年二月号）で、この偏見をなくすために力を尽くした。今日、オズ・シリーズに対する全国的な禁止令は解かれており、大半の図書館では、『オズの魔法使い』以外のオズ・シリーズも書架に並んでいる。

6【「不思議な物語（wonder tales）」】一九世紀には一般に、この言葉がドイツ語の「メルヒェン（Märchen）」やデンマーク語の「イヴェンティエール（eventyr）」の英語訳とされており、ボームもその意味で使っているのかもしれない。

7【魔神】一九世紀の多くの批評家と同様、ボームは近東の『アラビアン・ナイト』の物語をヨーロッパのおとぎ話とひとくくりにしている。こうした物語はフランスの「妖精物語」の発展に深く影響をおよぼし、子ども向けに出版されるさいには、エロティックな場面が大きく削除されている。ボームは魔神の役割を、黄金の帽子の奴隷である翼のあるサルにもたせている。第12章注7を参照。

8【一切登場しません】幸い、ボームは自作の物語から、昔ながらのおとぎ話の要素をすべて取りのぞいたわけではない。「オズ・シリーズは、これまでの古いパターンを守っているほうが、それを避けている部分よりもはるかに多い」。ラッセル・B・ナイは『オズの魔法使いとオズの正体』でこう述べている。ボームの「子ども向けの物語作家としての強みは、古い題材に手をくわえることで、昔話によくある仕掛けに工夫や改変を施して新しい形の物語にするという、独自の才能にある」。こうしたスキルがよくわかるのが、『オズのオズマ姫』（一九〇七年）のノーム王（Nome King）であり、伝統的なキャラクターをボームが必要に応じて書き換えている例だろう（ボームの息子のフランク・ジョスリン・ボームは、子どもには読み方がわからないだろうから、父親が「gnome」［訳注＝地の精や小鬼を意味する］から「g」を取って「Nome」にしたのだろうと述べている）。ボームは語り手としての力をつけるにつれ、オズ・シリーズのような「現代版」おとぎ話も、『イクスのジクシー女王』のような「古いタイプの」おとぎ話もうまく書けるようになった。アンドルー・ラングは『ふじいろの童話集［*The Lilac Fairy Book*］』（一九一〇年）のまえがきでこう述べた。「『新しい』おとぎ話を書ける者などいない。できるのは、古い物語を混ぜ合わせ、飾り立て、登場人物に新しい服を着せることだけだ」

9【子どもを震え上がらせるような教えを物語に込める】結局「教え」とは、グリムやアンデルセンの物語というより、ペローのおとぎ話やイソップ童話がもつ特性である。デンスロウは、ボームとの関係が破綻したあとに製作した児童書に、ボームの『オズの魔法使い』が高く掲げていた信念を取り入れた。デンスロウは『デンスロウのマザー・グース［*Denslow's Mother Goose*］』（一九〇一年）において、不愉快な細部はすべて取りのぞき、伝承童謡を現代風にした。デンスロウはこの本についてこう語っている。「わたしは子どもたちが心から楽しめると確信しています。それに、伝承童謡にありがちな、おそろしいところはまったくない作品だと言えます」。このため、デンスロウの本に出てくる「くつの家に住むおばあさん」は子どもたちをベッドに行かせるときに、たたくのではなくキスするのだ。デンスロウは一九〇三年と一九〇四年に、G・W・ディリンガム社のために野心的な『デンスロウの絵本［*Denslow's Picture Books*］』シリーズを書いたが、新しい題材を採るのではなく、昔からある物語から不適切だと思う部分を取りのぞいた話を書いた。彼はこう述べている。「子どもたちを笑わせるためには、登場人物が動き、筋が展開する物語を語るべきです。

子どもたちは残酷さに魅了されるわけではなく、求めているのは動きのある物語なのです」。ピーター・パーレーと少々同じような意見だが（注2を参照）、デンスロウはこうした昔ながらの「おそろしく血も凍るような」物語のひとつを『ブラッシュ・アンド・ペンシル』誌（一九〇三年九月号）でこう評している。

「ジャックと豆の木」ほどひどい話はありません。ひとりの少年がある男の家に入ることを許されるのですが、それは身を偽り、嘘と欺きで男の妻の信用を得たからです。それから少年は次々と盗みを働きます。少年は詐欺師で、こそ泥で、さらには強盗です。その後、男が財産を守ろうとすると、男は英雄（?）である少年に殺害されてしまいます。少年は殺人を犯すばかりか死体を切り刻むのですが、それを少年の母親は喜ぶのです。本来子ども向けの話とは、こうした明らかな強奪や殺人を盛り込んだものではありません。それなのに、物語のほとんどはそうした傾向にあり、わたしは、もっと健全な内容の本を子どもたちに与えようとしているのです。

アーサー・ホスキング編集の『芸術家年鑑』（一九〇五年）に向けて、デンスロウは、彼の「目的は善良さと清潔さ、健全なおもしろさで満ち、下品さや俗悪さが排除された子ども向けの本を作ること」だと断言している（この手紙は現在、ニューヨーク州ウェスト・ポイント、合衆国陸軍士官学校図書館アレクサンダー・マクック・クレイグヘッド・コレクションに収められている）。デンスロウが改変した物語では、「三匹のクマ」は少女をおどろかせて追い払ったりしないし、「赤ずきん」の「オオカミ」は番犬になり、「親指トム」も「ハバードおばさんの犬」も死ぬことはない。「わたしは感傷的なことをやっているとは思わない」。デンスロウは、自分の作品の書き方をこう弁明している。「それにこうすることで、わたしは物語から楽しい部分を取りのぞいてもいない」。ボームは「子どもたちが望むもの」（『シカゴ・イブニング・ポスト』紙、一九〇二年一月二九日付）のなかで、「子どもたちは、道しるべの警告のように鋲で留めて張り出してはいなくても、すぐに自分たちで［教訓を］見つけて吸収する」と述べている。

10【現代では、学校で道徳を教えます】ボームは自身のことを「学校には縁がない」と思っていたが、当時の教育が変化していることには、四人の息子たちを通じて気づいていた。彼自身の育ちはかなり保守的だった。裕福な両親のもとに生まれた多くの男子と同様、ボームもイギリス人家庭教師によって自宅で教育を受けた。またピークスキル士官学校とシラキュース・クラシカル・スクールに入学したものの、大学には進学していない。オズマ姫は『オズのオズマ姫』（一九〇七年）で、「この国には働くのがきらいな若者がたくさんいるでしょう。そういう人たちにとって、大学はおあつらえむきの場所なのよ」（『完訳オズのオズマ姫』ないとうふみこ訳）と苦々し気に説明している。ボームは大学に進まず、家族が営む会社で働きはじめた。「知恵をさずけてくれるのは経験だけじゃ」。『オズの魔法使い』の第15章で、魔法使いはかかしにそう教える。モード・ゲイジもシラキュース・クラシカル・スクールに入学し、ボームと結婚する前には、コーネル大学で二年間文学を学んだ。自分の子どもたちの教育については、ボーム家は概してマティルダ・ジョスリン・ゲイジの進歩的な教育方針に賛同していた。上の息子ふたりは、アメリカで幼稚園運動がはじまったばかりの頃、サウスダコタ州アバディーンにあるグレンジャー夫人の幼稚園に入った。またシカゴでは、ふたりは、ケンブリッジのマサチューセッツ工科大学にならって創設された、進歩的なルイス・インスティテュートで学んだ。フランク・ジョスリン、ロバート、ハリーはみなオーチャード・レイクのミシガン陸軍士官学校に進んだが、ケネスはインディアナ州ラポルトにある実験的なインターラーケン・スクールに入学した。ここはレフ・トロツキーその他、現代の改革者の急進的な思想を実践する学校だった。ケネス以外の三人の息子たちは大学まで進んでいる。ゲイジは、孫たちが洗礼を受けたり教会の教区民になったりするのは、自分の行動を十分に理解できる年齢に達してからにすべきだと断固として主張していた。ゲイジは、娘のヘレン・レスリー・ゲイジ宛ての一八九七年四月九日付けの手紙で、孫娘のレスリーについてこう書いている。「レスリーは、自分がまったく理解してもいないものを信じると誓わされてはいないでしょうね。レスリーが、今日のさまざまな信仰のなにがしかを『理解』し、十分な年齢になり賢くなって、相反する教えやその違いを判断できるようになるまでは、教会の教えにからめとられないようにあなたが力をつくすことを切に望んでいます」。ボーム家は四人の息子たちをウエストサイド倫理文化協会の日曜学校に通わせた。ここは宗教よりも倫理を教える学校だった。おとぎ話はこの学校の教育の一環であり、この科目に関する学校の見解が、ボームの現代版おとぎ話に影響を与えたのかもしれない。

11【楽しませたい】一九四四年にボブズ＝メリル社が改訂し、デンスロウの挿絵をイヴリン・コペルマンによる新しい挿絵に替えたとき、「楽しませる」という意味で使われていた「pleasure」は、「please」と正しい語に変更された。ボームの文章におけるこのまちがいは、その後の『オズの魔法使い』の多くの版ではそのままになっている。

12【心の痛みや悪夢は取りのぞいた】「その固い決意にもかかわらず、ボーム氏は『心の痛みや悪夢』をすっかり取りのぞいているわけではないので、わたしとしてはうれしい」。ジェームズ・サーバーは「チッテナンゴの魔法使い」（『ザ・ニュー・リパブリック』誌、一九三四年三月三日号）でこう書いている。「子どもというものは、たくさんの悪夢や、少なくともちょっと心が痛む場面が本に出てくるのが好きなのだ。それがオズ・シリーズでも得られるというわけだ。かかしがワラを抜かれる場面やブリキのきこりがバラバラになるところ、それに木製のノコギリ馬の木の脚が折れる場面は、わたしにとって大いに悪夢であり、心が痛んだ（ボーム氏にとってはそうではなくとも、わたしはそうだった）」

LIST OF CHAPTERS

目次

本書をわたしのよき友であり
同志でもある妻にささげる。

L・F・B

第 I 章
竜巻

ドロシーはカンザスの大平原のまんなかで、[1,2]ヘンリーおじさんとエムおばさんと暮らしていました。[3]ヘンリーおじさんはお百姓で、エムおばさんはその奥さんです。三人が住むのは小さな家です。[4]家を建てるためには、材木を幌馬車で何マイルも遠くから運んでこなければならなかったからです。[5]壁が四つに床と屋根だけの、部屋がひとつしかない家です。この部屋に、さびだらけの料理用ストーブと、食器棚、テーブル、椅子が三脚か四脚、それにベッドがおかれていました。ヘンリーおじさんとエムおばさんは部屋の隅に大きなベッドをひとつおき、ドロシーは別の隅に小さなベッドをおいていました。屋根裏部屋も地下室もなく、床下の地面に小さな穴が掘ってあるだけです。そこは竜巻用地下室と呼ばれ、通り道にある建物をみなこわしてしまうほどの大きな竜巻がやってくるときに、家族が逃げ込めるようになっていました。その地下室に行くに

は、床のまんなかにあるはねぶたを上げます。そこからはしごで、小さく、暗い穴に下りていくことができるのです。

ドロシーが玄関のドアの前に立ってあたりを見まわしても、見えるのは広大な灰色の平原だけです。[6]あたり一面どこまでも、[7]地平線が続くかぎり、その平原には一本の木も一軒の家もありませんでした。耕した土地は太陽にじりじりと焼かれて大きな灰色のかたまりになり、細いひびがいくつも走っていました。草さえも緑色ではありません。草の長い葉の先も太陽に焼かれて、あたりと同じ灰色になっているからです。家には一度ペンキを塗ったのですが、太陽のせいでペンキもはがれ、雨がそれを洗い流して、今では家もほかのものと同じ、ぼんやりとした灰色になっていました。

エムおばさんは、ここにやってきた頃は若くてかわいい奥さんでした。でも太陽と竜巻がエムおばさんまでも変えてしまいました。エムおばさんの目からは輝きが失われ、くすんだ灰色になってしまいました。エムおばさんの頬と唇からは赤みがなくなり、これも今では灰色です。エムおばさんはやせこけて、今では全然笑いません。孤児のドロシーがこの家にやってきたとき、エムおばさんはドロシーが笑うと、それはびっくりしてしまいました。だからドロシーのにぎやかな笑い声が聞こえると、きゃっと声をあげて胸に手を当てるのです。そして、なにか笑うようなことがあったのかしらと、この女の子をじっと見つめるのでした。

ヘンリーおじさんも笑いませんでした。おじさんは朝から晩まで働きづめで、

楽しいということを知りませんでした。おじさんも、長いあごひげから粗末な長靴まで全部灰色で、まじめでいかめしい顔をして、しゃべることもめったにありませんでした。

ドロシーを笑わせてくれたのはトトでした。[8] トトのおかげで、ドロシーはまわりと同じ灰色にならずにすんだのです。トトは灰色ではありません。長くてつやつやした毛の黒い子犬で、小さなかわいい鼻の両側には、小さな目がきらきらと輝いていました。トトは一日じゅう遊んでいて、ドロシーもトトと一緒に遊んで、トトをとてもかわいがっていました。

けれども今日は、ドロシーとトトは遊んでいません。ヘンリーおじさんは玄関の階段に腰をおろし、心配そうに空を見上げていました。[9] 空はいつもより灰色です。ドロシーもトトを抱えて玄関に立ち、空を見上げました。エムおばさんは

皿を洗っています。

北のずっと遠くのほうから、みんなの耳に風がうなる低い音が聞こえてきて、ヘンリーおじさんとドロシーには、丈の高い草が波打ち頭を下げるのが見えました。嵐の前兆です。すでに、南から吹く風に鋭いヒューヒューという音が聞こえるようになっていて、そちらに目を向けると南の草も波打っていました。

突然、ヘンリーおじさんが立ち上がりました。

おじさんはおばさんに向かって叫びました。「エム、竜巻だ。[10] 家畜を見てくる」それからおじさんは牛と馬を飼っている小屋へと走りました。

エムおばさんは皿洗いを止めて玄関にかけよりました。外をひとめ見て、竜巻が迫ってきているのがおばさんにはわかりました。

「ドロシー、はやく！」おばさんは叫びました。「竜巻穴に入るよ！」

ところがそのとき、トトがドロシーの腕からぴょんと飛び出してベッドの下に入ってしまったのです。ドロシーはトトをつかまえようと追いかけます。震え上がったエムおばさんは床のはねぶたを開けて、はしごから小さな暗い穴のなかへと降りていきました。ようやくトトをつかまえたドロシーは、おばさんのあとから穴に入ろうとしました。けれども穴の入口まであと半分というところで、竜巻が大きく金切り声を上げたかと思うと、家がひどく揺れて、ドロシーは立っていられなくなって床にどすんとしりもちをつきました。

そのとき不思議なことが起こりました。[11]

家が二、三回まわり、ゆっくりと空中に浮かんだのです。ドロシーは、気球に乗っているような気分でした。

北と南から吹く風がちょうど家が建っている場所でぶつかって、家は竜巻の中心に入ってしまったのです。竜巻の中心では、ふつうは風はしずまっていますが、風の大きな力が四方からかかって家は高く高くもち上げられて、竜巻のてっぺんまで浮き上がってしまいました。そしててっぺんに浮いたまま、家は何マイルも、羽根を飛ばすように運ばれたのです。

あたりはとても暗く、風は周囲でうなりをあげていましたが、ドロシーには家が軽々と運ばれているのがわかりました。はじめに家が何回かぐるぐるとまわり、一度がくんと揺れたあとは、やさしく揺られているような感じで、揺りかごのなかの赤ん坊のような気分でした。

けれどもトトはこれが気に入りませんでした。部屋のなかを走りまわり、こっちにいたかと思うとあっちへ行き、トトはわんわんと吠えたてました。でもドロシーは静かに床の上に腰をおろし、これからどうなるのかじっと待ちました。

トトが開いたままのはねぶたに近づきすぎてそこに落ちたときには、ドロシーは最初、トトにはもう会えないと思いました。けれどもすぐにトトの片方の耳が穴から出てきました。強い風圧でトトは押し上げられて、下に落ちなかったのです。[12]ドロシーは穴にはっていき、トトの耳をつかんで部屋にひっぱり上げました。それから、もうこんなことが起きないように、はねぶたを閉めました。

何時間もすぎると、しだいにおそろしいという気持ちも収まってきました。でもとても心細く、あたりで風がうるさくきしるような音をあげるので、ドロシーは耳が聞こえなくなりそうでした。最初のうちドロシーは、家が下に落ちれば自分は粉々になるのではないかしらと心配でした。けれども何時間たってもなにもおそろしいことは起こらず、ドロシーは心配するのをやめて、この先どうなるのか、じっと落ち着いて待つことにしました。やがてドロシーは揺れる床をベッドまではっていき、横になりました。トトもついてきて、ドロシーのとなりで丸くなりました。

家は揺れて風はうなっていましたが、ドロシーはすぐに目を閉じ、眠りに落ちたのでした。[13]

第1章　注解説

1【ドロシー】ボームの作品にドロシーという名の少女が登場するのは、このカンザスの少女が初めてではない。ボーム初の子ども向けの本（『散文マザー・グース』一八九七年）の最後の物語（「小さなうさちゃん［*Little Bun Rabbit*］」）の小さなヒロインもまた「農場に住む少女」ドロシーで、「無邪気で常識があり、親切なところは、のちのオズ・シリーズの主人公ドロシーの特徴と同じだ」（ローランド・ボーマン「L・フランク・ボームと『オズ・シリーズ』」、『コロンビア・ライブラリー・コラムズ』誌、一九五五年五月号）。この物語は『L・フランク・ボームの少年少女のための物語［*L. Frank Baum's Juvenile Speaker*］』（一九一〇年）に再収録されて、少女の名はドリスとなった。『メリーランドのドットとトット』（一九〇一年）の主人公の少女は、ドロシーの一般的なニックネームであるドットと呼ばれている。またメリーランドの女王は、これも同じくドロシーのニックネームのひとつであるドリーだ。ボームが、メリーランドに出てくるドットの小さな仲間に名付けた「トット」は、トトからとったものかもしれない。トトは、オズ・シリーズに登場するドロシーの小さな仲間だ。

　ドロシーは当時はよくある名で、このためアメリカの小説にはこの名をもつ主人公はとても多く、チャールズ・E・キャリルのおとぎ話『提督のキャラバン［*The Admiral's Caravan*］』（一八九一年）もそうだ。ボームの家族は常々、ボームがモデルとした少女がとくにいるわけではないと言ってきた。長男のフランク・ジョスリン・ボームは、『ボーム・ビューグル』誌（一九五七年六月号）への手紙でこう説明している。

> 『オズの魔法使い』が初めて世に出てから五七年のあいだに、わたしの父、L・フランク・ボームがオズの主人公「ドロシー」の名を、父の知り合いの特定の子どもからとったのだという噂が数多く流れ、また記事にもなりました。最近では、中西部のある女性（ミシガン州のドロシー・ホール・マーティンデール）がそう主張していたことも、わたしは知っています。そうした話にはまったく信憑性がありません。父が『オズの魔法使い』を書いた当時、父の知り合いには、ドロシーという名の少女も大人の女性もいませんでした。父は響きが好きでその名にしたのです。ご存じのように、父は赤ん坊、とくに女の子の赤ん坊が大好きです。また自分にも女の子がとても欲しかったのです。けれども父は四人の息子しか授かりませんでした。しかしいく度か、父は生まれてくる子が女の子だと信じて、誕生前に女の子の名を選んでいました。「ドロシー」も、父が娘が生まれたらつけようと思っていた名のひとつだったのです。それはかないませんでしたが。このため父は、竜巻でオズの国まで飛ばされるカンザスの少女に、ドロシーという名をつけたのです。

もちろん、これがすべて真実というわけでもない。ボームの友人のハリソン・H・ラウントリーの娘はドロシーだった。ラウントリーはチャンシー・ウィリアムズと義理の兄弟だ。そのウィリアムズはボームの本を刊行する出版社であり、ボームが発行したショーウィンドウを装飾する人々向けの専門誌『ショーウィンドウ』の支援者だった。おそらくこの少女に敬意を表して、ボームは「小さなうさちゃん」の主人公をドロシーという名にしたのだろう。

　サリー・ローシュ・ワグナー博士は「ドロシー・ゲイジとドロシー・

ゲイル」(『ボーム・ビューグル』誌、一九八四年秋号)で別の説を展開する。博士はボームの姪のマティルダ・ジュウェル・ゲイジが語った話を紹介している。ボームは、この作品を執筆中に亡くなったマティルダの妹の名にちなんで、ドロシーという名にしたのだろうというのだ。ドロシー・ルイーズ・ゲイジは一八九八年七月一一日に、イリノイ州ブルーミントンでゲイジ一族の末っ子として生まれ、生後五か月足らずの一一月一一日に突然亡くなった。ゲイジ家の両親、トーマス・クラークソン・ゲイジとソフィー・ゲイジは一八九一年一一月一五日にも別の子を亡くしており、その名はアリスだった。ボームの妻のモードは赤ん坊のドロシーをとてもかわいがっていたため、ドロシーが亡くなったときには悲しみにくれ、シカゴから葬儀にも参列した。「ドロシーはとても愛らしい赤ん坊でした」。一八九八年一一月二七日に姉のヘレン・レスリー・ゲイジに出した手紙に、モードはこう書いている。「できれば自分の娘にしたいくらいで、心から愛していました」。モードには娘がいなかったので、そう言うのも無理はない。ワグナーは、ボームが妻に捧げた『オズの魔法使い』の主人公の名をドロシーとすることで、亡くしたばかりの姪に代わる少女を、ボームが妻に与えたのではないかと推察している。実在の女の子だったドロシー・ゲイジがドロシー・ゲイルとなったのだ。

　ボームがこの物語の主人公を少年ではなく少女にした理由は、「現代のおとぎ話」(『アドヴァンス』紙、一九〇九年八月一九日付)の記事に読み取れるのではないか。

> おもしろいことではありますが、『不思議の国のアリス』を書いた一風変わった、また賢明なる牧師*であるルイス・キャロルは、アンデルセン以来の定評あるおとぎ話作家です。アンデルセンは妖精たちをうやうやしく扱っていますが、それと同じほど、キャロルの妖精の扱いは気まぐれです。ですが子どもたちは、アンデルセンが生み出したどの王子やお姫さまよりも、アリスのほうがずっと好きだという点は述べておくべきでしょう。アリスの人気の秘密は、彼女が実在の少女であり、ふつうの子どもなら彼女の冒険のすべてに共感できることにあります。アリスの話は小さな子を当惑させる場面が多々ありますが――物語には筋も動機もなく、わたしたちを当惑させるための本だからです――アリスはつねになにかをしており、それは不思議なこと、読者をおどろかせることです。このため子どもたちはアリスの行動を追って心から楽しむのです。著者である「チャールズ・ラトウィッジ・」ドジソン博士は子ども向けの本を書くことをひどく恥ずかしく思い、ルイス・キャロルというペンネームでのみ作品の刊行を許可したと

言われています。[**]それでも、この作品で博士は有名になり、『不思議の国のアリス』――脈絡がなく、とりとめのない物語――は、現代のおとぎ話でおそらくもっとも有名な作品なのです。

だがドロシーはイギリス人の子どもではない。アリソン・ルリーは「マンチキンの運命」(『ニューヨーク・レビュー・オブ・ブックス』誌、一九七四年四月一八日号)でこう述べている。「どちらも自立して、勇敢で、実際的な少女だ。だがヴィクトリア朝期のアッパーミドル・クラスの子どもであるアリスは、ドロシーよりもずっとマナーや社会的地位に関心がある。アリスはネズミにどう話しかければよいのか気にかけ、クラスメートのメイベルのように小さく汚い家に住まなくてもよいことを喜ぶ。だがドロシーが住んでいるのはちっぽけな家だ。人口統計学者なら地方の貧しい層に分類するだろう家庭だ。だがドロシーは、ごくあたり前に、出会う人々とつねに対等な態度をとる」

ドロシーはどこまでもアメリカ人だ。またアメリカだけではなく、西部も体現している。ボームは「有益なことでは、西部の女性は東部の女性にまさる」と固く信じていた。東部、つまり大西洋岸州の女性のあまりにも多くが、「腕を組んでなにもせずに座るか、大儀そうに手芸をしている。父親は扱いあぐねながらも家族を養っている」。それは、「若い女性がどんな仕事にしろ常勤の職に就くことが不名誉だと考えられており、既婚女性でさえも、仕事をしたり、金銭を得るなんらかのことをしたりすれば社会的地位を失う」からだった。ボームは、『アバディーン・サタデー・パイオニア』紙(一八九〇年三月一五日付)でこう述べている。「こうした魅力のない[東部の]女性たちと、我が西部の勇敢で役に立つ女性たちの違いのなんと大きいことか! 女性にとっては役に立つということが喜びであり、若い女性のいちばんの望みは一家の稼ぎ手になることです。そして女性たちは実際にそうなのです」。西部の女性は「東部の女性よりもエネルギーとバイタリティがあり……彼女たちにはばかばかしいところや得意げなところはなく、自分がうまくやれる仕事が目の前で行われていると、じっとしていられないのです」。カンザスに戻ろうと努力するドロシーは、これと同じ西部の決意と独立を体現しているのだ。ブライアン・アテベリーは『アメリカ文学におけるファンタジーの伝統[*The Fantasy Tradition in American Literature*]』(一九八〇年)で、ボームがオズで書いているのは、開拓者の一般的女性がもつふたつのイメージだと述べる。つまり、エムおばさん(やせこけて灰色になり、とくに、地方色を反映させた写実主義的な文学作品で取り上げられるタイプ)とドロシー(生き生きとして魅力的で、土地に密接な暮らしをし、そこから強さを得ている)だ。ドロシーにむだはない。ジャスティン・G・シラーは一九八五年のペニーロイヤル版『オズの魔法使い』のあとがきでこう述べている。「ヒロインは、自分がだれであるか、どこへ行こうとしているのか、なぜ世界が大きく変わってしまったのかを思い悩んで時間をむだにするようなことをしない。当時の現実の子どもたちのように、ドロシーは自分のおかれた状況を自分が経験している現実として受け入れ、自分がなにを欲しているのかを理解し、それを成し遂げるために必要なことをはじめるのだ」。なにものも、この小さなカンザスの女の子が家に戻ろうとするのを止めることはないだろう。

ドロシーは、初期の婦人参政権論者のような不屈の精神をもっている。公民権運動活動家のスーザン・B・アンソニーは一八九〇年に、女性の権利運動のためにサウスダコタで外出したおり、竜巻が近づいてきても、ほかの人とは違い竜巻用の地下シェルターに逃げ込もうとはしなかった。「竜巻ごときをおそれはしません」と彼女は言った。フランセス・クランマー・グリーンマンの『空より高く[*Higher than the Sky*]』(一九五四年)を参照のこと。フェミニストたちは当然、ドロシーは自分たちの仲間だと主張した。『オズの魔法使い』は、勇気があり粘り強い少女ドロシーのおかげで、今や、アメリカの児童書としては真のフェミニストを表現した最初期の作品であると、世界で広く認められている(『若草物語』では、あのお転婆のジョー・マーチでさえ最終的には結婚するのだ!)。素朴な少女ドロシーはさっそうと外に出かけ、自分の問題は自力で解決する。ヨーロッパのおとぎ話に出てくる、だれか――王子さまのこともあれば、庶民のこともある――がやってきてものごとを正してくれるのをじっと待つ、美しいヒロインとは違う。キャサリン・ロジャーズは、「少女の解放」(『サタデー・レビュー』誌、一九七二年六月一七日号)で、ドロシーを「三人の男性の仲間を救い、ふたりの悪い魔女を倒した勇敢で機転が利く少女」と称えている。ボームの本には「進取の気性にとみ、利口で、大胆、そしてしっかりと自立した少女」が大勢登場するのだ。しかしボームを女性の敵と批判する人もいる。『オズのふしぎな国』(一九〇四年)では、ジンジャー将軍と将軍率いる美少女の反乱軍を登場させて、攻撃的なフェミニズムをやんわりと風刺しているというのだ。だがそうした人々は、結局はよい魔女のグリンダ、つまりはひとりの女性が、オズマ姫というひとりの少女を救い、オズの正当な支配者にすえることに目を向けていない。つまりボームは、婦人参政権論者である義理の母のマティルダ・ジョスリン・ゲイジが誇らしく思うような、女家長制を確立させているのだ。オズの女性はほんとうの魔法を備えている。MGM映画に関する研究論文で、サルマン・ラシュディはこう解説している。「男性の力は錯覚でしかないと言っているのだ。女性の力こそ、ほんとうの力なのだ」。臨床心理士のマドンナ・コルベンシュラーグは、『オズの国で迷子になって[*Lost in the Land of Oz*]』(一九九四年)でこう解説した。「女性の個人的神話の構造に取り組む過程で、女性たちを対象に研究を行うさいに、わたしはおどろいた。自己イメージが大きく変遷しつつある過渡期の意識――ときには夢――において、まるでドロシーのようなストーリーが何度も表れたのだ」。ドロシーは「『旅立ち、そして向かうべき場所へと行くことによって学ぶ』精神的孤児を象徴している。ロールモデルもなく、師もほとんどおらず、男性文化が支配的なシステムの多くに対し疎外感を抱いている」のである。ドロシーはそれまでのヨーロッパのおとぎ話に典型的なヒロインとは異なる。ドロシーは「自分と仲間を自力で救う。王子さまを『誘惑』したり、父親タイプの人物と和解したりすることで、自分のおかれた状況を改善しようとはしない……ドロシーに逆境に打ち勝つだけの機転があることがわかる場面がたびたび出てくる」。ここにいるのは、「好奇心が強く、想像力があり、冒険を欲し、そしてカンザスの決まりきった生活にうんざりしたアメリカの少女だ。突然オズの国へと移動したことは、願いごとが成就した最高の例だといえる」

だが少年たちも、ドロシーのことが好きだ。ボームは、現代のおとぎ話作家は、まず少女のために書くべきだと考えていた。ボームが『シカゴ・イブニング・アメリカン』紙(一九一二年七月二二日付)に次のように語ったとき、彼が自分の息子たちのことを考えていたのはまちがいない。現代の少年は「生まれたときから不思議に囲まれています。少年はおそらく電動式揺りかごで揺られて眠り、少し大きくなると、父親の車でドライブに出かけます。それから電話や無線、飛行機に詳しくなるのです。少女たちがそうしたものにそれほど大きな興味をもたないのは事実です。だから、少女たちこそ、現代の作家たちが取り残している読者なのです」。ラッセル・B・ナイは『オズの魔法使いとオズの正体』で、「オズはまちがいなく少女の夢がつまった家だ。その雰囲気に男っぽさはなく、女性的で、少年がもつ熱狂的で騒々しいエネルギーもほとんどない」と論じている。オズに登場するのは「少女が理想と考えるような男の子だ。ボームはオズを少年向けの話にすることができなかったし、また彼はオズの社会にすんなりと溶け込むような男の子を登場させることができなかった」。『オズのふしぎな国』（一九〇四年）のチップ、『オズのパッチワーク娘』（一九一三年）のオジョ、あるいは『オズのリンキティンク』（一九一六年）のインガ王子のことを思えば、ナイの言葉通りだとは言えない。またオズ・シリーズの熱狂的なファンの多くが男性だ。エドワード・ワーゲンクネヒトは「ユートピア・アメリカーナ　その後の世代」（『アメリカン・ブック・コレクター』誌、一九六二年一二月号）でこう述べている。「ボームの物語の中心人物が少女であるため、ボームは少年よりも少女向けに書いているのだととらえられる場合があるが、それは軽率な考えだ。初めて『オズの魔法使い』を読んだとき、わたしは成長期（長くは続かなかった）にあり、その頃自分では女の子のことを好きではないと思っていた。だが、それがわたしのボームやドロシーへの愛情に影響をおよぼしたかというと、そうは思えない。さらに、わたしが知っている、ボームを心から愛している大人の大半は、女性ではなく男性だ」。ゴア・ヴィダルも認めている。「ドロシーは読者の少年にとって、完璧に受け入れることのできる主人公だ」。ヴィダルは「オズ・シリーズを再読して」（『ニューヨーク・レビュー・オブ・ブックス』誌、一九七七年一〇月一三日号）でこう述べている。「ドロシーは正しい質問をする。ドロシーはまぬけではない……。ドロシーは単刀直入で、少しだけ攻撃的だ。確かに、思春期前の少年少女にとっては、主人公が少年か少女かというのはたいした違いではない。結局、思春期前の子どもたちにとって重要なのは男性か女性かではなく、主人公が子どもであり、困難な役割を果たすことなのだ。思春期とそれ以降は、自分自身と同じような登場人物を欲する傾向がある」

　ボームは、とくに自分の知っている子どもをモデルにしてドロシーを書いたわけではなく、ドロシーはすべての人――すべての子どもだと言えるのだ。ボームはオズ・シリーズで、主人公ドロシーについて詳細な記述をしているわけではない。ドロシーの特徴の一部は、ダコタに住む姪たち、レスリー・ゲイジ、マティルダ・ジュウェル・ゲイジ、マグダレーナ・カーペンターからとったようだ。レイリン・ムーア、デイヴィッド・L・グリーン、ディック・マーティン、ゴア・ヴィダル、デイヴィッド・マッコードをはじめとする評論家たちは、オズ・シリーズの後半作品ではドロシーの語彙力が低下していると不満を表す。だがボームは、彼らが言うように「赤ちゃん言葉」を使っているわけではない。ダコタ方言（「suppose（思う）」には「spose」、「explain（説明する）」には「'splain」、「exactly（ちょうど、その通り）」には「'zactly」という具合だ）を使っているのであって、おそらくは、ミシガン州マカタワ・パークの夏用コテージに滞在中に、ボームとモードを訪ねてきた姪たちが話す言葉を取り入れたのだろう。ヴィダルは「オズ・シリーズを再読して」で、『オズのオズマ姫』（一九〇七年）では「ドロシーの会話はわざとらしい短縮形ばかりで、アイオワ州のスーシティの聴衆になら受けたに違いないが、少なくとも四〇年前でも、ひとりの子どもが話すものとなるとかなり無理があった」と論じている。ヴィダルは『ハックルベリー・フィンの冒険』（一八八四年）でも同じことを指摘したのではなかったか。ボームはドロシーの外見については挿絵画家や読者の想像力にゆだねたが、『オズのエメラルドの都』（一九一〇年）で、ドロシーがどういう少女かとてもうまく説明している。

ドロシーは、みなさんのまわりにもいるような、ごくふつうの女の子でした。やさしくて、たいていはきげんがよく、ふっくらしたほおをバラ色にそめて、目をきらきらかがやかせています。ドロシーは毎日ごくまじめにくらしていましたが、すてきな経験もたくさんしました。というのもこれまで生きてきたなかで、同い年の女の子たちよりはるかにたくさんのふしぎな冒険にめぐりあってきたからです。（ないとうふみこ訳）

ドロシーは愛され、敬われている——ボームは『オズのエメラルドの都』でこうも説明している。「ドロシーがすなおで、やさしく、まっすぐな女の子で、自分にも出あった人たちにも、つねに正直にふるまったからです。わたしたちのくらすこの世界では、すなおさとやさしさにまさる魔法の杖はありません」（『ないとうふみこ訳）。もちろん、もっとも有名なドロシーと言えば、一九三九年のMGMのミュージカル映画でジュディ・ガーランドが演じた少女だが、一九〇二年のミュージカル狂騒劇では、アンナ・ラフリンが舞台でドロシーを演じている。映画で初めてドロシーを演じたのは、『フェアリーログ・アンド・レディオ・プレイズ』（一九〇八年）に出演したロモーラ・リーマスだ。またビーブ・ダニエルズは『オズの魔法使い』と『ドロシーとオズのかかし』（どちらも一九一〇年）というセリグ社のサイレント短編映画二本でドロシー役となった。ステファニー・ミルズは一九七五年のミュージカル『ウィズ』で熱のこもったドロシーを演じたが、一九七八年に公開されたブロードウェイ・ミュージカルの映画版では、ダイアナ・ロスが繊細な若い女性であるドロシーを演じた。しかし、ドロシー役でいちばんすばらしかったのは、子役のフェアルーザ・バルクだろう。このディズニー映画『OZ』（一九八六年）は、おもに『オズのふしぎな国』（一九〇四年）と『オズのオズマ姫』（一九〇七年）を原作とした作品で、バルクのドロシー以外には見るべきものはあまりなかった。

＊監修者注＝ルイス・キャロルは牧師ではなく大学の教師。

＊＊監修者注＝「ルイス・キャロル」はかねてからドジソンが詩を書くときに使っていたペンネームであり、彼が子ども向けの本を書くことを恥ずかしいと思ったという事実はない。

2【カンザスの大平原】一九〇二年のミュージカル狂騒劇『オズの魔法使い』によると、ドロシーはトピカの近くに住んでいる。『オズマポリタン』[*The Ozmapolitan*]（一九〇四年の『オズのふしぎな国』の広告用チラシ）にあるドロシーからの手紙には、住所が「カンザス州トピカ付近、ヘンリーおじさんの農場」と書かれている。またエムおばさんは、『オズのエメラルドの都』（一九一〇年）でおばさんとヘンリーおじさんがオズマ姫の宮殿に引っ越したとき、「カンザスのトピーカにあるホテルよりすごいねえ！」と感想を述べている（ないとうふみこ訳）。「ボームは［ドロシーがいる］場所を、オズ・シリーズの第一巻の冒頭で早々に、効率よく明かしている」とゴア・ヴィダルは「オズ・シリーズを再読して」（『ニューヨーク・レビュー・オブ・ブックス』誌、一九七七年一〇月一三日）で分析している。ヴィダルは「第一巻は単刀直入な書き方をしており、形式的でさえある。短縮形もほとんどない……。『あんたがかわいがってるその小さいやつはなんなんだ？（What is that little dog you are so tender of?）』といったように……ときおり、まるでドイツ語のように、きっちり文法どおりの言い回しも出てくる」。ボームは、『倒壊しつつある偶像』（一八九四年）でハムリン・ガーランドが述べた、「西部はすぐれた作品を書くという基本的原則に従って動くべきである。つまり、完璧な明晰さ、表現力、柔軟さ、そして上品さをもつ作品であることを求めるべきだ。わかりやすく、筋が明確で、大いに示唆に富み、この世の決まりに従いはするが、新しい形を自由に取り入れたものであるべきだ」という基準に沿う散文を書こうとしている。「なぜオズの魔法使いは売れ続けるのか」（『ライターズ・ダイジェスト』誌、一九五二年一二月号）でフランク・ジョスリン・ボームは、父であるボームは、聖書から取った言葉――「幼子だったとき、私は幼子のように話し、幼子のように思い、幼子のように考えていました」（コリントの信徒への手紙一、13・11）――を額に入れてライティングデスクの上に掲げ、執筆中はその言葉をいつも忘れなかった、と述べている。またボームはオズの第一巻を、その言葉に従って書いたのだ。ボームは冗舌なことに我慢できず、『オズのエメラルドの都』（一九一〇年）では、くどくど、だらだらと話す人たちが住む、クドクド町が登場する。「オンビー・アンビーがにやっとしながらいいました。『あの人たちが本を書いたら、めうしが月をとびこえた、なんていう童謡の一節を書くにも、図書館ひとつ分の紙が必要になりそうですね』。『じっさいに本を書いている者もいるのではないかな』魔法使いがいいました。『この町の住民の作品ではないかと思われる、くどくどしい本を何冊か読んだことがあるぞ』」（ないとうふみこ訳）。ヴィダルは、ボームのカンザスの大平原の描写は、「ジョン・ラスキンが暗くて荒涼としていると評した、アメリカの光景を裏付けるものだっただろう」とも述べている。一流のイギリス人美術評論家であるラスキンは、すぐれたアメリカ人画家の作品を数点鑑賞し、「その異様さはなんともいえないほどだ。彼らは真の姿を描いているのであって、この国のみにくさ、荒涼さは底知れぬものに違いない」と感想を述べた。

自作のアメリカのおとぎ話に地方色を追求するボームだが、ここに書いているのはカンザスの真の姿ではなく、ダコタ・テリトリーについてのものだ。ダコタは彼が一八八八年から一八九一年まで住んだ地だ。ボームは、ハムリン・ガーランドがブラウン・カウンティのオードウェイという土地に感じたのとほぼ同じわびしさをとらえている。ガーランドは一八九一年刊行の『本街道』に、一九二二年に寄せたまえがきでこう述べた。「家々はただの箱のようで、木が一本もはえていない平原にぽつんと立っている。鉄条網が周囲を四角に囲み、街は、ペンキを塗った松の板の胸壁のついた、お粗末な木の小屋の集まりでしかない。こうした光景は、無味乾燥で、ほとんど救いのない貧困という印象を与えた」。彼は、オズよりも遅い時代にさえも、「まだカンザス州やネブラスカ州には、避難小屋でしかないような農家がぽつんと建っている地が大きく広がっている」とも述べている。ボームはカンザスをよく知らなかった。『アランの乙女』の一座との巡業が、ボームが「ヒマワリの州（カンザス）」を旅したという唯一の記録だ。ボームと妻はこの州によい印象をもたなかった。モードは、一八八二年二月二六日付けの手紙で、サウスダコタ州に住む兄のトーマス・クラークソン・ゲイジに不平をもらしている。「わたしはどうして兄さんが西部を好きなのかわかりません。わたしはお金をもらってもここに住むつもりはありません。シカゴは好きになると思うけれど、極西部はごめんです……わたしはカンザスの大半を州だと思えないのです。ひどいところだもの……。まだナンキンムシやシラミは目にしていないけれど、ホテルにはひどいところもあります」。ボームはカンザスの光景を、ボームの出版社であるウェイ&ウィリアムズが一八九六年に刊行した、ウィリアム・アレン・ホワイトの『現実の問題その他の話［*The Real Issue and Other Stories*］』から拝借したのかもしれない。「浄水の話［*The Story of Aqua Pura*］」や「ハイランド地方の話［*A Story of the Highland*］」は『オズの魔法使い』の冒頭部ととくに共通するものが多い。オズ・クラブの前事務局長であるフレッド・M・メイヤーは別の観点から、ボームが書いているのはカンザスではなくダコタだと述べている。『オズへの道』（一九〇九年）でボサ男が雪が降ってくれるといいんだがと言う場面で、ドロシーは、「八月に雪なんてふったら、トウモロコシもオート麦も小麦もだめになって、ヘンリーおじさんがなんにも収穫できなくなっちゃうし」（宮坂宏美訳）と反論する。だがカンザスでは秋に冬小麦をまき、六月か七月に収穫する。サウスダコタは春小麦で有名で、これは八月に収穫する。作家のなかでも少なくともひとりは、正しい場所がわかっていたようだ。エヴァ・キャサリン・ギブソンは『オズの魔法使い、賢い魔女ゾーバーリンダ［*The Wonderful Wizard of Oz, Zauberlinda the Wise Witch*］』（一九〇一年）というオズを模倣した駄作を書いているが、この舞台はサウスダコタ州のブラックヒルズだ。

もちろん、カンザスの人々の多くはボームの描写に異議をとなえている。この州が「感嘆の土地（Land of Ahs）」というスローガンをかかげたとき、これを「憂鬱の土地（Land of Blahs）」と言い換えて抗議した人たちもいた。「［ボームに］カンザスに対するわだかまりがあったわけではないとはわかっています」。カンザス歴史博物館の館長、マーク・ハントは『ニューヨーク・タイムズ』紙（一九八九年一〇月九日付）に語っている。「ですが、そうだったのかもしれないと思ったことも何度かあります」。『ハッチンソン・ニュース紙』の発行者であるディック・バズビーは、『オズの魔法使い』反対運動を行った。「［ドロシーにとって］不快なことのすべてがカンザスで起こるからです」（彼はこの本を読んだり映画を観たりしたことがないのでは？）。元上院議員で共和党大統領候補のロバート・ドールが同僚に話したという言葉が、連邦議会議事録（一九九一年一〇月二三日付）に残っている。「カンザスにやってきた人を待っているのは、本物だ……『オズの魔法使い』のハリウッド版カンザスどころではないよ」。だがカンザス州リベラルのスワード郡歴史協会は、一九世紀末から二〇世紀初頭にかけて建っていた農家をドロシーの家として保存しており、ウィアンドッテ郡にオズの魔法使いのテーマパークを建設するという計画が何年も前からもちあがっている。トーマス・フォックス・アヴェリルは「オズとカンザス文化」（『カンザス・ヒストリー』誌、一九八九年春号）でこう締めくくっている。「カンザスの人々がみな、ボームがカンザスを『オズの魔法使い』の舞台に選んだことに感謝しているわけではありません。けれども少なくとも彼らは、ボームが自分たちにドロシーを与えてくれた点は感謝すべきです。ドロシーは、ボームが生んだ荒涼とし人の出入りを拒むようなカンザスに耐えうる、とても強く、賢く、温かい心と勇気の持ち主です。ボームはまたカンザスの偉大な民話を生み出してくれました。ボームの物語は正真正銘、カンザスとアメリカの精神を描いているのです」

3【ヘンリーおじさんとエムおばさん】ボームが『オズの魔法使い』を書いたのは、アメリカの作家たちがまさに、西部が、三文小説にあるようなロマンにあふれた場所ではないと気づきはじめた頃だった。歴史家のフレデリック・ジャクソン・ターナーは、一八九三年の世界コロンビア博覧会（シカゴ万国博覧会）でアメリカのフロンティアの終焉を正式に宣言し、古き西部のロマンと魅力の多くはそれとともに失われた。ハムリン・ガーランドは、人生を、以前のようにあるべき姿を書くのではなく、ありのままに描く新しい現実主義派のリーダーだった。ウィリアム・ディーン・ハウエルズは、ガーランドの大きな影響力をもつ著書『本街道』（一八九一年）についてこう評している。「やせこけて、不快で、汚く、あわれで攻撃的な人々ばかりが登場する。それは風刺家たちなら簡単に田舎者として戯画にできるような人々であり、また、もっといい暮らしを求めて彼らがもがいているようすは、新聞にとってはおぞましく、政治家にとっては脅威を与えるものだ」。エムおばさんとヘンリーおじさんは、こうしたアメリカのあわれな層に属している。ふたりは、自然主義の作家たちの、環境が人の性格を大きく変えるという考えを例証するものだ。それは楽しい光景ではないが、共感できるものだ。ボームはサウスダコタ州アバディーンに住んでいた当時、エムおばさんやヘンリーおじさんのような人たちをたくさん知っていた。彼はまず干ばつによって人々の暮らしが破壊され、人々に対し土地がいかに無慈悲であるかを目の当たりにした。「わたしにとってもっともわびしい音と言えば、農家の台所の窓の網戸を通して聞こえてくる平原を渡る風の音だった」。アバディーンの芸術家であるフランセス・クランマー・グリーンマンは、回想録の『空より高く』（一九五四年）で当時のことをこう回想している。「わたしが見たなかでいちばんわびしい光景は、わたしの乗るしじゅう不満を言う貨物列車が平原で停車し、ひと息ついたときのものだ。そこに見えたのは、灰色のギンガムのドレスを風にはためかせ、風雨にさらされた家のドアのそばに立ち、周囲のなにもない平原を絶望的な目で眺めている、色褪せたような女性の姿だった」。別の農家の女性はスーザン・B・アンソニーに、平原の暮らしでいちばん耐えがたいのは、「夜にこの小さな家で休んでいると、わたしたちの赤ん坊たちの墓の上でオオカミが遠吠えをする声が聞こえてくることです。オオカミの遠吠えは墓から聞こえる赤ん坊の泣き声なのです」と話している。ドロシーの育ての親たちの厳しい生活は、ボームの義理の姉で、ノースダコタ州エッジリーに住んでいたジュリア・ゲイジ・カーペンターとジェームズ・ダギッド・「フランク」・カーペンターの夫婦の生活と似ていた。エムおばさんと同じく、ニューヨーク州のフェイエットビルを出て花嫁となり、家族や友人たちと遠く離れて新生活をはじめた頃のジュリア・カーペンターは、かわいく、生き生きとした女性だった。ジュリア・カーペンターは平原での生活を日記に書いていた。それをエリザベス・ハンプステンが編集して『気にかけてくれるすべての友人たちへ――ノースダコタの手紙、日記、そしてエッセイ、一八八〇～一九一〇年［*To All Enquiring Friends: Letters, Diaries and Essays in North Dakota 1880-1910*］』（一九七九年）に収録して出版した。これは、サウスダコタ州デ・スメットに住んだローラ・インガルス・ワイルダーが、大草原の小さな家シリーズで描いた光景とも大きく異なる。ジュリアたちが一八八二年六月一六日にジェームズタウンを通ったときに、ある女性料理人はジュリアにこう言ったという。「あそこはそれはおそろしいところだった。女には向かない。そりゃあさびしかった」。やがてジュリアは自身で、そのおそろしさを知る。ジュリアは一八八四年一月一日にこう書いている。「ここはひどいところ。東部で暮らしたい」。フランク・カーペンターは、妻をひとり家に残して何日も仕事を探しにでかけることが頻繁にあり、また最寄りの家でも、一五マイルから二〇マイル（約二四〜三二キロ）あまりも離れていた。一八八四年四月一四日の日記には、ジュリアは「昼も夜もずっとひとりぼっち」と書いている。「ひどく、ひどくさびしい。ひとりでいるのはもうたくさん」。夫は酒とギャンブルに逃げ、それにおぼれて結局は自ら命を絶ってしまった。ジュリアはだんだんとおかしくなって、最終的には精神が崩壊してしまい、サナトリウムで亡くなった。晩年に、あるオカルト主義者がジュリアにどうしてそんなに目が悪くなったのかと聞いたとき、ジュリアは「自分のほかにだれかいないかと、ただただ目をこらして平原を眺めていたから」と答えた。ボームは『オズの魔法使い』を執筆中に、カーペンター夫妻のことがとても気にかかっていた。平原での生活を維持することは夫妻にとってもあまりにも困難で、一八九九年にはふたりは農場を離れ、町に移らざるをえなかった。

ゴア・ヴィダルは「オズ・シリーズを再読して」（『ニューヨーク・レビュー・オブ・ブックス』誌、一九七七年一〇月一三日号）でこう論じている。「評論家のなかには、ボームが孤児を主人公にしている点を重視しすぎている人がいるようだ。わたしには、著者の意図は明らかであるし、妥当だと思える。愛する親と多少でも離れた子どもは、魔法の物語のなかであっても、そのことに心を痛め、悩むものだ。だがそれがおばさんやおじさんなら、実の親ほど深刻にとらえる必要はない」。だがドロシーは自分のおばさんとおじさんのことを真剣に考えている。ジョン・アルジオは「オズに登場する名前［*The Names of Oz*］」（エドワード・カラリーの『オズからタマネギ畑へ［*From Oz to the Onion Patch*］』［一九八六年］所収）で、「エムおばさんの『エム』は、ボームの妻のモード（Maud）と、モードの母のマティルダ［・ジョスリン・ゲイジ］（Matilda）のイニシャルの『M』、さらには『mother（母親）』という言葉の頭文字から取ったものだ。エムおばさんは女性の典型であり、永遠の女親であり、いつも子どものことで気をもむ母親だ」と考察している。マティルダ・ジョスリン・ゲイジの夫の名はヘンリーだった。また、「M」はジュリア・カーペンターの娘のマグダレーナ（Magdalena）を、「ヘンリー」は息子のハリーを意味するともいえる。もちろん、こうした一致を指摘するのは言葉遊びでおもしろがっているにすぎない。というのも、ボームはこうした名を、彼が親しんでいた典型的中西部人を表すものとして選んでいると思われるからだ。ヘンリーおじさんとエムおばさんは、画家のグラント・ウッドの有名な作品『アメリカン・ゴシック』に描かれる夫婦と同じく、アメリカの謹厳な農民夫妻を象徴するものとなっている。

4【三人が住むのは小さな家】
ボームはこの当時の典型的な掘っ建て小屋を描いている。ドロシーの住む農家を、ノースダコタ州エッジリー付近に住んだジュリア・カーペンターの家――ジュリアの日記に

書かれている——と比べてみよう。

わたしたちの家には部屋がふたつ。大きい部屋は、クローゼットをのぞいて、一二フィート×一六フィート（約三・六メートル×四・八メートル）。南に向いたドアと窓、西向きの窓がついていて、北向きのドアは台所に通じている。窓の外側は緑色の蚊よけの網で覆い、ドアには緑色の網戸がついている。窓には青いキャンブリック地のカーテンがかかり、新聞で作った縁飾りが窓を囲んでいた。床には、以前フェイエットビルの家で使っていた古いベルベットのカーペットを敷いている。ベッドの枠は明るい黄色の木材で、白いベッドカバーやまくらカバーなどを使っていて、蚊よけの網で覆っている。ベッドはクローゼットの陰になった空間においている。ベッドの頭の上にはフランク・ボームやその他数人の写真や、額や時計がかかっている。暖炉の上には母と、T・C、それにモードの写真がかかっている。ベッドの足元には化粧ダンス、南の窓の前にはテーブル、ドアの後ろには小さなテーブルをおいている。部屋の一角には食料を入れる大きな箱がふたつある。別の場所にはわたしの青いロッキングチェアと、ヘレンからもらったフランクのロッキングチェアがあり……。小さな鏡がひとつと絵が一、二枚。それで部屋の家具や装飾はおしまい……。台所は二歩で端まで行けるくらいの差し掛け小屋だ。家具は大きな食器棚、オイルクロスをかけたテーブル、椅子が四脚、三つの棚その他。この台所には窓がふたつあって、ひとつは東の道路のほうを向き、もうひとつは北を向いている。外に出るドアは西の端にある。家の裏手の少し離れたところに芝土を固めて作った小屋があって、ラバを四匹飼っている……。家の北西には浅い井戸がある（ハンプステン『気にかけてくれるすべての友人たちへ』）。

5【家を建てるためには、材木を幌馬車で何マイルも遠くから運んでこなければならなかった】カーペンター夫妻も一八八二年に平原に小さな家を建てるときには、丸一日かけて、材木をノースダコタ州エレンデールからはるばる運ばなければならなかった。

6【灰色】ガーランドは『崩壊しつつある偶像』（一八九四年）で、西部の新しい作家たちは「すすんで自分の身の回りの生活を反映させた作品を書いている」と論じた。これはその土地の地方色を出すことで書けるものであり、「ほかの場所では書けないし、その地に住む人でなければ書けない背景や文章」だった。これには、「生活の描き方は、その地で生育する植物と同じように、その地域ならではのものにする」必要があり、「……つまり木や鳥、山のどれもが大切で、身近にあり生活に必要なものであって、決して絵のように美しいものとして存在するのではない。旅行者では、その土地の小説は書けないのだ」。ボームにとってカンザスを表す色とは灰色だった。マーティン・ガードナーは『オズの魔法使いとその正体』の注1でこう述べている。「『灰色』という言葉が四つの段落で九回も出てくる。ボームはあきらかに、カンザスの農場の灰色の生活とヘンリーおじさんとエムおばさんのきまじめさとを、にぎやかなオズとその色と対比させている」。ガーランドの『本街道』（一八九一年）にも書かれた平原の厳しい生活を一部描き出す一方で、ボームはアメリカ人作家スティーヴン・クレーンがその作品で見せたようなやり方で、色を象徴的に用いている。ボームは自作の詩「愛する婦人の目に捧げるソネット［*A Sonnet to My Lady's Eye*］」（『シカゴ・サンデー・タイムズ・ヘラルド』紙、一八九六年一〇月二五日付。一八九八年『燭台の灯りで［*By the Candelabra's Glare*］』に所収）で問いかけている。「そして、色はなにを伝えるのか。灰色のような熱意のなさか?」。またサルマン・ラシュディは、一九三九年の映画に関する評論(一九九二年)でこう述べた。「この灰色——荒涼たる世界に集まり蓄積された灰色——から厄災は生まれる。竜巻とはこの灰色が集まったものであり、それが旋回し、いわば、自らに向かって力を放ったのだ」。

7【あたり一面どこまでも】「これはまさに、アメリカの平原そのものだ」。ゴア・ヴィダルは「オズ・シリーズを再読して」で平原の描写をこう評している。小説家のキャスリーン・シャインは「妖精の国アメリカ」(『ニューヨーク・タイムズ・ブック・レビュー』誌、一九八五年六月七日号)で、この平原の描写を「頬を紅潮させた児童文学に冷たくぴしゃりと平手打ちをするようなもの」と呼んだ。「ゴーファー・プレーリーとエメラルドの都」(『ボーム・ビューグル』誌、一九八二年冬号)で、ニューヨーク大学のユージン・J・フィッシャー博士は、ボームが描いた荒涼としたカンザスの農場と、シンクレア・ルイスの風刺小説『本町通り』(一九二〇年)に描かれるミネソタ州の町ゴーファー・プレーリーとの類似性を指摘している。「主人公のキャロルは、巨大な広がり、長く延びる小丘に連なる平原を見た。平原の広さ、大きさは彼女をおびやかしはじめた。あまりにも大きな広がりは、支配することもできず、また彼女はそれを決して理解することはできなかった」。人々もまた「その家と同じようにさえない茶色で、平原のようにのっぺりとして活気がない」。ジュリア・カーペンターも一八八二年六月一五日の日記に同様の言葉を記している。「目が届くかぎり、やぶどころか一本の木も見えない」

8【トト】広大でさびしい平原に初期に入植した人々は、一緒にいる相手としてペットを飼うことが多かった。隣人は少なく、いたとしても家は遠かったからだ。ジュリア・ゲイジ・カーペンターは子猫を飼い、夫がしじゅう家を空けるため、それが大きな慰めになっていた。一九世紀には、犬につけるには「トト」は人気の名だった。フランスでは少年によくあるニックネームだ。意外にもボームは(監督のジュリアン・ミッチェルの指示だったようだが)、一九〇二年のミュージカル狂騒劇で、ドロシーの犬をイモジンという名のぶちの牛に変更した。ボームは『シカゴ・レコード・ヘラルド』紙(一九〇二年六月一〇日付)にこう語っている。「わたしは子どもたちが好きな登場人物のひとつ——犬のトト——がいなくなって残念です。劇の製作という点からするとトトを出すのは無理だと判断し、わたしたちはしぶしぶトトを除いたのです。だが代わりに牛を入れました。犬が牛になるとは突拍子もない変化に思えるかもしれま

せんが、子どもたちが大いに楽しめるキャラクターの牛にして、また本ではトトがそうだったように、この風変わりな生き物が、カンザスを出たドロシーの旅に付き添うのです」。犬が牛になったわけはごく実際的なものだった。俳優が扮するには、犬よりも牛のほうがずっと簡単だったからだ（一九〇四年初演のジェームズ・M・バリーの戯曲『ピーター・パン』では、犬のナナが人気のキャラクターだが）。フレッド・ストーンの弟のエドウィンは一九〇三年に突然亡くなるまでイモジンを演じ、その後はジョセフ・シュロードがイモジンの役を引き継いだ。ラシュディはオズの映画に関する評論でこう主張している。「わたしは［一九三九年の映画の］トトに我慢できなかった。それは今も同じだ」。ラシュディにとってこの映画のトトはこうだった。「キャンキャン吠えるかつらのような小さな生き物で、まるでおせっかいなぼろきれだ！……トトがこの映画で唯一の愛すべき対象であることが気になってしまうのだ。言ってもむだだが（言えばすっきりはするが）、もうだれも、このおせっかいなかつらを取りのぞいてはくれないのだ」。だがラシュディは、「すばらしい作家であるL・フランク・ボームは、この犬にほんのちっぽけな役割しか与えていない」と賞賛する。「それ［原文ママ］が一緒にいてくれればドロシーは安心していられ、ドロシーが悲しんでいるときには、それはみじめにクンクン鳴いてばかりだ。愛くるしい犬ではない。この犬がボームの物語の筋で果たした重要な役割と言えば、魔法使いが姿を隠すのに立てていた衝立をたまたま倒してしまったことくらいだ［第15章］」。しかしラシュディは、トトがそのほかにも少なくと二度、物語に大きく貢献していることを忘れている。トトは、ドロシーが竜巻でオズへと飛ばされる原因を作り（第1章）、またドロシーが魔法使いの気球に乗れず、カンザスに戻れなくなったのもトトのせいだった（第17章）。

　ボームはおそらくトトを雑種犬にするつもりだったのだが、挿絵画家たちはさまざまな犬種に描いた。作家のダニエル・P・マニックスは、デンスロウが描いた犬をケアンテリアだとしている。また「オズ王室宮廷挿絵画家」としてデンスロウのあとを継いだジョン・R・ニールは、『オズへの道』（一九〇九年）と『オズのエメラルドの都』（一九一〇年）で、トトをその当時人気のあったボストン・ブルドッグにした。ニールは『オズへの道』の挿絵で、前任者のデンスロウが描いたカンザスの少女と犬の絵を使って遊んでいる。ドロシーとトトが、ブリキのきこりの城の庭で自分たちの像を見つけるのだが、それが「はじめてオズの国にきたときと、まったく同じかっこう」なのだ。ニールが描くほっそりとして優雅なドロシーとトトは、「一九〇〇年」という年が刻まれ、それぞれタツノオトシゴの絵が描かれた台にのる、デンスロウが描いた比較的ぽっちゃりとした姿を見て笑う（80頁図版参照）。もっともオズ・シリーズののちの本では、ニールはトトを毛むくじゃらの黒犬にした。今日では、ドロシーの小さな友だちにちなんで犬にトトと名付けることも多く、モード・ボームが夫の死後何年か経ってから、オズコットで飼っていたコッカー・スパニエルもそうだった。第一次世界大戦中にフランスで従軍していたフランク・ジョスリン・ボーム大尉は、仲間の将校がノミのことを「トト」と言うと、日記におもしろそうに書いている。

9【心配そうに空を見上げて】「この、どこを向いても見渡すかぎり一本の木も建物の影さえも見えない広大な平原に出て、わたしたちは雲を観察している」。ヘレン・レスリー・ゲイジは、「ダコタの竜巻」（『シラキュース・ウィークリー・エクスプレス』紙、一八八七年六月二九日付）でそう書いている。ボームは当然、『オズの魔法使い』を書くさいにこの記事を参考にしただろう。彼はカンザスの竜巻の描写に、義理の姉ジュリア・カーペンターが、一家で住んだノースダコタ州エッジリーで経験し、日記に書いた竜巻のようすをいくらか拝借しているからだ。

10【竜巻（cyclone［サイクロン］）】ボームは自分の物語の季節を夏に設定していた可能性がある。竜巻がいちばん多い時期だからだ。ゴア・ヴィダルは「『魔法使い』の魔法使い」（『ニューヨーク・レビュー・オブ・ブックス』誌、一九七七年九月二九日号）で、ボームの頭には、一八九三年の大竜巻のことがあったのではないかと推測している。この竜巻はカンザスのふたつの町を破壊し、三一人が犠牲になった。『オズの魔法使い』初版が刊行されたとき、アメリカ合衆国気象局局長のウィリス・L・ムーア教授は、出版社に懸念の意を示す手紙をしたためた。

> 本書の発行部数を思えば、「tornado（トルネード）」を意味するものに「cyclone（サイクロン）」という言葉が使われていることは残念でなりません。わたしはこれらの言葉の誤用を正すべく熱心に活動してきております。トルネードはサイクロンと同じような気象現象ではありますが、通常はサイクロンの嵐よりも南東域で発生します。サイクロンはそれほど危険ではない場合もありますが、トルネードはすべて、破壊力がとても大きいのです。またサイクロンは国の広い地域を巻き込み、ときには一〇〇〇マイル（約一六〇〇キロ）にもおよぶ場合もあります。一方でトルネードの通り道はごく狭いものであり、一マイル（約一・六キロ）を超えることはめったになく、一〇〇ヤード（約九〇メートル）にも満たない場合も多くあります。このまちがいについて非難されるべきは著者ではありません。一般大衆があまりにもこのふたつの言葉を誤用し、それが変わらないため、科学者のほうがその用語を変更せざるをえなくなることをわたしは懸念しています。貴社の本で正しい用語が使われていれば、不幸なまちがいを助長するのではなく、科学にとっては大きな貢献になっていたことでしょう（「科学者と童話」『シカゴ・ジャーナル』紙、一九〇〇年九月二〇日付）。

ジョージ・M・ヒル社の名誉のために言っておくが、フランク・K・ライリーはウィリス教授に、まちがいは次の版で訂正すると約束したのである。ただ、それが実行されることはなかった。「サイクロン」という言葉は今も、トルネードやハリケーン、あるいは破壊的な力をもつ嵐を意味するものとして一般に使われている。この気象用語のまちがいに気づいたアレクサンドル・ヴォルコフは、一九三九年に『オズの魔法使い』をロシア語に翻訳するさいに、サイクロンをハリケーンに変更した。ボームの姪のマティルダ・ジュウェル・ゲイジは、おじが『オズの魔法使い』で描いたのはダコタであるはずがないと反論した。マティルダは、自分が子どもの頃、「カンザス以外でサイクロンやトルネードはひとつもありませんでした！　サイクロンやトルネードと言えばカンザスであり、そのためにカンザスは有名になったのです」と主張したのだ。新聞にはカンザス州のサイクロンの記事がたくさんあったが、一九世紀後半のダコタも、サイクロンによく見舞われることで有名だった。サイクロン用の避難穴は通常は外にあり、ジュリア・カーペンターは日記に、サイクロンやトルネードに襲われたときにとるべき行動を記している。ボームはサウスダコタ州アバディーンで、セミサイクロンを少なくとも一度は目撃している。一八九〇年五月二三日のことだ。ボームはその翌日、『サタデー・パイオニア』紙でこう書いている。「全体としてみれば、このセミサイクロンは非常にアバディーンを騒がせたできごとでした。大きな自然災害にはほとんど見舞われることのない、このすばらしい気候の地でさえ、強くはないとはいえ、サイクロンに襲われる危険性がゼロではないという事実を見せつけるものでした」。また、一八九六年五月三〇日には、ボームが住んでいた当時のシカゴをわずかにそれて別のサイクロンが通過している。現在では、子どもたちの多くはサイクロン（もしくはトルネード）のことを『オズの魔法使い』を通じて知っている。

不思議の国へと通じる手段に竜巻を使った児童書は、ボームのおとぎ話が初めてというわけではなかった。俳優のリチャード・マンスフィールド（モード・ボームのいとこのブランシェ・ウィーバーが、初のアメリカ版『シラノ・ド・ベルジュラック』でともに巡業した）は『吹き飛ばされて［*Blown Away*］』（一八九七年）という作品を刊行しており、このなかで、ふたりの少女、ベアトリスとジェシーが竜巻で風変わりな場所へと飛ばされる。彼の「韻も道理もないナンセンス劇」は『不思議の国のアリス』を模倣した駄作であり、今では忘れられた作品だ。竜巻は、おとぎの国へと移動するにはあまりに平凡な手段であるし、また不思議な物語としてはあまりにありふれていると思うアメリカ人読者もいた。オズに対するこの批判は、地域的な偏見にすぎないのかもしれない。『風の子キャディー』（一九三五年）の著者でニューベリー賞を受賞したキャロル・ライリー・ブリンクは、「忘れられた児童書」（『サウスダコタ図書館官報』一九四八年四月〜六月号）でこう述べている。「ここアメリカでは、少女がウサギの穴に入ったり、マリオネットがクジラの胃のなかに入ったりして繰り広げる冒険には大きな興味を示しても、カンザスの少女が竜巻で架空の国に運ばれるとがっかりするようです。これはおそらく、わたしたちがイギリスのウサギの穴のなかも、イタリアのクジラの胃のなかも知らないけれど、カンザスの竜巻が子どもをトピカやエンポリアよりも遠くへと運び去ったことはないと、ある程度知っているからでしょう」。オズは夢見る人々だけのものであって、現実的思考の人々のものではないのだ。

11 **【そのとき不思議なことが起こりました】** それほど不思議なことではなかった。ヘレン・レスリー・ゲイジは「ダコタのサイクロン」（『シラキュース・ウィークリー・エクスプレス』紙、一八八七年六月二九日付）という記事で、ノースダコタのある家を漏斗《ろうと》雲が襲ったとき、どうなったかを解説している。

テーブル類は壁に向かって吹き飛び、家はきしみ、うなりをあげたので、その家のお年よりは地下室に向かおうとしました。二歩目を踏み出したとき、家が基礎部分から離れて浮き、お年よりは床にたたきつけられてしまいます。西向きに建っていた家は地面から少し浮いて南西向きになり、そこで地面に落ちて、それからまた二、三フィート（六〇〜九〇センチ）もち上げられて北に向き、元の向きとは四五度の角度で地面に落ちて、窓枠には泥が積もってしまいました……。食品収納庫のなかの

ものはすべて床に転がり、そのなかに大理石板のテーブルが倒れ、そして犬は部屋の隅でちぢこまっていました。

ヘレンはまた、風が別の家を襲ってその掘っ建て小屋をもち上げ、なかの住人が揺さぶられたことも伝えている。

12【下に落ちなかったのです】「ドロシーの冒険記の著者は、家をもち上げたのと同じ力がトトをもち上げたのだと説明している」。ノーマン・E・ギルバートは、J・マルコム・バードの『アインシュタインの相対性理論と重力理論』（一九二一年）でこう解説する。「しかしこの説明は不要だ。ドロシーは宙に浮いている状態で、家と犬にもそれと同じ重力が働いているため同じ動きになるのだ。ドロシーは犬を床に押し付けていたにちがいなく、そうするさいには、ドロシー自身は天井に向かって浮いていたはずで、そのためドロシーは自分を床に押し付けておく必要があったのではないか。実際には、重力が働かない状態になっていたのは明らかで、ドロシーは、アインシュタインが試みたことのない実験を行う状況にあったのだ。アインシュタインはドロシーが陥ったユニークな状況を経験したことはなかったのだから」。ボームは実際には、ドロシーがこうした状況にあったのかどうか説明してはいないが、竜巻がドロシーをオズに運んださいにこうなったことは十分にありえる。宇宙飛行士は、これと同じ「無重力状態」を宇宙で経験している。

13【眠りに落ちた】一九三九年のMGM映画で変更されたなかで許しがたいもののひとつが、最後に、ドロシーのオズの国での冒険が夢にすぎなかったと明かされる点だった。そうしたアイデアはルイス・キャロルの『不思議の国のアリス』から拝借されていて、一九〇〇年にはすでに陳腐なものになっていた。『ザ・ブックマン』誌のある書評家は、その年の二月に、当時のおとぎ話をふたつのカテゴリーに分類している。民話に代表される羽のはえた妖精が出てくるものと、『不思議の国のアリス』のように夢の国で起こる話だ。一九〇〇年のクリスマス向けの本は、こうした状況を反映し、アンドルー・ラングその他のおとぎ話と、『夢のなかのきつね物語［*The Dream Fox Story Book*］』、『どこへもたどりつかない道［*The Road to Nowhere*］』、『夢見る子どもの冒険［*The Little Dreamer's Adventures*］』——今ではすべて忘れられた本だ——といった新しい物語で構成されていた（ラングは一九一〇年の『ふじいろの童話集』のまえがきで、「少年や少女が目を覚ますと夢だったことがわかる」という新しいおとぎ話を書く作家のことを「とても退屈だ」と思うと書いている）。このシーズンに出版されたアメリカの新しいファンタジーで、このふたつのカテゴリーに入らず、今も読まれている唯一の本が『オズの魔法使い』だ。ボームの物語が子どもたちに人気があるのは、MGMスタジオではそうではなかったとしても、オズが「夢ではなくほんとうの国」であるのが理由のひとつなのだ。

オズはまちがいなくほんとうにある場所だが、ボームはおとぎの国がもつあいまいさも認めていた。彼が「ローラ・バンクロフト」名義で書いた『警官アオカケス［*Policeman Bluejay*］』（一九〇八年）のまえがきで、こう述べているのだ。「おとぎ話では、目覚めているかどうかは問題ではありません。頬をなでるかぐわしいそよ風、おいしい水、あるいはイチゴのおいしそうな香りを受け入れ、それがどこからくるのかあえて問うことはせずに、それがあなたにもたらす喜びに感謝すればいいのです」

『オズのチクタク』（一九一四年）の見返しの裏にボームが載せたオ

ズの国とその周辺国の地図上には、「夢の王国」と書かれた不思議な小さな場所がある。ボームの作品のどれにも登場しない唯一の国だ。しかし『オズのオズマ姫』(一九〇七年)には、この国のことではないかと思われる記述がある。ドロシーがノーム王の地下宮殿で眠りに落ち、「夢の国」にひきずりこまれるのだ。

SF作家のロバート・A・ハインラインは、サミュエル・マインの『おどろくべき物語 [*Startling Stories*]』(一九五四年)の序文でこう書いている。「オズの国について重要なことは、なんといっても、この現実世界とどこかでつながっている実在の国であるかどうかではなく、オズがとても楽しい場所だという事実だ。少年時代がそうであるのと同じく、オズの国はあまりにも楽しく、子どもたちだけの読みものとするにはもったいない。『ちょっと想像してみる』気持ちがまだあなたの心に残っているとしたら、ちょっと立ち止まって、黄色のレンガの道をたどってエメラルドの都へと向かってみよう。そこではあらゆるものが可能で、どんなことでも自由に考えられる」

第2章

マンチキンとの出会い

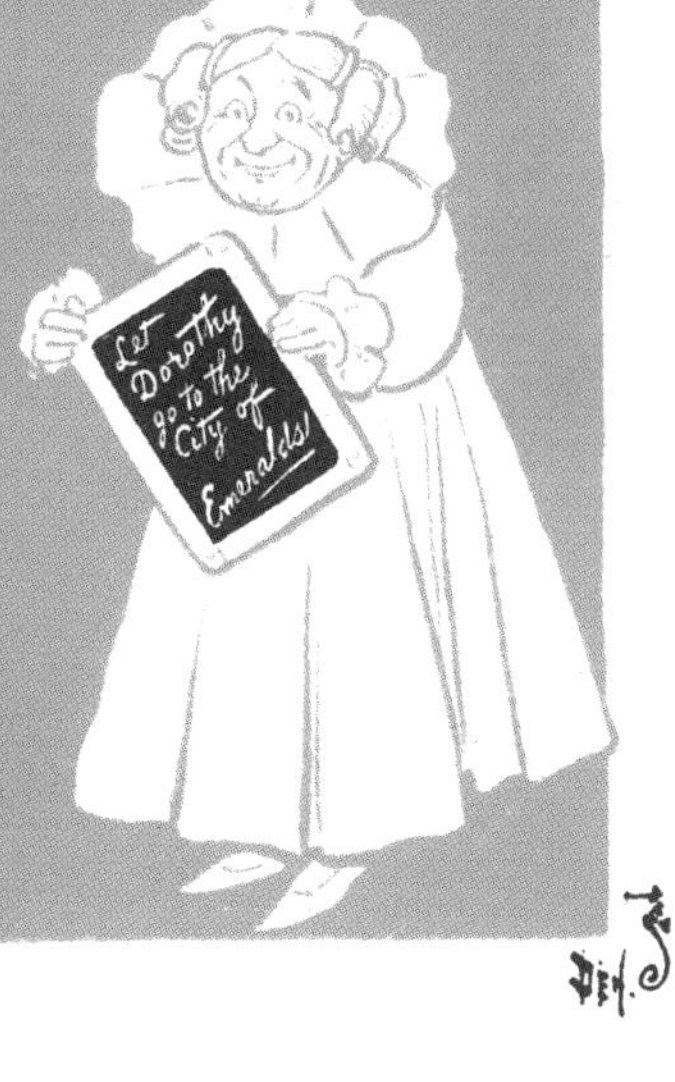

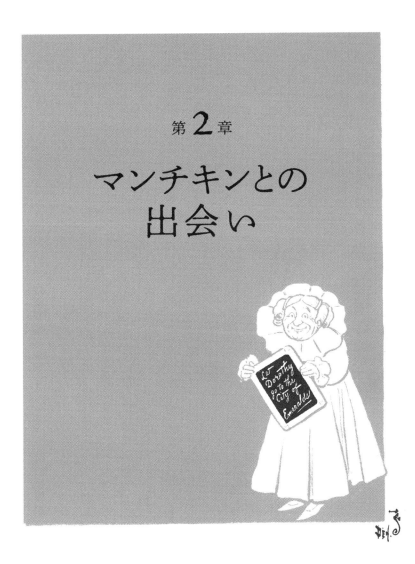

ドロシーはドスンという衝撃に目が覚めました。[1] あまりに急で強い衝撃だったので、横になっていたのがやわらかいベッドでなかったら、ドロシーはけがをしていたかもしれません。あまりのことにドロシーは息をのみ、なにが起きたのだろうと思いました。トトはその小さな冷たい鼻をドロシーの顔に押しつけて、クンクンと情けない声を出しました。ドロシーが体を起こすと、もう家は動いていません。それに外はもう暗くもなく、窓からは明るい太陽の光が、小さな部屋いっぱいに差し込んでいました。ドロシーはベッドから飛び降り、トトを連れてかけ出しドアを開けました。[2]

ドロシーはおどろきの声をあげ、あたりを見まわしました。そしてそのすばらしい光景に、ドロシーは目をまん丸くしたのでした。

竜巻は、家をそっと——竜巻にしては、ですが——おどろくほど美しい国のまんなかに降ろしていたのです。[3] あたりはすべて美しい緑色の草地で、どっしりとした木々がおいしそうな果物をたわわに実らせています。あでやかな花が咲きほこる畑も広がり、見たこともないような、色あざやかな鳥たちが、さえずりながら木々や茂みのあいだを飛びかっています。少し先には、緑の岸のあいだに小川が流れ、きらきらと輝きを放っています。そのせせらぎの音は、乾ききった灰色の平原で何年も暮らしてきたドロシーの耳には、とてもここちよいものでした。

不思議で美しい光景にじっと目をこらしていると、ドロシーがこれまで見たこともないような、変わった人たちがやってきました。その人たちは、ドロシーが見慣れている大人ほど大きくはないのですが、かといってとても小さいわけでもありません。背の高さはドロシーと同じくらいです。ドロシーはその年にしては背が高いのですが、[4] その人たちは、見るかぎり、ドロシーよりもずっと年上でした。

男の人が三人と女の人がひとりいて、[5] みんな風変わりな服装です。丸くて高さが一フィート（三〇センチ）ほどあるとんがり帽子をかぶっています。帽子のつばのふちには小さな鈴がついていて、みんなが動くとチリンチリンとかわいい音がするのでした。男の人たちの帽子は青です。小さい女の人は白い帽子をかぶり、肩のところにプリーツがついた白いガウンをまとっています。そのガウンにはキラキラと小さな星がちりばめられていて、太陽にあたってダイヤモンドのように光っていました。男の人たちは帽子と同じ色合いの青い服を着て、ピカピカに磨いたブーツをはき、ブーツの上は、幅広の青い折り返しになっていました。[6] 男の人たちはヘンリーおじさんと同じくらいの年じゃないかしら、とドロシーは思いました。ふたりはあごひげをはやしていたからです。けれども小さい女の人は、絶対にもっとずっと年をとっているはずです。女の人の顔はしわがいっぱいで、髪は真っ白にちかく、歩き方もどこかぎくしゃくしていました。

ドロシーが玄関口に立っていると、この人たちは家のそばまできて立ち止まり、ひそひそと言葉を交わしました。まるでもっと近よるのがこわいかのようです。でも小さなおばあさんがドロシーのほうに歩いてきて丁寧におじぎをすると、やさしい声で言いました。

「ようこそマンチキンの国へ、気高い魔女さま。[7] あなたが東の悪い魔女を殺してくださって、わたしたちはとても感謝しております。おかげでマンチキンの人たちは自由になりました」[8]

ドロシーはこれを聞いてびっくりしました。この小さなおばあさんは、自分のことを魔女だと言っています。それに東の悪い魔女を殺したというのはどういうことなのでしょうか？　ドロシーは悪いことなどしない、だれも傷つけたりしない女の子でした。竜巻で家から何マイルも離れたところに運ばれてはきましたが、これまでだれもなにも殺したことなどありません。

でも、小さなおばあさんはドロシーが答えるのを待っています。だからドロシーはもじもじしながら言いました。

「ご親切にありがとうございます。でもまちがっていらっしゃいます。わたしはなにも殺してはいません」

「あなたの家が殺したのですよ」と小さなおばあさんは笑いながら答えました。「ですから、あなたが殺したも同じでしょう。ほら！」おばあさんはそう言いながら、家の隅を指さしました。「足が二本見えているでしょう。木の土台の下にまだありますよ」

ドロシーはそこを見て、きゃっと小さな声をあげました。ほんとうに、家が乗る大きな土台の端から足が二本つき出ています。その足は先がとがった銀の靴をはいていました。[9]

「ああ、なんてこと！　なんてことかしら！」ドロシーは泣き声をあげ、両手を握りしめました。「家がこの人をつぶしちゃったんだわ。どうすればいいの？」

「どうすることもできませんよ」おばあさんがおだやかに言いました。

「けれど、この人はだれなんですか？」ドロシーは聞きました。

「これが、さきほどわたしがお話しした東の悪い魔女ですよ。マンチキンたちはみな何年もこの魔女のせいで[10]、昼も夜も、奴隷になって働かされていたのです。

けれどももう、みんな自由になりました。あなたのおかげだと、みんなが感謝していますよ」

「マンチキンってだれのことですか？」ドロシーはたずねました。

「悪い魔女が治めていた、この東の国に住んでいる人たちのことですよ[11]」

「あなたもマンチキンなのですか？」ドロシーは聞きました。

「いいえ、わたしは北の国に住んでいますが[12]、でもマンチキンの友だちです。東の魔女が死んだのを見たマンチキンの人たちが、わたしに急いで使いをよこしたのです[13]。だからこうやってかけつけたというわけです。わたしは北の魔女なのです[14]」

「なんてこと！」ドロシーはさけびました。「あなたはほんものの魔女なんですか？」

「ええ、そうですよ」小さなおばあさんは答えました。「でもわたしはよい魔女ですし[15]、みんなはわたしのことが好きですよ。わたしは、ここを治めていた悪い魔女ほど力がないのです。もっと力があれば、自分でマンチキンの人たちを自由にしてあげたんですけどね」

「でもわたし、魔女はみんな悪い人だと思っていました」ドロシーはほんものの魔女を前にして、少しびくびくしながら言いました。

「まあ、ちがいますよ、それは大きなまちがいです[16]。オズの国には魔女は四人しかいません[17]。ふたりは北と南に住んでいて、よい魔女です。これはほんとうのことですよ、なにしろそのひとりがわたしなのですから、まちがえようがありません。東と西に住むのが悪い魔女ですが、そのうちひとりが死んでしまったので、オズの国にいる悪い魔女は、西の国に住む魔女だけになったんですよ[18]」

「でも」ドロシーはちょっとだけ考えてから言いました。「エムおばさんはわたしに、魔女はみんな、何年も何年も、ずっと前に死んでしまったって言いました[19]」

「エムおばさんとは？」小さなおばあさんが聞きました。

「わたしのおばさんで、カンザスに住んでます。わたしはそこからきたんです」

北の魔女はしばらく考えているようすで首を傾け、目は地面を見ていました。それから顔を上げると言いました。

「カンザスがどこだか知りません。ここでその国の名を聞いたことはありませんね。でも、そこは文明化した国なのでしょう？[20]」

「ええ、そうです」ドロシーは答えます。

「でしたら説明がつきます。わたしが思うに、文明化した国では、魔女は残ってはいません。魔法使いも魔術師もです。でも、オズの国は文明化なんてしていません。ほかの世界のすべてと切り離されていますからね。だから、わたしたちの国には魔女や魔法使いがまだいるのです」

「魔法使いもいるんですか？」ドロシーが聞きました。

「オズさま自身が偉大な魔法使いなのです[21][22]」魔女は声をひそめてささやくように言いました。「オズさまはほかの魔女すべてを合わせたよりも力があります。オズさまはエメラルドの都に住んでいるのですよ[23]」

ドロシーはほかにももっと聞こうとしましたが、ちょうどそのとき、そばにだまって立っていたマンチキンの人たちが大声を上げて、悪い魔女が下敷きになっている家の隅を指さしました。

「どうしたの？」小さなおばあさんはマンチキンの人たちに問いかけ、そちらを見ると笑い出しました。死んだ魔女の脚がすっかり消えて、銀の靴だけが残っていたのです。

「悪い魔女はとても年よりでしたからね」北の魔女は教えてくれました。「ですから日にあたるとカラカラに干上がってしまったのですよ。これで魔女はいなくなりました。でも銀の靴はあなたのものですよ。その靴をおはきなさい」おばあさんは腰をかがめて靴を拾い上げてぽんぽんとほこりを払うと[24]、ドロシーに渡しました。

「東の魔女はこの銀の靴を自慢にしていました」マンチキンの人たちが言いました。「この靴にはなにか魔法があるのですが、わたしたちにはそれがなにかはわかりません」

ドロシーは靴を家のなかにもっていき、テーブルの上におきました。それからまたマンチキンの人たちのところに戻り、言いました。

「おばさんとおじさんのところに帰りたくてしかたがないんです。おばさんもおじさんもとても心配するでしょうから。帰りかたを教えてもらえますか？」

マンチキンの人たちと魔女は顔を見合わせ、それからドロシーを見て、首をふりました。

「ここからそう遠くないところに東の国があって」と

ひとりが言いました。「そこには大きな砂漠があるんですが、[25] その砂漠を生きて越えた人はいません」

「南の国も同じです」別のマンチキンが言いました。「わたしはそこへ行って見たことがあるんです。南はクワドリングの国です」[26]

「わたしは聞いたことがあります」と三人目のマンチキンが言いました。「西の国も同じだそうです。それに、西の国にはウィンキーたちが住んでいて、[27] 西の悪い魔女が治めています。西の国を通ろうとすれば、西の魔女はあなたを奴隷にしてしまうでしょう」

「北はわたしの国ですよ」おばあさんが言いました。「北の国の外も大きな砂漠で、オズの国は砂漠に囲まれているのです。おじょうさんは、わたしたちと一緒に暮らすことになるのではないかしら」

ドロシーはこれを聞いて、しくしく泣きはじめました。この不思議な人たちに囲まれて、すっかりさびしくなったのです。ドロシーの涙に、心やさしいマンチキンの人たちも悲しくなったと見えて、すぐにハンカチを出して同じようにすすり泣きはじめました。小さいおばあさんは、帽子を脱いでそのとがった先を鼻の頭にうまくのせると、まじめくさった声で「一、二、三」ととなえました。[28] すると帽子は石盤に変わり、そこに大きな白い石筆の文字が現れました。[29]

「ドロシーはエメラルドの都に行くこと」

小さなおばあさんは鼻から石盤をおろし、そこに書かれた文字を読むと聞きました。

「あなたのお名前はドロシーというの、[30] おじょうさん？」

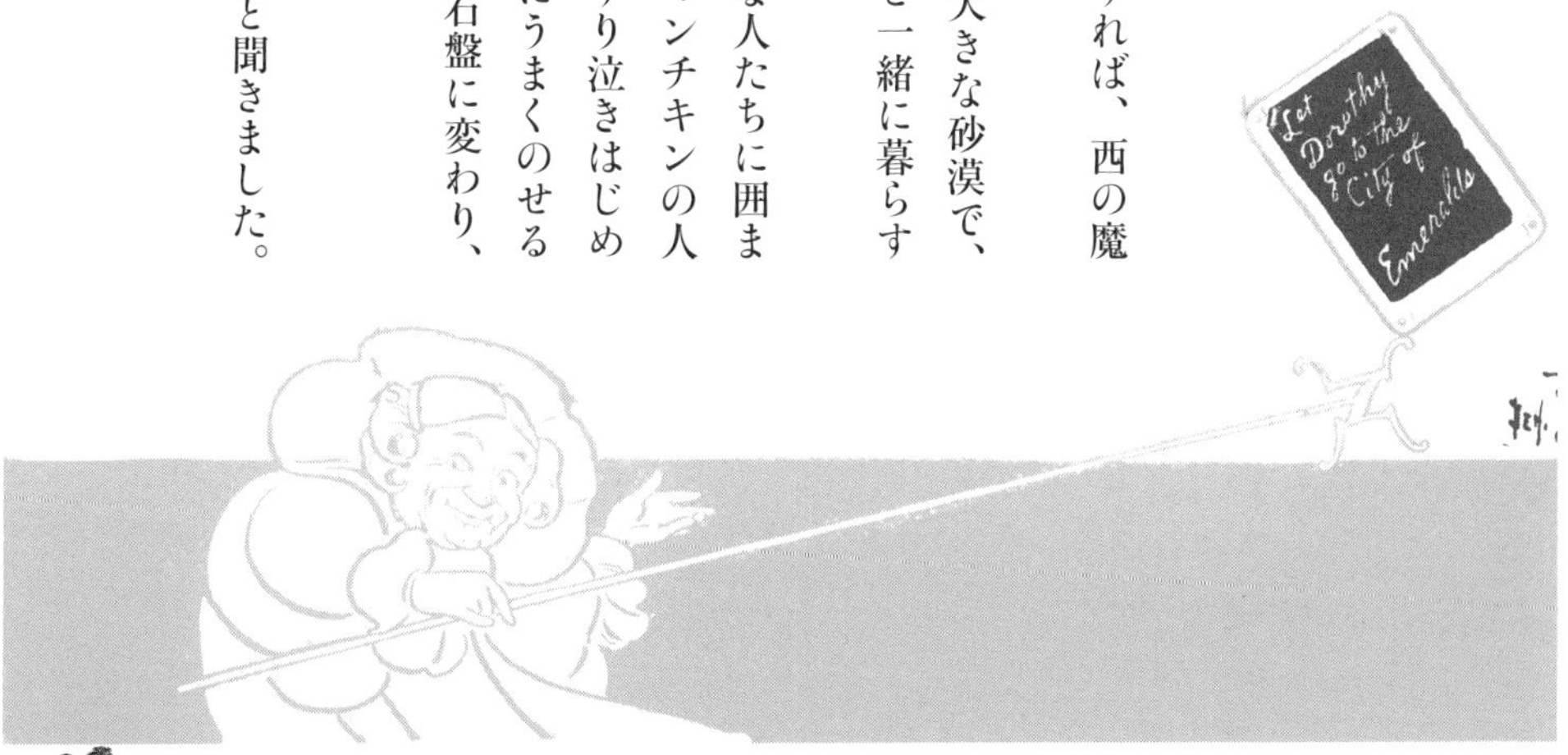

「はい」とドロシーは答えておばあさんを見上げ、涙をふきました。

「では、エメラルドの都へ行かなくてはなりませんね。たぶん、オズさまがあなたをたすけてくれるでしょう」

「その都はどこにあるの？」とドロシーは聞きます。

「この国の中心にありますよ。オズさまが治めているのです。さきほど言った、偉大な魔法使いです」

「いい人なの？」ドロシーは一心に聞きました。

「オズさまはよい魔法使いです。でも人かどうかはわかりません。わたしは会ったことがありませんからね」

「どうやって行けばいいの？」ドロシーはたずねます。

「歩いていかなくてはなりません。長い旅になりますよ。この国を歩いていくうちには、楽しいこともあれば暗くておそろしいところもとおります。でも、あなたが悪いことをされないように、わたしが全力で魔法をかけてあげましょう」

「一緒に行ってくれないかしら？」ドロシーは、小さなおばあさんのことがたったひとりの友だちに思えてきてそうお願いしました。

「いいえ、それはできませんよ。でも、わたしのキスをあげましょう。北の魔女のキスを受けた人のことは、だれも傷つけようとはしませんからね」

おばあさんはドロシーに近づいて、おでこにそっとキスしてくれました。おばあさんの唇が触れたところには丸くて光るしるしがつきました。[31]ドロシーもすぐにそれに気づきました。

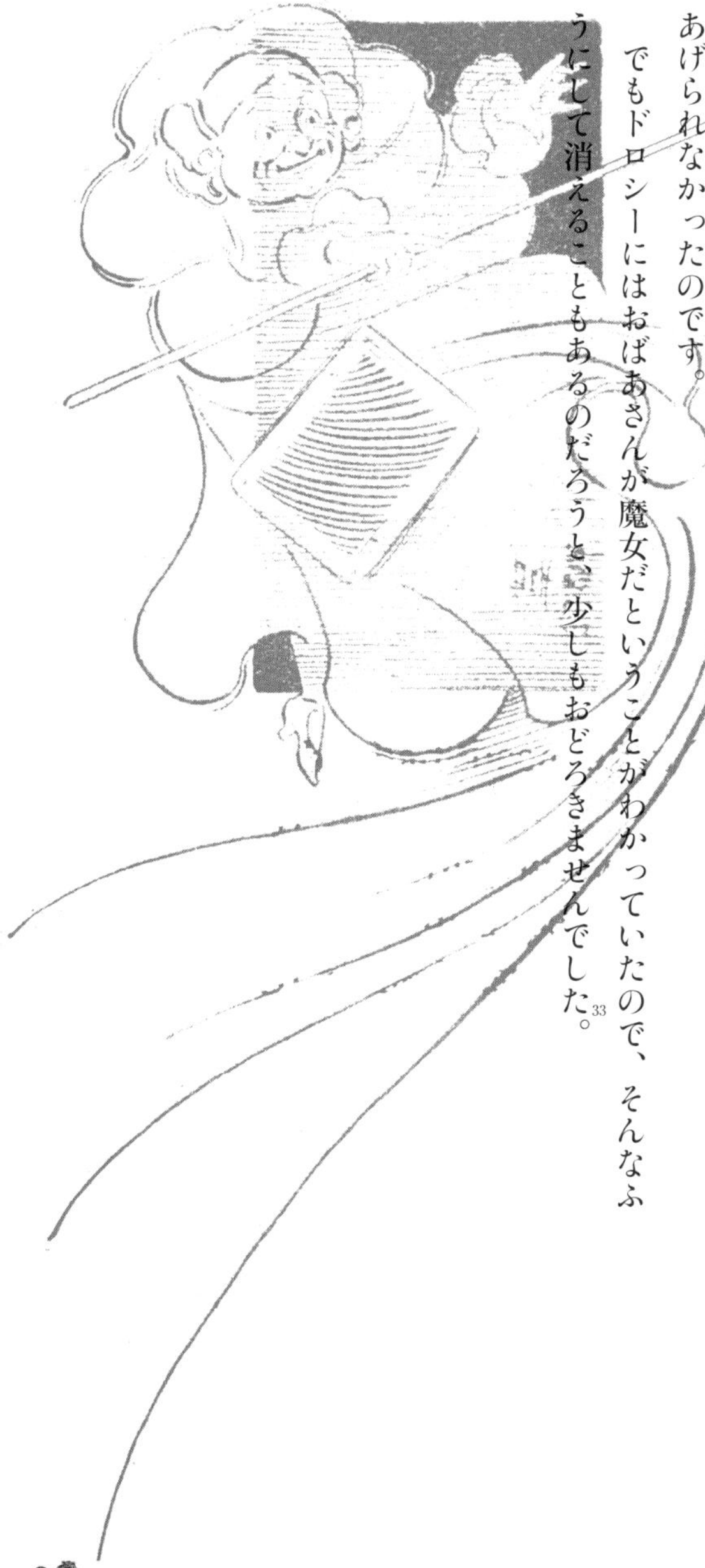

「エメラルドの都につづく道には黄色いレンガが敷かれています」[32]魔女が言いました。「だからすぐにわかりますよ。オズさまのところに着いたら、おそれずに、自分のことを話してたすけてくださいと頼むのですよ。ではさようなら、おじょうさん」

三人のマンチキンたちは丁寧におじぎをして、旅がうまくいきますようにと言うと、木立のなかへと去っていきました。魔女はドロシーににっこりとうなずき、左のかかとで三回くるくるとまわると、あっという間に姿を消しました。それにとてもびっくりしてしまった小さなトトは、魔女が見えなくなってからもずっと、わんわんと大声で吠えました。トトは魔女がそこにいたときから、こわくてうなり声もあげられなかったのです。

でもドロシーにはおばあさんが魔女だということがわかっていたので、そんなふうにして消えることもあるのだろうと、少しもおどろきませんでした。[33]

第2章　注解説

1【ドスンという衝撃】SFファンは、オズの国は別の次元の並行宇宙にあると主張している。その別世界は地球と同じ大きさで、同じ広さなのではないかと言うのだ。別次元の世界に入るときには、ふたつの世界が接する瞬間に、激しい混乱や突然の不安感を伴うことが多い。バーバラ・ヒューズが「なにもない砂漠」(『ボーム・ビューグル』誌、一九六八年秋号)につけた注釈には、ドロシーが衝撃で目が覚めたことは、そうした混乱や不安と関係があるのかもしれないとある。魔法以外の手段で地球からオズへと旅した場合にはすべて、激しい物理的変動が関係している。ドロシー自身は大気と水と、大地の力でオズの国へと旅している。『オズの魔法使い』では竜巻に飛ばされ、『オズのオズマ姫』(一九〇七年)では嵐で海に運ばれ、それに『オズとドロシー』(一九〇八年)では大地震で地下の世界に迷い込んだ。一方で、『オズのふしぎな国』(一九〇四年)刊行に向けた宣伝は、オズの国が別の惑星にあることをにおわせた。『フィラデルフィア・ノース・アメリカン』紙では、一九〇四年一月二八日からボーム原作の漫画ページ『オズのふしぎな国からの奇妙な訪問者たち』が掲載されたのだが、その数日前に同紙は、火星かどこかの星からの「特ダネ」として、かかしやその友人たちがアメリカにやってくるという記事を報じたのだ。ボームが実際にこれを書いたのかどうかは不明だ。また一九六〇年にウエストヴァージニア州グリーンバンクのアメリカ国立電波天文台が、遠く離れた太陽系に生命体が存在する兆候を探すため、銀河が発する電波をとらえる計画に着手したとき、この計画は『オズのふしぎな国』(一九〇四年)に登場する姫にちなみ、「オズマ計画」と命名された。オズの国ははるか遠くにあって到達するのがむずかしく、不思議な生物が住んでいるからだ。

　だがオズがあるのは、他の惑星や、ケルト神話では影の領域とされる妖精の国ではないのかもしれない。『オズの魔法使い』は実際には「想像の旅(voyage imaginaire)」であり、つまりはジョン・マンデヴィル卿の『東方旅行記』(一三七五年)やダニエル・デフォーの『ロビンソン・クルーソー』(一七一九年)、ジョナサン・スウィフトの『ガリヴァー旅行記』(一七二六年)と同じような旅行記なのだ。J・R・R・トールキンは『木と木の葉』(一九六五年)で、こうした想像上の国は「この人間世界のなかに、我々の時間、空間のうちに存在するどこかの場所で見出せる種類のものである。ただ距離だけが、それらを隠しているにすぎない」と解説している(『妖精物語について』猪熊葉子訳)。オズはどこかにある。ブレスト諸島や聖ブレンダン島、魔術師プロスペローの住む島や、ジェームズ・ヒルトンの理想郷「シャングリラ」のように、探し求めなければ見つからないようなところにある。「大宇宙のおとぎ話」(『グノーシス・マガジン』一九九六年秋号)でメアリー・デヴリンは、オズの国と、有名な霊能者であるエドガー・ケイシーがトランス状態で発見したという、失われたレムリア大陸の王国のひとつであるオグの国の相似性について論じている。『オズのかかし』(一九一五年)ではオークが、「この大きな世界のすきまやすみっこには、おどろくほどたくさんの小さな国がかくれてるんだ。旅をすれば、道を曲がるたびに新しい国に出くわすかもしれない。しかもそのうちの多くは地図にものってないんだからね」(ないとうふみこ訳)と力説する。オズがどこにあるのか、可能性は果てしないのだ!

　オズの国は、失われた大陸アト

ランティスの伝説から着想を得たものだろう。プラトンは地中海の入口にこの神秘の島があったと語り、そこから西洋の哲学、宗教、文化が生まれたと言われているが、その大陸は結局海に飲み込まれてしまった。イグナティウス・ドネリーの『アトランティス　大洪水前の世界 [*Atlantis: The Antediluvian World*]』(一八八二年)によって、ボームの時代にはアトランティス神話への関心が再度高まっていた。そして、ボームが属していたシカゴの神智学協会の支部、ラーマーヤナ兄弟団が信奉するのは、ヘルメスの旧アトランティス兄弟団(と呼ばれるもの)だった。その指導者であるウィリアム・P・フェラン博士は、トランス状態でアトランティスと接触できたと主張した。そしてボームの妻の母であるマティルダ・ジョスリン・ゲイジは、自分がアトランティスの祭司の生まれ変わりだと信じていた!　アトランティス同様、オズも忘れられた地であり、魔女や魔法使いがいまだに住んでおり、「文明」に侵されていない国なのだ。ボームは「フロイド・エーカーズ」というペンネームで『ユカタン半島の幸運な少年猟師 [*The Boy Fortune Hunters in Yucatan*]』(一九一〇年)を書いているが、それは、アトランティスの生き残りが中央アメリカに定住したという説をもとに執筆したものだった。

　現実には、オズの場所については、南太平洋のどこかに違いないというのがいちばん人気がある説だ。ボームの未完および未刊の戯曲『オズからきた少女 [*The Girl from Oz*]』(一九〇九年)では、登場人物が、オズは「太平洋のどこか遠くにある島」と言う。ボームの短編作品「ネレベルのおとぎの国 [*Nelebel's Fairyland*]」(ラス[現サンディエゴ]高校新聞の『ラス』紙、一九〇五年六月号)では、ヒロインが、オズと同じ大陸にあるバージーの森から東へと旅し、カリフォルニア州コロナド・ベイに到着する。『オズのオズマ姫』(一九〇七年)ではドロシーが船でオーストラリアへと旅する途中で、オズがある大陸の海岸に流れ着く。オズ・クラブのメンバーであるソニア・B・ブラウンが「わたしたちはオズを見つけたのか?」(『ボーム・ビューグル』誌、一九八〇年春号)で書いているように、確信がないながらも、オズがオーストラリアだと論じる人々もいる。ジョン・アルジオがオズとオーストラリアの相似点を挙げた「オズの国はオーストラリア」(『アメリカン・スピーチ』誌、一九九〇年春号)も参照のこと。

　どこにあるのであれ、オズの国はおとぎの国であるため、人は、そこに行くという幸運に恵まれたわずかな人々を通じてのみオズを知ることができる。ボームは、ドロシーは生まれたときに「妖精に目をつけられた」と書いている(『オズのエメラルドの都』一九一〇年)。これは、ほとんどの人が行けずにいるオズの国にドロシーが行ける理由をある程度説明している箇所だ。ボームは一九一六年一二月四日に、ある幼い読者の問いにこう答えている。「オズのような場所がほんとうはないのだとしたら、わたしがその国の物語を書けるはずがありません。けれどもわたしは自分ではそこに行けませんし、招かれたこともありません。ドロシーが言うには、あなたやわたしは招待されるのを待たなくてはならず、オズマ姫がわたしたちを招待してくれるかどうかは、ドロシーにもわからないらしいのです。ですが、あなたが今よりもっとよいこと、もっと明るいことを願い続ければ、きっとそれはかなうでしょう。勇気をもって前に進めば、オズのおとぎの国よりもよいものが見つかるかもしれません」

　読者はいつも、ボームにオズはどこにあるのかとたずねた。漫画家のウォルト・マクドゥーガルは「マクドゥーガルの目を通して見たL・フランク・ボーム」(『セント・ルイス・ポスト・ディスパッチ』紙、一九〇四年七月三〇日付)に冗談半分にこう書いた。ボームは「『オズの魔法使い』の美点を何時間もかけてわたしに語り、また彼がこの本を思いついたいきさつを説明した。わたしは、オズ（Oz）のアクセントは「O」にあるのか「z」にあるのかとか、オズはどこにあるのかと聞いてくるような人たちにボームを会わせて、彼をがっかりさせようとした。けれど『みなさんがどこにいようと、オズは子どものための世界であり、若者やお年よりの世界でもあるのです』というくそまじめな答えをもらうと、その人たちはボームのことをうさんくさげに見て、ボームから離れ、その後はボームやわたしを避けるのだ」。シェル・シルヴァースタインはまた別のことを書いている。『シェルビーおじさんのアルファベットの本［*Uncle Shelby's ABZ Book*］』（一九六一年）には、「遠いところにあるすばらしいオズの国。魔法使いが住み、かかしがダンスし、道は黄色いレンガ敷き、なにもかもがエメラルド色、そんなオズの国に行ってみたいかい？　だがね、そこへは行けない。オズの国はないし、ブリキのきこりも、サンタクロースもいないから！　でもデトロイトにならいつかは行けるだろう」とある。

　ボームの作品について、自分の見解を作品中で述べるSF作家は多い。ロバート・A・ハインラインの『火星のポッドケイン［*Podkayne of Mars*］』（一九六三年）の主人公である火星人の少女ポッドケインはこう言う。「わたし、こう思うの。わたしがもってる地球のイメージでいちばんはっきりしてるのはオズの物語のものよ――でも現実を考えれば、正直言って、オズはそれほど信頼できる情報源じゃないみたい。だって、ドロシーと魔法使いとの会話は教訓的だけど――でもなんについて？　子どものころはオズのテープから流れる言葉全部を信じたわ。でももうわたしは子どもじゃないし、竜巻がほんとに家を運ぶとは思ってない。それに黄色いレンガの道でブリキのきこりと会うなんてことはないわ」。ハインラインは『栄光の道』（一九五六年）と『獣の数字』（一九八〇年）でもオズに言及している。キース・ローマーの『多元宇宙SOS』（一九六五年）では、地球は一八一四年に別の世界から分離したのだということになっている。主人公のブライオン・ベイヤードはこの並行宇宙である地球で、「ライマン・F・ボーム」著、『オズの女魔法使』というぶあつく赤い革表紙の本を見つける。それには刊行年は一八九六年、出版社は「ワイリー&コットン、ニューオーリンズ、パリ」（別世界のシカゴのライリー&ブリトン？）とある。口絵はW・W・デンスロウ風で、小鬼（ノーム）の一団に囲まれた「魔女のソラナ」が描かれ、そしてこの物語のおとぎの国の首都は「サファイヤ・シティ」だ。この別世界でなんといっても奇妙なのは、「ライマン・F・ボーム」が一八九七年に亡くなっていることだ！　フィリップ・ホセ・ファーマーは大人向け「オズの続編」である『オズの魔法使い、オズの旅芸人［*The Wizard of Oz, A Barnstormer in Oz*］』（一九八二年）で、ボームのオズの国をとっぴょうしもないものにした。映画監督ジョン・ブアマンも、ショーン・コネリー主演のSF映画『未来惑星ザルドス』（一九七四年）で同じことをした。『オズの魔法使い』に触発されて、ペテン師が人の頭部の形をした巨石をザルドスという神に仕立て上げる。主人公が廃墟となった図書館で『オズの魔法使い』を見つけると、ペテン師もオズのように正体を暴かれるのだ。

　おそらくSF作家のなかでいちばん熱心なオズ・ファンがレイ・ブラッドベリだろう。ブラッドベリはレイリン・ムーアの『すばらしい魔法使い、ふしぎの国［*Wonderful Wizard, Marvelous Land*］』（一九七四年）と、一九九九年刊行『オズの魔法使い』の「カンザス州一〇〇周年記念版」（マイケル・マッカーディの木版画による挿絵入り）のまえがきで、ボームとオズへの愛を表明している。「亡命者たち」（『刺青の男』所収、一九五一年）では、ブラッドベリが禁書に対し熱く抗議している。作中ではL・フランク・ボームは、ワシントン・アーヴィング、エドガー・アラン・ポー、チャールズ・ディケンズ、ナサニエル・ホーソーン、ルイス・キャロル、ヘンリー・ジェームズ同様、「禁書の著者」のひとりであり、「夢をもたない人々や精神分析医といった未来世界の焚書家たちが町や図書館を巡り、偉大な創造物である作品を残らず火に投げ込むなか、作家たちは火星へと逃げ出している」。物語は、オズの最後の本が燃え上がり、エメラルドの都が失われるところで終わる。


「そうだ。思い出した。そう。ずっと昔のことだ。おれが子供の頃。そんな本を読んだ。物語だ。オズ、といったかな。そう、オズだ。、、、、、、、、、エメラルド色のオズの都……」

「オズ？　聞いたことがないな」

「そう、オズだ、確かにそうだ。あの本の挿絵そっくりだ。崩れたんだ」

「スミス！」

「はい」

「あす精神分析医に看てもらえ」

（小笠原豊樹訳）


ブラッドベリは『すばらしい魔法使い、ふしぎの国』のまえがきでこう述べている。「都市が滅び、少なくとも現在の姿ではなくなり、わたしたちがエデンにふたたび向かうとき――それはわたしたちの義務であり意志だ――そこではボームが待ってくれているだろう」

　ドロシーが実際には亡くなっていて、オズへの旅は霊的体験なのではないかと考える読者もいる。ボームがオカルトや転生に興味をもっていたことを思えば、突拍子もない考えではない。「人が『死』と呼んでいるものは、ほんとうの死ではありません」。マティルダ・ジョスリン・ゲイジは孫のハリー・カーペンターに宛てた、一八九七年一月二日付けの手紙にこう書いている。「死と呼ばれる現象を経たあとには、以前よりも生き生きと暮らすのです。死は旅でしかありません。別の国へと向かうのと同じです。あなたはアバディーン［サウスダコタ州］へと旅したときも、エッジリー［ノースダコタ州、ハリーが住んでいた町］にいるときと同じように元気ですし、死と呼ばれるものもそれと同じなのです。人はしばらくいなくなったあとに、再び戻ってきて別の体で、別の家族とともに、別の名で生きるのです。ときには以前とは別の地方や国のこともあります」。ドロシーは、竜巻がオズへと連れ去ったとき、別の次元へと行ってしまったということなのだろう。

2 **【ドアを開けました】**一九三九年のMGM映画で竜巻がドロシーの家をオズの国に降ろしたときに、空想的に描かれた場面のひとつだ。カンザスのシーンはセピア色に撮影されていたが、ジュディ・ガーランドがドアを開けるとスクリーン上の色は突然変わり、マンチキンの国が明るいテクニカラーになる。美しいカラー映画は最後の部分まで続き、そしてドロシーがカンザスで目が覚めると突然セピア色に戻る。このマンチキンで色彩がほとばしる場面は、テクニカラーの導入当初、もっとも劇的な使われ方をした例のひとつだった。一九五〇年代にカラーテレビが登場した頃、NBCが初めてこの映画を放映したときにも、この効果は上映時と同様に視聴者をおどろかせた。だがオズの映画でモノクロからカラーへという切り替えを行ったのは、MGMの映画が初めてではなかった。テッド・アシュバーグが一九三三年初頭に撮ったテクニカラーの漫画映画『オズの魔法使い』では、カンザスの場面は白黒のみで撮影されたが、ドロシーがオズに降りるとスクリーンはカラーに変わったのだ。残念ながら、テクニカラーとの論争によって配給にはいたらず、一九三九年のMGM映画公開時には、こちらは忘れられたも同然だった。

3 **【おどろくほど美しい国】**このおとぎの国は、ジョン・バニヤンの『天路歴程』（一六七八年）に出てくる、「その空気はとても甘くかぐわしく……そうだ、ここでは一日中鳥のさえずりが聞こえ、大地には毎日花が咲いている」というベウラの国のようだ。臨床心理士のマドンナ・コルベンシュラーグは『オズの国で迷子になって』（一九九四年）で、『オズの魔法使い』を「現代の『天路歴程』であり、魂の目覚めと魂の回復の書」と呼んでいる。ボームはこの有名なカルヴァン派の本のことをよく知っていた（ボームは『オズのかかし』［一九一五年］でジョン・バニヤンとバニオン［bunions、足のいたみ］をかけた下手なだじゃれまで書いている。この清教徒の古典は、ルイーザ・メイ・オルコットの『若草物語』（一八六八年）からフランシス・ホジソン・バーネットの『ふたりの小さな巡礼者の旅［*Two Little Pilgrim's Progress*］』（一八九七年）まで、一九世紀アメリカの児童文学に大きく影響をおよぼした。バニヤンによるプロテスタントの寓話は、センテナリー・メソジスト監督教会に通う子どもたちが読むべき本として推奨されており、ここはボーム家がニューヨーク州シラキュースで通う教会だった。だが幼い頃のフランク・ボームはハックルベリー・フィンと同意見で、「言っていることはおもしろいが堅苦しい」と思っていたようだ。

4【その年にしては背が高い】ボームは、この不思議な国で子どものドロシーと背丈が同じ人たちを登場させることで、ドロシーを安心させているのだ。ドロシーはすぐに、この人たちと対等にしゃべっている。ルイス・キャロルが『不思議の国のアリス』を特定の少女をモデルにして書いたのと違い、ボームにはとくにドロシーのモデルがいたわけではなかったため、ドロシーの正確な年齢を判断するのはむずかしい。ゴア・ヴィダルは「オズ・シリーズを再読して」で、「ドロシーの口のききかたは、大人が子どもはこう話すべきだと思うようなものではない」と書いている。「とはいえドロシーの話しかたにはどこか、融通がきかない人のように分別くさいところがある」。『オズのブリキのきこり』（一九一八年）によるとオズマ姫は一四か一五歳のようで、ドロシーはそれよりもずっと年下だ。ドロシーは「はじめてオズの国にきたときには小さな女の子で」とあり、そのあとにボームはこう続けている。「今でもそのまま。このすばらしい魔法の国でくらしているあいだは、一日たりとも年をとったようには見えないのでした」（ないとうふみこ訳）。つまり『オズのエメラルドの都』（一九一〇年）でオズで暮らすために戻ってきたときのドロシーは、一〇歳よりもいくつも上だったわけではないということだ。シリーズの各物語（『オズのふしぎな国』は除く。この本にはドロシーは登場しない）が、ドロシーのまだ短い人生において毎年続いているものだとしたら、ドロシーは初めてオズにやってきたとき、せいぜい五、六歳だったのかもしれない。デンスロウもドロシーをそれより年上のようには描いておらず、一九世紀末から二〇世紀初頭の頃にこの年齢の子が着ていたような服を着せている。フランク・ジョスリン・ボームは「なぜオズの魔法使いは売れ続けるのか」（『ライターズ・ダイジェスト』誌、一九五二年一二月号）で、父親はこの本を二歳から六歳くらいまでの子ども向けに書いたと述べている。

5【男の人が三人】三人の紳士たちは、『天路歴程』において旅の初めに主人公のクリスチャンを助け助言する、三人の「輝く人」を意味する。このマンチキンたちについては、デンスロウとしては挿絵で初めて「横一列に並ばせる」描き方をしたが、「小さな姿はひとりひとり、ちょっとした特徴や衣服の違いで描き分けられており楽しい」（ボームとマックフォール、『子どもを喜ばせるために』）。ウィンキー人、トンカチ頭、グリンダの衛兵の絵も、デンスロウはコーラス・ラインのように並べて描いている。

6【ブーツの上は、幅広の青い折り返しに】 物語のなかのマンチキンの人々の服装について、もっとくわしい描写が『オズのパッチワーク娘』(一九一三年)にでてくる。

［オジョは着がえました。］青い絹の長靴下、金の留め金つきの青いひざ丈半ズボン、ひだかざりつきの青い胴着、金モールのついた明るい青の上着というすがたです。靴は青い革でできていて、つま先がつんとあがっています。丸いつばのとんがり帽子は、ふちにぐるりと小さな金色の鈴がついていて、動くたびにチリンチリンと音がします。……ただ、おじさんは靴ではなく、ふちで折りかえすブーツをはいて、広いそで口に金モールのついた青いコートを着ています。(田中亜希子訳)

ボームはオズの国のそれぞれの地方に、名前のほか、好きな色やその地方の民族衣装や習慣を設定することで、オズに属する世界がどういうところかを明確に示している。オーストリアの絵本画家、リスベート・ツヴェルガーは、一九九六年刊行のノース＝サウス社版の挿絵を描いたことについてこう語っている。「わたしは熱意をもって取り組みました。けれどもこの計画はほんとうにむずかしいものでした。ボームが詳細を正確に書いていること――たとえばマンチキンについての鮮明な描写――で、挿絵画家は余計な存在になるのです」

7【気高い魔女さま】 マンチキンの人々のこの最初の勘違いは、わたしたちが思うほど的外れなものではない。年齢にかかわらず、魔法を使っていることを疑われた時代があったからだ。マティルダ・ジョスリン・ゲイジは『女性、教会、そして国[*Woman, Church, and State*]』で、「魔法が激しく迫害された時代には、何百人という子どもたちが魔女と言われて罰せられたのです。一〇歳や八歳、七歳の女の子もいました。目が見えない女の子、幼児、それに幼い男の子たちまで、こうした罰を受けたのです」と書いている。

8【おかげでマンチキンの人たちは自由になりました】 サルマン・ラシュディは、MGMの映画に関する評論でこう問うている。「『マンチキン国は』ドロシーがやってくるまで東の魔女の悪の力と独裁のもとにあったにしては、あまりに親切で、きちんとしていて、とても美しい国ではないか？　家につぶされたこの魔女には城がないのだろうか？　なぜ魔女の専制政治の爪痕が、この国にはほとんど残っていないのだろうか？　なぜマンチキンの人たちはよそ者をそれほど怖がらず、少し隠れただけで姿を現し、隠れているあいだもクスクス笑っているのだろうか？　異端視されるだろうが、東の魔女は『それほど悪くはなかったのではないか』と思ってしまうのだ」。ラシュディは、東の魔女はイタリアのファシスト、ベニート・ムッソリーニほど悪辣ではなかったと考えている。「東の魔女は通りを清潔に保っているし、マンチキンの家々はペンキが塗られ、修理もきちんとされており、そこに汽車が走っているとしたら、時間通りの運行に違いないからだ。さらに、その姉とは違って、東の魔女は兵士や警察官その他、鎮圧隊のようなものを使って治めているとは思えない。それなのになぜ、東の魔女は嫌われていたのか？　それがわからない」。もちろんボームは、東の魔女の抑圧的な支配の詳細をすべて書いているわけではない。アメリカの奴隷制度を擁護するさいによく言われるのが、主人のもとで実際に「幸福」だった奴隷もいた、というものだが、この説には欠陥がある。アメリカ南部のプランテーションの母屋は通常はペンキを塗り、修理もしっかりしていて、道路も多くは清潔で、南部諸州では汽車は定刻に走ることが多かった。おそらくはそうだったのだろうが、だが、傍目には一見楽しそうに映ったところで、奴隷は奴隷なのだ。

9【銀の靴】ボームは、『天路歴程』でクリスチャンがバイエンド（私心者）に、人は「宗教が落ちぶれてぼろを着ているときにも、栄えて銀のスリッパをはいているときと同様、それを認め……支持しなくてはいけませんよ」と説教する場面に触発を受けた可能性がある（バイエンドはその後、「『私が味方するのは、宗教が』金のスリッパをはき、日の照る中を歓呼を浴びて行くときだけです」と言う）（池谷敏雄訳）。ボームの銀の靴は、一九三九年のMGM映画ではルビーの靴に変更された。これはオーストラリア生まれの脚本家ノエル・ラングレーの案によるものだった。『オズの魔法使いの製作秘話［*The Making of the Wizard of Oz*］』（一九七七年）でアルジーン・ハーメッツは、この案を取り入れたのは、一九三八年五月一四日にラングレーが出した脚本第四稿だったと書いている。このルビーの靴はごくふつうのパンプスにスパンコールを張りつけただけのものだった。だが撮影後に残った靴は、ライズ・トーマスの『オズのルビーの靴［*The Ruby Slippers of Oz*］』（一九八九年）によると、映画以上に数奇な運命をたどったという。最後の一足は二〇〇〇年にクリスティーズ・イーストのオークションで六六万六〇〇〇ドルで競り落とされ、もう一足は現在、ワシントンDCのスミソニアン博物館に常設展示されている。一九八九年、映画公開五〇周年を記念して、宝石商のハリー・ウィンストンは本物のルビーを使った「ルビーの靴」を一足製作した。この靴は一九三九年の映画の総製作費と同じ、三〇〇万ドルの価値があると言われた。デイヴィッド・ペインは「『オズの魔法使い』――現代メディアにおける治療学的表現」（『クォータリー・ジャーナル・オブ・スピーチ』一九八九年二月号）で、フロイト的分析によると、「靴」は膣を、「赤」は月経血を象徴するのだと指摘している。だが、東と西の魔女を演じたマーガレット・ハミルトンは自身もオズ・シリーズを読んで育ったため、一九三九年の映画を撮影時に、プロデューサーのマーヴィン・ルロイに、MGMはなぜボームの原作通りに銀の靴にしなかったのかとたずねた。ルロイが教えてくれた理由は単純なものだった。テクニカラーでは、黄色いレンガの道に映えるのは銀の靴よりも赤い靴のほうだったから、というのだ。

10【マンチキンたち】『オズの魔法使い』の作品に関する著者の注釈は残っておらず、オズに登場する名についての説明はどれも推測にすぎない。マンチキン（Munchkin）という語は、半ば伝説化した一八世紀のドイツ人男爵で、今やほら吹きと同義になっているミュンヒハウゼン（Munchausen）と似ている部分もあるのではないか。オズに四つある国のほかの三つと同じで、マンチキンの名の最後には小さいものを表す指小辞《ししょうじ》（Munchkinの場合は「kin」）がつき、それは住民が小さいことを表している。ブライアン・アテベリーは『アメリカ文学におけるファンタジーの伝統』（一九八〇年）で、ボームは、ドイツのバイエルン州の首都ミュンヘン市庁舎に掲げられた旗「ミュンヘンの子ども（Müchner Kindl）」が頭に浮かんだのかもしれないと述べている。青はバイエルンの「州色」でもある。アレクサンドル・ヴォルコフは『オズの魔法使い』のロシア語版（一九三九年）で、マンチキンを「Zhevuny」、つまり「Munchers（マンチャー［ムシャムシャと食べる人］）」という名にした。「マンチキン」という言葉はすでに英語の単語となっている。メリアム＝ウェブスター大学辞典（一九九八年）第一〇版ではマンチキンを、「とても小さく、多くはかわいらしい人」と定義している。ランダムハウス・ウェブスター大学辞典（一九九九年）第二版では、「小さく、ドワーフやエルフのような外見の人」だ。だがウエブスター・ニューワールド辞典（一九九九年）第四版では、ボームの本にはない奇妙な説明をくわえている。「想像上の生き物で、人と同じ姿だが小さく、従順で気立てがよく、無害で」そして「多くは、重要でもないし必要でもなく、あるいは面倒なことをいつもせわしなく行っている」とあるのだ！　マンチキンの人々は今や、ダンキン・ドーナツで人気のドーナツホールの名にもなっている。

11【この東の国】オズ・シリーズののちの作品に、共通するまちがいがある。マンチキンの国が西、ウィンキーの国が東と、一作目とは逆になっているのだ。このまちがいの原因は、『オズのチクタク』（一九一四年）の表紙の見返しに掲載されたオズのふしぎな国の地図にある。この地図ではふたつの国が入れ替わっているからだ。ボーム自身が描いたのだから、ボームの責任だ。いちばん古いオズの地図は、一九〇八年の『フェアリーログ・アンド・レディオ・プレイズ』に使われた手彩色のスライドだった。ボームが新しい地図を作成するさいにこのスライドを参考にしたのだが、あわてて裏から見たため、ふたつの国の位置が逆になったということはないだろうか？　ジェームズ・E・ハーフとディック・マーティンは、オズの地理について説明がつかないところをすべて熱心に研究した。国際オズの魔法使いクラブによる正確な地図、改訂版「オズのふしぎな国と周辺国地図」を製作するためだ。長く続いたオズ・シリーズに出てきたすべての場所を、この地図で正しい位置におくのだ。ふたりは第一巻にあるとおり、マンチキンを東の国、ウィンキーを西の国の人とした。

ボームは筆が速く、それにいつも慎重に書き進めているとはいえなかった。物語が出版されたあと、あるいはまだ原稿の段階でさえ、ボームが読み返して確認していたとは思えない。作家による不注意なミスはよくあることだ。おそらくその最たる例がダニエル・デフォーで、ロビンソン・クルーソーが服を脱いで難破船に泳いで戻り、ポケットにビスケットをいっぱいにつめるという場面だろう。マーク・トウェインは『ハックルベリー・フィンの冒険』（一八八四年）を書きはじめたとき、『トム・ソーヤーの冒険』（一八七六年）でベッキー・サッチャーをなんと呼んでいたのか思い出せなかった。「ボームは、細かな点まで矛盾のないように書く作家ではなかった」とエドワード・ワーゲンクネヒトは『ボーム・ビューグル』誌（一九七四年春号）で解説している。「それにオズ・シリーズにすんなりと入り込める人なら、『四福音書』に対するのと同じように、疑うことなくすべてを受け入れてくれるだろう」。ゴア・ヴィダルは「オズ・シリーズを再読して」において、「わたしは、崇拝するオズの物語における多数の矛盾にかなりの時間頭を悩ませたものだ。ときおり、ボーム自身がまちがいに理屈をつけて正当化しようとするのだが、ルイス・キャロルやE・ネスビットをはじめ、論理的には説明のつかない不思議の世界を生んだ作家のなかでも、ボームはあまりに性急で、慎重さを欠いていた」。キャスリーン・シャインは「おとぎの国アメリカ」（『ザ・ニューヨーク・タイムズ・ブック・レビュー』誌、一九八五年六月六日）で、奇妙なことだが、子どもの頃にこのシリーズを読んだ人たちのなかには、こうした矛盾のすべてが「オズ・シリーズのいちばん魅力的な部分だ――筋の通らない部分があると、それを考える楽しさがあるから」と語る人がいると述べている。

12【北の国】オズ・シリーズの第二巻、『オズのふしぎな国』（一九〇四年）でようやく、ボームは北の国――紫のギリキン（Gillikin）の国――の好きな色や国の名を明らかにしており、この国の名前にも指小辞（kin）を用いている。ギリキンという名は、ボームの『散文マザー・グース』（一八九七年）中の

「6ペンスの歌を歌おう［Sing a Song o'Sixpence］」の主人公「ギリグレン（Gilligren）」に似ている。マーティン・ガードナーは、紫の北の国の名は、ニューイングランド地方の花である紫色のストック（gillyflower）からとったものかもしれないと述べている。

13【急いで使いをよこした】オズ・クラブ元会長のフレッド・M・メイヤーは、ドロシーの家が東の悪い魔女をつぶした直後に北のよい魔女を連れてくることができたのなら、使いをしたマンチキンはよほど足が速かったに違いないと書いている。知らせを北に運んだのは鳥だったのだろう。

14【北の魔女】北の魔女の名は、一九〇二年のミュージカル狂騒劇ではロカスタ（Locasta）だ。ボームではなく、演出のジュリアン・ミッチェルが考案したのだろう。ルース・プラムリー・トンプソンは、『オズの大きな馬［*The Giant Horse of Oz*］』（一九二八年）で北のよい魔女をタティプーという名にし、ボームの作品では描かれなかった、魔女自身のすばらしい物語をくわえた。アレクサンドル・ヴォルコフはロシア語版『オズの魔法使い』で、この魔女をヴィリナ（Villina）と呼んだ。一九三九年のMGM映画では北のよい魔女と南のよい魔女グリンダを組み合わせて北の魔女グリンダとし、五三歳のビリー・バークが、魔女の年齢も美しさもみごとに演じた。

15【よい魔女】ボームは『オズの魔法使い』で、従来の社会の考えを揶揄している。この当時、大半の人々は魔女を邪悪な存在だと考えており、これはおそらくグリムやアンデルセンの童話から得た知識だったのだろう。「『魔女』という言葉は、正式にはすぐれた知識をもつ女性のことを言うのです」。ゲイジは『女性、教会、そして国家』でこう論じている。魔女には「賢い女性」という意味しかなかったのだ。ゲイジは標準的なキリスト教徒の考えがよくわかっていた。「魔女は、自身を故意に悪魔に売り渡した女性であり、他人を傷つけて喜び、またわざと安息日を選んで神に背く儀式を行うことで、その邪悪な行為の効果を増そうとする女性だと考えられていました」。だがゲイジはこう主張する。「カトリックの教えのもとでは『異端者』として非難されたこうした魔法使いや魔女は、現実にはキリスト教時代においてもっとも進歩的な思考をもった人々でした」。ボームは魔女に対するこうした迷信があることを認め、『ボームのアメリカのおとぎ話』（一九〇八年）［訳注＝一九〇一年刊の*American Fairy Tales*に短編三作をくわえて刊行された］の「メアリー＝マリーの魔法［*The Witchcraft of Mary-Marie*］」では、魔女が「魂を悪魔に売り渡し、そのかわりに魔法の知識をえる」と表現している。だがボームは悪魔など信じていなかった。彼は『アバディーン・サタデー・パイオニア』紙（一八九〇年一〇月一八日付）の社説で、「なぜばかげた悪魔の伝説があるのか、教会の謎です」と述べている。ヨーロッパの伝統において、ボームのよい魔女（witch）にもっとも近い存在としては、異教徒のソーサレス（sorceress）［訳注＝日本語ではwizardもsorcererも「魔法使い」、witchもsorceressも「魔女」と訳される場合が多い］がいる。魔女は悪魔に仕え、ソーサレスは自身に仕える。ボームはこの区別を知っていたはずで、オズ・シリーズののちの作品では、よい魔女のグリンダは、ソーサレスのグリンダとなっている。

だが近年の原理主義派はこれと同じ意見ではない。一九八六年一〇月二四日、グリーンヴィルの連邦裁判所はテネシー州に対し、学校が憲法違反を犯したとの判決を下した。その宗教的信条に背く内容を含む教科書の使用を、キリスト教原理主義者に求めたというのだ。この「反キリスト教」的作品のなかに『オズの魔法使い』があった。よい魔女たちを登場させ、また知恵や愛、勇気は、神から授かるのではなく、自分自身で身に着けていくものだと教えた点が問題視されたのだ。キリスト教の他派はこれほど独善的ではなく、実際に『オズの魔法使い』の教えをもとにして説教を行っている牧師もいる。長老派の牧師フレデリック・ビュークナーは『大いなる敗北[*The Magnificent Defeat*]』（一九六六年）で、『オズの魔法使い』は「わたしから見れば、この国が生んだ実にすばらしいおとぎ話というだけではなく、偉大な神話のひとつでもある」と述べている。ビュークナーの『真実を語ること[*Telling the Truth*]』（一九七七年）中の「おとぎ話という福音[*The Gospel as Fairy Tale*]」も参照のこと。『ニューヨーク・タイムズ』紙（一九九一年一月二八日付）には、ポール・ネイサンソン博士の「[ドロシーの]黄色いレンガの道をたどる旅の物語は、ユダヤ人とキリスト教徒の、個々人が人生をたどる旅、あるいはコミュニティの歴史をたどる旅の物語と似ているとも言える」という発言が取り上げられている。これはカンザス・シティで開催されたアメリカ宗教学会の年次大会での発言だ。博士はドロシーのおかれた状況が、エデンの園からの追放と、約束の地を追われたユダヤの民のようだと考えたのだ。一九九五年七月、アメリカ長老派教会の天職班準会員ジュディ・アトウェルは、インディアナ州ラファイエットのパデュー大学で、高校生と世界中からやってきた成人アドバイザー向けに開催された教育ワークショップにおいて、『オズの魔法使い』を使用した。この作品が国も民族も、性別も世代も超えた物語だったからだ。また一九九六年一月には、ヴァチカンで行われたカトリック教会広報評議会が、一九三九年のMGM映画『オズの魔法使い』を、教会の教えを代弁するもっともすぐれた四五作品のひとつに選んだ。一九三九年のMGMのミュージカル映画でかかしを演じたレイ・ボルジャーでさえも、「オズの教訓」（『ガイドポスツ』誌、一九八二年三月号）では、伝統的キリスト教の観点からこの物語を解釈している。

ボームは、聖職者というものは、だらだらととりとめもなくしゃべる場合が多いと思っており、大学の教授にも牧師にもあまり敬意を抱いていなかった（ボームなら、ネイサンソン博士の、『オズの魔法使い』は「宇宙進化論的であり、また終末論でもある！」という意見をおもしろがっただろう）。ボサ男が『オズのエメラルドの都』でクドクド町に入ったとき、この町の人々は、質問に対して「はい」と「いいえ」という簡潔な言葉で答えることができない。ボサ男はこれを見て、「大学の先生や大臣のなかには、どう見てもクドクド人の親せきじゃねえかって人たちがいるよな。……オズの国じゃ、あいまいなことしかいわねえやつや、もってまわったしゃべりかたをするやつは、クドクド町に送られちまうだろ。アメリカじゃそういう連中が好きかってにのさばって、なにも知らねえ人たちを苦しめてるもんなあ」（ないとうふみこ訳）と言う。「現代のおとぎ話」（『ジ・アドヴァンス』紙、一九〇九年八月一九日付）で、ボームはニューヨーク市で人気の神学者を批判している。「子羊たちへの義務を果たそうと、毎月子どもたちに特別な説教をするのですが、これが冗長で退屈なのです。彼の説教は苦痛でしかなく、そのひとつではこう語っています。『子どもたちよ、今朝はあなた方に聖パウロの人生の要約を話して聞かせましょう。あなた方のなかには、要約という言葉の意味を知らない人もいるでしょう。子どもたちよ、「要約」とは、「あらすじ」と同じような意味の言葉です』」。オズの物語が心に響いたのは、キリスト教のさまざまな宗派の信者にかぎらなかった。ヴァーノン・クローフォードは『孔子からオズまで[*From Confucius to Oz*]』（一九八八年）で、「孔子が教えた徳とは実のところ、『オズの魔法使い』でかかしとブリキのきこりとライオンが求めた性質なのである」と論じた。『オズのなかの禅［The Zen of Oz］』（ジョイ・グリーン、一九九八年）という書まであるくらいだ。ボームの曾孫のジータ・ドロシー・モリーナ博士は著書の『オズの知恵［The Wisdom of Oz］』（一九九八年）で、自らの精神的成長のメタファーとして『オズの魔法使い』を用いた。

16【それは大きなまちがい】ボームの物語には悪魔は登場しないため、魔女や魔法使いはそのオカルト的な力がどこからもたらされているかではなく、生来の性質で判断すべきだ。魔女や魔法使いは、彼らの知識の使い方しだいで、「よい」または「悪い」魔女や魔法使いになるのだ。神智学のエレメンタルの理論によると、同じことが人にも言えるようだ。ブラヴァツキー夫人は『ヴェールを脱いだイシス』（一八七八年）で、「デーモン」とは「あらゆる霊のことであり、善の場合もあれば悪の場合もあり、人も、そうでないものもある」と論じている。ボームの『マスター・キー』（一九〇一年）では主人公ロブがたまたま「電気のデーモン」を召喚してしまい、彼は「デーモンはみんな悪いものだと思っていた」と言う。すると現れたデーモンは「必ずしもそうではない」と答える。「手間をおしまずに辞書を引いてみれば、デーモンにはよいものも悪いものもいることがわかるだろう。ほかの生き物と同じだ。本来デーモンはすべて善なのだが、のちに人間がすべて悪だと考えるようになった。なぜだかはわからん。ヘシオドスもこう言っている」

しかし大地がこの種族を隠した後は、大神ゼウスの思し召しによって、
彼らは地上の善き精霊となり、
人間の守護神として
（松平千秋訳）

こうした精霊がすべて悪に分類されるようになったのは、キリスト教時代になってからのことだ。『ボームのアメリカのおとぎ話』（一九〇八年）収録の「メアリー＝マリーの魔法」では、ある旅人がメアリー＝マリーに魔法を学んだらどうかと言う。すると少女はおどろきの声をあげる。「まだそんなに年をとってはいないわ。魔女ってしぼんでひからびた鬼婆でしょう……。それに、悪魔に魂を売るのよ」。だが旅人はすぐにそのまちがいを正す。

あんたがそんな風に言っているのを聞いて、あんたが魔女のことならなんでも知ってると思う人もいるかもしれない。けれどあんたはまるでわかってない。この世にはいい人と悪い人がいるだろう、だったら、よい魔女と悪い魔女がいてもいいんじゃないかい。だが、ほんとのことを言うと、あたしが知ってる魔女はたいていがとっても立派な人たちで、親切なことでも有名さ。

そしてこの旅人が、よい魔女その人だということがわかるのである。

17【オズ】『オズの魔法使い』が初めて刊行されて以来、「オズ」という言葉の起源については数多くの説がある。「オズという言葉は、風変わりな登場人物と同じく、ボーム氏の頭のなかから生まれたものです」。モード・ボームは、一九四三年六月二一日付けの手紙でジャック・スノウにそう主張している。「だれも、なにも、オズという言葉──または人物──の着想源になったということはありません。これは『事実』です」。一般には、ボームとマックフォールの『子どもを喜ばせるために』に書かれている説が受け入れられている。ボーム家にあった小さな書類整理棚に関するものだ。ある夜、ボームが息子とその友人たちにドロシーという名の少女が出てくる物語を語って

きかせていた。ドロシーが竜巻でおとぎの国に運ばれる話だ。すると子どものひとりが、ボームにその不思議な国の名はなんというのかとたずねた。部屋を見まわすボームの目にとまったのが書類整理用の棚だった。その棚には「A－N」、「O－Z」と頭文字のラベルが貼ってあった。だからボームは子どもたちに、そのおとぎの国はオズ（Oz）の国だと言ったのだ。この説明は息子のフランク・ジョスリン・ボームのでっち上げだという可能性も十分ある。というのも、当初公表されていた書棚の話とは詳細がかなり変わっているからだ。ボブズ＝メリル社が、『オズの魔法使い』を『新しいオズの魔法使い』（一九〇三年）として再版するさいに、『パブリッシャーズ・ウィークリー』誌（一九〇三年四月一八日号）や多数の新聞に載せた広告にはこうある。

> わたしは机の上に手紙を整理する小さな書類棚をおいていて、椅子に座るとそれが目の前にあります。作品にどういうタイトルをつけようかと考えていたわたしは、「魔法使い」という言葉を使うことにしました。そのときわたしは、書類棚に三段ある引き出しについている金色の文字に目がいったのです。一段目はA－G、二段目はH－N、三段目にはO－Zというラベルがついていました。そして、「オズ（Oz）」という言葉がひらめいたのです。

だがこの説明でさえ、すべて真実かというと疑わしい。ボームはこの作品のタイトルを決定する以前のどの時点かに、オズという言葉が浮かんでいたはずだ。「オズ」は、「魔法使い」を含めることを検討する以前の、いくつかのタイトル案に使われていたからだ（序文41頁参照）。「父は自分が生み出した国につける名を、自分のロールトップ・デスクでいくつも書いては消していました」。ハリー・ニール・ボームは「オズを生んだ素晴らしい作家」（『シカゴ・デイリー・ニュース』紙、一九六五年四月一七日付）でジョセフ・ハースにこう語っている。「そしてある日、父は三段の書類棚を見てひらめいたのです」。奇妙なことに、『散文マザー・グース』（一八九七年）のマックスフィールド・パリッシュの挿絵にある「とても賢い男［Wond'rous Wise Man］」のうしろの本棚には、『家庭における気の利いた会話集［*Household Book of Repartee*］』がおいてあり、背表紙には「A to N」とある。「O to Z」はいったいどこにあるのだろうか。

これほどおもしろくはない説もいくつかある。『オズの魔法使いとオズの正体』ではガードナーが、オズの国と、旧約聖書に登場する、ヨブが住んでいた「ウツ（Uz）」が似ている点を指摘している。またボームはチャールズ・ディケンズの作品を敬愛しており、ディケンズのペンネームはボズ（Boz）だった。ボームはこれから「ボーム（Baum）」を表すBをはずして「Oz」としたのかもしれない。あるいは、シェリーのソネット『オジマンディアス（Ozymandias）』（エジプトのファラオ、ラムセス二世のギリシア語名）からとったものかもしれない。セリア・カトレット・アンダーソンは、「オズのコメディアン」（『アメリカン・ユーモアの研究』一九八六～一九八七年冬号）で、別の説を提示している。「旧約聖書で神が自身のことを『わたしはアルファであり、オメガである』と言う言葉からきたものだ。アルファからオメガとはAからZと同じで、つまりはOzと同じだ」。ジャック・スノウは『オズの人物事典［*Who's Who in Oz*］』（一九五四年）の序文で、ボームは読者に「おお！（Ohs［オーズ］）」とか「ああ！（Ahs［アーズ］）」と言わせるような物語が好きだったのだという説をとっている。「オズ（Oz）」という言葉を口に出せば、どちらにも聞こえる。ボーム自身がどう発音するかは、次の歌を聞けばわかる。一九〇一年に書かれたものの公開されなかった、『オズの魔法使い』の最初の舞台化作品でオズが歌うものだ。

聞けよ、恐れよ！　気安く声をかけるべからず。
わたしは最強のネクロマンサー！
やることなすこと、魔法のにおいがぷんぷん
わたしはつまり、すべてである！
わたしはすばらしいオズの魔法使い（the Wonderful Wizard of Oz）！

一九〇二年のミュージカル狂騒劇で初めてかかしを演じたフレッド・ストーンは、『ロサンゼルス・サンデー・タイムズ』紙（一九四三年六月二三日付）に、二流の地方巡業劇団がサンフランシスコでこの劇を上演したときのことを語っている。地元のバーテンダーが、オズ「Oz」を「オーズ」と言うか、それとも「アーズ」かと聞かれてこう答えた。「それを言うのはすごく下手なんだ」

ガードナーは彼の「数学的ゲーム」というコラム（『サイエンティフィック・アメリカン』誌、一九七二年二月号）で、おそらくボームにそのつもりはなかったのだろうが、おとぎの国の名が、ボームの自宅がある州の名とも関係があることを明かしている。オズ・クラブのメンバーであるメアリー・スコットが、ニューヨーク州の略語「NY」のアルファベットをそれぞれひとつうしろにずらすと（N→O、Y→Z）「OZ」になることを発見したというのだ。

このコラムが掲載されたあとガードナーは、ほかにもひとつずつずらすとOZになる略語があると気づいた。オズの二代目王室史編纂家であるルース・プラムリー・トンプソンの自宅があるペンシルヴェニア州（PA）だ。つまり、O→P、Z→Aとなるのだ。

同じ記事でガードナーは、「魔法使い」という言葉と対称をなすものである可能性も示している。ボームは『オズとドロシー』（一九〇八年）で、「オズ」という名前は「偉大ですばらしい」という意味だと明かしているからだ。

18【西の国に住む魔女】このシリーズのほかの作品をざっと見ても、オズの物語には四人どころか、多数の魔女がいたことがわかる。異なる能力をもったさまざまなタイプの魔女がいるのだ。『オズのふしぎな国』（一九〇四年）の魔女のモンビはもうソーサレスでも魔法使いでもないと言われている。北の国では北のよい魔女が、よい魔女も悪い魔女も、自分以外の魔女がいることを禁じているからだ。『オズのブリキのきこり』（一九一八年）のミセス・ユープと『オズのグリンダ』（一九二〇年）の赤毛のリーラは変化の魔法を得意とするユークーフーで、またこれも『オズのグリンダ』に登場するクーイーオーは、世界でただひとりのクラムビックの魔女だという。『オズとドロシー』（一九〇八年）では、かつて四人の悪い魔女がいて、それぞれが、オズの国のなかの四つの国をひとつずつ治めていたことが明かされている。北のよい魔女は北の悪い魔女であるモンビを倒し、グリンダは南の悪い魔女を倒した。しかし南の悪い魔女とはだれなのか？　おそらくは『オズのかかし』（一九一五年）の「バッチン」ではないか。バッチンは、グリンダが力を得たときに、魔女の一団とジンクスランドに逃げてきて住んでいる魔女だ。

19【何年も何年も、ずっと前に】これと同じ「ずっと前に」、「何年も前に」という表現は、『燭台の灯りで』（一八九八年）に収録された詩「こわがっているのはだれ？〔*Who's Afraid*〕」で、こわいものに対して繰り返し使われている。

こわがっているのはだれ？

巨人はもうみな死んだ――
ジャックが巨人の頭を切り落とした
ゴブリンを知っているのはお年よりくらい

ゴブリンはみんな、何年も前にいなくなったそうだ
ホウキに乗った魔女はみんな焼かれてしまったか身を隠している
獲物を探すドラゴンはみんなずっとずっと前の時代にいなくなった
おそろしい怪物《ブギーマン》は
はるか遠くのユカタン半島に住む
夜盗はこの近くには姿を現さない
あいつらはパパがここにいることを知っているから
君の目に見えるのはライオンくらい
そのライオンは動物園の檻のなかにいる
そしてグリズリー・ベアは敷物にされたなら人を襲うこともできない
それでもこわい？

ボームはこの詩を要約して、『ファザー・グース、彼の本』（一八九九年）に再度収録した。

20【文明化した】ボームは奇妙なパラドックスを提示している。カンザスは文明化しているというが、そこは荒涼とした不毛の地だ。オズは自然のままだが楽園だ。西洋の技術も砂漠を緑に変えてはいない。同時代の多くの人々と同様、ボームは新しい文明がなしたことについて懐疑的だった。進歩には、人の自由を侵害するというよくない性質がある。「文明化され」ないように準州に逃げるというハックルベリー・フィンでも、それがよくわかるだろう。ボームは「現代版おとぎ話」や「進化した妖精」の話を語ってはいても、現代的な進歩をすべて受け入れているわけではなかった。ボームは変化そのものが必ずしもよいものではないと思っていた。義理の母であるマティルダ・ジョスリン・ゲイジは、社会進化論者による、歴史はつねに前進しているという説を信じるのを拒み、古代には、現代のあらゆるものにはるかにまさる時代があると考えていた。いわゆる未開の人々が、いわゆる文明化した国々よりも、はるかに文明化していたともたびたび述べている。「きみの時代の作家には真実を語っている者もいる。文明化した人々の社会では、見かけ通りのものはめったにない、と」。これはボームの『マスター・キー』（一九〇一年）の電気のデーモンの言葉だ。ボームは文明化した階級とは、鼻もちならず、うそつきで、うわべだけの人々だと考えていた。『プレーリードッグ・タウン［*Prairie-Dog Town*］』（ローラ・バンクロフト名義による「トゥインクル・テールズ［*Twinkle Tales*］」シリーズの一冊、一九〇六年）に登場するあるプレーリードッグは、文明を「とてもおおげさな言葉であって、ある人々が別の人々よりもよい暮らしをするための方法を見つけること」と定義している。それはどのような暮らしなのだろうか？　『オズへの道』（一九〇九年）のフォックスマチの王様、ドックスはこう言う。「文明化されれば、だれでもできるかぎりおしゃれをして、服を見せびらかし、まわりからうらやましいと思われようとするもの。だからこそ、ここのキツネも人間も、着かざることに多くの時間をついやしておるのだ」（宮坂宏美訳）

ボームは、彼の「昔、昔」タイプの昔ながらのおとぎ話のひとつである『魅惑のユーの島［*The Enchanted Island of Yew*］』（一九〇三年）のまえがきで、文化の本質について述べている。ずっと昔の人は、黄金の時代に住んでいたというのだ。「昔、この世界が誕生した頃は、人をおどろかすような自動車や飛行機もなく、鉄道も電話も、いかなる種類の新しい機械もなく、人々をずっとせわしなく動き回らせるようなものはなにもありませんでした。男の人も女の人も質素に静かに暮らしていたのです。みんな自然の子どもであり、煙や石炭を燃やした排気もなく、人々は新鮮な空気を胸に吸い込み、車で道路を走るのではなく緑の草地や深い森を歩き回り、暗くなると眠り、日の出とともに起きました――これは現在の生活と大き

く違う点です」。その頃人は無力だったが、守ってくれる精霊たちがいた。精霊たちは、今では恥ずかしがって人に見られることはめったにない。「大きな都市ができ、大きな王国が建国されました。文明は人を支配し、人は盗みを働くことも、戦うことも、魔術に頼ることもなく、大忙しで仕事をして、ちゃんとした生活を送っています」。だがその代償はどうか？　暮らしがよくなれば、人々は大昔の人よりも幸せなのだろうか？　幸い、オズの国は文明化しておらず、このためこの国の人々は忙しく仕事をしてもいなければ、たいそうな生活を送ってもいない。オズは別の時代に属している。それはマティルダ・ジョスリン・ゲイジが『女性、教会、そして国家』（一八九三年）で書いたように、古代の母権制の社会だ。そこでほんとうに力をもつのは女性なのだ。オズの物語に登場する男性はすべて、欠陥があるように思える。偉大な魔法使いのオズでさえ、最初に思ったほどすごくはないのだ。

マリウス・ビューリーは「オズ・カントリー」（『ニューヨーク・レビュー・オブ・ブックス』誌、一九六四年一二月三日号）で、ボームはジェファーソン流農本主義の賛同者だったのではないかと述べている。これは市民ひとりひとりが、国内外のできごとに関わり合うことなく、保有する自分の農地を耕すことを国の基本とする仕組みだ。オズはおおまかにいって農業の王国であり、中心にエメラルドの都という大きな街がひとつあるだけの、田園地帯の楽園だ。この国の大半は耕されておらず、まだ野生のままで、ボームが生まれた頃のニューヨーク州中部とよく似ている。ボームは、困難を伴いつつも自分で人生を切り開いていくという、個人主義であるアメリカン・ドリームを信じていた。「おいらが思うに、この世で一目おくべき相手は、なみはずれたやつだけだ。ありふれたやつだったら、ただの木の葉といっしょで、人知れず生きて死んでいくだけだからな」（宮坂宏美訳）。『オズのふしぎな国』（一九〇四年）のかかしは、こう言う。すると、もったいぶったカクダイ・クルクルムシがつけくわえる。「哲学者のごときご発言！」。だがボームは、必ずしもエリート主義を好ましく思っていたわけではない。『オズのリンキティンク』（一九一六年）では、それとは正反対のことを言っている。「目立たずひっそりくらしているまずしく身分の低い人は、……そういう人だけが、生きるよろこびをかみしめられるんです」（田中亜希子訳）。これはすべて意見の相違にすぎない。『オズの消えた姫』（一九一七年）でおくびょうライオンもこう言っている。「なあみんな、ひとりしかいない、つまり、ほかのやつとちがうからこそ、おれたちはその他おおぜいのなかからぬきんでることができるんだろう？　だったら、よろこぼうじゃないか――見た目も中身も、ほかのやつと同じじゃないってことをさ。いろいろあるからこそ、この世はおもしろい。いろんな連中がいるから、ほかのやつとつきあうのが楽しいんだ。だから、このままで満足しよう」（宮坂宏美訳）。人それぞれであること、ほかの人とは違うということは、ほかの人よりも上等だという意味ではない。ドロシーの三人の仲間――かかし、ブリキのきこり、おくびょうライオン――は、一九世紀の小説家、ホレイショ・アルジャーの「成功」神話を実証している。それぞれは、実際には自力で道を切り開いている。それぞれがもつ欠点や、遭遇する大きな障害にもかかわらず、三人は自分の幸福を探しにでかけ、欲しいものを手に入れようとする。ボーム個人がこうした哲学をもっていたからこそ、その時代においてはまだ新しい、試練に満ちた創作活動を続けていくことができたのだ。

北のよい魔女が「文明」に対して抱く疑念にはもっともな理由がある。魔女や魔法使いだと疑われた人々が完全に排除されたのは、もっとも「進化した」国においてだった。マティルダ・ジョスリン・ゲイジは『女性、教会、そして国家』（一八九三年）で、何千人もの女性が「おそろしい火あぶりの刑で亡くなりました。その罪とは処刑者の想像力のなかにしか存在しないものであり、また、女性は非常に邪悪だという誤った信念から育った妄想であり、原罪について誤った考えをもつことから生まれたものなのです」と述べている。ゲイジは、告発者や処刑者は、「強欲、恨み、ねたみ、憎悪、恐怖、自身の嫌疑を晴らしたい」という私利私欲に突き動かされているのだと論じている。もっとも残酷な拷問が行われたのが、「女性がその知識を不吉で危険なものに用いないように、女性の知恵を抑え込んでしまおうとする」場合だった。一四八四年当時のフランスの人口は九〇〇万人だったが、レオナルド・ダ・ヴィンチのパトロンだったフランソワ一世の治世下（一五一五～一五四七年）では、処刑された女性は一〇万人にものぼると言われている。一七世紀後半には、ピューリタン社会だったニューイングランド地方でセイラムの魔女裁判があり、スコットランドで最後の処刑が行われたのが一七二二年。そして英議会が魔法、魔術などを告発する法令を廃止したのは、ジョージ二世治世下の一七三六年のことだった。そしてこれらは、ゲイジが力説した、「女性に対するホロコーストは生贄であって、こうした女性たちは教会の無知と蛮行の犠牲者なのであり、この教会の無知や蛮行により文明は阻害され、何百年も魂の進化が遅れたのです」という時代よりもあとのできごとなのだ。二一世紀にいたるまでの歴史が証明しているように、蛮行とは、蛮族だけが行うものではないのである。

21【オズさま自身】『オズとドロシー』（一九〇八年）によると、オズの国をひとりの王が統治するかぎり、「オズ」はその統治者の名だ。統治するのが女性の場合はオズマとなる。オズに（オズの）魔法使いがやってくる以前は、現統治者であるオズマ姫の祖父が治めていた。しかし魔女のモンビがオズマ姫の祖父と父親に魔法をかけて、モンビとそのほかの悪い魔女たちがオズの四つの国を乗っ取った。だがその後の王室の歴史ははっきりしない。『オズのふしぎな国』によると、オズマ姫の父親のパストリアは、魔法使いがオズにやってくるずっと前にエメラルドの都を治めていた。だがこの部分は、本の内容を一九〇二年のミュージカル狂騒劇と合わせるためだけにこうした可能性もある。ミュージカルでは、パストリアはエメラルドの都の玉座をめぐって魔法使いと戦うことになるのだ。ほかの作品ではすべて、オズの首都を作ったのは魔法使いだということになっている。またモンビは、よい魔女のグリンダ――オズマ姫こそがオズの正当な統治者だと主張する――に魔法を破られるまでは、オズマを男の子に変えて育てている。ロバート・R・パトリックは、ドロシーがやってくる以前の、ときには厄介な問題も抱えたオズの歴史の一部を、自身のエッセイ集『オズの未到達の地［*Unexplored Territory in Oz*］』（一九六三年）で調査している。

22【偉大な魔法使い】オズではひとりの魔法使いに四人の魔女という比率だが、宗教裁判が行われた時代のヨーロッパよりも魔女の割合が小さい。「魔法使いはめったにいませんでした」とマティルダ・ジョスリン・ゲイジは『女性、教会、そして国家』で述べている。「魔女一〇〇人に対して、魔法使いはひとりいるかどうかだったと言う作家もいます」。「ひとりの魔法使いに対して一万人の魔女」とする資料もある。ヴェネツィアの民話によると、魔法使いが少なかったのは、悪魔は「つねに男性ではなく女性を誘惑しようとした。悪魔は功名心や復讐しようとする気持ちを利用するのだが、女性のほうがそうした気持ちが強いからだ」というのが理由のひとつらしい。結局、男性よりもはるかに多くの女性が、魔法を使ったという嫌疑をかけられて処刑されたのである。

23【エメラルドの都】ボームが、オズの魔法の都を飾る宝石を「エメラルド」にしたのは、母方の祖先の故郷である、「エメラルドの島」アイルランドに敬意を表してのことなのかもしれない。エメラルドは通常は五月の誕生石であり、これはボーム自身の誕生石でもある。

24【ほこり】オズ・クラブのメンバーであるデイヴィッド・L・グリーンはある手紙で、ボームは、伝統的なキリスト教徒の葬儀でよくとなえられる聖書の言葉、「あなたはちりだから、ちりに帰る」(創世記3・19)を念頭においていたのだろうと述べている。ボームは、この魔女がとても年よりでひどく邪悪であるため、頭に善良な人間による強打を受けて、死体が風に散っていくという事実を強調しているのかもしれない。

25【砂漠】この広大な砂の荒れ地がどのようなものか、オズ・シリーズの数巻目になってようやくボームは明確に描いている。『オズのふしぎな国』では砂漠を越えることは可能になっている。怪獣グリフィンに変身した魔女のモンビが、砂漠を越えてグリンダから逃げようとするのだ。だが『オズへの道』では、旅人に砂漠の危険性を警告する看板が立っている。

> すべての者に警告する
> この砂漠にいどむべからず
> この死の砂漠は、いかなる生き物もたちまち砂ぼこりにかえるものである。砂漠の国境より先はオズの国
> ただし、死の砂漠があるかぎり、だれもその美しい国に着くことはできない
> (宮坂宏美訳)

『オズのチクタク』(一九一四年)の見返しページに掲載されている「オズの国」の地図には、オズの国を囲む砂漠を、オズと同様に四つの地域に分けて配し、それぞれに名を付けている。この荒れ地全体は一般に「死の砂漠」として知られているが、実際には西のウィンキーの国に接する部分のみをそう呼ぶ。北の国では「通れない砂漠」、南の国では「大いなる砂の荒れ地」と呼ばれている。東のマンチキンの国との境の砂漠は「動く砂地」だ。ジョン・アルジオは「オズとカンザス――神智学の旅」(スーザン・R・ガノン、ルース・アン・トンプソン『第三回児童文学協会年次会議録』一九八八年収録)で次のように論じている。「こうしたオズの地形や地勢のあれこれ――越えることのできない障壁や、四つの国、各国のシンボルである色、円と中心にある都――は曼荼羅《まんだら》の構成要素でもある。曼荼羅は、悟りの境地を表す東洋の図形だ。それは、わたしたちが住む、多種多様で美しく魅惑的だが、おそろしくもある世界だ。そしてそれが、オズの姿なのだ」

26【クワドリング】オズのほかの国の人々の名と同じく、「クワドリング(Quadlings)」の名の最後には小さいものを表す指小辞(-ling)がつく。「クワド(quad)」が「四」を意味するとしたら、この言葉を自由に解釈するとすれば、「四番目の国の小さな住人」というところかもしれない。あるいは、ボームの友人か知り合いの名からとったのだろうか? 『オズの魔法使い注釈版』が初めて刊行されたとき、カナダのある女性は、自分の旧姓がクワドリングだという手紙を送ってきた。

27【ウィンキー(Winkies)】「ウィンク(wink)」は通常は目をぱちくりさせるという意味だが(ヴォルコフのロシア語版では、ウィンキーズは「ウィンク」する)、オズの黄色い国の名はそうではなく、くだけた言葉で「光の瞬き」を言い表しているのかもしれない。第12章で

明らかになるように、西の国は「太陽が沈む場所」なのだ。英国とアメリカの一部では、「ウィンキー」とはひとさし指を呼ぶときに子どもが使う言葉であり、ボームは自分の息子たちを、愛情をこめて「キディウィンクル［kiddiwinkles］」と呼んでいた。西の国の名からは、ウィリアム・ミラーの有名な童謡「ウィー・ウィリー・ウィンキー［Wee Willie Winkie］」――これは英国王オレンジ公ウィリアムのニックネームだという説もある――も頭に浮かぶ。

28【一、二、三】三は昔から神秘な力をもつ数字であり、この物語全体を通して、魔法を行うさいには多くの場合、三は重要な数字だ。

29【石盤に変わり、そこに大きな白い石筆の文字が現れました】一九世紀末から二〇世紀初頭にかけて、学校に通う子どもたちは基本的に、文字を書くときには石盤と白い石筆を使った。だがおそらく現代の読者の大半は、「石盤上の文字」と言われても、それが霊の力によってひとりでに現れた文字で、つまりはボームが物語のなかで用いた唯一のオカルト的行為だとはわからないだろう。霊媒師は二枚の石盤のあいだに一本の石筆か鉛筆をおき、目には見えない力に、あの世からメッセージを書いてくれるように願うのだ。チャールズ・ウェブスター・リードビーターは神智学の手引きである『アストラル界』（一八九八年）で、「二枚の石盤に挟んだ鉛筆のかけらが精霊の手に導かれる。精霊がつかむには小さなかけらで十分であり、そのかけらによって文字が現れる」と説明している。

30【あなたのお名前はドロシーというの】正しくはドロシー・「ゲイル」だ。ゲイルという姓は一九〇二年のミュージカル狂騒劇で初めて出てくる。演出家のジュリアン・ミッチェルか、脚本家のグレン・マクドナーが、次のようなつまらないジョークを使うために考え出したのかもしれない。

ドロシー「わたしの名前はドロシー、カンザスに住むゲイル（Gale）［訳注＝galeには「強風」や「あらし」の意味がある］家のひとりなの」
かかし「だからあんたは風みたいに気持ちがいいんだな」

ドロシーは『オズマポリタン』（第1章注2を参照）に掲載された手紙には「ドロシー・ゲイル」とサインしている。実際にはボームが「ゲイル」という名字を使う以前に、ミネアポリスの雑誌などに一九〇四年一二月一〇日に掲載された『ドロシーのクリスマス・ツリー』で、デンスロウがドロシーのフルネームを使っている（下巻266頁を参照）。ボームがゲイルという名字を使ったのは、第三作の『オズのオズマ姫』（一九〇七年）が初めてだった。

31【丸くて光るしるし】ボームは、『天路歴程』でクリスチャンが出会う「輝く人」の三人目が彼の「額にしるしをつけた」場面が頭に浮かんだのかもしれない。アール・J・コールマンは「天国としてのオズと哲学的問い」（『ボーム・ビューグル』誌、一九八〇年秋号）で、ボームとバニヤンはエゼキエル書第九章を思い浮かべたのかもしれないと述べている。そこでは、額にしるしをつけた者たちに危害をくわえてはならないと主が命じる。北のよい魔女は西の悪い魔女を倒すほどの力はないが、よい魔女のキスは「善」という観念を象徴しており、それは悪よりも強いものなのだ。そしてこのキスこそが、ルース・プラムリー・トンプソンの『オズの願いをかなえる馬［*The Wishing Horse of Oz*］』（一九三五年）で重要な役割をもつ。

32【黄色いレンガ】青い街を通って緑の都へと向かう黄色いレンガの道ほど、論理的でわかりやすいものがあるだろうか？　それでも多くの評論家が、この道を「金で舗装された通り」と結びつけようとしてきた。アメリカの都市に対して、「簡単に金持ちになれる」という喩えでその表現が使われていたからだ。一九世紀のアメリカでは、黄色いレンガはごく一般的な建材だった。ニューヨーク市七二番街にある有名なダコタ・ホテルは、一八八二年に黄色いレンガで建てられた。三九番街にあった旧メトロポリタン・オペラ・ハウスは一八九二年に再建され、イエロー・ブリック・ブリューワリー［イエロー・ブリック（yellow brick）は「黄色いレンガ」］として知られるようになった。サウス・ダコタ州アバディーンには黄色いレンガの「城」が、ボームがアバディーンを離れたすぐあとの一八九一年に完成した。ここに出てくるレンガの道はオズでいちばん有名な道だが、黄色いレンガでできた道はこれだけというわけではない。『オズのふしぎな国』（一九〇四年）では、チップとカボチャ頭のジャックが黄色いレンガの道をたどって紫のギリキンの国を抜け、エメラルドの都へと向かった。マンチキンの国には別の黄色いレンガの道があり、『オズのパッチワーク娘』（一九一三年）ではハギレとオジョがそこを通った。黄色いウィンキーの国にはどれだけの黄色いレンガの道があるのか、まだだれにもわかっていない。

33**【少しもおどろきませんでした】**『アメリカのおとぎ話』（一九〇一年）収録の「クオックの女王［*The Queen of Quok*］」にも、魔法で姿を消したことに、こうした反応をする場面がある。宮殿のベッドのしもべ（少年王に決して空《から》にならない魔法の財布をあげる魔神）が姿を消すとき、若きクオック王はこう言うのだ。「あっという間に姿を消すとは思っていたけど、でも、さよならくらい言わせてくれればいいのに」。批評家のロジャー・セールが「L・フランク・ボームとオズ」（『ハドソン・レビュー』誌、一九七二〜一九七三年冬号）で『オズのオズマ姫』（一九〇七年）の冒頭部について述べていることは、『オズの魔法使い』のこうした出だしの章にも当てはまる内容だ。

　作品の大きな魅力は、本能的に正しいことを見出すボームの才能にある。ボームは現実世界から、ありそうもない世界、魔法の世界へと無意識に移動するのだ。ボームは文章をやすやすと生みだし、つまりはそれを書くことも、その文章で描かれる旅をするのも同じく簡単だということなのだ。ドロシー自身は魔法も機械を動かす技術もないが、つねに、以前と変わらず好奇心をもって新しい事態に対応し、またそれを受け入れることで、大きな存在感を発揮している。わたしたちはどの状況も、それが現実的か魔法であるかという観点からは分類しない。ドロシーもボームもそうだからだ。ふたりはありのままを受け入れる。わたしたちはつねに、それが大きな苦境から逃れる方法だと知っているし、またあらためてそれを教えられてもいるのだ。

第3章
ドロシーがかかしを救う

ドロシーはひとりになって、お腹がすいてきました。ですから戸棚にあったパンを少し切り取って、それにバターを塗りました。それをトトに少し分けてあげると、棚からバケツを取って近くの小川まで行き、きれいできらきらと輝く小川の水をバケツいっぱいにくみました。トトは木々のあいだを走りまわり、木にとまった鳥たちに吠えはじめました。トトを追いかけたドロシーは、とてもおいしそうな果物が枝になっているのを見つけたので、いくつかもぎました。朝ごはんの足しにできると思ったのです。

それからドロシーは家に戻り、トトと一緒に冷たくてきれいな水を飲んで、エメラルドの都へと向かう旅の準備にとりかかりました。

ドロシーは服をもう一着しかもっていませんでしたが、[1]それはちょうど、きれいに洗ってベッドのそばのくぎにかけてありました。その服は白と青のギンガムチェックで、[2]青い色はなんども洗って少し色あせていましたが、それでもかわいい服でした。ドロシーは顔や手を丁寧に洗ってから清潔なギンガムの服を着て、頭にはピンクの日よけ帽をかぶりました。ドロシーは小さなバスケットに戸棚のパンをつめて、白いふきんを上からかけました。そして足元を見ると、靴が古くなって擦りへっていることに気づきました。

「この靴では長い旅はきっと無理ね、トト」ドロシーは言いました。トトは小さな黒い目でドロシーの顔を見上げ、ドロシーの言うことがわかるかのようにしっぽをふりました。

そのとき、テーブルの上の銀の靴がドロシーの目にとまりました。東の魔女がはいていた靴です。

「わたしの足に合うかしら」ドロシーはトトに言いました。「この靴なら長く歩くのにぴったりだと思うけど。擦りへらないでしょうから」[3]

ドロシーは古い革の靴を脱いで、銀の靴をはいてみました。そうしたら、まるでドロシーのために作ったように、ぴったりでした。[4]

そしてドロシーはバスケットを手に取りました。

「行くわよ、トト。エメラルドの都に行って、偉大なオズにカンザスに帰る方法を教えてもらうのよ」

ドロシーはドアを閉めて鍵をかけ、その鍵を注意深く服のポケットに入れました。[5] そして、うしろからトコトコと一心にかけてくるトトを連れて、旅に出たのでした。

その近くには道がいくつかありましたが、黄色いレンガの道はすぐにわかりました。やがてドロシーはエメラルドの都を目指して、元気よく歩きはじめました。銀の靴は、固くて黄色い道の上で楽

しそうに音をたてています。太陽は明るく輝き、鳥たちはきれいな声でさえずっています。小さな女の子が突然自分の国から吹き飛ばされて見知らぬ国のまんなかに降りたのだから、ひどくつらい思いをしているのではないかと思うでしょうが、ドロシーはそれほどひどい気分ではありませんでした。

　ドロシーは歩きながら、この国はなんて美しいんでしょうとおどろいていました。道の両側にはきちんと柵があってきれいな青に塗られていて、その向こうには麦や野菜がゆたかに実った畑が広がっています。マンチキンのお百姓さんたちはきっと腕がよくて、立派に作物を育てることができるのです。ときおり家があり、人々が出てきて、ドロシーが家の前を通ると丁寧におじぎをしました。みんな、ドロシーが悪い魔女を倒して、魔女の奴隷だった自分たちを自由にしてくれたことを知っていたのです。マンチキンの家はどれも変わった形をしていて[6]、丸々とした家に丸屋根がついています。そしてどの家も青く塗られています。この東の国が好きな色は青なのです[7]。

　夕方近くになると、ドロシーは長く歩いたせいで疲れてきました。ひと晩泊めてくれるところはないかしらと思いはじめた頃、ほかよりも大きな家を見つけました。家の前の緑の芝生では何人もの男の人と女の人たちが踊っています。五人のバイオリン弾きがにぎやかに演奏し、みんな笑って歌っています。そしてそばの大きなテーブルにはおいしそうな果物や木の実、パイやケーキ、それにほかにもおいしそうなものがいっぱいのっていました。

　そこにいた人たちはドロシーににこやかにあいさつし、一緒に夕飯を食べて泊

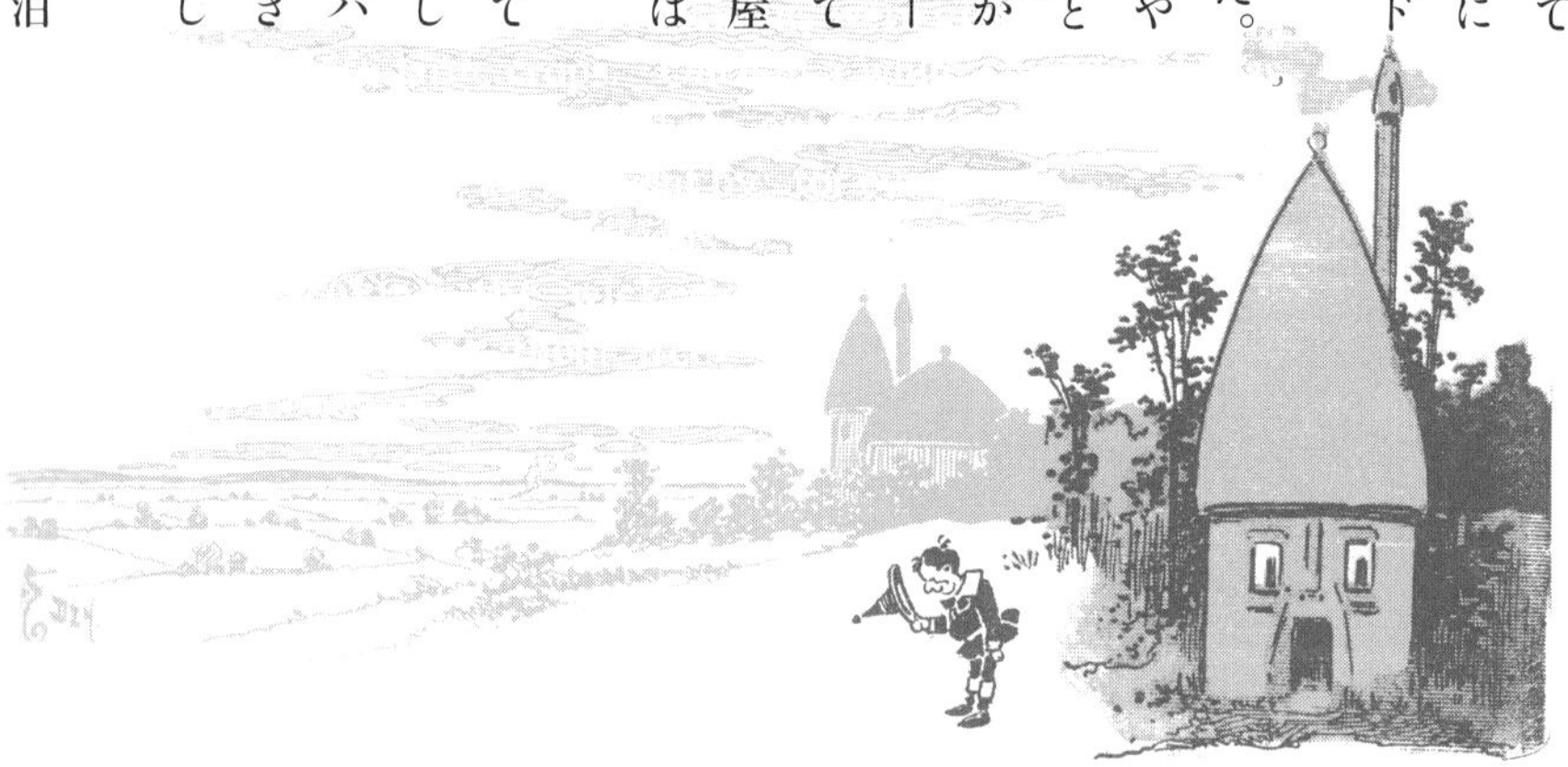

まっていくように言いました。ここはこの国でもとてもお金持ちのマンチキンの家で、その友人たちが集まって、悪い魔女から解放されたお祝いをしていたからです。

　ドロシーは温かい夕飯を食べて、裕福なマンチキンのご主人にもてなされました。名前はボクです。それから長椅子に座って、みんなが踊るのを見物しました。

　ボクはドロシーの銀の靴を見ると言いました。

「あなたは立派な魔法使いにちがいありません」

「どうして?」ドロシーは聞きました。

「銀の靴を履いているし、悪い魔女を殺したからですよ。それに、服には白い色が使われています。白を着るのは魔女や魔法使いだけです[8]」

「わたしの服は青と白のチェックだわ」ドロシーは服のしわを伸ばしながら言いました。

「それを着ているのはいいことですよ」ボクがいいました。「青はマンチキンの色で、白は魔女の色なのですから。だからあなたがいい魔女だということがわかるのですよ」

　ドロシーはなんと言っていいのかわかりませんでした。そこにいる人たちはみん

な、ドロシーのことを魔女だと思っているようですが、ドロシーは、自分がごくふつうの女の子で、たまたま竜巻で不思議な国に迷いこんだだけなのだということをよくわかっていたからです。

ダンスを見ているのに疲れると、ボクがドロシーを家の中に案内してくれました。そしてかわいいベッドがある部屋を使わせてくれました。青いシーツが敷かれたベッドでドロシーは朝までぐっすりと眠り、トトも、ベッドのそばの青い敷物の上で丸くなって眠りました。

ドロシーはおいしい朝ごはんを食べ、マンチキンの赤ちゃんがトトと遊ぶのをながめました。赤ちゃんはトトのしっぽをひっぱって、きゃっきゃっと笑っています。ドロシーはとても楽しい気分になりました。マンチキンの人たちは犬を見たことがなかったので[9]、みんなトトを興味津々で見つめていました。

「ここからエメラルドの都へはどのくらいなの?」ドロシーはたずねました。

「わかりません」ボクは重々しく答えました。「行ったことがないのですよ。オズさまに用事がないかぎり、マンチキンの人々はオズに近づかないほうがいいのです。けれどもエメラルドの都までの道のりは遠く、何日もかかるでしょう。この国は豊かで楽しいところですが、エメラルドの都に着くまでには、荒れ地や危険な土地を通らなければなりません」

この話を聞いてドロシーは少し心配になりましたが、偉大なオズに会わなければ、カンザスへの帰り方はわからないのです。だからドロシーは勇気を出して、前に進むことにしました。

ドロシーは友だちになったマンチキンたちにさようならを言って、また黄色いレンガの道を歩きはじめました。何マイルか進んだところでドロシーは少し休むことにして、道のわきに建つ柵にのぼって腰かけました。柵の向こうにはトウモロコシ畑が一面に広がっています。少し離れたところでは、棒の先についたかかしが[10]、実ったトウモロコシに鳥がよってこないように見張っていました。

　ドロシーは手にあごをのせてかかしをじっと観察しました。ワラをつめた小さな布袋がかかしの頭です。袋には目と鼻、口が描かれていて、ちゃんと顔になっています。頭にのった古くて先のとがった青い帽子は、マンチキンのだれかのおさがりでしょう。青い生地でできた、くたびれて色褪《あ》せた服を着て、体にもワラがつまっています。足には古いブーツをはいていて、この国の男の人たちがはいているブーツのように青い折り返しがついています。そして背中に棒がささっていて、トウモロコシの茎よりも高いところに立っていました。

　この、目と鼻と口が描かれた奇妙なかかしの顔をじっと見ていると、片方の目がドロシーに向かってゆっくりとウィンクしたので、ドロシーはびっくりしました。最初は、きっと見まちがいだと思いました。カンザスのかかしはウィンクなんてしないからです。けれどもよく見ると、このかかしはドロシーに向かって親しげにうなずいています。そこでドロシーは柵から降りてかかしのほうへ歩いていきました。トトは、かかしにさしてある棒のまわりを走って吠えています。

「やあ」かかしが、ひどくかすれた声で言いました。[11]

「えっ、話せるの？」ドロシーはびっくりして聞きました。

「もちろんさ。元気かい？」かかしが答えました。

「ええ、とっても元気よ、ありがとう」ドロシーはお行儀よく答えました。「あなたはいかが？」

かかしは笑みを浮かべて言いました。「あんまりよくないんだ。昼も夜もここでカラスを追っ払ってて、退屈でたまらないんだ」

「下りられないの？」ドロシーは聞きます。

「ああ。この棒が背中にささってるからね。この棒をとってくれたら、すごくうれしいんだがな」

ドロシーは両手を伸ばしてかかしを棒からもちあげました。かかしにはワラがつまっていたので、とても軽かったのです。

「やあ、ありがたい」地面に降ろしてもらったかかしは言いました。「生まれ変わったみたいだ」

ドロシーはこれにどう言っていいかわかりませんでした。ワラのつまった人形がしゃべるのを聞いたり、その人形がおじぎをしたりドロシーの横を歩くのを見たりするのが、なんとも不思議だったのです。

「名前は？」かかしは、伸びをしてあくびをしながら聞きました。「どこに行くんだい？」

「わたしはドロシー。エメラルドの都へ行って、カンザスに帰る方法をオズさまに聞くの」

「エメラルドの都ってどこにあるんだい？　それにオズってだれだい？」

「えっ、知らないの？」ドロシーはびっくりして聞きました。

「知らないよ。なんにもわからないんだ。ほら、おいらはワラがつまったかかしだから、脳みそがないんだ」かかしは悲しそうに答えました。

「まあ、かわいそうに」

「おいらもあんたと一緒にエメラルドの都に行ったら、オズさまは脳みそをくれるかな？[12]」

「わたしにはわからないわ。でも来たいのなら、一緒に来ればいいわ。[13]オズさまに脳みそをもらえなかったとしても、今より悪くなることはないものね」

「そうだな」かかしは言いました。それから、ないしょ話を打ち明けるようにこうも言いました。

「おいらの脚や腕や体がワラなのは別にどうでもいいんだ。疲れないからさ。つま先をふんづけられたりピンでさされたりしても、痛くなんかない。感じないからね。でもおいらは人にバカって言われることがいやなんだ。それにあんたたちみたいに脳みそが入ってる代わりにワラがつまったままだと、いつまでもなんにもわからないままだろう？」

「あなたの気持ちはわかるわ」ドロシーは言いま

した。かかしのことがほんとうに気の毒になったのです。「一緒にエメラルドの都に行けたら、オズさまに、できるだけのことをしてあげてくださいってお願いするわ」

「ありがとう」かかしはうれしそうに言いました。

ふたりは道まで戻りました。ドロシーはかかしが柵を乗り越えるのを手伝ってあげて、黄色いレンガの道を、エメラルドの都目指して歩きはじめました。

トトはかかしが仲間にくわわったことが、最初は気にいらないようすでした。ワラのなかにネズミの巣がないか調べているかのように、ワラのつまったかかしをクンクン嗅ぎまわっていました。そしてかかしに向かって、たびたび威嚇するようにうなるのです。

「トトのことは気にしないでね」ドロシーは新しい仲間に言いました。「かみついたりはしないから」

「ああ、平気さ。ワラだからかみつかれても痛くないしね。そのバスケットはおいらがもつよ。疲れないからさ。それから、秘密を教えてあげよう」かかしは歩きながら話しつづけました。「この世でおいらがこわいものがひとつだけあるんだ」

「なんなの？」ドロシーが聞きました。「あなたを作ったマンチキンのお百姓さんかしら？」

「そんなんじゃないよ。火のついたマッチさ[14]」かかしは答えました。

第3章　注解説

1【服をもう一着しかもっていませんでした】だがデンスロウは全部で三着描いている——一着はドロシーが着ている服、それに青と白のギンガムチェックの服、あともう一着は、本を開いたページに書いてある水玉模様の服だ（第23章注1を参照）。

2【ギンガムチェック】安くて軽いコットンのプリント生地の服は、この当時のアメリカの、とくに地方の女性や少女が夏に着ていた。ドロシーは悪い魔女を倒しマンチキンを解放した人物だが、ボームはヒロインであるこの少女がごくふつうの女の子であることを強調しているのだ。

3【擦りへらない】ボームは、バニヤンの『天路歴程』で、「三人の美しい娘」が美麗宮《うるわしのみや》の武器庫で、クリスチャンに「破れない靴」を見せる場面が頭に浮かんだのかもしれない。次の注4を参照。

4【まるでドロシーのために作ったように、ぴったり】西の悪い魔女はドロシーよりも大きな靴をはいていたはずだ！　ボームは、チャールズ・ペローの『寓意のある昔話、またはコント集』（一六九七年）のプチ・プーセ（おやゆび小僧）がはいた、有名な「七里のブーツ」を思い出したのかもしれない。銀の靴と同じくこのブーツには魔法がかけてあり、鬼の大きなブーツをはいたのは小さなおやゆび小僧なのに、「ブーツは小僧の足の大きさにぴったりで丈もちょうどよく、まるで小僧のために作ったかのようだった」。オズのほかの衣服も、どれもドロシーにぴったりだ。ボームは、ドロシーがこの不思議な国に住む人たちと同じ大きさだという事実を強調しているのかもしれない。

5【鍵】自分がおかれた状況がどれほど不思議なものであれ、ドロシーはいつもきちんとしてきちょうめんで、お行儀のよい少女だ。自分の家を二度と見ることはないかもしれないが、ドロシーはいつも、エムおばさんとヘンリーおじさんから家を出るときは鍵をかけるように言われていて、その通りにしたのだろう。「ドロシーはこの鍵を今ももっているのかもしれない」。ガードナーは『オズの魔法使いとその正体』の注でそう考察している。「この古い農家が、竜巻が落としたその場所に今も建っているのかどうか確認してみたいものだ」

　ドアに鍵をかけたドロシーは、カンザスに戻る旅へと出かける準備は終えた。この作品は、ジョーゼフ・キャンベルがかの有名な著書『千の顔をもつ英雄』（一九五六年）で定義した「旅立ち」、「試練」、「帰還」という、伝説的な英雄が神話でたどる三つのステップに従っていると述べる読者は多い。奇妙なことだが、キャンベルは『オズの魔法使い』について自分の著作で一切触れていないものの、オズの物語にはキャンベルの理論がきちんと反映されている。ドロシーはキャンベルの本で描かれているのととてもよく似たパターンをたどるのだ。連れ去られて冒険がはじまり（竜巻）、守ってくれる人物——通常はおばあさん——と出会う（北の国のよい魔女）。不思議な力のあるものをもらい（銀の靴、よい魔女からのキス、黄金の帽子）、助けてくれる仲間と会う（かかし、ブリキのきこり、おくびょうライオン）。いくつもの試練を通過し（カリダー、おそろしいケシ畑、戦う木、トンカチ頭）、さらにこのうえなくつらい経験もする（西の悪い魔女を殺す）。報酬も得る（カンザスへと戻る旅）。そしてようやく帰還する。しかしドロシーは幼いため、神秘的な結婚や父との一体化、あるいは神格化は経験しない。また「恩恵を授ける力を得る」こともない。これらは他の英雄や別の時代の話にはある要素だ。

6【家はどれも変わった形をしていて】オズのおもしろい建物を考えたのはボームではなくデンスロウで、おとぎの国の家やその他の建物に、人の体の特徴を取り入れている。この擬人化はボームの物語とぴったりと調和しており、ジョン・R・ニールは、このあとのオズ・シリーズの挿絵でも、熱心にこのアイデアを取り入れた。この作風は、イタリアのマニエリスムの芸術スタイル（とくにボマルツォの怪物公園やローマのパラッツォ・ズッカーリ）がもつ、奇抜さや独創的なぜいたくさを備える。また建物の擬人化は、同時代のアールヌーヴォーにも見られる。ニールによる『オズの不思議な都［*The Wonder City of Oz*］』（一九四〇年）第二〇章の「家々の戦い」では、このスタイルがコミカルに使われている。

7【好きな色は青】オズの国はそれぞれに自国の特徴である色をもっている。おそらくは地図上で、色で国の区別をするためだろう。ボームは『新しい不思議の国』（一九〇〇年。一九〇三年に『魔法がいっぱい！』として再刊）の冒頭では、地図を作るときにモーの国の「美しが谷」を、「わたしたちが使う地理の本や地図に〈モーの国〉が載っていたなら、そしてそこにピンクとかウスミドリが塗ってあって、王様の城があるところには大きな丸印がつけてあったら、〈モーの国〉はここですよとみなさんにお教えするのは造作もないことだったでしょうに」（佐藤高子訳）と述べている。マーティン・ガードナーは、マーク・トウェインの『トム・ソーヤーの探検』（一八九四年）の第三章で、地理の本のこうした色分けについてトムとハックが交わす会話を思い出した。トムとハックが気球で空に浮かんでいるとき、ハックが、下は一面緑だと気づいてトムに言うのだ。

「色でわかるよ。ここはイリノイだよ。インディアナは、まだどこにも見えない」
「何のことだかよくわからないが、それじゃ君は、イリノイとインディアナを、色で見分けることができるというのかい」
「そうだよ」
「州によって色がちがうというのかい」
「そうだよ。州によって、みんな色がちがうんだよ。イリノイは青だし、インディアナは赤だ。見たまえ、どこにも赤いところなんてないだろう。みんな青いじゃないか。……地図で見ると……州によってみんな色がちがってるじゃないか」
（大久保康雄訳）

ゴア・ヴィダルは「『魔法使い』の魔法使い」（『ニューヨーク・レビュー・オブ・ブックス』誌、一九七七年九月二九日号）で、オズの国を幾何学的な形に仕切り、それぞれに特定の色を振り分けるやり方は、「まさに、花壇が対称的に配置され、それを『白い小石を敷きつめた曲がりくねった小道で分けた』昔風の庭園で使われた方法だ」と述べている。ボームがハリウッドにある自宅、オズコットで作っていたのもこうした花壇だった。

オズの国の色分けにはとくになにかを象徴する意味はなく、ボームは義母のマティルダ・ジョスリン・ゲイジの「色とその意味」（『コンティネンタル・マンスリー』誌、一八六四年八月号）を参考にしたわけでもないようだ。とはいえ、すべてが好みや気まぐれによるものというわけでもない。ひとつの地域から別の地域へと移るときは、色彩理論の原則に従っているのだ。『オズの魔法使い』で訪ねるおもな三つの国の色は、その混合によってほかの色が生まれる三原色のひとつだ。ドロシーと仲間はある原色から別の原色へと直接旅をするわけではない。原色から派生した色を通っていくのだ。西の国へと行くためには、エメラルドの都の周囲

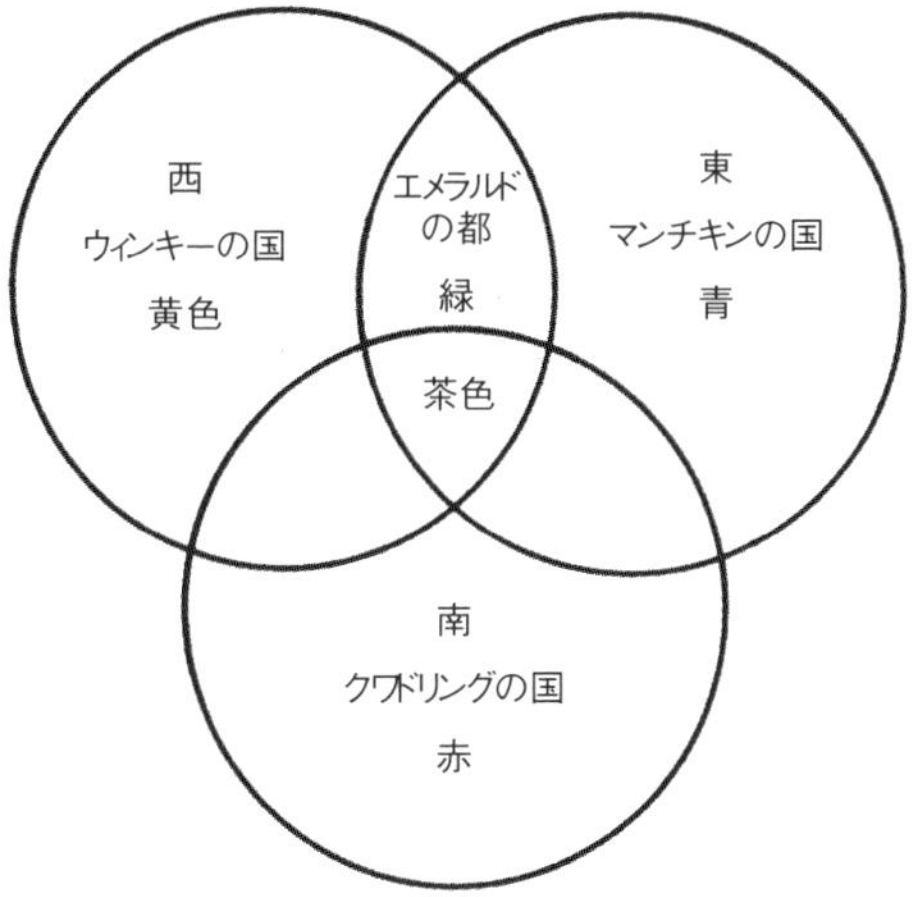

にある緑の田園地帯を通らなければならず、緑は、マンキチンの国の青とウィンキーの国の黄色を混ぜ合わせた色だ。ウィンキーの国から南の国（赤）にあるグリンダの城へと向かうときにも、エメラルドの都を経由する。クワドリングの国に到着する前に通る荒れ地は茶色だ。茶色は、三原色すべて、または緑と赤を混ぜてできる色だ。一般的な色相環は、青が右（東）、黄色が左（西）、赤が下（南）で、マンチキン、ウィンキー、クワドリングの国の配置と同様だ。ここでは、この色彩理論を基に、オズの地理を図にまとめてみた。

ボームは一八九八年の九月と一〇月に、ウィリアム・M・コーランの「色の科学的配置」という記事を、ボームが出版する専門誌『ショーウィンドウ』に掲載した。またボーム自身も『雑貨向けショーウィンドウの装飾法と内装［*The Art of Decorating Dry Goods Windows and Interiors*］』（一九〇〇年）の第五章で色彩理論についてまとめており、これは『オズの魔法使い』を執筆中のことだ。

色の配置は季節の移り変わりにも従っている。灰色の冬から春の青、赤、緑となり、それから黄色と緑の夏、そして茶色と赤は秋だ。最後に、ドロシーが故郷に戻るとまた灰色になる。

8 **【白を着るのは魔女や魔法使いだけ】**中世のヨーロッパでは、白を着る魔女集会もありはしたが、ボームはここでも因習を小ばかにしたような書き方をしている。当時は一般に黒は悪で、白は善だと考えられていた。「黒は悪魔の色として忌み嫌われていました」と、ゲイジは『女性、教会、そして国家』で解説している。このため、黒は魔女の色だとみなされていた。だがゲイジはまた、「黒」魔術と「白」魔術の違いも説明している。「『魔術』は、精霊の力を借りたものであれ、自然の摂理の神秘に関する知識を用いて行うものであれ、その意図と結果が善か悪かによって、『白』と『黒』の二種類があります。またこの点において魔術は、一般にもよく知られた自然の摂理を利用することと同じなのです。これも、善人が利用することもあれば悪人が用いることもありますし、その結果、よい性質のものもあれば悪いものもあるのですから」。のちに『魔法がいっぱい！』（一九〇三年）となる『新しい不思議の国』（一九〇〇年）に登場するソーサレスのメッタと、『ボームのアメリカのおとぎ話』（一九〇八年）の「メアリー＝マリーの魔法」のよい魔女は、北と南のよい魔女と同じく白を着ている。『オズのブリキのきこり』（一九一八年）の危険な魔女、ミセス・ユープが着ているのは「あでやかな花もようを刺繍した銀のドレス」（ないとうふみこ訳）だ。だがMGMはよい魔女のグリンダに、まるで妖精のようなピンクの服を着せた。オズでは、悪い魔女が白い服を着ていないことははっきりしている。デンスロウは西の魔女に黒と黄色の服を着せた。だがボームは本文で、そうした描写はしていない。

9【犬を見たことがなかった】『魔法がいっぱい！』（一九〇三年）で、プリンスという名の犬がモーの国の美しが谷にいたときも、人々は同じような反応だった。オズには犬がいないのだが、いた時期もあったに違いない。「オズの国とその周辺国の地図」（ジェームズ・E・ハッフとディック・マーティンが国際オズの魔法使いクラブのために製作したもの）によると、モー山脈と広大な砂漠を越えたところにはオズの国しかない（オズとモーを分ける地点では、砂漠越えが、ほかの地点よりも容易だった時期があったに違いない。『魔法がいっぱい！』に出てくる「まぬけなロバ」は、グリンダが見えない障壁を作る前にオズを訪ねている。この障壁は一九一〇年に、『オズのエメラルドの都』でオズと外界とを切り離す。それは一九一三年の『オズのパッチワーク娘』でも明かされる）。プリンスはオズの国からやってきたはずなのだ。また、『オズのふしぎな国』（一九〇四年）では、木のノコギリ馬がエメラルドの都にやってきたとき、奇妙な生き物にびっくりして吠えかかる緑の犬を、ノコギリ馬が蹴とばす場面もある。

10【かかし】このマンチキンの国のかかしはアメリカのトウモロコシ畑にいるかかしそのものだ。アンデルセンと同様、ボームには、自作の物語の細かな部分を通して、自分のおとぎの世界を子どもたちが直観的に理解できるように描くという、ずばぬけた能力があった（アンデルセンは「火うち箱」の話で、兵士が新しい富を得たことを、揺り木馬やブリキの兵隊、砂糖菓子のブタを買えるという描写で表現している）。「おとぎの国にはありそうにないアメリカの素朴なもの」（クリフトン・ファディマンが、一九六二年のマクミラン版のあとがきでこう評した）には、ほかには、ブリキのきこりの帽子にしたじょうごや、油さしの缶、魔法使いの気球に使った大きな布袋などがある。ニール・エイボンは『はかな

『デンスロウのABCの本』（1903年）に初登場のかかしの絵。以下の、デンスロウによる滑稽な詩の挿絵だ。

Sはかかし（Scarecrow）
トウモロコシ畑に住む
カラスはかかしをおバカだと思っているので
笑ってかかしをバカにする

これは明らかに、ドロシーがマンチキンのトウモロコシ畑で見つけたのと同じかかしだ。個人蔵

い民話の登場人物［*Ephemeral Folk Figures*］」（一九六九年）でこう論じている。「アメリカでは、一九世紀後半にさかんにかかしが作られた。アメリカには、作物が実る畑に立って見守るこのお化けのような人形がなければ、田舎の風景が物足りなく見える時代があった。だが、そんなかかしも今ではほとんど見ない。科学の力で、もっと効果的にカラスの略奪をやめさせることができるのだ」。ボームが初めてかかしを目にしたのは、ニューヨーク州シラキュースにボーム家が所有していた農場、ローズ・ローンで過ごした子ども時代だったのだろう。ボームは『フィラデルフィア・ノース・アメリカン』紙（一九〇四年一〇月三日付）にこう語っている。「子どもの頃、わたしはかかしに大いに興味をもっていました。かかしが腕を振って立ち上がり、長い脚で畑をずんずん歩く――子ども心にいつもこんな場面を想像していたのです。わたしはご存じのとおり、農場で暮らしていました。だから、最初に命を吹き込んで動かしたのがかかしだったのは当然のことでした。かかしを見て浮かんだあらゆる不思議な感情を、そっくりそのまま描いているのです」。またシラキュースでは、ボームは弟のハリー・クレイと一緒に、納屋に印刷機をおいてアマチュア新聞『ローズ・ローン・ホーム・ジャーナル』を数回発行した。新聞記事の大半を書いたのはボームだ。一八七一年九月一日付けの新聞に掲載された、次のなぞかけの詩もそうだ。

まず第一に、大いに警告を発し
危害の接近を感じとる
第二に、朝早くから仕事をして
新しく耕されたトウモロコシ畑
のなかに立つ
全身ばっちりときまっていれば
泥棒はおどろき、追い払われる

答えは「かかし」だ。これはボームがかかしについて書いたいちばん古いものだろう。フレッド・A・ストーンは一九〇二年のミュージカル狂想劇『オズの魔法使い』でかかしの役を演じた。この役でストーンはミュージカル喜劇のスターの座に就き、自伝の『ローリング・ストーン［*Rolling Stone*］』（一九四三年）ではこのショーに一章分を割いている。「小さい子どもたちがわたしのだらんとした指を振り、わたしのワラのつまった胸をぽんぽんとたたいてくれると、それはうれしかったものです」。ストーンは、一九二〇年のボブズ＝メリル社版『新しいオズの魔法使い』に掲載された手紙にそう書いている。「ドロシー・ゲイルはわたしの仲良しの友人であり、わたしの家に赤ん坊が生まれたとき、オズで共演した小さな仲間にちなんで、その子を『ドロシー』と名付けました」。ドロシー・ストーンは成長すると父親と同じミュージカル喜劇の役者となって、フレッド・ストーンといく度か共演した。サイレント映画のコメディアン、ラリー・シーモンは、一九二五年のお粗末なチャドウィック映画でかかしを演じた。シーモンは漫画家として、『フィラデルフィア・ノース・アメリカン』紙でジョン・R・ニールと仕事を共にしていた時期もあった。ボストンで暮らした子ども時代に好きだった本が『オズの魔法使い』だというレイ・ボルジャーは、一九三九年のMGM映画で、ストーン同様すばらしいダンスを披露した。ヒントン・バトルは一九七五年のブロードウェイ・ミュージカル『ザ・ウィズ』で、マイケル・ジャクソンは一九七八年の映画でかかし役となり、若きマイケル・ジャクソンは大役をみごとに演じた。

11**【ひどくかすれた声】**この物語に多数出てくる言葉遊びの第一号［訳注＝「かすれた」を意味するhuskyには、「中身のない」という意味もある］。少年の頃から、ボームはだじゃれが大好きだった。ボームは家族や友人たちをよくジョークで困らせ、四人の息子たちもボームのユーモアのセンスを受け継いだ。子どもたちはジョークを喜ぶが、現代の児童文学の評論家たちは一般に、こうした言葉遊びは文学作品としての価値を下げるという見解だ。評論家たちは、だじゃれや語呂合わせとは、新しい言葉を学びつつある子どもたちの頭の回転の速さを測れるものだということを認めないのだ。だじゃれや語呂合わせは深みのない言葉遊びでしかなく、一方で、入念に考え抜いた、知的な意味をもつ表現こそが真のウィットだというのが評論家たちの主張だ。だがエリザベス朝時代の作家シェイクスピアもだじゃれや語呂合わせで有名で、言葉遊びを多用している。しかし一八世紀にはだじゃれはあまり使われなくなり、イギリスの文学者であるジョゼフ・アディソンは言葉遊びを偽のウィットと呼び、サミュエル・ジョンソンはユーモアのなかでももっとも評価の低いものだとした。ナンセンスの達人であるルイス・キャロルはだじゃれや語呂合わせが大好きだったが、他の作家はそうではないことは理解していた。『不思議の国のアリス』（一八六五年）では、ハートの王様がしゃれを言うと法廷内はしんと静まりかえり、同じく『スナーク狩り』の架空の生き物スナークは、ユーモアを解せず「冗談には深刻な顔を向ける」。ジェイムズ・ジョイスやウラジーミル・ナボコフその他、モダニズムの作家たちの作品では言葉遊びが多数使われているにもかかわらず、現代においてはジョンソンと同じ見方をする評論家が多い。ボームは『オズのふしぎな国』（一九〇四年）で、冗談やだじゃれと聞くと嫌な顔をする人が多いことを認めているが、カクダイ・クルクルムシの（皮肉をこめた）せりふは、ボームのせいいっぱいの抗弁だ。

> それに教養人のあいだでは、語呂合わせをつかった冗談は、きわめて好ましいものと考えられておりますが……われわれがつかう言語には、ふたつの意味を持った言葉がたくさんふくまれておるのです。それゆえ、両方の意味を持つ言葉をつかって冗談を発した者は、教養ある洗練された人物ということになり、さらには、言葉を自由自在にあやつる能力を有しておるということになるわけですな。
> （宮坂宏美訳）

とはいえこれを言ったのは、オズ・シリーズのなかでももっとも偉ぶった登場人物のひとり、カクダイ・クルクルムシ・ハカセなのである。

12【脳みそ】ボームはワラのつまった柔軟な頭をもつかかしが、ほかの人たちと同じように脳みそをもちたいと願うことのバカらしさで遊んでいる。『オズの魔法使い』の魅力とウィットの多くは、ボームの皮肉と楽しい不調和によるものだ。ガレス・B・マシューズは『子どもは小さな哲学者』（一九八〇年）で、ボームを「哲学的奇抜さの名人」と呼んでいる。かかしは聖なる愚人であり、愚か者といいつつ、もちまえのウィットでよいことを行う。かかしは黄色いレンガの道を行く旅で遭遇する問題の多くを解決するのだが、あやしい理論によってではなく、常識を働かせてそうするのだ。ボームはまた、「ゴータムの賢人」が実際には馬鹿者を意味するのと同様、賢明とは言っているが、ちっとも賢くはないキャラクターを登場させる。『オズのパッチワーク娘』（一九一三年）ではオリコウ・ロバとオバカ・フクロウが、『オズの消えた姫』（一九一七年）ではあさましいカエルマンがそうだ。オズ・シリーズにおいて、実はからっぽなのにうぬぼれが強いという最たる例が、『オズのふしぎな国』（一九〇四年）の、学はあるが非常に大げさなカクダイ・クルクルムシ・ハカセだ。

民話では、ある人物が完璧な人間となるための探求の旅がよく描かれる。それは、通常は「聖杯」のように手に入らないものや、かかしの「脳みそ」のようにありそうもないものを求める旅だ。カール・G・ユングの『人間と象徴　無意識の世界』（一九六四年）における心の成長をとりあげた章で、M・

L・フランツは、この成長を個性化の過程だと定義している。マティルダ・ジョスリン・ゲイジは『女性、教会、そして国家』（一八九三年）で、「人の進化の歴史において達成すべきもっとも重要な目的が、個人の意志を育てることでした……。神の意志のもと、人は自分で判断し、自身の発達を妨げるあらゆる支配から逃れるのです」と論じている。個人の不完全さとは、本人のなかでのみ解決できるものだ。それはオスカー・ワイルドの『柘榴の家』（一八九一年）の「漁師とその魂」の結末で隠喩的に表わされているものだ。漁師から切り離された魂は神に会おうとし、異国の神殿の神がいる部屋に通されるが、そこにあるのは鏡だけなのだ。スタンリー・キューブリックがアーサー・C・クラークの作品を映画化した『二〇〇一年宇宙の旅』（一九六八年）でも、宇宙飛行士が同じような経験をする。かかしも同じだ。オズ大王に会って、自分が求めているものは、実際には自分のなかにあることを学ぶのだ。

　そしてさらに、ここにもうひとつの重要なテーマがみつかる。ある意味、ドロシーの三人の仲間は人の三つの基本的特性を体現しているのだ。それは頭脳、心、勇気だ。ボームはこの三つを、偉大なオズに会いに行く旅のあいだだけでなく、生涯を通してドロシーに備えてほしいと思っているのだ。これらは、かかし、ブリキのきこり、おくびょうライオンがそれぞれに努力して得なければならないのと同じように、ドロシーが自身で育まなければならない三つの力なのである。

13【できたいのなら、一緒にくればいいわ】この時点で、この物語の構成は多くの民話とよく似たものになる。グリム童話の「六人男、世界を股にかける」や「シナの五にんきょうだい」でも、ちっぽけな主人公が、旅の途中で変わった仲間を集めていく。最初はその仲間が役に立つのかどうかはわからないが、最終的には、ドロシーの仲間がそうであるように、主人公が障害を乗り越えるのをたすけて旅をやりとげるのだ。『シカゴ・イブニング・ポスト』紙（一九〇〇年九月二〇日付）は、ドロシーが、イギリスのおとぎ話にでてくるめんどりのヘニー＝ペニーのように、「従者を増やしていく」と評している。またジョナサン・コットは一九九四年のベアフット・ブックス版『オズの魔法使い』の序文で、ドロシーとその友人たちは、中国の物語『西遊記』で力を合わせて旅をする僧と動物の妖怪たちや、一二世紀のペルシャの長編詩『鳥の言葉』で神を求める旅をする鳥たちと似ている部分があると述べている。『鳥の言葉』はとくにそれが顕著だ。神を見つけると、鳥たちは「神」とは自分たち自身であることを知る。「自分を知る者は神を知る」のだ。一九七八年の映画『ウィズ』でドロシーを演じたダイアナ・ロスは、回想録である『スズメの秘密〔*Secrets of a Sparrow*〕』（一九九三年）で、ドロシーの三人の仲間はそれぞれ、「ドロシーの個性の異なる面」を強調していると述べている。「かかしはドロシーの知を欲する気持ち、人生や生きることについてもっと知

りたいと願うドロシーを表していたのです」と、歌手であるダイアナは解説している。「ブリキ男はドロシーの愛への渇望、自分の心がどこにあるのか探そうとする思いや、（この点においてはわたしたちだれもがそうですが）愛を与え、受け入れる力を増したいという深い思いを擬人化したものです。そしてライオンは、おそらくはみすぼらしい年老いたライオンですが、これもドロシーの精神の別の側面を表すものです。ライオンは大きく攻撃的な声で吠え、恐怖と怒りを人々の心に放って人々を遠ざけるのですが、これは実はライオン自身の恐怖と怒りを覆い隠すものであって、自身の、そしてもちろんドロシーの、やさしさや傷つきやすさ、やさしい心を守るためのものなのです」

14【火のついたマッチ】ボームがこのあと、物語のなかでこの点についてなにも書いていないのは不思議だ。だが一九三九年のMGM映画では、西の悪い魔女がかかしに火をつける。このため、ドロシーは魔女の全身に水を浴びせるのだ。この一件で、ドロシーが悪い魔女を「殺した」と非難されることはない。

トレードカードに描かれたかかしの絵、1910年頃。個人蔵

第4章
森のなかの道

何時間か歩いていくうちに道はでこぼこになり、とても歩きづらくなって、かかしはしょっちゅう黄色いレンガにつまずきました。ときにはこわれていたり欠けていたり、穴があいていたりするところもあったので、トトはそれを飛び越え、ドロシーは穴をよけて歩きました。でもかかしは脳みそがないのでまっすぐ歩いてしまい、穴に足を突っ込んでしまって、固いレンガの上にバタンと倒れるのです。けれどもそれでかかしは痛がるわけでもなく、ドロシーはかかしをたすけ起こして立たせてやります。するとかかしは自分が転んだことを、ドロシーと一緒になって陽気に笑い飛ばすのでした。

そのあたりの畑は、これまでのところほど手入れがじゅうぶんにされてはいませんでした。家も少なく、果物《くだもの》のなる木もあまりなく、歩くにつれてあたりはなんとなく陰気で、さびしくなってきました。

お昼になるとドロシーとかかしは小川のそばの道のわきに腰をおろしました。ドロシーはバスケットからパンを取り出して、かかしにも分けてあげようとしたのですが、かかしはいらないと言いました。

「腹はすかないんだ。すかなくてよかったけどね。口は書いてあるだけだし、口のところに穴をあけて食べられるようにしたところで、体につまってるワラがはみだしちまって、頭の形が悪くなるだけだからね」

ドロシーはすぐにほんとにそうねと思い、うなずくとパンを食べました。

「あんたのことや、あんたが住んでた国のことを教えてくれないか」かかしは、ドロシーがお昼ごはんのパンを食べおえると言いました。それでドロシーはかかしに

カンザスのことや、そこがあたり一面灰色であること、自分がオズの不思議な国にやってきたのは竜巻のせいであることなどを話しました。かかしはじっと耳を傾け、それから言いました。

「おいらにはわかんないよ。ここはこんなにきれいな国なのに、灰色しかない、からからのカンザスっていうところに帰りたいなんて」

「それは、あなたには脳みそがないからよ」ドロシーは言いました。「どんなに殺風景で灰色でも、自分のうちだもの。ほかの国がどんなにきれいでも、生身の人間のわたしたちは、自分の故郷に住みたいものなの。家がいちばんだわ」[1]

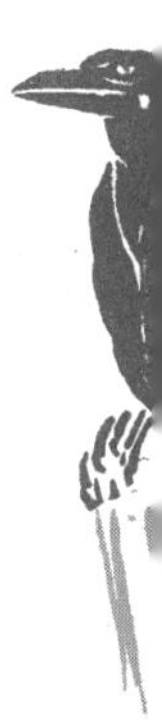

かかしはため息をつきました。

「もちろん、おいらにはわからないよ。あんたたちの頭においらみたいにワラがつまってたら、だれだってきれいな場所に住むだろうし、そしたらカンザスにはだれもいなくなるさ。あんたたちに脳みそがあって、カンザスはよかったよ」

「休んでいるあいだにあなたのことも話してくれない？」

かかしはドロシーをうらめしげに見て、こ

う言いました。

「おいらの人生なんてほんの短いもんだから、おいらはなんにも知らないんだ。おとつい作られたばかりなんだから。それより前のことはなにも知らない。でも、おいらの頭を作ったお百姓がいちばんに耳をふたつ書いたから、なにが起こっているかは聞こえたんだ。お百姓と一緒にもうひとりマンチキンがいて、そのお百姓がこう言っているのが聞こえたんだ。

『この耳どうだ？』

『曲がってるぞ』

『なんてことないさ。耳には違いないから』そりゃそうだ。

『じゃあ、次は目だ』お百姓はそう言うとおいらの右目を書いて、書きおえたところでおいらにはお百姓が見えて、それからまわりの全部をじっくりとながめたんだ。おいらがこの世を見るのはそれが初めてだったからね。[2]

『かわいい目だな』お百姓が目を描くのを見ていたマンチキンが言った。『青い絵の具は目にぴったりの色だな』

『もう片方はちょっと大きくしよう』[3]お百姓が言った。それからもう片方の目が入ると、もっとよく見えるようになったんだ。それからお百姓は鼻を描き入れて、次は口だ。でもおいらはしゃべらなかった。だってそのときは、口がしゃべるためのものだなんて知らなかったからね。ふたりが腕と脚を体にくっつけるようすを、おいらはわくわくしてながめてた。そして最後に、頭を体に縫いつけたんだ。そしたら人間みたいになって、すごく誇らしかったよ。

『こいつはすぐにカラスを追い払ってくれるぞ』とお百姓が言った。『まるで人間みたいだからな』

『いやいや、こいつは人だろう』ともうひとりが言った。おいらもそのとおりだと思ったよ。お百姓はおれを腕に抱えてトウモロコシ畑に連れてって、高い棒にさして立たせた。あんたがおいらを見つけたとこさ。お百姓と仲間はさっさと帰ったから、おいらはひとりぼっちだったんだ。

こんなふうにおいてけぼりになるのは嫌だった。だからおいらはふたりについて行こうとしたんだが、足は地面から浮いてるだろ、だから棒の先にいるしかなかったんだ。さびしい生活だったさ。だってちょっと前に作られたばっかりだから、考えることもない。カラスや鳥たちがたくさんトウモロコシ畑に飛んではくるけど、おいらを見ると、マンチキンだと思ってすぐに逃げてくんだ。それはうれしかったよ。おいらが大事な仕事をしているんだって、思えたからね。すると年よりのカラスが近よってきておいらをじろじろ見ると、おいらの肩にとまって言ったんだ。『あのお百姓はこんなへたなやり方でわしをだまそうとしているのかい。ちょっと賢いカラスなら、お前がワラのつまった人形だってことはわかるさ』それからそいつはおいらの足元に降りて腹いっぱいになるまでトウモロコシを食べた。おいらがそのカラスになんにもしないのがわかるとほかの鳥もやってきて、やっぱりトウモロコシを食べた。だからちょっとのあいだに、おいらのまわりには鳥の群れができちまったんだ。

これには悲しくなったよ。だって結局、おいらが立派なかかしじゃないってことだから。でも年よりのカラスがこう言っておいらをなぐさめたんだ。『頭に脳みそがつまってさえいたら、お前は人並みに賢くなれただろうし、場合によっちゃ、人間より賢くだってなれたかもしれない。この世でいちばん大事なものは、カラスにしたって人間にしたって、なんと言ったって脳みそだよ』[4]

カラスたちが飛んで行ったあと、おいらは言われたことを考えた。そして脳みそを手に入れようと決めたんだ。そしたら運よくあんたがやってきて、おいらを棒から下ろしてくれた。それにあんたの話を聞いたら、エメラルドの都に着いたらすぐに[5]、オズさまから脳みそをもらえそうじゃないか」

「そうなるといいわね。だってほんとうに脳みそが欲しそうなんだもの」ドロシーは心からそう言いました。

「ほんとにそうさ。自分がバカだってわかってるって[6]、ほんとに落ち着かない気分なんだ」

「じゃあ、行きましょう」ドロシーはそう言うと、バスケットをかかしに渡しました。

このあたりは道路わきに柵は全然なく、土地は荒れたままで耕されてはいませんでした。夕方になる頃にみんなは深い森に着いたのですが、そこには大きな木々がびっしりと茂って、その枝が黄色いレンガの道の上に覆いかぶさっていました。枝が太陽の光をさえぎっているので木の下は暗くなっていましたが、みんな立ち止まらずに森のなかを進んでいきました。

「一回森に入った道は、いつか森を出るにちがいないさ」とかかしが言いました。

「それにエメラルドの都は道の向こうにあるんだから、どこだろうと、おいらたちは道が連れて行くところに行くしかないさ」

「だれだって、それくらいわかるわ」

「もちろんさ。だからおいらにもわかるんだ」とかかしが言い返しました。「それがわかるのに脳みそがいるんなら、おいらにこんなこと言えるはずもないからね」

一時間ほどするとすっかり暗くなって、暗いなかをみんなはつまずきながら歩きました。ドロシーにはもうなにも見えません。でもトトはそうではありません。暗いなかでもよく見える犬もいるからです。それにかかしも、昼間と同じくらいよく見えると言っています。だからドロシーはかかしの腕をとって、どうにかまっすぐに進むことができました。

「家かなにか、泊まれそうなところが見えたら教えてね。真っ

暗なところを歩くのとってもたいへんだわ」ドロシーは言いました。

すると、すぐにかかしが足を止めました。

「右手に小さな小屋がある。丸太と枝で建てた小屋だ。行ってみるかい？」

「ええ、行くわ。もう疲れちゃった」

そこでかかしは木々のあいだを抜けて、ドロシーを小屋まで連れて行きました。[7]ドロシーがなかに入ると、部屋の隅に枯れ葉が敷いてありました。ドロシーはすぐにそこに横になり、トトもそのとなりに行ってぐっすりと眠りました。かかしは疲れないので、別の隅に行って立ったまま、朝になるまでじっと待っていました。

第4章　注解説

1【ほかの国がどんなにきれいでも……家がいちばんだわ（...be it ever so beautiful. There is no place like home.）】ボームはジョン・ハワード・ペイン作の故郷を思う有名な歌『ホーム、スイート・ホーム』（一八二三年）の、「粗末であっても、我が家にまさるところはなし（Be it ever so humble, there's no place like home）」という歌詞をもじっているようだ。ボームはこの歌を、『オズのエメラルドの都』（一九一〇年）で下手なだじゃれにしている。ブリキのきこりを称えて演奏される行進曲を、『ブリキがいちばん［*There's No Plate like Tin*］』という題名にしているのだ。オズの有名な映画では、ボームのこうしたユーモアを含んだ皮肉は用いられてはいない。一九三九年のMGM映画のプロデューサー、マーヴィン・ルロイの助手だったアーサー・フリードは、この映画のテーマである「お家《うち》がいちばん」を考案した人物だ。フリードは、「ドロシーのオズの国での行動は、ひとつの目的からなっています。つまり、エムおばさんのいる家に戻ることであり、あらゆる状況は、この大きな目標と結びつくものであるべきなのです」と論じている。フリードは、ドロシーがルビーの靴のかかとを三回鳴らすときに、「お家がいちばん」と繰り返すことにこだわった。しかしハワード・ラシュモアは、『ザ・デイリー・ワーカー』紙（一九三九年八月一八日付）でこう不満を述べている。「［映画の］いちばんの欠陥は、盛り上がりに欠ける点だった。小さな男の子や女の子は自分の家の庭から出るべきではないという道徳観が見え透いていたのだ。あまりにもつまらない道徳観であって、マーヴィン・ルロイが創り出したオズがどれほど魅力的であっても、それを見たあとに、子ども（あるいは大人）はだれも、オズの国を一周するチケットを欲しいとは思わない」。サルマン・ラシュディも同意見だ。この映画に関するエッセイでラシュディは、この「取り澄ましたスローガン」は、「映画のなかでもっとも納得のいかないアイデアだ（ドロシーが家に帰りたいと思うのと、カンザスがいちばんだと言いさえすれば家に帰ることができるのは、また別の問題だ。カンザスは実際にはまったくそのような場所ではない）」と述べている。とはいえ家とは風景なのではなく、ある状態をいうのだ。西の悪い魔女を演じたマーガレット・ハミルトンは、「オズにまさるところはなし」（『児童文学』、一九八二年第一〇号）で、家とは「わたしたちがいる場所、わたしたちが迎え入れられる場所であって、そこには愛と理解があり、わたしたちがたどり着くまで待っていて、受け入れてくれるところ。家は、わたしたちが不安をとりのぞき、問題を分かち合い、安心し、守られていると感じるところ」と定義している。

2【おいらがこの世を見るのはそれが初めてだったからね】S・J・サケットは「オズのユートピア The Utopia of Oz」でこう述べている。「言葉使いの問題はわきにおいて、新しい知性の目覚め、つまり『白紙《タブラ・ラサ》』の状態に初めてなにかが書き記されるようすを表現するのに、このあとの、かかしが自分が作られていくときのことをドロシーに語るせりふほどぴったりの描写はないだろう」。サケットはこれを、「不変の人間性」に対するボームの答えだと解釈している。

問題のカギは認識論だ。［ジョン・］ロックの理論が思い浮かぶに違いない。ロックは、生まれたときの人間は「タブラ・ラサ」、つまりなにも書かれていない白紙の状態であり、生得観念などはなく、ユング心理学の概念である元型や、その他受け継いだ記憶などもたないのだと主張した。この理論によれば、個人の個性の型を作るのは環境のみであり、精神的特徴はまったく受け継いでいないということになる。個人が経験することのひとつひとつが、その個性を少しずつ作っていくのだ。

環境がエムおばさんとヘンリーおじさんを疲弊させたことはすでに書かれている。サケットは同様に『オズのふしぎな国』（一九〇四年）で、木のノコギリ馬が命を得る過程を、「生まれたときの真っ白なページになにかが記されたときの感情をたどるものとして、一読の価値がある」と評価している。

3【もう片方はちょっと大きく】「デンスロウとニールはかかしの左目を大きく描いて、ボームが書いたオズ王室史に対する敬意を表している。これはほかの挿絵画家には見られない点だ」。ガードナーは『オズの魔法使いとオズの正体』の注で、こう述べている。オズ・シリーズの挿絵画家であるディック・マーティンはこれを読むと、この先かかしを描く場合にはこれまでよりも注意を払い、ボームの文章に忠実であることを誓った。左目を大きくしているのは、体の右側よりも左側を好むボームが、とくに左側について描写している例のひとつだ。これには別に不可解な理由や深い心理学的理由があるわけではない。ボーム自身が左利きだったのだ。『オズのパッチワーク娘』（一九一三年）でオジョが、自分は左利きで運が悪い、と言うと、ブリキのきこりが「偉大な人たちの大半は、左ききですよ」（田中亜希子訳）と答えていて、これは著者に向けたちゃめっけのある言葉だ。

4【この世でいちばん大事なものは、カラスにしたって人間にしたって、なんと言ったって脳みそだよ】本物の哲学者のような話しかたではないか！　比較文学の専門家ジャック・ザイプスが一九九八年のペンギン・トウェンティス・センチュリー・クラシックス版の注釈で述べた意見は、まさに的を射ている。「かかしが口にする言葉は自明の理であり、決まり文句、あるいはことわざであり、実際には彼が、自身が思っているよりも洞察力があり、周囲の人々よりも賢いことがわかるのだ」。かかしはまた、映画プロデューサー、サミュエル・ゴールドウィン流の言いまちがい（“Count me in”「自分も勘定に入れてくれ、仲間に入れてくれ」と言うべきところを「in」ではなく「out」にして、“Count me out”「おれは勘定に入れるな」と言うなど、迷言が多かった）や、野球選手ヨギ・ベラのおもしろい発言（「デジャブの繰り返しだ！」）をほうふつさせる言葉も発することができる。たとえばこのあとの、「一回森に入った道は、いつか森を出るにちがいないさ」というせりふもそうだ。

5【エメラルドの都に着いたらすぐに】ボームはかかしの身の上の少々異なるバージョンを語っている。一九〇四年一月二七日付けの新聞日曜版に掲載された漫画であり、『オズのふしぎな国からの奇妙な訪問者たち』の一作である「かかしが子どもたちに語るおとぎ話と、ふしぎなほんとうのお話」がそうだ。

親愛なる読者のみんな、オズの国ではみんなに命があって、暮らしに役立つことは知ってるよな。さておいらは、かかしが子どもたちを楽しませるほかに、なんの役に立つのかはわからない。ただ、お百姓がおいらにワラをつめて人の形にして、この木綿の素敵な袋を使って頭を作ってくれたとたんに、おいらは命をもらって、この大きな世界に仲間入りしたんだとわかったのさ。

もちろん最初は、見えないし、聞こえないし、しゃべることはできなかった。だがお百姓が絵の具のツボと筆をもってきて、頭に

した袋の前に顔を描きはじめたんだ。最初にお百姓が描いたのはこの左目さ。まん丸だろう。その真ん中に点がある。この目で最初に見たのは、これを描いてくれたお百姓だった。それからもちろん、おいらはお百姓がもう一方の目を描くのをじっと見ていたさ。そのお百姓は芸術家に違いないと思ってる。でなけりゃ、おいらをこんなにハンサムにはできないだろ。おいらの右目は左目よりもちょっとだけかっこいいんだ。目の次には、お百姓がこの言うことなしの鼻を描いてくれた。だからおいらは、野の花と刈ったばかりの草、それにしっかりと肥えた土を耕した畑のいいにおいをおもいきり嗅いだ。それから口だ。これもいい形だから、おいらは自慢でしょうがないんだ。だが描いてもらったときはしゃべれなかった。自分の気持ちを伝える言葉を知らなかったんだ。次にこのかわいい耳だ。これでおいらの顔はできあがり。だから今はお百姓のうるさい息遣いも聞こえる。お百姓は太っていて、喘息気味なんだ。それに鳥たちのさえずりや、草地をわたる風のささやき、それにノネズミのおしゃべり、それからほかにもたくさん、きれいな音、楽しい音が聞こえるようになった。

　ほんとのところ、おいらは自分が、おいらを作ってくれた人間とまったく同じだと思ってた。だが、お百姓がおいらを頑丈な棒につけてトウモロコシ畑に立たせると、すぐにそれはまちがいだということがわかったんだ。お百姓は絵の具ツボをもっておいらをおいて行っちまった。おいらはすぐに追いかけようとしたんだが、足は地面につかないし、棒から下りることもできなかった。

　おいらのそばには踏み越し段があって、野原を歩いてきた人たちがそこでおしゃべりをするから、おいらはそれを聞いて、すぐにしゃべり方がわかるようになったのさ。おいらは棒の先の高いところにいるから、この国のきれいな景色をながめられるんだ。じっくりと観察する時間もたっぷりとあった。それに、カラスたちがたびたびやってきてはおいらの頭や肩にとまって、自分たちが見てきた広い世界のことを話してくれた。だからおいらは、動けないにしては学があるんだ。おいらはオズの広い世界を自分の目で見たいと思うようになった。それにおいらがやらなきゃならない仕事——カラスをおどかすこと——はうまくいってるとは思えなかったしな。カラスたちはおいらのことが好きになっていて、お百姓がまいたトウモロコシの粒を掘り返してついばむあいだも、おいらにうれしそうに話しかけるんだ。

カンザスからやってきた少女がかかしをかわいそうに思い、棒からひきぬいたときに、かかしの人生は一変したのだった。

6【自分がバカだってわかってる】

ソクラテスは、自分がふつうの人々よりも賢いと思われているとしたら、それは、自分が「なにも知らない」ことを自覚しているからだ、と論じた。本章は改変されて『L・フランク・ボームの少年少女のための物語』（一九一〇年）に「かかしの物語［The Scarecrow's Story］」と題されて収録され、ボームは次のような文章をくわえている。

おいらはもう、自分は人間をまねて作られたただのかかしだってことがわかってる。それに、自分がバカだってわかってるって、とても落ち着かない気分なんだぜ。おいらが思うに、体は道具で、それに脳みそが命令を出すんだから、脳みそをもってないと、他人の脳みその命令で動くことになっちまうんじゃないだろうか。

でもおいらはまちがってるかも。そもそもおいらは、かかしだからな。

7【小屋】 ドロシーとかかしは次の章で、このだれもいない小屋の持ち主に会うことになる。この小屋にはどの家にもあるベッドはない。この小屋の持ち主が、かかしと同じく眠ることがないからだ。

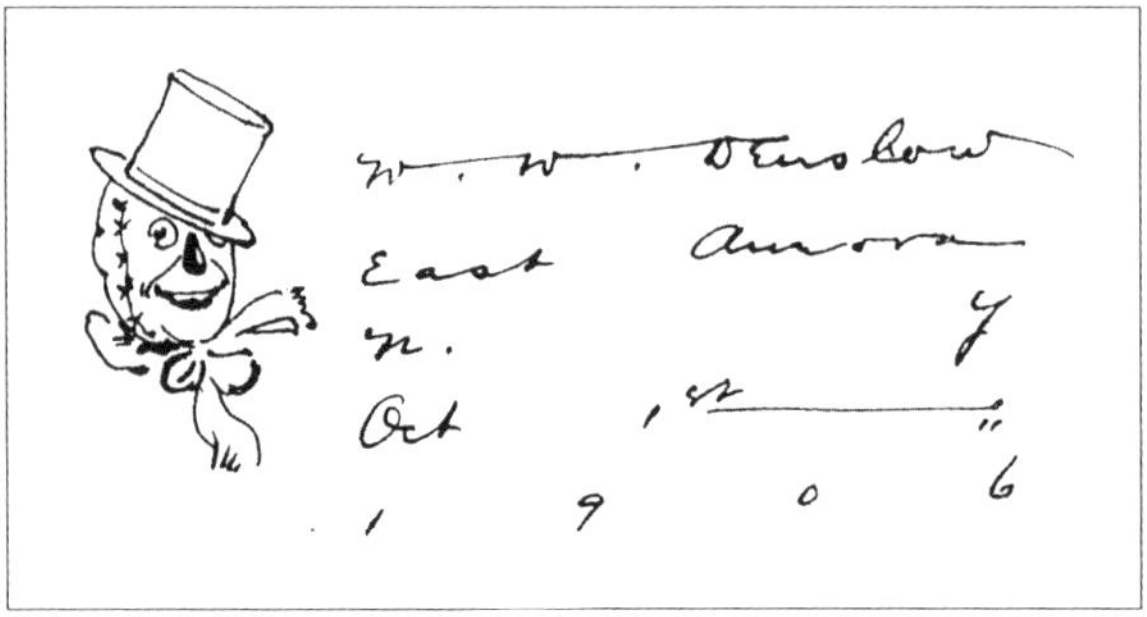

デンスロウはこのかかしの絵を、ニューヨーク州イースト・オーロラのロイクロフト・ショップスを訪ねたおりに描いた。1906年。ジャスティン・G・シラー提供

第5章
ブリキのきこりをたすける

ドロシーが目を覚ますと、木漏《こも》れ日がきらきらと輝いています。トトはもうずいぶん前に外に出て、鳥やリスたちを追いかけまわしていました。ドロシーは起き上がり、あたりを見まわしました。部屋の隅ではかかしがじっと立ったまま、ドロシーが起きるのを待っています。

「外に出て水をさがさなきゃ」ドロシーはかかしに言いました。

「なんで水がほしいんだい？」とかかしは聞きました。

「だって歩いてほこりだらけになってるから顔を洗わなきゃいけないし、お水がないとパサパサになったパンを飲み込めないわ」

「生身の人間はめんどくさいんだな[1]」かかしが考えながら言いました。「眠らないといけないし、食べて水も飲まないといけない。でも、あんたたちには脳みそがある。ちゃんと考えられるっていうのは、いろんなことをするだけの値打ちがあるんだな」

　ふたりは小屋を出て木々のあいだを抜け、きれいな水をたくわえた小さな泉のところまでやってきました。ドロシーはそこで水を飲み、体をきれいにして、朝ごはんを食べました。バスケットにはもうあまりパンが残っていなかったので、かかしがパンを食べる必要がなくてドロシーはほっとしました。その日トトとドロシーが食べたらなくなってしまうくらいしかパンは残っていなかったからです。

　食事をおえて黄色いレンガの道に戻ろうとしたとき、近くから低いうなり声が聞こえて、ドロシーはびっくりしました。

「なにかしら」ドロシーはびくびくしながら聞きました。

「さあ、なんだろうな。行って調べてみよう」かかしが答えました。

ちょうどそのとき、またうなり声が聞こえてきました。どうやらうしろのほうから聞こえているようです。みんなは振り返って森を何歩か歩きました。すると、木々のあいだから差し込む太陽の光を浴びて、なにかがきらきら光っています。ドロシーはかけだしましたが、すぐに足を止めてきゃっとおどろきの声をあげました。

幹の半分くらいまで斧を入れたあとのある大きな木があり、そのそばに斧をふり上げたかっこうで立っていたのは、全身がブリキの男だったのです。[2] ブリキ男の頭と腕と脚はちゃんと体にくっついていますが、ぴくりとも動かずに男は立っています。まったく身動きできないかのようです。

ドロシーの目はまん丸になってしまいました。かかしも同じくびっくりしています。トトはわんわんと激しく吠えてその男の脚にかみつきましたが、歯がガリッと音をたててしまいまし

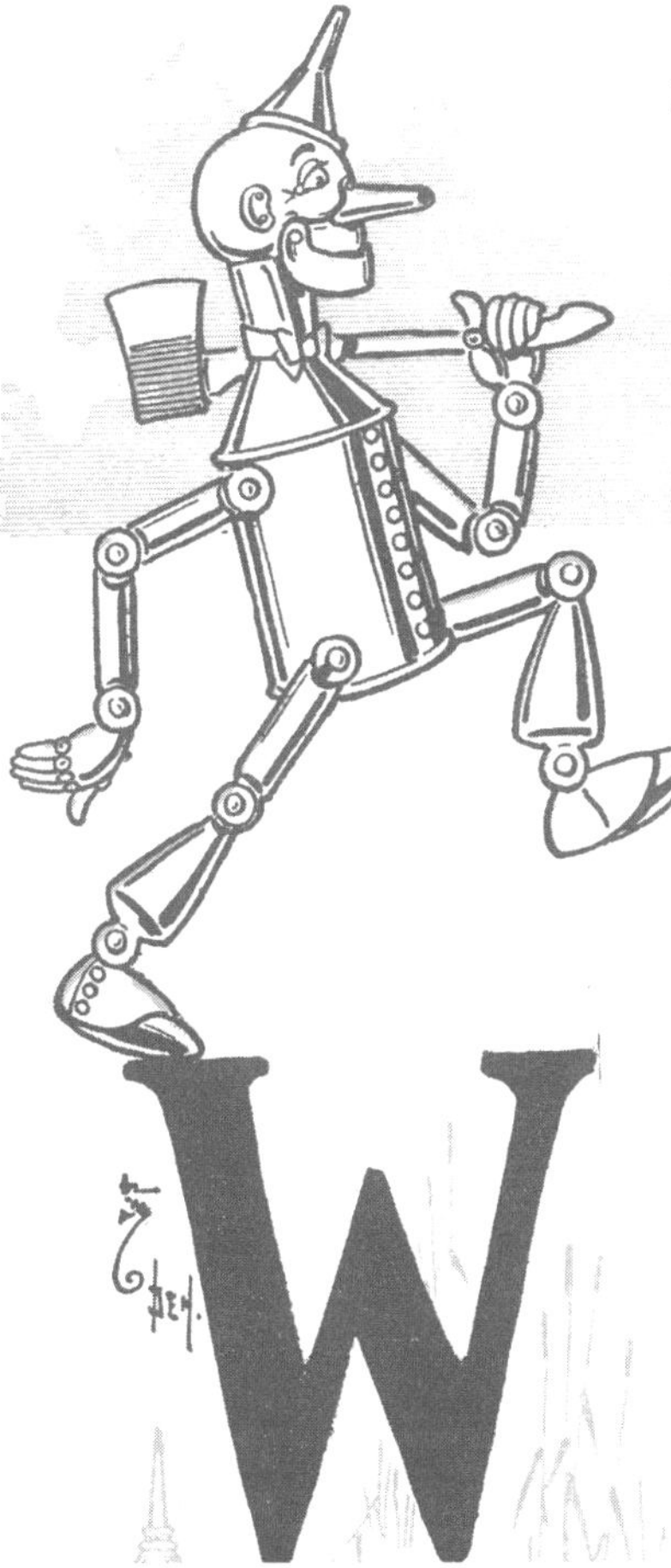

た。

「うなっていたのはあなた?」ドロシーは聞きました。

「そう、わたし」ブリキのきこりは答えました。「もう一年もうなりつづけているんですが、だれもそれを聞きつけたり、たすけにきたりしてくれなかったんです」

「わたしにできることはある?」ドロシーはやさしく聞きました。ブリキ男の声がとても悲しそうだったので、かわいそうに思ったのです。

「油さしをとってきて、つぎめに油をさしてくれませんか」とブリキ男は言いました。「つぎめがひどくさびて動けなくて。[3]きちんと油をさしさえすれば、すぐによくなるんですが。わたしの小屋の棚に油さしがあるはずです」

ドロシーはすぐに小屋にかけていって油さしを見つけ、戻ってくるといっしょうけんめいに聞きました。

「つぎめってどこ?」

「まず首にさして」ブリキのきこりは言いました。そこでドロシーが首に油をさしました。首のつぎめはひどくさびていたので、かかしがブリキの頭をつかんで左右にそっと動かして、自由に動かせるようにしてくれました。それでようやく、ブリキのきこりは自分で首をまわせるようになりました。

「今度は両腕に」ブリキのきこりは言いました。そこでドロシーが両腕のつぎめに油をさし、かかしが慎重にその腕を曲げたりのばしたりすると、さびがすっかりとれて新品同様に動くようになりました。

ブリキのきこりは大きくほっと息をはくと、斧を下ろして木に立てかけました。

「なんていい気分だ。さびてからというものずっとこの斧をもちあげたままだったので、ようやく下ろせてうれしいですよ。あとは脚にさしてくれれば、すっかりもとどおりです」

それからドロシーとかかしがブリキのきこりの脚に油をさして自由に動かせるようにしてあげると、きこりは、動けるようにしてもらったことになんどもなんどもお礼を言いました。ブリキのきこりはとても礼儀正しい人で、ほんとうに感謝しているようでした。

「おふたりがここにやってきてくれなかったら、ずっと立ちっぱなしだったかもしれません。だからあなたたちはわたしの命の恩人ですよ。どうしてここに？」

「エメラルドの都にいく途中なの。オズ大王に会いに行くのよ」とドロシーは答えました。「それに、ひと晩あなたの小屋に泊めてもらったの」

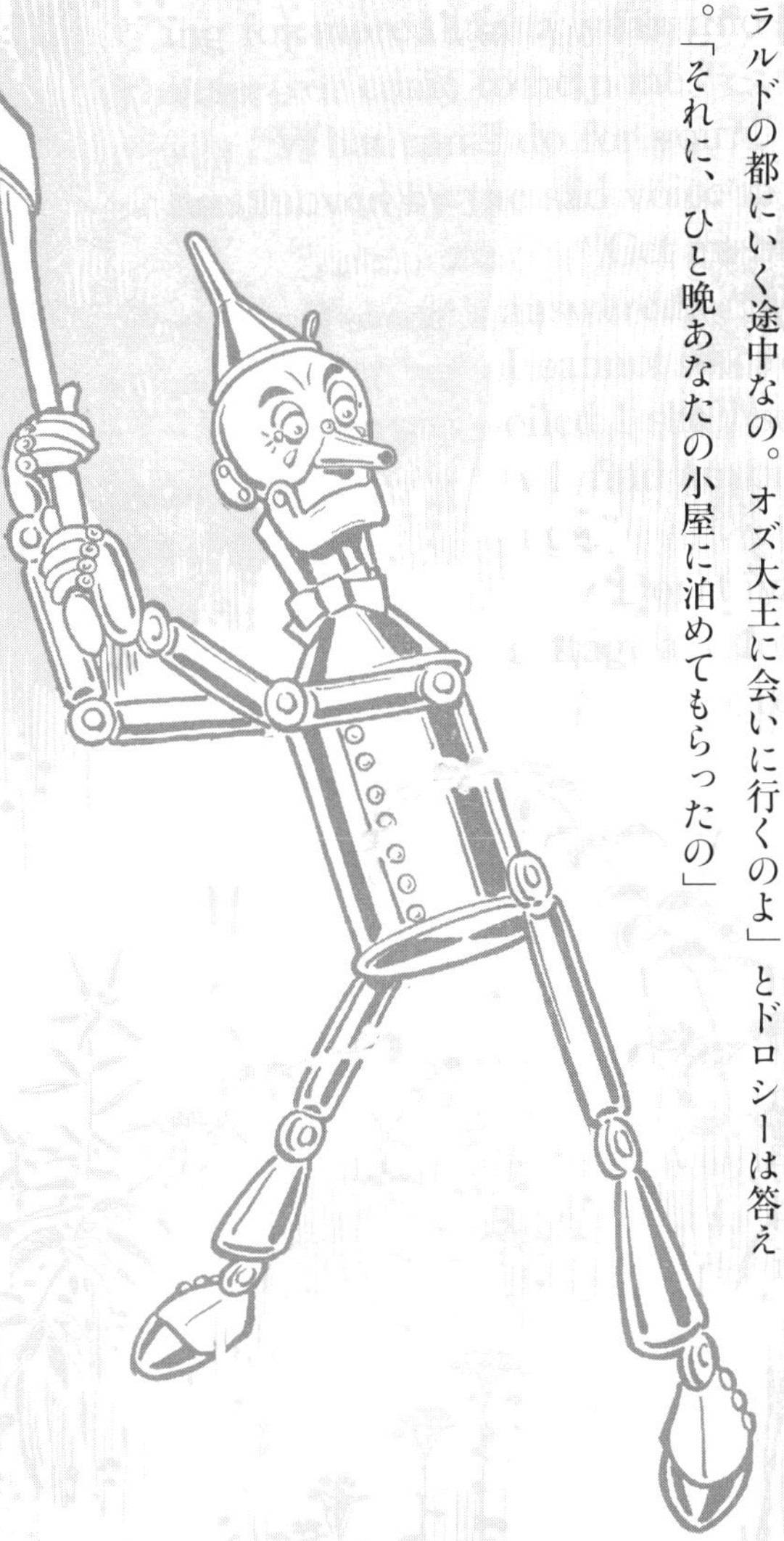

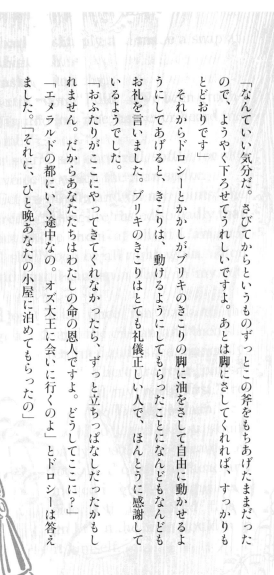

「なぜオズに会いたいんですか？」ブリキのきこりは聞きました。

「カンザスに帰らせてもらいたいの。それからかかしさんは頭に脳みそをつめてほしいのよ」

ブリキのきこりはしばらくじっと考えているようでした。そしてこう言ったのです。

「オズはわたしに心臓をくれるでしょうか？」

「なぜ？　くれると思うけど」ドロシーは答えました。「かかしに脳みそをくれるんだったら、心臓ももらえるんじゃないかしら」

「そうですね」ブリキのきこりが答えました。「だったら、わたしもあなたたちと一緒に行ってもいいでしょうか。わたしもエメラルドの都に行って、オズにわたしをたすけてくれるように頼みたいのです」

「一緒に行こうぜ」かかしが温かく言いました。それにドロシーも、ブリキのきこりが一緒に行ってくれればうれしいと言いました。だからブリキのきこりは斧を肩にかつぎ、みんなと一緒に歩いて森を抜け、黄色いレンガの道まで戻りました。

ブリキのきこりはドロシーに、油さしをドロシーのバスケットに入れておいてくれませんかと頼みました。「雨にぬれるとまたさびますからね。油さしがどうしても必要なんですよ」

ブリキのきこりという新しい仲間が増えて、とても運がよかったのです。というのも、みんながまた旅をはじめるとすぐに、木や枝がびっしりと茂って道を隠し、旅人が通れないようになっている場所があったからです。でもブリキのきこりが斧できれいに切り払ってくれたので、みんなぶじに通ることができたのでした。

ドロシーは一心に考え事をしながら歩いていたので、かかしが穴につまずいて道の向こう側までころがったことに気づきませんでした。かかしはドロシーに声をかけて、たすけ起こしてくれと頼まなければなりませんでした。

「なぜ穴をよけて歩かなかったんです？」ブリキのきこりが聞きました。

「なんでだろうな」[4] かかしが陽気に答えました。「おれの頭にはワラがつまってるだろ、だからおれは脳みそをもらえるようにオズのところに行くんだ」

「なるほど」とブリキのきこりは言いました。「でも、脳みそがこの世でいちばんのものだってわけではありませんからね」

「脳みそもってるのかい？」かかしが聞きました。

「いえ、わたしの頭はからっぽですよ」とブリキのきこり。「でも、以前には脳みそも心臓ももっていたことがあるんです。だから、どちらかと言ったら、心臓のほうがずっとほしいんです」

「そりゃまたどうしてだい？」かかしが聞きます。

「では、わたしの身の上話をしましょう。そうすればわかるでしょうから」

そこで、森のなかを歩きながら、ブリキのきこりは次のような話をしたのでした。
「わたしは森で木を切りそれを売って暮らすきこりの息子に生まれました。[5]わたしも大きくなるときこりになって、[6][7]それから父親が亡くなると、[8]年老いた母が亡くなるまで面倒を見ました。それから、わたしはひとり暮らしをやめて結婚しようと思ったんです。そうすればさびしくないですからね。

マンチキンにとてもきれいな女の子がいて、[9]わたしは心からその子のことが好きになり、[10]その子も、わたしにもっといい家を建てるだけのお金ができたら、すぐに結婚すると約束してくれました。だからわたしはそれまで以上にいっしょうけんめい働きました。けれどもその子が一緒に暮らしていた年よりの女は、[11]その子をだれとも結婚させようとしなかったのです。なぜって、その女はとてもなまけものだったので、その子をずっと自分のところにおいて、料理や家事をやらせたかったのです。だから年よりの女は東の悪い魔女のところへ行って、羊を二匹と牛を一匹差し出して、この結婚を邪魔してくれるよう頼みました。そこで悪い魔女はわたしの斧に魔法をかけました。わたしはできるだけ早く新しい家を建てて妻を迎えたかったので、いっしょうけんめいに木を切っていたのですが、ある日、斧がすべってわたしの左脚を切り落としたのです。

最初はとても不運なことのように思えました。片足では、きこりとしてうまく仕事ができなくなりますからね。だからわたしはブリキ職人のところに行って、[12]ブリキで新しい脚を作ってもらいました。[13]ブリキの脚は、慣れるととてもうまく動きました。けれどこれに東の悪い魔女は腹を立てたのです。魔女は年よりの女に、かわいいマンチキンの女の子とわたしを結婚させないと約束していましたからね。わたしがまた斧を使いはじめると、斧がすべってわたしの右脚を切り落としました。こんどもわたしはブリキ職人のところへ行って、ブリキの脚を作ってもらいました。このあと、魔法をかけられた斧がわたしの両腕を次々に切り落としましたが、わたしはひるむことはありませんでした。両腕もブリキで作ってもらったのです。けれど悪い魔女は、また斧をすべらせて頭を切り落としたので、わたしもとうとう、それでおしまいだと思ったのです。[14] けれどブリキ職人がたまたまやってきて、わたしにブリキで新しい頭を作ってくれました。

　わたしはそれで悪い魔女を打ち負かしたと思い、前にもましていっしょうけんめい働きました。ですがわたしは敵の残酷さをちっともわかっていなかったのです。魔女は、美しいマンチキンの女の子に対するわたしの愛を消してしまう新しい方法を考えつき、わたしの斧をまたすべらせて、体をまっぷたつにしたのです。けれどもまたブリキ職人がやってきてブリキの体を作り、ブリキの両腕両脚と頭を、その体にくっつけてくれました。だからわたしは前と同じように動けるようになりました。[15] でもなんてこと！　わたしは心臓を失くしてしまい、[16] だからマンチキンの女の子への愛情もなくなって、その子と結婚するかどうかなんてどうでもよくなったので

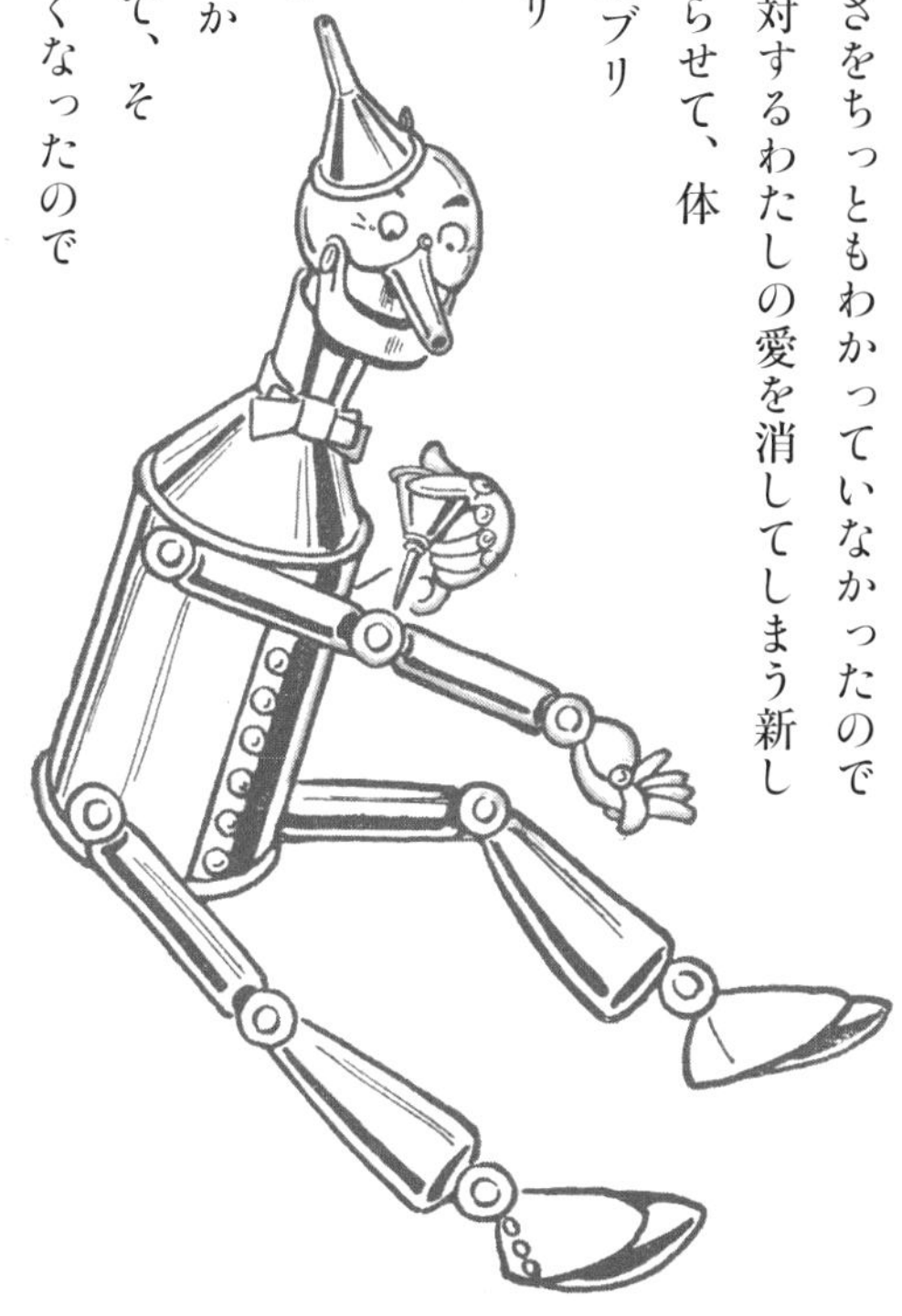

す。[17]あの子はまだ年よりの女と暮らしているでしょう。わたしが迎えに行くのを待っていると思いますよ。

わたしの体は太陽にきらきらと輝くのでそれがたいそう自慢でしたし、斧がすべったところで問題はなくなりました。斧はもうわたしのなにも切り落とせないからです。ひとつだけ気をつけないといけないことがありました——つぎめがさびることです。でもわたしは小屋に油さしをおいていて、必要なときには自分で油をさしました。けれどある日、油をさすのを忘れて、大雨にふられてしまったんです。[18]しまった、つぎめがさびてしまうと思ったときにはもう動けなくなっていて、あなたたちがたすけにきてくれるまで、森のなかでずっと立ったままだったんです。ほんとに大変でしたが、立ったままだったこの一年、わたしには考える時間がたっぷりありました。それで、いちばん大事なものは心臓だったとわかったんです。恋をしているとき、わたしはこの世でいちばん幸せな男でした。でも心臓がなければ恋などできません。だからわたしはオズに、わたしに心臓をくださるようにお願いするつもりです。[19]心臓をもらえたら、わたしはマンチキンの娘のところへ戻って彼女と結婚するつもりです[20]」

ドロシーとかかしはブリキのきこりの話に引き込まれてしまいました。きこりが心臓をとても欲しがっていたのには、そんな理由があったのです。

「みんな一緒さ」かかしが言いました。「おいらは心臓じゃなくて脳みそをもらう。バカは心臓があっても、それでどうしたらいいかわからないからな」

「わたしは心臓をもらいますよ」ブリキのきこりは言いました。「脳みそがあっても幸せにはなりませんからね。この世でいちばんいいものは幸せですよ」[21]

ドロシーはなにも言いませんでした。このふたりの仲間のどちらが正しいのかわからなかったからです。[22]それに、ドロシーはカンザスのエムおばさんのところに戻れさえしたら、かかしが脳みそをもっていなくても、きこりに心臓がなくても、それからきこりとかかしが欲しがっているものを手に入れることも、どうでもいいわと思ったのです。

ドロシーがいちばん心配だったのは、パンがなくなりかけていることでした。ドロシーとトトがもう一回食事をすれば、パンはなくなりそうだったのです。きこりとかかしはなにも食べなくてもいいのでしょうが、ドロシーはブリキでできているわけでも、ワラでできているわけでもありません。だから、食べないと生きていられないのです。[23]

第5章　注解説

1【生身の人間】 この哲学的な議論は、森のなかのブリキの男を見つける場面へとうまくつながっていく。ボームは第4章までの一部とこの章の内容を組み合わせて「オズの冒険[*An adventure in Oz*]」を書き、『L・フランク・ボームの少年少女のための物語』(一九一〇年)に収録した。「オズの冒険」は次のように改変されている。

　ドロシーは小川から水を一杯すくって飲みました。
「あんたたち生身の人間は」とかかしが言いました。かかしはドロシーのやることをずっと見ていたのです。「生きるためにはずいぶんとめんどうなことをしないといけないんだな。食べて飲んで眠る。ワラでできたかかしには全部いらないことだ。でも、あんたたちには脳みそがある。ちゃんと考えられるってことは、それだけめんどうなことをやる値打ちもあるってことだ」
「そうね」ドロシーは言いました。「あれこれ考えてみると、わたしはワラでできていなくてよかったわ」

2【全身がブリキの男】 これもこっけいな不調和のひとつだ。ボームは『フィラデルフィア・ノース・アメリカン』紙(一九〇四年一〇月三日付)に、ドロシーのふたり目の仲間を「ブリキのきこり」と名付けたのは、「木を切るきこりの体がブリキだというおもしろさのためだ」と語っている。ハリー・ニール・ボームは父親がブリキのきこりを思いついたことについて、別の説を披露している。子ども向けの話を書きはじめる少し前に、ボームは金物店のショーウィンドウを作る依頼を受けた。ボームの息子であるハリー・ニールは、「北インディアナにも少しだけ『オズ』が」(『インディアナポリス・タイムズ』紙、一九六五年五月三日付)という記事でジョセフ・ハースにこう語った。「父はなにか目を引くものを作りたかったのです。だから父は、洗濯釜で胴体を作り、ストーブのパイプを腕と脚にして胴体につけ、ソースパンの底面を顔にして、じょうごの帽子をかぶせた。それが、ブリキのきこり誕生のきっかけになったのだと思います」。ブリキ男は、一九世紀、アメリカのブリキ職人の店の看板にも使われていたキャラクターだった。

　ブリキのきこりは、ボームの本にガチャガチャと出てくる大勢の機械人間のひとりにすぎない。「ボームが伝統的なおとぎ話に対してなした大きな貢献のひとつが、機械類のみがもつ不思議を理解し、そうした機械類がもつ魔法の『力』に気づいていたことだ……」。ナイは『オズの魔法使いとオズの正体』でこう解説している。「昔の民話に出てくるしゃべる動物をしゃべる機械に変えることで、ボームは二〇世紀のテクノロジーをおとぎ話の伝統に移植したのだ。オズに登場する、役に立ち、友好的で、気さくな生き物たちは子どもの家庭生活の一部となった。それは、自動車が現代のアメリカ社会に組み込まれているのと同じなのだ」。ボームはこの新しいテクノロジーを信頼していた。「ボームはオズに登場する機械たちを制御不能にすることはない」とナイも指摘している。こうした機械人間の例では、『新しい不思議の国(魔法がいっぱい!)』(一九〇〇年)の鋳鉄怪人や、『メリーランドのドットとトット』(一九〇一年)に登場する、木でできたミスター・スプリット、それと似たような造りだが、どちらもスミス&ティンカー社製のチクタク(チクタクの原型は『ファザー・グース、彼の本』[一八九九年]の時計男だ)やハンマーをもった鉄の巨人(どちらも『オズのオズマ姫』[一九〇七年」に登場）などが有名だ。

3【さびて】実際にはさびるのは鉄だけだが、ほかの金属も腐食の過程は一般に「さびる」と言われる。一九三九年に『オズの魔法使い』を初めてロシア語に翻訳したアレクサンドル・ヴォルコフは、モスクワ非鉄金属・金大学の準教授であり、当然このまちがいに気づき、ボームのブリキのきこりを「鉄のきこり」と変えた。

『ナショナル・ジオグラフィック』誌（一九五四年一月号）に掲載されたメトロポリタン生命保険の広告は、ブリキのきこりのさびたつぎめを、人間の体の関節炎にたとえた。この広告は、「柔軟でスムーズに動く」関節を維持するためには適切な医療が必要であると訴えるものだった。関節炎は激しい痛みを伴うこともあり、ブリキのきこりの体をブリキにしたのと同じように、外科手術で関節を金属製のものに代えなければならない場合もある。

4【なんでだろうな】かかしが自分の頭を使わなければならない初めての機会が訪れるのだが、かかしはうまく考えることができない。だがかかしは行動することで学ぶのだ。それまで、かかしは自分の判断をもとになにかを行った経験がない。かかしにはまだ記憶というものがなく、「タブラ・ラサ」にはなにも記されておらず、どう行動すべきか参考にすべきものがないのだ。子どもはときには転んで、立ち上がり、前に進まなければならない。ここでの失敗はかかしにとっては教訓となる。これ以降、かかしはこの経験を思い出して、同じ失敗をしないようにするだろうか。またこの経験をもとに、かかしは異なる状況においても、あらたに手に入れた判断力を用いることになるだろう。

5【きこりの息子】デンスロウはブリキのきこりにブリキのネクタイ、ブリキの高い襟、ブリキのスパッツを着けさせ、それにじょうごの帽子を粋《いき》にかぶせて、ふつうのきこりよりもっと都会っぽく、こざっぱりとした姿に描いている。『ボストン・ビーコン』紙（一九〇〇年九月二九日付）は『オズの魔法使い』の書評で、ブリキのきこりがドイツ皇帝ヴィルヘルム二世のようだと書いている。ブリキのきこりの都会的な外見は、田舎者のかかしとは対照的だ。デンスロウはこう回想している。「わたしはできに満足するまで、このふたりの登場人物のスケッチを二五枚も描いた。かかしの耳にゴルフボールをつけたり、ブリキのきこりの頭にじょうごをかぶせたりしているのも、当然、最初からこうだったわけではない。ワラのチョッキを着せたり、鉄板のネクタイを着けさせたりと、あれこれと試してようやく満足がいくかかしときこりができたというわけだ」（「デンスロウ――デンヴァーのアーティストにしてかかしとブリキのきこりの生みの親」、『デンヴァー・リパブリカン』紙、一九〇四年九月四日付）。じょうごの帽子はおそらくデンスロウの考案だ。ボームは本文ではなにも書いていないからだ。だが、オズ・シリーズののちの作品ではボームもこれに触れている。デンスロウは中世やルネサンス期の絵画からこのアイデアを採ったのかもしれない。この時代の作品では、まぬけな人物が、その愚かさを表すものとしてじょうごをかぶっているのだ。

6【大きくなると】この部分は、本作以降で、オズの国における加齢と死について判明する事実と合致していない。『オズのブリキのきこり』（一九一八年）では次のような内容が書かれている。

　オズははじめから魔法の国だったわけではありません。むかしは、ほかとかわらぬふつうの国で、ただおそろしい砂漠にぐるりととりかこまれているので、外の世界とはまったく行き来することができませんでした。この切りはなされた地形を見て、旅のとちゅうでオズを通りかかったラーリン女王の妖精たちの一団が、この国に魔法をかけて魔法の国にしたのです。そしてラーリン女王は、妖精のひとりをここにのこして魔法の国、オズを治めさせることにし、自分は旅をつづけてオズのことはすっかりわすれてしまいました。
　そのときからオズの国では、だれも死ぬということがなくなりました。老人は老人のまま、若くてじょうぶな人は何年たってもそのままです。子どもはいつまでたっても子どもで、心ゆくまで遊んだりはねまわったりしますし、赤んぼうはずっとゆりかごにいてやさしく世話をされ、いつまでたっても大きくなりません。だからオズの人たちは、自分の年を数えるのをやめてしまいました。年をへても、見た目も立場もかわらないからです。また、だれも病気にならないのでオズの国にはお医者さんがいません。たしかに事故はごくまれに起こりますし、よその国の人たちのように自然に死ぬことはなくても、完全に消えてしまうことがないわけではありません。とはいえ、そのようなことはやはりとてもめずらしくて、オズの人々には心配ごとがほとんどないので、みんなこのうえなく幸せで満ちたりていました。（ないとうふみこ訳）

　この魔法は外の世界からやってきた人々にも同じように効果を発揮した。だからドロシーは「はじめてオズの国にきたときには小さな女の子で、今でもそのまま、このすばらしい魔法の国でくらしているあいだは、一日たりとも年をとったようには見えないのでした」（ないとうふみこ訳）。そしてドロシーが年をとることはないため、ボームはこのシリーズをずっと続けることができたのだ。これまでにないこのオズの国の設定は、ボームの願いを成就させるためのものにすぎなかったのかもしれない。これを書いた頃にはボームはもう若くはなく、健康状態がよいとは言えなかったからだ。しかし本作で魔法使いが治めるオズの王国は、『オズのブリキのきこり』に書かれているのとはまったく異なる状況だ。おそらくは聖杯伝説の「漁夫王《いさなとりのおう》」のように、オズの正当な治世者がいなくなったときに、国が魔法をかけられる前の状況にあと戻りしたからだろう。注8も参照。

7【きこり】きこりの名は、ブリキ男になる前もあとも「ニック・チョッパー」で、これは『オズのふしぎな国』（一九〇四年）で明かされている。この名は一九〇二年のミュージカル狂騒劇からとったもので、このミュージカルではニック（「ニッコロ」）・チョッパーが挿入歌『ニッコロのピッコロ [*Niccolò's Piccolo*]』を歌う。この作品できこりに扮したのはデイヴィッド・C・モンゴメリー、そして一九二五年のチャドウィック社のサイレント映画『笑国万歳』ではオリヴァー・ハーディがこの役をみごとに演じた。もちろん、もっとも有名なブリキのきこりと言えば、一九三九年のMGMのミュージカル映画に登場したジャック・ハーレーだろう。一九七五年のブロードウェイ・ミュージカル『ザ・ウィズ』ではタップダンサーのタイガー・ヘインズが、一九七八年の映画版『ウィズ』ではニプシー・ラッセルが軽快にきこりを演じた。

8【父親が亡くなると】「本作では人や動物の死についていく度も書かれており、これに関しては、のちの作品でわたしたちが理解している、オズの国に生きるものはすべて『朽ちる』ことがめったにないという点となかなか一致しない」。ガードナーは『オズの魔法使いとその正体』の注でこう述べている。もちろん、すべてが変わるのは、オズマ姫がオズの統治者として返り咲いたときだ。ジャスティン・G・シラーは、一九八五年のペニーロイヤル版『オズの魔法使い』のあとがきでこう書いている。「死のイメージは何度も繰り返し出てくる。それは通常、罪のない生き物を残忍なものや邪悪な力から守る場合だ。カリダーはするどい岩に落ちてばらばらになり、ノネズミの女王を追いかけていたヤマネコは首を切り落とされる」。第9章注1も参照のこと。ボームでさえも、オズマ姫が玉座に就いたあとのオズの国で、生き物を守る力がどれほどのものかあいまいだ。ボームは『オズの魔法』（一九一九年）でこう認めている。「外の世界からきた人々が永遠に生きられたり、けがをしなかったりするかといえば、それはわかりません。これはオズマ姫にもわからないことです。そのため外の世界からきたお客たちはつねにだいじをとって、危険なめにあわないよう、注意深く守られています」（田中亜希子訳）。ジャック・スノウはこのジレンマに関して、オズマの「死」とその後を描いた「オズの国の殺人[*Murder in Oz*]」という、ひねりの効いた物語を書いた。本来は『エラリー・クイーンズ・ミステリー・マガジン』誌のために書いたもので、『ボーム・ビューグル』誌（一九五九年一〇〜クリスマス号）でシリーズ化された。

9【**マンチキンにとてもきれいな女の子がいて**】ボームはこの女の子の名を、フレッド・ハムリンに渡したミュージカル劇『オズの魔法使い』の脚本第一稿では、ベアトリス・フェアファクスとした（第22章注6も参照）。しかしこのミュージカルが一九〇二年にシカゴで上演されたときには、女の子は精神錯乱者のシンシア・シンチ――シェイクスピアのオフィーリアのパロディだ――となっていた。恋人のニッコロ・チョッパーがブリキのきこりとなったために気が狂ったのだった（ロングラン上演されたこのミュージカルでシンチア・シンチを演じた女優のひとり、アレン・クレーターはかかし役のフレッド・ストーンの心をとらえ、ふたりは結婚した）。最終的に、ブリキのきこりは『オズのブリキのきこり』（一九一八年）で、ずっと以前に失った愛する人を探し求め結婚しようとするのだが、このときの女性の名はニミー・エイミーだ。

10【**その子のことが好きになり**】ボームが彼の「現代版」おとぎ話であつかうべきでないと考えるようになったテーマのひとつがロマンスだった。ボームは『セントルイス・リパブリック』紙（一九〇三年五月三〇日付）でこう語っている。「文学作品で描かれているような愛は、子どもたちにとっては難解ともわかりやすいとも言えず、使い古された、満足のいかないテーマです。だから子ども向けの物語にはロマンスが入る余地はないのです」（ジョン・ラスキンもほぼ同じ意見であり、一八六八年版の『ドイツ民話集』の序文で、「愛」という言葉は「現代の子ども向けの物語ではたいていは使われておらず、邪悪な秘儀の符号のごとく暗いものとされている。その情熱のきらめきを理解できない子どもたちが読むのは早計であって、心の平和を乱し、わからぬままに罪の影がちらつくからだ」と書いている）。だが『オズの魔法使い』執筆当時、ボームは子ども向けの本からロマンスの要素をすべて排除していたわけではなかった。ブリキのきこりとマンチキンの少女との愛以外にも、第14章にはゲイエレット姫とケララの結婚の話も出てくる。また『オズのチクタク』（一九一四年）と『オズのかかし』（一九一五年）にも別の愛の話がある。このふたつの物語はそれぞれミュージカル狂想劇と映画をもとにした作品であり、子どもだけでなく大人向けのものでもあったからだ。ボームはこの二作品については慎重に書く必要があることがわかっていた。一九一六年一月一七日、ボームは出版社にこう打ち明けている。「『オズのかかし』ではわたしは、庭師の若者ポンとグロリア姫との愛と苦難に――わたしとしてはだが――いくらか小説的なテーマを取り入れた。この作品には少々アンデルセンのおとぎ話めいたところがあり「実際にはグリム童話の『鉄のハンス』からとっているのだが」、わたしは読者がどう受け止めるか見守った。読者はその他の部分も含め喜んで受け入れてくれた。十分に理解の範囲内だったのだ」。ボームは『オズのブリキのきこり』［一九一八年］でブリキのきこりの失った愛を求める旅を、それまでにない、またボームの他作品のロマンスよりもこっけいなやり方で描いている。

11【年よりの女】ボームはこの年よりの女について、『オズの魔法使い』のミュージカル狂想劇の第二稿では触れていない。だがブリキのきこりが愛した少女が仕えているのは、東の悪い魔女であることがうかがえる。「愛し合うことはこの国では許されない」。この邪悪な老婆は恋人たちが抱き合っているのを見つけると、きこりをブリキ男に変えて少女と結婚できないようにするのだ。「年よりの女」は『オズのブリキのきこり』にも登場せず、この作品ではブリキのきこりが、『オズの魔法使い』で語られたものとは少々異なる過去を回想している。少女は実際に東の悪い魔女のもとで働いており、魔女は自分の召使いを若いきこりにわたしたくはなかったため、きこりの斧に魔法をかけて彼の手足を切り落とした。手足はその後、ブリキ職人がブリキに付け替えたのだ。それでもきこりが生き延びたことに激怒した魔女は、斧できこりの体を真っ二つにした。さらにそれでも満足せずに、「魔女は、かけよってくると斧をつかんで、ぼくの体をさらにこまかく切りきざ」んだ（ないとうふみこ訳）。だが誠実な少女は律儀にそれを集めてブリキ職人のところにもっていき、ブリキ職人が体もブリキで作ってくれた。とうとう魔女はきこりの頭も切り落として、それをもって逃げた。この頭は『オズのブリキのきこり』第18章で登場し、おどろくべき結果となる。

12【ブリキ職人】このブリキ職人は『オズのブリキのきこり』ではクー・クリップという名で呼ばれている。ブリキのきこりの運命は、メアリー・デヴリンの「大宇宙のおとぎ話［*The Great Cosmic Fairy Tale*］」（『グノーシス・マガジン』一九九六年秋号）を思い出す。ケルト人の主人公ヌアダが戦いで片腕を失い、鍛冶の神がそれを銀の腕に変える物語だ。オズ・シリーズのなかでももっともとっぴで、またおもしろいエピソードのひとつが、ブリキのきこりがブリキ職人の店に戻り、そこで自分の元の頭に出会う場面だ（ボームの好きな物語のひとつである、『新しい不思議の国（魔法がいっぱい！）』［一九〇〇年］のなかの風変わりな話、「王様の首の不思議な冒険の巻」に着想を得た可能性もある）。クー・クリップが組み立てたのはブリキのきこりだけではなかった。ブリキの兵隊であるファイター大尉の体もそうで、大尉はマンチキンの娘に恋をして、ニック・チョッパーと同じ目にあっていたのだ。ガードナーは、オズにおけるこの「ドッペルゲンガー」を「個人のアイデンティティに関する深遠で難解な問題」と見ている。ボームが本来はこの作品を「オズのふたごのブリキのきこり［*The*

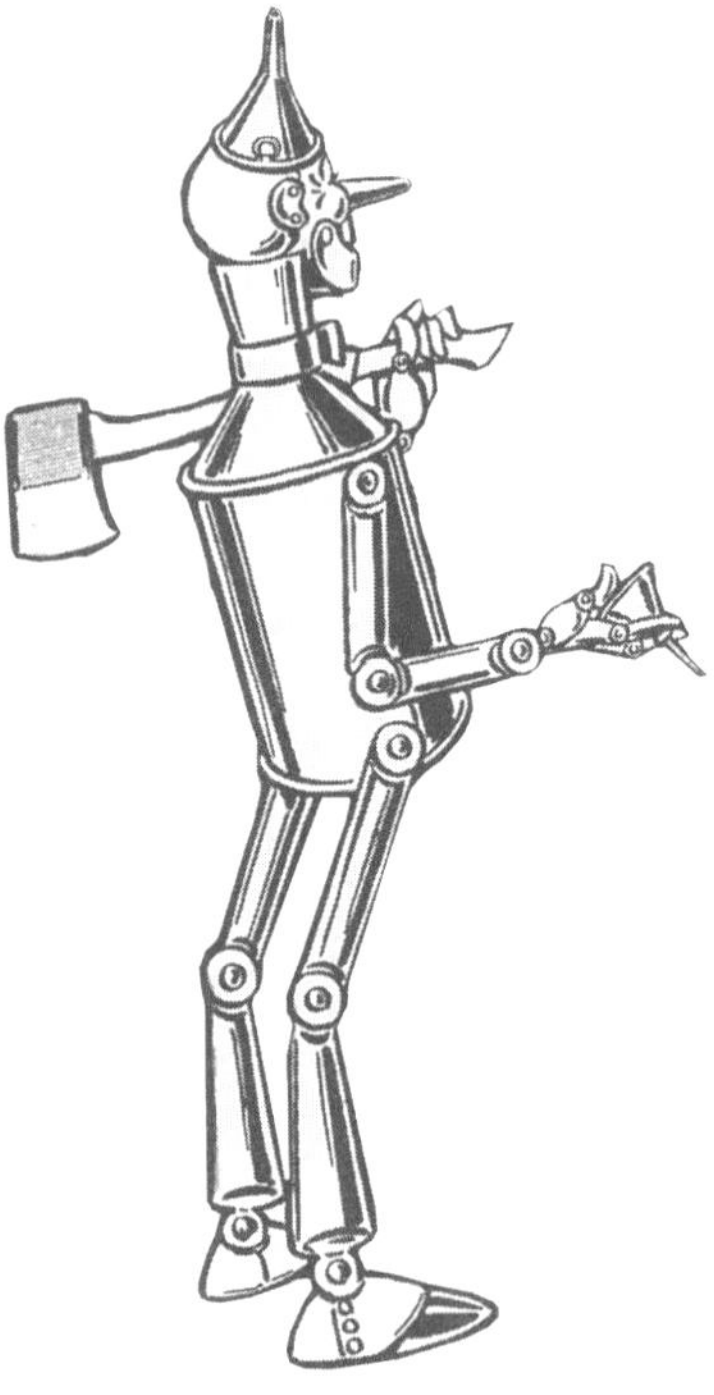

Twin Tin Woodman of Oz』」というタイトルにしたかったことを思えば、こうした見方は強くなる。フランケンシュタイン博士のように、クー・クリップは生身の人間をつぎはぎしようとし、だがそれは非常に悲惨な結果に終わる。ブリキ職人が、ニック・チョッパーとファイター大尉のばらばらになった体をくっつけて作ったチョップファイトは、まさに「だれかほかの人」なのだ。『オズの魔法使いとオズの正体』(一九五七年)でナイは、ボームは、人の手によって作り出されたこの不快な人物を通して「行き過ぎたテクノロジーの発達」に対して意見しているのであり、「行き過ぎたテクノロジーは、オズの国と同じようにアメリカにおいても、不用心な人々を破滅させる可能性がある」のだと解釈している。

13**【ブリキで新しい脚】**ブリキのきこりを組み立てる過程を、プルタルコスによる「テセウスの船」のパラドックスと比較する読者もいる。マーティン・ガードナーは『オズのブリキのきこり』鑑賞」(『ボーム・ビューグル』誌、一九九六年秋号)で、これについて詳説している。「何十年ものあいだに、船の部品は徐々に新しい部品と取り換えられる。この作業は少しずつ進むため、船員たちはまったく疑問も抱かず、自分たちが同じ船に乗っていると思っている。古い部品を保管しておき、再度組み立てるとしたらどうだろう。どちらが『元の船』だろうか?」。ガードナーは、神智学と生まれ変わりに関するボームの興味が、ガードナーが「ブリキのきこり問題」と呼ぶものに影響を与えたのではないかと考えている。つまり、「わたしたちが次に生まれ変わるときに前世とはまったく異なる体と頭をもつのであれば、どの点において前世と同じ人物だと言えるのだろうか」という問題だ。ガレス・B・マシューズは『子どもは小さな哲学者』(一九八〇年)において、ボームは、テセウスの船にはないふたつの重要な要素をくわえていると指摘している。血と肉でできた生身の体を、同じ生身ではなくブリキに取りかえることと、以前の記憶が残っている点だ。実際には、ブリキのきこりはロボットではない。彼は生身ではないが、「生きている」人だ。ポール・M・エイブラムとスチュアート・ケンターは「チクタクとロボット工学の三原則」(『サイエンス・フィクション・スタディーズ』誌、一九七八年三月号)において、「内科医であり人工装具技師だといえる」ブリキ職人がきこりの手当てを終えると、きこりの「なにもかもが……移植手術の正真正銘の成功例であり、サイボーグの完成形となった」と論じている。オズのブリキのきこりは世界初の人造人間《バイオニック・マン》なのだ。一九八五年のペニーロイヤル・プレス版『オズの魔法使い』で挿絵を担当したバリー・モーザーは、この章の挿絵用版画を製作するさいに、きこりがブリキのきこりになるのとまったく同じ工程をたどるというすばらしい手法を使った。「わたしはまず人の姿を作って、それから『ブリキ』をつけていってブリキ男にしたのです」(『オズへの四七日 [*Forty-seven Days to Oz*]』、五月一六日)。

14**【わたしもとうとう、それでおしまい】**ブリキのきこりは『オズのブリキのきこり』(一九一八年)で、それで自分がおしまいでは「なかった」ことを説明している。「オズの国では、人は……死にません。……それに木の義足をつけようが、ブリキの足をつけようが、その人自身はかわらないでしょう。ぼくも生身の体を少しずつなくしていきましたが、ずっともとどおりの男でした。しまいには生身の体がなくなって、すっかりブリキになりましたけどね」(ないとうふみこ訳)

15**【わたしは前と同じように動けるようになりました】**全身がブリキになると良い点もある。『オズのブリキのきこり』できこりは回想している。「ぼくは前よりずっとりっぱな男になりました。なにしろもう体がいたんだり、苦しかったりすることもないし、ぴかぴか光ってきれいだから、服を着る必要もありません。服はよごれたり、やぶれたりするし、しょっちゅう着がえなくてはならないので、いつもめんとうでしかたがなかったんです。ブリキの体なら、油をさしてみがくだけでいいんですからね」（ないとうふみこ訳）

16**【わたしは心臓を失くしてしまい】**「恋をしているとき、わたしはこの世でいちばん幸せな男でした」。ボームはブリキのきこりにこう言わせながら、自分自身のことを語っているのかもしれない。モード・ゲイジ・ボームはボームの初恋の相手で、生涯ただひとり愛した女性だった。ボームのいちばん大切な作品である『オズの魔法使い』もモードに捧げている。ヘンリー・M・リトルフィールドは「オズの魔法使い――ポピュリズムについての寓話」（『アメリカン・クォータリー』誌、一九六四年春号）で、ブリキのきこりの話について、つまらない解釈を述べている。これは「東の邪悪なものが正直な労働者におよぼす影響に対するポピュリスト的見解」にすぎないらしい。生身の体をブリキに換えることで、「東の魔法がごくふつうの労働者を人間ではない存在にした。その労働者がより早く、より手際よく働くほど、機械に近づいていく」というのだ。だが東の悪い魔女は、この男を働かせたくないのだ！　魔女は、この男がよりうまく、いっしょうけんめいに働けるように機械に変えたわけではない。魔女はこの男を破滅させ、この男の少女に対する恋心を失わせたいのだ。リトルフィールドは『オズの魔法使い』を、この作品が書かれた当時の時代性に関連させて解説しようとするが、歴史を引っ張り出してきただけのうさんくさい説になっている場合が多い。スコットランドの著述家であるジョージ・マクドナルドは『オーツ麦の皿［*A Dish of Orts*］』（一八九三年）収録の「気まぐれな想像力［*The Fantastic Imagination*］」でこう主張している。「おとぎ話がすなわち寓意《アレゴリー》であるというわけではない」とし、「彼は実際には芸術家であり、いかなる描き方をしても、的確な寓意を生み出せるはずだ」。ボームは多数隠喩を用いているが、それをポピュリスト的意見の表明だと決めつけようとしても無意味だ。あらゆるピースが政治的アレゴリーにぴたりとあてはまり、筋が通るわけではないのだ。賢明なるボームはそのような物語は書かなかった。

17**【その子と結婚するかどうかなんてどうでもよくなったのです】**皮肉にも、その少女はきこりのことを以前にもまして愛していた。『オズのブリキのきこり』によると、少女はきこりにこう言ったと書かれている。「あなたは、最高のだんなさまになるわ。ごはんを食べないから、わたしは食事のしたくをしなくてもいいし、ブリキの体はつかれてねむることがないから、ベットをととのえなくてもすむでしょ。いっしょにダンスにいっても、音楽が終わらないうちに、もうくたびれたから帰りたいなんていいださない。そしてあなたが一日じゅう森で木を切っているあいだ、わたしは自分の楽しみを見つければいいんだもの。そんなご身分でいられる奥さんなんてめったにいないわよ。おまけに、このブリキの頭は血がのぼってかんかんになったりしないから、わたしに腹をたてることもないでしょう。そしてなにより、わたしは世界でただひとりのブリキのきこりの奥さんになれるのよ！」。きこりはこの話をすると、自慢げに、こんなことを言えるマンチキンの娘は「勇敢で美しいだけじゃなく、頭もいいんですよ」と言うのだ（ないとうふみこ訳）。

18**【大雨】**この大雨は西の悪い魔女がもたらしたものだろうか？　魔女は昔から、天候の激変をもたらすと言われている。一九五九年に再版されたアレクサンドル・ヴォルコフによる『オズの魔法使い』ロシア語版では、東の悪い魔女が嵐を起こし、エリ（ドロシー）を魔法の国（オズ）に連れてくる。

19【わたしに心臓をくださるようにお願いする】冷たく空っぽな金属製の男がやわらかくてやさしい心臓を望むことは、この物語のおもしろい皮肉の一例だ。ブリキのきこりは「産業化の時代」に対するロマン主義の抵抗を体現している。きこりは機械になってしまったために愛することができない。自分が失った人間らしさ、つまり心臓を取り戻すことでのみ、ふたたび完全な人となることができるのだ。

マーク・バラシュは「オズへの癒しの道［*The Healing Road to Oz*］」（『ヨガ・ジャーナル』誌、一九九一年一一・一二月号）で、この物語の登場人物のだれよりも、ブリキのきこりの身の上話は、彼が病んでいることの隠喩であると述べている。「ブリキという外見と、内なる自己とのあいだにある深い亀裂。外的なもの——人間関係、職業——に感情的エネルギーをすべて注いだことで己の内が虚ろになること。また肉体が破滅し、それによって逆に、本物の人間がもつ癒しの力に気づくこと」を意味していると。

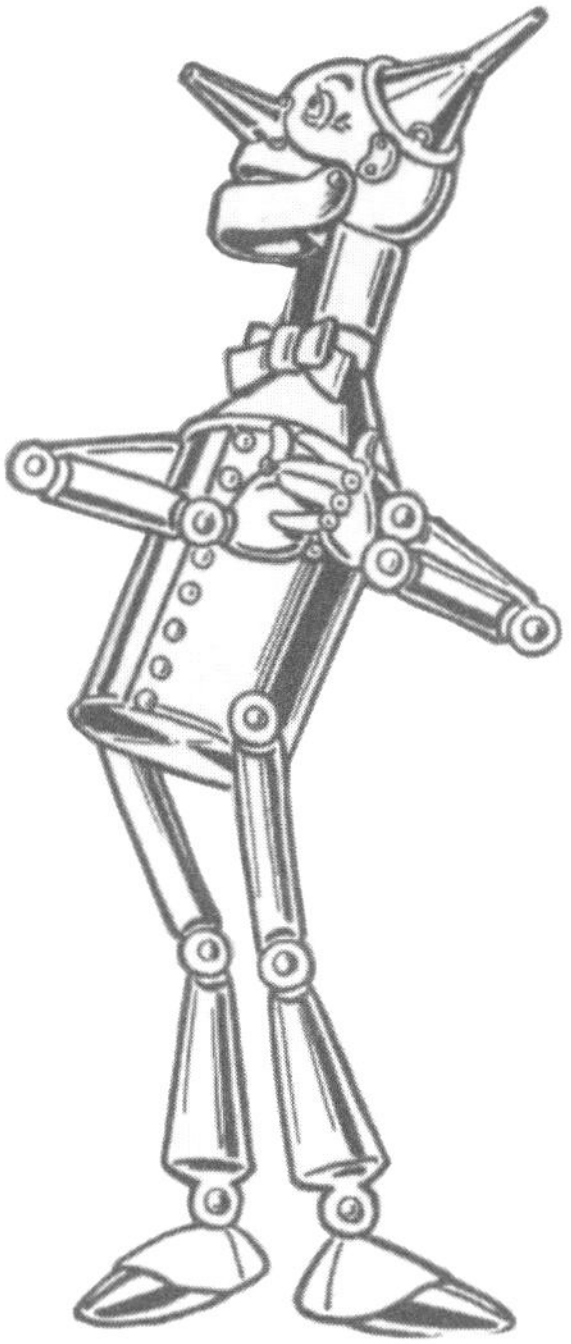

20【彼女と結婚する】ボームはこの章を『L・フランク・ボームの少年少女のための物語』（一九一〇年）に「ブリキ男の心臓」として収録するさいに、この会話にいくつかだじゃれをくわえている。

「たぶん」とドロシーは言いました。「ブリキの夫が大好きというわけにはいかないでしょうね」
「たぶんそうでしょうね」とブリキ男はため息をつきました。「それでもわたしは、世のたいていの夫よりも明るく、ピカピカに洗練された紳士なのですけどね」

オズ・シリーズ第二巻の『オズのブリキのきこり』（一九一八年）でようやく、きこりはマンチキンの娘と結婚する約束を果たそうとする。

21【この世でいちばんいいもの】かかしとブリキのきこりが交わすこの論争に、プラトンの対話篇『カルミデス』にもこれと似た考察があるのを思い出す。ソクラテスは普遍的知識をもつ夢を語るが、その後、知識が幸福をもたらすわけではないという意見に立ち戻るのだ。

22【このふたりの仲間のどちらが正しいのか】ドロシーは困惑している。合理的思考による指令と感情的な心によるもののどちらを選択するかという、大昔からの哲学的問いに向き合っているからだ。ドロシーのふたりの仲間が提示しているのは、「理性の時代」と「ロマン主義運動」という相反する観点だ。ジャスティン・G・シラーは一九八五年のペニーロイヤル版『オズの魔法使い』のあとがきでこう述べている。「このふたりで、人間においては本来、身体と魂が合一しているというアリストテレスの説を象徴している。おそらくそれは、少年から大人になる過程でもある」。ジョン・アルジオは「『オズの魔法使い』——危険の多い旅」(『アメリカン・セオソフィスト』一九八六年一〇月号)において、このかかしとブリキのきこりの議論に、H・P・ブラヴァツキーの『沈黙の声』(一八八九年)収録の「二つの道」が思い浮かぶと述べている。ブラヴァツキーは、「目の教え」(知)と「心の教え」(情)の識別について書いているのだ。ボームは賢明なる妥協を提示している。『オズのふしぎな国』(一九〇四年)の結末では、かかしとブリキのきこりは別れないことを誓う。それでもふたりは脳みそと心臓のどちらがよいかについてまだ口論している。だがオズマ姫が賢くも結論づけるのだ。「あなたたち、ふたりともゆたかだと思うわ。……しかも、そのゆたかさは、持っている価値のあるただひとつのゆたかさよ――満足という名のね!」(宮坂宏美訳)

23【食べないと】ドロシーは子どもらしい反応をしている。ドロシーの解決策はほんとうに実際的だ。ドロシーはなにか食べ物があるかぎりは、ほかの人たちがもっと細かい哲学議論をしようがかまわない。抽象的な議論では空腹は満たされない。ボームは、ドロシーは心配する必要がないと言っているのだ。彼女はすでに、自分を導く――かかしとブリキのきこりがもっていない――脳みそも心臓ももっているからだ。この議論に関してはマーティン・ガードナーが、一九六〇年のドーヴァー版『オズの魔法使い』の序文でこう書いている。T・S・エリオットがその詩「うつろなる人々」に「わたしたちは剝製の人間/わたしたちはうつろなる人間」と書いたときに、彼はいくらかでもオズのブリキのきこりとかかしのことを考えていたのだろうか、と。

第6章

おくびょうなライオン

ドロシーと仲間たちは深い森をずっと歩きつづけていました。道にはまだ黄色いレンガが敷かれていましたが、枯れ枝や落ち葉がいっぱいで、あまりうまく歩けませんでした。

森のこのあたりには鳥たちの姿もあまり見えません。鳥たちは陽当たりのよい開けたところが好きなのです。それに、木々のあいだに隠れている野生の動物がときおり低いうなり声をあげています。そうした声を聞くとドロシーはどきどきしてしまいます。どんな動物がうなっているのかわからなかったからです。けれどもトトにはわかっていました。トトはドロシーにぴったりくっついて歩き、そうした動物に吠えようともしませんでした。

「あとどれだけ歩いたら森を抜けるのかしら？」ドロシーはブリキのきこりにたずねました。

「わかりません。エメラルドの都には行ったことがありませんからね。でも父は、わたしが子どもの頃に一度行ったことがあります。父が言うには、危険な国を通る長い旅だったということですが、オズさまが住む都に近づくにつれて、あたりはきれいになるそうですよ。けれどもわたしは油さしがあればこわいものはありませんし、かかしを傷つける者はいません。それにあなたの額にはよい魔女のキスのしるしがあるのですから、あなたを悪いものから守ってくれるはずです」

「でもトトがいるわ！　だれがトトを守ってくれるの？」ドロシーは心配そうに言いました。

「トトに危険なことがあれば、わたしたちが守ってあげなければなりません」ブリ

キのきこりは答えました。
ブリキのきこりがそう言ったちょうどそのとき、森からおそろしいうなり声が聞こえたかと思うと、大きなライオンが道に飛び出してきました。ライオンが前足をひとふりしただけでかかしはひっくり返って道の端まで飛ばされてしまいました。それからライオンはブリキのきこりを鋭い爪で突き飛ばしました。きこりは道に倒れて起き上がれませんでしたが、ライオンがおどろいたことに、そのブリキの体にはなんの傷もついていません。
小さなトトは、目の前に敵が現れたのでわんわん吠えながらライオンに向かっていきます。すると大きなその獣は大きな口を開けてトトにかみつこうとしました。ドロシーはトトが殺されてしまうと思い、こわいと思うよりも先にライオンに突進してその鼻を思いっきり強くはたき[1]、大声で言いました。
「トトにかみついちゃだめ！　恥ずかしくないの？　こんなに大きな体をしているのに、

ちっちゃなかわいそうな犬をかもうとするなんて！」

「まだかんじゃいないよ」ライオンは、ドロシーがたたいた鼻先を爪でさすりながら言いました。

「でも、かもうとしたじゃない」ドロシーはゆずりません。「あなたなんか、みかけだおしのおくびょう者だわ[2]」

「わかってるよ。そんなこと、おれはいつだってわかってるんだ。でも、どうしようもないだろ？」ライオンは恥ずかしそうに頭を垂れて言いました。

「知らないわよ、そんなこと。かわいそうに。つめ物をしたかかしをなぐるなんて、ひどいわ！」

「あいつはつめ物なのかい？」ライオンはおどろいて聞きました。ドロシーはかかしをたすけ起こして立たせ、あちこちいびつになったかかしの体をなおしてあげています。

「もちろん、かかしにはワラがつめてあるわよ」ドロシーは答えましたが、まだかんかんです。

「だからあんなにかんたんに吹っ飛んだのか」ライオンが言いました。「あんなにごろごろころがってくなんてびっくりはしたんだ。もうひとりのやつもつめ物がしてあるのかい？」

「いいえ」ドロシーは言いました。「あの人はブリキ製よ」そう言いながら、ドロシーはきこりもたすけ起こしました。

「だからおれの爪が折れそうになったのか」ライオンは言いました。「ブリキをひっかいたから、おれの背中がびりびりっとしたんだな。あんたがかわいがってるその小さいやつはなんなんだ？」

「この子はわたしの犬のトトよ」ドロシーが答えました。

「そいつはブリキでできてるか、つめ物をしてあるのかい？」ライオンが聞きました。

「どっちでもないわ。この子はね、えーと、肉でできてる犬よ[3]」ドロシーは言いました。

「そうなのか。めずらしい動物だな。よく見るとびっくりするくらい小さいしな。こんなちっぽけなやつがかみつくなんて思うのは、おくびょう者のおれくらいだ」ライオンは悲しげに話をつづけました。

「どうしてそんなにおくびょうなの？」ドロシーは、大きな獣を見上げながらびっくりして聞きました。そのライオンは背が高く、小型の馬くらい大きかったのです。

「それがおれにもわからないんだ」ライオンが答えました。「生まれたときからそうだったんじゃないかな。森のほかの動物たちは、当然、おれのことを勇敢だと思ってる。ライオンはどこに行っても百獣の王ってことになってるからな[4]。でも、おれが大声で吠えればほかの生き物はみんなこわがって逃げ

ていってしまうんだ。人と出くわすとおれはいつだってこわくてたまらなかったんだが、おれがちょっと吠えただけで、いつだって人は一目散に逃げていく。ゾウやトラやクマがおれと戦うなんて言ったら、おれはさっさと逃げるよ。こんなにおくびょうなんだから。だがあいつら、おれが吠えるのを聞いたら、みんな逃げていってしまう。もちろん、おれはほっとくさ」

「でも、それはいいことじゃないね。百獣の王がおくびょうだなんてもってのほかだ」とかかしが言いました。

「わかってるさ」とライオンが、ぽろぽろとこぼれる涙をしっぽの先でぬぐいながら言いました。「それが悲しくてならないんだ。だからおれは不幸なんだよ。だが危ないって思ったとたん、決まっておれの心臓はどきどきするんだ」

「心臓の病気なのかもしれませんね[5]」とブリキのきこりが言いました。

「そうかもな」とライオン[6]。

「病気なら、喜ぶべきですよ。だってそれは、心臓をもってるってことですからね。わたしなんて、心臓がないんですから。だから心臓の病気には、なりたくてもなれないんです」とブリキのきこりはつづけました。

「だろうな」ライオンが考え深げに言いました。「心臓がなかったら、おくびょうになんてならないだろうからな」

「脳みそはもってるのかい？」とかかしが聞きます。

「たぶんね。見たことはないが」ライオンが答えました。

「おれはオズ大王のところに行って、脳みそをくださいとお願いするつもりなんだ」

とかかしが言います。

「おいらの頭にはワラしかつまってないからね」

「それにわたしは心臓をくださいとお願いするつもりなんです」とブリキのきこり。

「わたしはトトと一緒にカンザスに帰してくださいってお願いするのよ」とドロシーも言いました。

「オズはおれに勇気をくれると思うかい？」おくびょうライオンが聞きました。

「おいらに脳みそをくれるなら簡単だろうさ」とかかし。

「わたしに心臓をくださるなら」と言ったのはブリキのきこり。

「わたしをカンザスに帰してくれるならね」とドロシーも言いました。

「だったら、よければ一緒に行かせてくれないか」とライオンが言いました。「ちっとも勇気がないまま生きてくなんて、もういやなんだ」

「大歓迎よ」とドロシーが言いました。「だって、あなたがいれば獣たちは近づか

ないでしょうからね。あなたがほかの獣をおどしてあっという間に追い払えるのだったら、ほかの獣はあなたよりもっとおくびょうなんじゃないかしら」

「それはそうだろうけど、でもそれでおれが勇気があるってことにはならないし、自分がおくびょう者だってわかってるかぎり、おれは幸せにはなれないんだ」

というこことで、ライオンも仲間にくわわることになり、みんなはまた旅をはじめました。ライオンはドロシーのとなりを堂々とした足取りで歩きました。トトは最初、この新しい仲間を好きになれませんでした。ライオンの大きなあごでぐしゃりとかみくだかれそうになったことが忘れられなかったからです。でもしばらくすると緊張もとけ、今ではトトとおくびょうライオンはすっかり仲良しになっていました。


その日はもう大きなできごともなく、みんなは旅をつづけました。ただ、ブリキのきこりが道をはっていたカブトムシをふんで、そのかわいそうな虫を殺してしまうということがありました。これでブリキのきこりはすっかり気落ちしてしまいました。いつもきこりは生き物を傷つけないように気をつけていたからです。だからきこりは悲しくて、それになんてことをしたんだと思う気持ちもあって、涙を流しながら歩きました。すると涙がゆっくりと顔をつたってあごのつぎめに流れ、そこがさびてしまいました。ドロシーがブリキのきこりになにかたずねようとしたところ、きこりの口は開きません。あごがさびて閉じたままになったのです。きこりは体がさびつくことをひどくこわがっていたので、手足をバタバタと動かしてドロシーにたすけてくれと伝えようとしましたが、ドロシーにはなんのことかわかりません。ライオンもどうしたのかさっぱりです。けれどもかかしがドロシーのバスケットから油さしをとってきこりのあごに油をさすと、しばらくしてきこりは以前と同じように話せるようになりました。

きこりは言いました。「今のはいい教訓になります。[7] 足を踏み出すときにはよく見ないと。だって別の虫を殺したらわたしはまた泣いてしまって、泣くとあごがさびてしゃべれなくなりますからね」

それからというもの、きこりはとても注意して歩きました。目はじっと道にやり、小さなアリがはっているのが見えるとそれをまたぎ、傷つけないようにしました。ブリキのきこりは自分に心臓がないことがよくわかっていて、だから残酷になったり、なにかに不親切になったりしないようにとても注意しているのです。[8]

きこりは言いました。「あなたたち心臓がある人は心臓が導いてくれるから、まちがいをしでかすこともありません。でもわたしには心臓がないので、だからとても注意しなければならないのです。[9] オズさまがわたしに心臓をくださったら、もちろん今ほど気をつける必要はなくなりますけどね」

第6章　注解説

1【その鼻を思いっきり強くはたき】ドロシーはライオンをまるでいたずら子猫か行儀の悪い子犬のように扱っている。ドロシーはおそらくはトトを同じ調子でしつけているのだろう。おくびょうライオンは大型のペットのようなふるまいをすることが多い。もちろん、動物をこのように描いた作家は、ボームが初めてではない。『四足獣の歴史［*The History of Four-Footed Beasts*］』（一六〇七年）を書いたエドワード・トプセルによると、寓話に出てくるアンドロクレスが仲良くなったライオンは、犬と同じように人間のにおいをかぎ、尾を振ったという。トプセルは、リビアでは、ライオンは犬のように家で飼われているとも書いている。

2【あなたなんか、みかけだおしのおくびょう者】ドロシーのほかの仲間と同じく、ライオンはこっけいなパラドックスを体現している。ボームはここでも、読者の先入観を裏切る内容でおもしろさをくわえているが、デンスロウはかつて、このライオンを思いついたのはボームではなく自分だというようなことを言っている。「さらにおもしろくするために、わたしたちはおくびょうなライオンを取り入れた。ライオンは通常は非常に獰猛だと思われている。わたしが思うに、ライオンをおくびょう者にすることでおもしろくなるのだ」（「デンスロウ――デンヴァーのアーティストにしてかかしとブリキのきこりの生みの親」『デンヴァー・リパブリカン』紙、一九〇四年九月四日付）。伝説や文学作品にはほかにもやさしいライオンが登場するものがある。紋章学では、尻尾を脚のあいだに垂らしているライオンはおくびょう者であることを意味する。アンドロクレスと聖ヒエロニムスの伝説ではどちらも、ライオンの前足に刺さったトゲをぬいてやり、ライオンと親しくなる。おくびょうライオンは、エドマンド・スペンサーの『妖精の女王』（第一巻、第三篇）に登場する、美しい乙女ウナをたすけるライオンをほうふつさせる。やさしいライオンはアメリカの芸術にも登場する。エドワード・ヒックスの絵画『平和の王国』では、ライオンが子羊と一緒に腰をおろしている。

　MGM映画の見どころのひとつが、おくびょうライオン役のバート・ラーによるとても楽しい演技だった。「もちろん、舞台化や映画化されるからといって、児童文学の登場人物のすべてが台無しになるとはかぎらない」と、ウィリアム・K・ジンザーは「ドリトル先生、沼のほとりのパドルビー」（『ザ・ニューヨーク・タイムズ・チルドレンズ・ブッ

このブリキのきこりの絵はトレードカードに描かれたもの、1910年頃。個人蔵

ク・レビュー』一九六六年二月六日付）で述べている。「逆におくびょうライオンは、バート・ラーが演じたことによってライオンが演じたよりも本物のように見えた。これも、ときおりあるような、遺伝学では説明がつかず科学をおどろかせるできごとのひとつだ」。すばらしい評価を得たにもかかわらず、ラーはすぐにハリウッドを離れブロードウェイに移った。「ハリウッドにどれだけライオンの役があるっていうんだい？」ラーはこう言った。バートの息子ジョン・ラーは、『おくびょうライオンについての覚え書き［*Notes on a Cowardly Lion*］』（一九六九年）という父のすばらしい伝記を書いており、かなりの部分をMGMの映画とそれがラーの役者人生におよぼした影響にあてている。一九七五年のブロードウェイ・ミュージカル『ザ・ウィズ』でおくびょうライオン役を演じたテッド・ロスは、その演技にふさわしくトニー賞を受賞し、一九七八年の映画化作品でも同じ役に就いた。

3【肉でできてる犬】この会話からは、ドロシーの三人の仲間によって勇気、知性、やさしさという性質を擬人化する以外にも、この三人が自然に存在する三つのもの――動物、植物、鉱物――を表していることがわかる。ボームは「肉」という言葉を使うことで、かかしやブリキのきこりといった現実には存在しない架空のキャラクターと、生身のキャラクターとを区別している。「新しい仲間が登場するたびに物語が進んでいく」とゴア・ヴィダルは「オズ・シリーズを再読して」（『ニューヨーク・レビュー・オブ・ブックス』誌、一九七七年一〇月一三日号）で解説している。「どの登場人物も、本質的にユーモアがある。どのキャラクターも一様に、わかりやすく読者を満足させる調子でしゃべる」。ジョン・アルジオは「『オズの魔法使い』――危険な旅」（アメリカン・セオソフィスト、一九八六年一〇月号）で、三人の仲間はマナス（心、知性）、カーマ（感性）、ストゥーラ・シャリーラ（肉体）を意味するものではないかと述べ、神智学の指導者であるアニー・ベサントの次の言葉を引いている。「不屈の勇気が打ち勝てない危険などない。一点のくもりもない純粋さが乗り越えられない試練などない。強い知性が克服できない困難などない」。アルジオは、ピカピカに磨き上げられたブリキのきこりは「一点のくもりもない純粋さ」を表しているが、しかし人の徳とは、その外見よりも内面の感性を映し出すものだと論じている。

4【百獣の王】ライオンが百獣の王であるという説の起源は古代にさかのぼり、中世に広まったものだが、この考えが非常に複雑なシステムのなかに組み込まれたのはルネサンス期のことだ。レーモン・スボンの『自然神学［*Natural Theology*］』（一五五〇年）やヘンリー・ピーチャムの『完璧なる紳士』（一六二二年）といった作品では、人の階層を語るさいに、百獣の王ライオンを例に挙げている。強い弱いにかかわらず、生物の分類にはどれにもすぐれたものがいる。ワシは鳥類の主であり、イルカやクジラ（哺乳類だが）は魚類の長であり、そしてライオンは百獣の王なのだ。『キルケー』（一五四八年）を書いたイタリアの文学家ジェッリやその時代の著名人たちはゾウが百獣の王だと考えたが、大半の人々はライオンが動物の首長だと思っている。第11章注26も参照のこと。

ライオンのジレンマは、ジョゼフ・スターリング・コイン作の人気を呼んだ喜劇『八方美人 [*Everybody's Friend*]』（一八五九年）に登場するウェリントン・ド・ブーツのそれを思い起こさせる。これはボームが若い頃に出演した劇でもある。ド・ブーツは最後に、自分は「偽物――ペテン師で、詐欺師だ」と告白する。彼の名はウォータールーの戦いでナポレオンに勝ったウェリントン公にちなんでいるのだが、「おれはこの名についてまわる勇気ある男というイメージを維持しなければならなかった。実際には、男ならたいていはもっている勇気がだれより少ないのに」だからだ。現実に彼がもつのは、「ライオンではなくネズミの、それもいちばんいくじなしのネズミの心臓だ」。だが彼はこうも言う。「だがおれが悪いわけじゃない。悪いのは、生まれもっての性格と、ご先祖さまだ」。おくびょうライオン（とオズ大王その人）と同様、ウェリントン・ド・ブーツは他人が思うような人物ではなく、だから彼は周囲の期待に沿うべく、偽物の自分を演じ続けなければならなかったのだ。

このかかしとブリキのきこりの絵は、1903年にボブズ=メリル社から刊行された『新しいオズの魔法使い』のタイトルページ向けにデンスロウがあらたに描いたもの。個人蔵

5【心臓の病気】これは、この物語を通していくつか出てくる心臓病に関する冗談のひとつだ。だが、息子のフランク・ジョスリンが『子どもを喜ばせるために』で主張しているように、ボームには心臓に欠陥があったのだろうか？　ほかの家族はこの説を否定しており、現在は、それを確認できる記録はない。

6【ライオン】『L・フランク・ボームの少年少女のための物語』（一九一〇年）では、この章は改変されて次のような内容がくわわっている。

「いいえ」ドロシーはきっぱりと言いました。「そんな理由じゃないわ。それが本性だからだと思うの。人間の本性もそうだからよ。わたしが住んでる西部のカンザスでは、いちばん大声でわめいて、自分がいちばんの荒くれものだって言い張るカウボーイは、いちばんのおくびょう者だってことになってるわ」

ボームはイソップ童話の「弱い犬ほどよく吠える」という教訓をもじっているのだ。

7【教訓】このとき初めてブリキのきこりは、心臓のない者がなにかを行うとどうなるか理解する。このときから、きこりはまるで心臓をもっているかのようにやさしく、愛情深くなるのだ。

8【なにかに不親切になったり】ブリキのきこりは、情緒を重視する一八世紀のロマン主義者のようなことを言う。ブリキのきこりなら、ロマン主義のイギリス人詩人ウィリアム・クーパー(一七三一～一八〇〇年)の感傷的な詩にも共感するだろう。

わたしはこうした人物を友人とはしない
洗練されたマナーとすばらしい感覚を賜っていても
それでも感性を欠き
その必要もないのに虫をふんづける

きこりの心配には、ゲーテによるドイツ・ロマン主義の作品である『若きウェルテルの悩み』(一七七四年)の主人公の悩みが思い出される。ウェルテルはこう思う。「心なき散歩のあゆみに、われらは数千の可憐な虫の命をうばう。ひとたび踏めば蟻の営々たる建物は蹂躙され、小さき世界は無慙な墓場と化する」(竹山道雄訳)。ボームはこうした人たちのいる町を作り出している。『オズのエメラルドの都』(一九一〇年)では、ギリキンの国にある、「とりこし苦労をしたり、なんでもないことにくよくよしたりして、そこに不安な気持ちと『もしも』が加わ」った人たちが住む「トリコシ村」を描いた。こうした村人のひとりはこう嘆く。「わたし――わたし、ぬいものをしていたら指に針をさして、血が出てきてしまったの！　きっと敗血症になって、そうしたらお医者さまに指を切りおとされて、熱が出て、死ぬんだわ！」(ないとうふみこ訳)。

ボームが、この宇宙には、どんなに下等な生物でさえも生きる場所があるという、自身の信念を表明しているのは明らかだ。だがボームは、カブトムシが人間と同じ価値、あるいは同じレベルの生物だと主張しているわけではない。『アメリカのおとぎ話』(一九〇一年)収録の「不思議なポンプ[*The Wonderful Pump*]」の牧師は、虫の王様から大金をもらった農民夫妻にこう説明する。「虫が話せるからといって良心をもっているわけではないし、虫には善と悪との区別がつかない」。しかしボームはこれと同意見であるわけでもない。彼は農夫の妻と親しくなったカブトムシにこう言わせるのだ。「虫は人間と同じくらい命を大事にしています」。だから虫も親切にあつかうべきなのだ。これも『アメリカのおとぎ話』に収録されている「中国の役人とチョウチョ[*The Mandarin and the Butterfly*]」では、悪役が自分の捕虜にこう言う。「チョウチョには魂がない。だから生まれ変われない」。死はチョウにとって一巻の終わりということだ。だがチョウは神が創造されたほかのあらゆる生き物がそうであるように、親切に扱うに値する生き物だ。ブリキのきこりはとてもやさしく、『オズのエメラルドの都』(一九一〇年)では、「ブリキの体にハエがとまっても、ふつうの人のようにらんぼうにはらいのけたりせず、どうかべつの場所で

休んでくださいと、ていねいにおねがいなさるのです」と説明されている(ないとうふみこ訳)。また『オズのパッチワーク娘』(一九一三年)ではひとりの少年が、おじを生き返らせる薬を作るために黄色いチョウから羽をとろうとするのだが、ウィンキーの国の皇帝であるブリキのきこりはそれを許さない。きこりは一匹のチョウが苦しむのでさえ耐えられないのだ。この「感性」がよくわかる例はほかにもある。第一八章で、魔法使いが気球に乗っていってしまったあとに、さめざめと泣く場面だ。

9 **【とても注意しなければならない】**ボームは、心臓をもっている人々が、実は、この心臓をもたないブリキ男ほどやさしくはないことをほのめかして皮肉っている。マーティン・ガードナーは『オズの魔法使いとその正体』で、「ブリキのきこりは心臓をもっていないことをそれは気に病んでいて、彼の『生命への畏敬』はシュヴァイツァーを超えるほどだ」と述べている。

第7章
オズ大王に会いに行く

みんなはその夜、森のなかの大きな木の下で休まなければなりませんでした。[1]近くに家は一軒もなかったのです。けれど木にはびっしりと枝葉が茂っていたおかげで夜露にぬれずにすみました。それにブリキのきこりが斧で薪をたっぷり切り出してくれて、ドロシーはどんどん火を燃やして体を温めたので、それほどさびしく感じることもありませんでした。ドロシーとトトは残っていたパンを食べてしまったので、ドロシーは明日の朝ごはんはどうしようと心配になりました。

「よければ、森へ行ってシカをしとめてこようか」ライオンが言いました。「そうしたら火でシカ肉をあぶればいい。人間は火を通した食べ物が好きだからな。変わってるよな。そしたらおいしい朝ごはんになるぞ」

「やめてください！　そんなこと」ブリキのきこりが言いました。「かわいそうなシカさんを殺したりしたら、わたしはきっと涙が出てしまいます。[2] そうすればまたあごがさびてしまいますよ」

　でもライオンは森のなかへと入っていき、自分の夕飯を見つけたようです。ライオンの夕飯がなんだったのかはだれも知りません。ライオンが教えなかったからです。そしてかかしは実がいっぱいになっている木を見つけ、[3] ドロシーのお腹がしばらくはぺこぺこにならないように、バスケットいっぱいにこの実をつめてくれました。ドロシーはなんて親切で思いやりがあるかかしだろうと思いました。でもかかしの木の実のつまみ方がへたくそで、そのしぐさがとてもおかしくて、大笑いしてしまいました。ワラをつめたかかしの手はとても不器用で、[4] それに木の実はとても小さくて、バスケットに入れようとしてもほとんどこぼれてしまうのでした。けれどもかかしは時間がかかることなどちっとも気にもせず、バスケットいっぱいに木の実をつめました。そうするあいだは火のそばから離れていられたからです。かかしは火の粉がワラに飛んできて、体が燃えてしまうかもしれないとこわがっていたのでした。[5] だから火からはかなり遠いところにいたのですが、ドロシーが休もうと横になったときにはそばにやってきて、

枯れ葉を体にかけてくれました。この枯れ葉のふとんは暖かくて気持ちよく、ドロシーは朝までぐっすりと眠れたのでした。

朝になってドロシーがさらさらと流れる小川で顔を洗うと、みんなはすぐにエメラルドの都に向けて出発しました。

この日は旅をするみんなにとって、いろいろと大変な一日になりました。歩きはじめて一時間もたたないうちに、みんなの進む道の先に大きな割れ目が現れました。見るかぎり、森はそこでまっぷたつに分かれていました。割れ目はとても広く、ふちまで行ってのぞきこんでみるととても深くて、底にはギザギザの大きな岩がたくさん見えました。両岸はとてもけわしい崖になっていて、とても上り下りすることなどできません。旅はそこで終わりかと思われました。

「どうすればいいの」ドロシーががっかりして聞きました。

「全然わかりません」ブリキのきこりが言います。それにライオンもふさふさのたてがみをふって、考えこんでいます。でもかかしが言いました。

「おいらたちは飛べない。それはたしかだ。それにおいらたちはこの崖を下まで下りれやしない。だから、飛び越えられなきゃ、ここでおしまいってわけだ[6]」

「おれなら飛び越えられるかもしれない」向こう岸までどれだけ離れているか、じっと目で測っていたおくびょうライオンが言いました。

「だったら大丈夫だな」とかかし。「だってあんたがみんなをひとりずつ背中に乗せて、向こうまで運べるだろ」

「そうだな、やってみよう。だれが最初だ?」

「おいらが行く！」かかしが言いました。「もしここを飛び越えられなくて底の岩にぶつかったら、ドロシーだと死んじまうし、ブリキのきこりはでこぼこになっちまうからな。でもあんたの背中に乗ってるのがおれなら、たいしたことにはならない。落ちてもケガするわけじゃないからね」

「落ちたらどうなるかこわくてたまらんが、だけどやってみるしかないだろう。さあ背中に乗れよ、飛んでみよう」おくびょうライオンが言いました。

かかしは背中にまたがり、大きなライオンは崖の端まで行って身をかがめました。

「どうして走って勢いをつけてから飛ばないんだい？」かかしが聞きます。

「ライオンはそんな飛びかたをしないからさ」ライオンはそう答えると、びょーんと大きく跳ねて風を切り、ぶじに向こう側に下りました。ライオンがやすやすとやってのけたので、みんな大喜びです。かかしがライオンの背中から下りると、ライオンはまた割れ目を飛び越えてドロシーたちのところに戻りました。[7]

次はわたしね。そう思ったドロシーはトトを腕に抱いてライオンの背に乗り、もう片方の手でライオンのたてがみをしっかりとつかみました。そうしたとたん、ドロシーはまるで空を飛んでいるような気がして、でもあれこれ考えるまもなく、向こう岸にぶじに下りていたのでした。ライオンはまた割れ目を飛び越えて、今度はブリキのきこりを運んでくれました。そしてみんながそろったところでしばらく腰をおろし、ライオンにひと休みしてもらいました。大きな割れ目をなんども飛び越えたせいでライオンは息切れしていて、長く走りすぎた大きな犬みたいにハアハア言っていたからです。[8]

割れ目をわたったところは木々がびっしりと茂っていて、暗く陰気な感じでした。ライオンがひと休みすると、みんなは黄色いレンガの道をまた歩きはじめました。口にはしませんでしたが、この森はいつか終わって、また明るい陽射しを浴びることがほんとにできるのだろうかと、みんなが心のなかで思っていました。この不安をさらにあおるように、森の奥深くからはやがて不気味な音が聞こえてきて、ライオンは仲間に、おれたちはカリダーが住む国に足を踏み入れたんだとささやきました。

「カリダーってなに?」ドロシーは聞きました。

「体はクマ、頭はトラで、[9]怪物みたいな獣だ」ライオンが答えました。「それにツメはとても長くてとがってて、おれがトトを殺すくらい簡単に、おれのことをまっぷたつにできるようなやつらだ。おれはカリダーがこわくてしょうがないんだ」

「こわくてあたり前だわ。だっておそろしい獣にちがいないもの」とドロシーが答えます。

ライオンがそれに返事をしようとしたとき、みんなの前の地面に、また大きな割れ目が現れました。でもこんどの割れ目は前のよりもずっと広くて深く、見ただけで、ライオンにもこれは飛び越えられないことがわかりました。

だからみんなはどうしたものかと、いったんそこで腰をおろしました。いっしょうけんめいに考えたところでかかしが言いました。

「ここには大きな木があるし、割れ目のすぐそばに立っている。ブリキのきこりがこいつを切り倒したら向こう側にかかって、それを歩いてわたれるんじゃないか？」

「そいつはまたいい考えだ」とライオン。「ほんとのところ、お前の頭につまってるのはワラじゃなくて脳みそじゃないのか？」

きこりはすぐに仕事にかかりました。きこりの斧はしっかり研《と》いであったので、木の根元にはあっという間に大きな切れ目が入りました。そして最後に、ライオンが強くて太い前脚で力をこめてぐいと木を押すと、木はゆっくりと、大きな音をたてて倒れていき、割れ目の向こう側にてっぺんの枝がかかりました。

みんながこの急ごしらえの橋をわたりはじめたちょうどそのとき、鋭いうなり声が聞こえました。顔を上げると、二頭の大きな獣がみんなのほうに向かって走ってくるのが見えて、みんなは震え上がってしまいました。クマの体にトラの頭をした獣です。

「カリダーだ！」おくびょうライオンがぶるぶると震えながら言いました。

「早く！」かかしが大声をあげました。「早くわたるんだ」

そこでドロシーがトトを腕に抱いて最初にわたり、それからブリキのきこり、そのあとにかかしがつづきました。ライオンはこわくてたまらないはずですが、カリダーのほうを向いて、とても大きくおそろしい声で吠えました。ドロシーはきゃっと声をあげ、かかしはしりもちをついて、獰猛《どうもう》なカリダーでさえびっくりしてちょっと足を止め、ライオンをまじまじと見たほどでした。

　けれども、自分たちがライオンよりも大きく、それにライオンは一頭なのに自分たちは二頭だということを思い出し、カリダーたちはまたこちらに向かってきました。ライオンは木をわたりおえると、振り返ってカリダーたちのようすをみました。獰猛なカリダーたちはためらいもせずに木をわたりはじめています。ライオンはドロシーに言いました。

「もうだめだ。あいつらはきっとおれたちをあの鋭いツメでまっぷたつに引き裂いてしまう。あんたはおれのうしろにいるんだ。できるかぎりおれがあいつらと戦うから」

「ちょっと待った！」かかしが大声をあげました。かかしはどうすればいいのかずっと考えていたのですが、きこりに、こちら側にかかっている木の端を切ってくれと言いました。ブリキのきこりはさっそく斧をふるいはじめ、あと少しで二頭のカリダーがわたりおえるというときに、木はガラガラと谷底へと落ちていきました。醜いカリダーたちもうなり声を上げながら一緒に落ちていき、そして二頭とも、底の鋭い岩にぶつかってバラバラになってしまいました。

「ああよかった」ライオンがほーっと長い息をはいて言いました。「もう少し長生きできそうだ。うれしいよ。死んじまうなんていい気分じゃないだろうからな。カ

リダーがあんまりこわくて、まだ心臓がドキドキしてるぜ」

「ああ、わたしにもドキドキする心臓があればいいんですが」ブリキのきこりは悲しげに言いました。

割れ目をわたりどうにかカリダーをやっつけた旅の仲間たちは、森を抜けたい気持ちがますます強くなって、ずっと速足になりました。だからドロシーは疲れてしまい、ライオンの背中に乗ることになってしまいました。けれどもうれしいことに、歩いていくうちに木はだんだんと少なくなってきました。

そして午後になると突然、大きな川にぶつかりました。目の前を水がごうごうと流れています。向こう岸には黄色いレンガの道が続いているのが見え、その両側には美しい田畑が広がっています。緑の草地には明るい花がそこここに咲いていて、道の両側には、おいしそうな果物をびっしりと実らせた木々が並んでいました。この美しい景色を目にして、みんなはうきうきしてきました。

「どうしたら川をわたれるかしら」ドロシーが聞きました。

「かんたんさ」とかかし。「ブリキのきこりにいかだを作ってもらうんだ。そうすりゃい

かだに乗って向こう岸までいける」

そこできこりは斧を取り出し、いかだ用に小さな木を切りはじめました。きこりが忙しく働いているあいだに、かかしは川岸で、おいしそうな果物がたくさんなっている木を見つけてくれました。これにはドロシーも大喜びでした。その日はずっと、木の実しか食べていなかったのです。ドロシーは熟した果物をお腹いっぱいに食べました。

けれども、疲れることのないブリキのきこりがいっしょうけんめいに仕事をしても、なかなかいかだはできあがりません。夜になってもいかだ作りは終わっていませんでした。そこでみんなは木々の下に居心地のいい場所をさがして、そこで朝までぐっすりと眠りました。ドロシーはエメラルドの都と、立派な魔法使いのオズさまの夢を見ました。オズ大王はもうすぐドロシーを家に帰してくれるでしょう。

第7章　注解説

1【みんなはその夜、森のなかの大きな木の下で休まなければなりませんでした】アレクサンドル・ヴォルコフは一九三九年刊ロシア語「翻訳版」の『オズの魔法使い』で、ブリキのきこりとおくびょうライオンが登場する章のあいだに、まったく新しい章を挿入している。森のなかの標識（「旅人は急げ！この角を曲がれば、欲しいものがなんでも手に入る！」）にエリ（ドロシー）がだまされてオーガ（人食い鬼）に捕まる。オーガはエリをしばり上げてキッチン・テーブルの上に寝かせて、大きなナイフを研ぎ、それでエリを料理しようとするのだ。もちろん、エリの仲間がたすけにきてくれる。しかしこの気味の悪い冒険は、現代版おとぎ話には、ありきたりな登場人物やおそろしく血なまぐさいできごとを取り入れるべきではないというボームの信念とは一致しないものだ。ヴォルコフが勝手に書きくわえたこの章は、「ドロシーとトト」（一九一三年）でドロシーが巨人のクリンクリンクに捕まって閉じ込められるエピソード（こちらはもっとおもしろいが）に似ている。だがヴォルコフは、『オズの小さな物語』に収められた、このあまり有名ではない短編のことは知らなかったようだ。

2【わたしはきっと涙が出てしまいます】心臓がないのにもかかわらず、ブリキのきこりはあらゆる生き物を気にかけ、その気持ちを言葉にすることができる。きこりが前章の最後に書かれた経験から学んでいることは確かだ。だがきこりの道義心の基準は依然あいまいだ。ドロシーを飢えさせないことよりも、涙であごがさびつかないようにすることのほうが思いやりがあるとでもいうのだろうか？　自分を導く心臓がないせいで、きこりの言動はそのときどきの感情に大きく左右されている。ブリキのきこりは、狩猟や釣りには興味をもたなかったボームの繊細さを表現しているのではないかと考える人々もいる。野生動物に対するボームの愛情は、ボームの作品のいたるところに反映されている。『警官アオカケス』（一九〇八年）のまえがきでは、「楽しい本を読むことで、無力な動物や鳥たちにちょっとだけやさしい気持ちをかけてあげられるようになるとしたら、物語の価値は倍増するでしょう」と述べている。

3【実】「オズでは外界のように、人々が一時的な流行に踊らされることはほとんどなかった」。S・J・サケットは、「オズのユートピア」でそう述べている。「しかし一時期、ドロシーは菜食主義にかなり近い考えをもっていた」。彼は『オズのオズマ姫』（一九〇七年）の第二章にある、食べ物に関する描写を引き合いに出しているが、『オズの魔法使い』でも、ドロシーの食事をよく見ると肉の類はなにもない。注釈2の（シカを食べるなどとんでもないという）ブリキのきこりの意見は、動物を食することに対するボームの懸念を反映しているのかもしれない。ボームの義理の母であるマティルダ・ジョスリン・ゲイジ

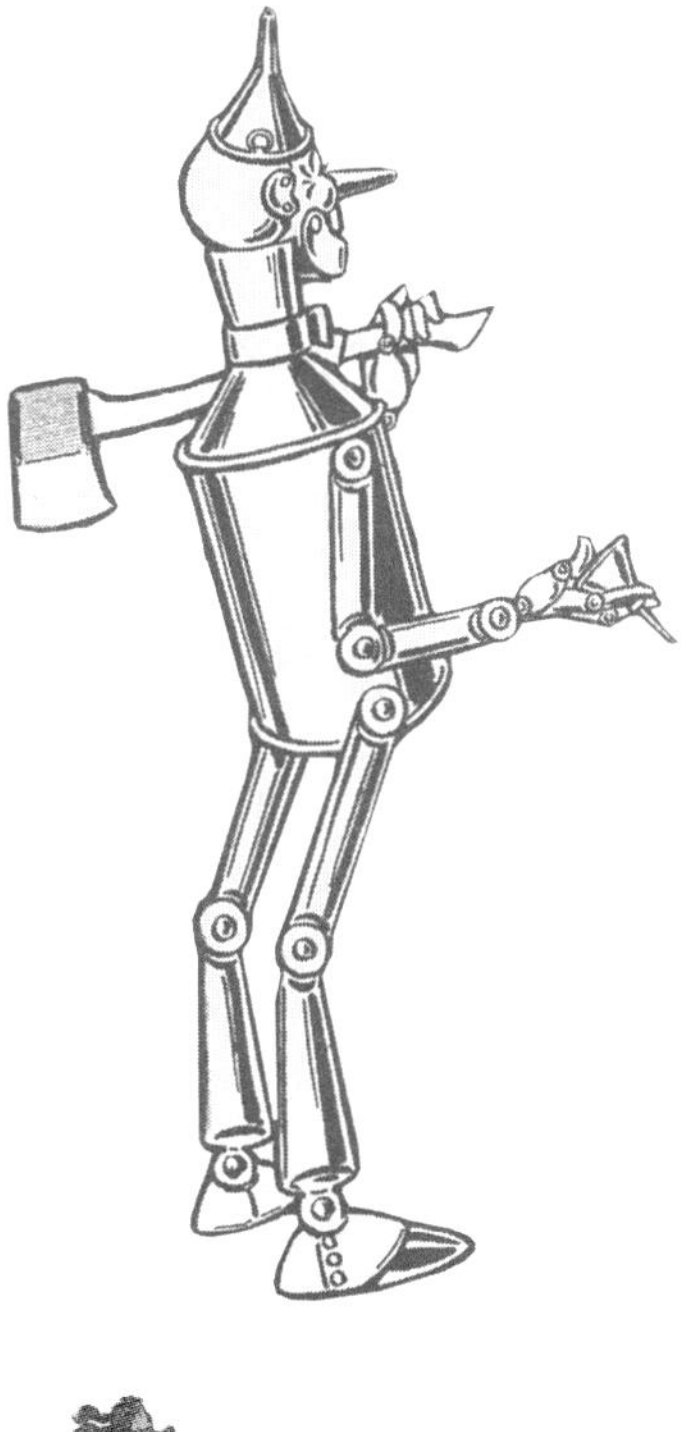

は、一八九八年に亡くなる少し前に菜食主義者となっており、また一八九七年四月一四日には、シカゴ菜食主義者協会西部支部で「食物が性格におよぼす影響」という講演を行っている。彼女は孫息子のハリー・カーペンターに、一八九七年一月二二日付けの手紙でこう書いている。「肉類はまったく口にしない人が何百万人もいます。菜食主義者は、生きているものはすべて――動物も鳥も、昆虫でさえもです――神聖だとみなしているのです。そうした人々は、生きているものを殺すという行為は、それがなんであろうと非常にまちがった行いだと考えています。また、肉食がすべての人にとって害であるという考えなのです」。さらにマティルダは、菜食主義が身体のみならず魂にもよいものだと思っていた。しかしボーム自身は菜食主義者ではなかった。

4【ワラをつめたかかしの手はとても不器用で】ボームは、物語にちょっとしたエピソードをちりばめるのが非常にうまい。注意深くないと見落としてしまうようなものだが、それは登場人物を生き生きとさせ、物語に大きく現実感を与えるようなエピソードだ。マーティン・ガードナーも「『オズのブリキのきこり』鑑賞」(『ボーム・ビューグル』誌、一九九六年秋号)でこう書いている。「ボームは詳細な点につねに注意を払い、そうしなければ不合理なファンタジーになってしまう物語に、ほんとうらしさを与えている」。こうしたこまごまとしたことは、子どもの読者の身近な世界を反映させたものだ。作家のダニエル・P・マニックスは、一九八二年八月二五日付けの手紙にこう書いている。「黄色いレンガの道には穴があいていて、かかしがそれにつまずく。かかしはワラをつめた指で木の実を苦労して拾い上げるし、ドロシーは旅のあいだに食べ物が必要であり(おとぎの国の旅で『食べなければ生きていけない』という話を聞いたことがあるだろうか?)、夜になると寒くなるので火が必要だ。ほかにもいろいろあるが、重要なのは、アメリカでは子どもたちに食べ物が必要であり、寒いこともあるし、でこぼこの道もあるという点ではなく、こうした詳細のすべてが、オズを実在の場所らしくしているというところだ」。著者のボームはドロシーの仲間がもつ恐れや欠点を丁寧に描写しており、そのおかげで、オズ大王のもとへと向かう旅のあいだに、彼らのちょっと変わった独特の性格もよくわかってくるのだ。

5【体が燃えてしまう】この危険とは裏腹に、ナサニエル・ホーソーンの短編「フェザートップ　訓話になった伝承」に登場するかかしのフェザートップは、自分を作った年よりの魔女がくれたパイプをふかすかぎりは、人間として生きられる。フェザートップとボームのかかしの造形には相似点がある。書評家のマリウス・ビューリーは「オズ・カントリー」(『ニューヨーク・レビュー・オブ・ブックス』誌、一九六四年二月三日)で、オズ・シリーズを読むと「ホーソーンの短編をほうふつさせる寓意的テーマや意見が織り込まれていることに気づく」と述べている。『オズのふしぎな国』(一九〇四年)のカボチャ頭のジャックも、ホーソーンのフェザートップと共通するものが多い。シンシア・ハーン・ドーフマンは、カボチャ頭のジャックに命を吹き込んだ魔女の名「モンビ(Mombi)」は、フェザートップを作り出した魔女の名「マザー・リグビー(Mother Rigby)」からとったものかもしれないと考察している。

6【ここでおしまい】これはかかしが頭を使う初めての場面だ。道の穴で転んだことで、かかしは行動する前に考えることを学んだのだ。

7【また割れ目を飛び越えて】これは初めてライオンが勇気があるところを見せなければならない場面で、そしてライオンはとてもう

まくやってのける。ライオンは、そうしようと思えばいつでも勇気を出せるのだ。ライオンは、「勇気とは窮地にあるときにみせる気品だ」というアーネスト・ヘミングウェイの金言を証明している。

8 **【長く走りすぎた大きな犬みたいに】** この物語では、ボームがライオンをネコに例えている場面もある。ボームは子どもの読者に、このライオンが家のペットと同じように害を与えない動物であるから、こわがることはないと安心させているのだ。

9 **【体はクマ、頭はトラ】** カリダーの描写に、一九三九年のMGMのミュージカル映画の有名な挿入歌『ライオンとトラとクマ！　なんてこと！ [*Lions and tigers and bears! Oh my!*]』を思い出したことだろう。ジャック・スノウは『オズの人物事典』（一九五四年）で、カリダー（Kalidah）という名は「万華鏡《カレイドスコープ》」からとったものだと推察している。さまざまな色の透明な材料と鏡を使った、筒のなかで次々と模様が変化する子どもに人気のおもちゃだ。あるいはギリシア語で「美しい形」を意味する「カロス・エイドス（kalos eidos）」（この言葉から「カレイドスコープ」が派生した）を風刺的に用いた可能性もある。カリダーという怪物は、子ども向けの変身本のページから思いついたのかもしれない。上下に分かれたページをめくって、さまざまな動物や人の頭と体を組み替えて遊ぶ本だ。オズ・シリーズに登場する生き物のなかでもいちばん奇妙なものが、『オズの魔法』（一九一九年）に出てくるライサルワシだ。「ライ」オンの頭に「サル」の体、「ワシ」の翼にロバのしっぽを組み合わせた動物で、実はノーム王とマンチキンの少年キキ・アルが変身した姿だ。ホルヘ・ルイス・ボルヘスは『幻獣辞典』（一九六九年）で、「実在の動物の一部を組み合わせたら」非常に不思議な動物が生まれるし、また「その組み合わせ方は無限だ」と書いている。ボームは『オズのエメラルドの都』（一九一〇年）で、「カリダーは、以前はどうもうで血に飢えたけものだったのですが、今ではほぼ手なずけられ、おとなしくなりました。でも、まだときどきむかっ腹をたてて、あばれることもあります」（ないとうふみこ訳）と描写している。ところが『オズの魔法』（一九一九年）の第九章では、野生のカリダーが一頭姿を現すのだが、そこではカリダーのことが「オズの国でもっとも力があって凶暴なけものです」（田中亜希子訳）と書かれている。この獣がオズ・シリーズのほかの作品に出てきたことがあるのではないかと心配したライリー&ブリトン社に対し、ボームは一九一八年二月二日にこう断言している。「カリダーは『オズの魔法使い』以外には出てきません――それにカリダーについての描写もたいして多くはありません」

第8章 おそろしいケシ畑

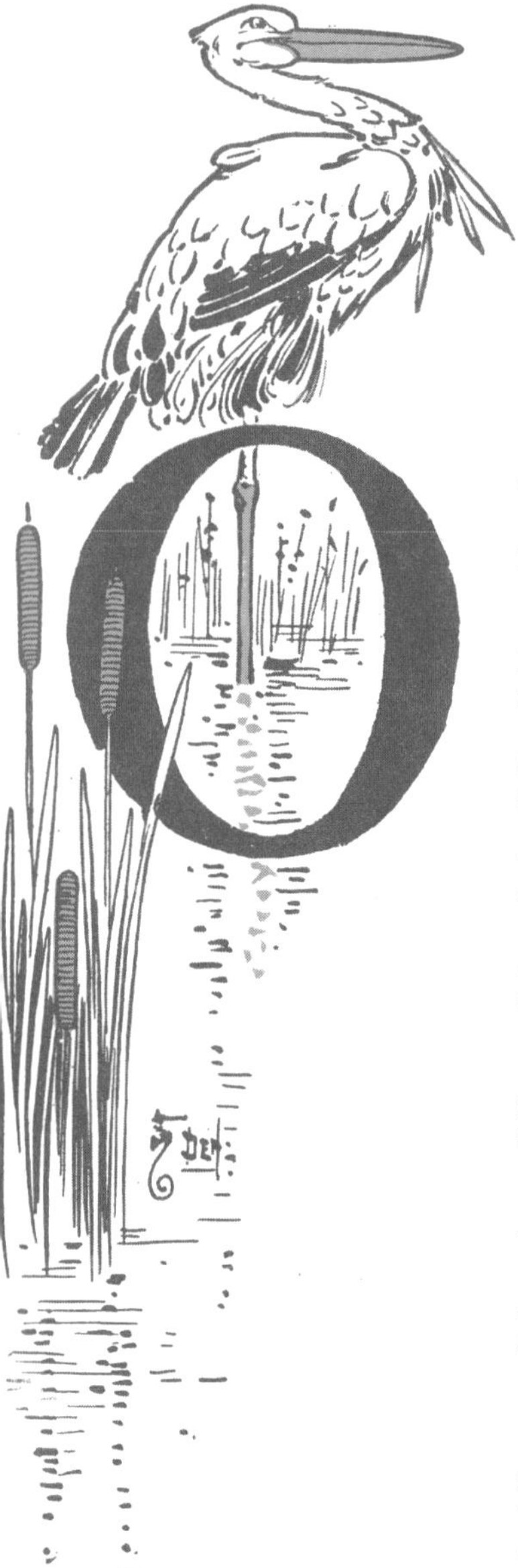

翌朝、ドロシーと仲間はすっきりとした気分で目覚めました。みんな、希望でいっぱいです。ドロシーは川のそばの木からもいだモモとプラムで、お姫さまのような朝ごはんをすませました。みんなのうしろには暗い森があります。気持ちをうちくだかれるような危険もたくさんありましたが、ここをみんなはぶじに通り抜けてきたのです。けれども目の前には太陽が輝く美しい風景が広がっていて、エメラルドの都に早くおいでとみんなに手招きしているかのようでした。

この美しい光景の前には大きな川がたちはだかってはいますが、けれどもいかだもほぼできあがっています。ブリキのきこりがそれから何本か丸太を切って木の釘でくっつけると、出発の準備もできました。ドロシーはいかだのまんなかあたりに腰をおろしてトトを腕に抱えました。おくびょうライオンがいかだに乗るといかだはぐらぐらと傾きました。ライオンはとても大きく重かったからです。けれどもかかしとブリキのきこりがライオンとは反対側に乗るとつり合いが取れたので、ふたりは長いさおをもって川底を押し、いかだを動かしはじめました。

　最初はうまく進みました。けれども川のまんなかあたりまでくると流れは速くなり、いかだは流れに飲み込まれ、黄色いレンガの道からどんどん遠ざかっていきました。それに川はとても深くなってもいるので、そのうちに長いさおでも底にとどかなくなってしまうでしょう。

「大変だ」ブリキのきこりが言いました。「向こう岸に着けないと、西の悪い魔女の国まで流されてしまいます。魔女が魔法をかけて奴隷にしてしまいますよ」

「それにおいらは脳みそをもらえなくなっちまう」とかかし。

「おれは勇気をもらえないぞ」とおくびょうライオンも言います。

「わたしは心臓をもらえません」ブリキのきこりも言いました。

「わたしはカンザスに帰れないわ」とドロシー。

「なんとかしてエメラルドの都に行かなきゃ」かかしはそう言いながらさおを力いっぱい押したので、さおは川底の土にぐっとささりました。するとかかしがさおを引き抜く前にいかだが進んでしまって、かわいそうなかかしは、川のまんなかに立つさおにひっかかったまま取り残されてしまいました。さおから手を離すまもなかったのです。

「あばよ！」かかしはいかだのみんなに言いました。ほかのみんなはかかしをおいていくことが悲しくてたまりませんでした。ブリキのきこりは泣きはじめたくらいです。けれどもきこりは泣いたらさびることを思い出し、ドロシーのエプロンで涙をぬぐいました。

もちろんこれはかかしにとっては災難です。

「ドロシーに会ったときよりひどいじゃないか」とかかしは思いました。「あのときもトウモロコシ畑で棒にはささってたが、カラスをおどかす仕事をしてるんだって自分に言い聞かせるくらいはできた。だが川のまんなかでさおにささったかかしなんか、なんの役にも立ちゃしない。結局、脳みそは手にはいらないってことか！」

いかだは流されていき、かわいそうなかかしは遠くに離れてしまいました。そのときライオンが言いました。

「自分たちでなんとかしなきゃならん。おれならいかだをひっぱって、向こう岸まで泳げると思うんだが。おれのしっぽをしっかりとつかんでくれればな」

そこでライオンが川に飛び込むと、ブリキのきこりがライオンのしっぽをしっかりとにぎり、ライオンは向こう岸目指して全力で泳ぎはじめました。ライオンほど大きく強くても、それはたいへんな仕事でした。けれども少しずついかだは流れから出て、ドロシーもブリキのきこりの長いさおを使って、いかだを岸へと向ける手伝いをしま

した。

いかだがようやく向こう岸に着いて、きれいな緑の草地におりたときにはみんなへとへとで[1]、それに川に流されたせいで、エメラルドの都へと続く黄色いレンガの道からはずいぶんと離れていました。

「どうすればいいんでしょう？」ブリキのきこりが聞きました。ライオンは草地にねそべって、お日さまで体をかわかしています。

「どうにかして黄色いレンガの道に戻らなきゃ」ドロシーが言いました。

「黄色いレンガの道にたどりつくまで、川岸に沿って歩くのがいちばんだろうがな」とライオンも言いました。

そこでひと休みするとドロシーはバスケットを取り上げて、みんなで川岸の草地を歩きはじめ、流されたところからもといた場所を目指しました。あたりはとてもきれいな景色です。花が咲きみだれ、果物を実らせた木もたくさんあって、太陽を浴びてみんなはぽかぽかといい気持ちでした。だから、かわいそうなかかしのことを思って悲しくなりさえしなければ、みんなはとても楽しかったことでしょう。

みんなはできるだけ速く歩き、ドロシーが足を止めたのは、きれいな花を一輪摘《つ》んだときだけでした。しばらくすると、ブリキのきこりが大声を上げました。

「見てください！」

みんなが川に目を向けると、かかしが川のまんなかでさおに引っかかったままになっていました。とてもさびしく悲しそうです。

「どうしたらたすけてあげられるかしら？」ドロシーが言いました。

ライオンときこりはふたりとも首をふりました。どうしたらいいかわからなかったのです。だからみんなは川岸に腰をおろして、かかしを切ない思いでみつめました。するとそこに一羽のコウノトリが飛んできて、[2] みんなを見るとひと休みしようと水辺に降りてきました。

「あんたたちはだれ？　どこに行くの？」コウノトリが聞きました。

「わたしはドロシー。それからこのふたりはお友だちのブリキのきこりとおくびょうライオンよ。わたしたち、エメラルドの都に行くところなの」

「でもこの道を行っても着かないわよ」コウノトリはそう言うと、長い首をぐるりとまわして、この奇妙な一行をじろっと見ました。

「わかってるわ」とドロシーは答えます。「でもかかしがおいてけぼりになってるから、どうしたら連れ戻せるか考えてるところなの」

「どこにいるの？」コウノトリが聞きました。

「あそこよ。川のなか」とドロシー。

「そんなに大きくて重くないなら、連れてきてあげてもいいんだけど」とコウノトリが言いました。

「かかしはちっとも重くなんかないわ」ドロシーがいきおい込んで言いました。「だってかかしにはワラがつまってるんだもの。かかしを連れてきてくれたら、みんなほんとにあなたに感謝するわ」

「じゃあ、やってみようかしら」とコウノトリが言いました。「でもあんまり重かったら、川のなかにまた落とすわよ」

　そう言うと大きなコウノトリは飛びあがり、かかしがさおに引っかかっているところまで行きました。それから大きなツメでかかしの腕をしっかりとつかむともちあげ、川岸まで連れ戻してくれたのです。そこにはドロシーとライオン、ブリキのきこりとトトが腰をおろして待っていました。

　かかしは友だちのところに戻れてとてもうれしかったので、みんなをぎゅっと抱きしめました。ライオンとトトもです。みんなはまた歩きはじめ、かかしも陽気に、「トル・デ・リ・デ・オー！[3]」と歌いながら歩きました。

「このままずっと川のなかにいなきゃならないかと思ってたよ」とかかしは言いました。「でも親切なコウノトリがたすけてくれたんで、脳みそをもらえたら、コウノトリを見つけてお返ししなくちゃ」

「大丈夫よ」みんなのそばを飛んでいたコウノトリが言いました。「わたしは困ってる人をたすけるのが好きなの。もう行かなくちゃ。子どもたちが巣で待ってるから。エメラルドの都に着いて、オズさまがたすけてくれますように」

「ありがとう」ドロシーが言いました。それから親切なコウノトリは飛んでいき、やがて見えなくなりました。

　みんなは色鮮やかな鳥たちのさえずりを聞き、美しい花々がじゅうたんのように広がっている景色を見ながら歩きました。黄色に白、青、紫の大きな花が咲き乱れ[4]、そのそばには一面に真っ赤なケシの花が咲いているところもありました。ケシの花はあまりに色鮮やかで、ドロシーの目はくらくらするほどでした。

「とってもきれいよね？」花のよい香りを吸い込みながらドロシーは言いました。

「ほんとにそうだな」とかかし。「脳みそがあったら、もっときれいだと思うんだろうな[5]」

「心臓があったら、わたしもうっとりするはずですよ」とブリキのきこりも口を出します。

「おれはずっと花が好きさ」とライオン。「弱々しくてはかなげだからな。だけど森のなかにゃ、ここの花ほどきれいなものはなかった」

　歩いていくうちに大きなケシの花がどんどん増えていき、ほかの花はだんだん少なくなってきました。やがて気づくと、みんなはあたり一面に広がるケシの花畑のまんなかにいました。ケシがあまりにたくさん咲いていると香りがとても強くなり、それを吸うと眠りに落ちてしまうことはよく知られています[6]。そして眠りこんだ人をケシの香りから遠ざけないと、永久に眠ったままになるのです。でもドロシーはそんなことは知らないし、あたりはケシの花ばかりなので、その真っ赤な花から離れることもできませんでした。だからドロシー

はまぶたがだんだん重くなり、どうしても腰をおろして眠りたくなってしまったのです。

けれどブリキのきこりはドロシーに眠ってはだめだと言いました。

「急がないと。暗くなる前に黄色いレンガの道に戻らなければなりません」ときこりが言うと、かかしもそのとおりだとうなずきました。そこでみんなは歩きつづけましたが、ドロシーはもう立っていられなくなりました。ドロシーはいっしょうけんめい目を開けておこうとするのですが、まぶたは閉じてしまい、どこにいるのかも忘れてしまって、ケシの花のなかに倒れてぐっすりと眠りこんでしまいました。

「どうしたらいいでしょう？」ブリキのきこりが言いました。

「ここにおいていけば、ドロシーは死んじまうぞ」とライオンが言います。「ケシのにおいはみんなを殺してしまう。おれももう目をあけていられない。犬も眠っちまった」

ほんとうにそうでした。トト

はドロシーのとなりで眠りこんでいます。けれどかかしとブリキのきこりは生身の人間ではないので、花のにおいをかいでも眠くなることはありませんでした。

「走るんだ」かかしがライオンに言いました。「このおそろしい花畑からすぐに出るんだ。ドロシーはちっちゃいから運べるが、あんたが眠っちまったら、大きすぎて運ぶのは無理だ」

ライオンは起き上がり、必死で脚を動かしかけだしました。そしてあっという間にライオンの姿は見えなくなりました。

「手を組んで椅子を作って、ドロシーを運ぼう」とかかしが言いました。そこでまずトトを抱き上げてドロシーのひざに乗せました。そしてふたりの手を組んで椅子にしたら、そこに眠りこんだドロシーを乗せてケシの花のあいだを歩いていきました。

ふたりはどんどん歩いていきましたが、あたり一面に広がるおそろしい花畑はつきることがないように見えました。ふたりはくねくねと流れる川に沿って歩いていきました。すると、友だちのライオンがいます。ライオンはケシの花のなかでぐっすりと眠っていました。花の香りがあまりにも強くて、大きな体のライオンでさえもがまんできず、あと少しでケシ畑が終わるというところでとうとう眠りこんでしまったのでした。その少し先では、みんなの前に美しい緑の草原が広がっていました。

「ライオンのことはどうにもできませんね」ブリキのきこりが悲しそうに言いました。「重すぎて運べませんからね。ここでずっと眠らせておくしかないけれど、やっと勇気を手に入れた夢を見るんじゃないかな」

「残念だよな。ライオンはおくびょうなわりにはとってもいいやつだったのに。でもおいらたちは前に進まないと」とかかしも言いました。

ふたりは眠っているドロシーを川のそばの小さな空き地に運びました。ケシの花からはじゅうぶんに離れていて、ドロシーが息をしても花の毒を吸い込まない場所です。ふたりはここまできてようやく、やわらかい草の上にドロシーをそっとおろしました。そしてきもちのいい風にあたってドロシーが目を覚ますのを待ったのでした。

第8章　注解説

1【みんなへとへとで】生身の人間ではなく、疲れることのないブリキのきこり以外は、ということ。

2【コウノトリ】コウノトリの伝説に関して、ボームが個人的に抱くとても温かいイメージを描写した箇所のひとつだ。『メリーランドのドットとトット』（一九〇一年）のメリーランドの七つの谷のひとつは赤ん坊谷で、ここでは花が空から落ちてきて、花びらが開くとそのなかには赤ん坊が眠っている。コウノトリがその世話をして、それからこの赤ん坊たちをこの世の両親のもとに運ぶのだ。ボームが初めての孫息子ジョスリン・スタントン（「チクタク」）・ボームに献呈した『オズへの道』（一九〇九年）の本には、この孫の誕生を祝って、次のような短いが素敵なファンタジーが書かれている。

あるとき、コウノトリがフランク・ジョスリンとヘレン・スノウのボーム夫妻にひとりの赤ん坊を運んできました。そして赤ん坊のそのすばらしい笑顔とかわいらしさ、陽気さに、みんなは心を奪われたのです。愛情をそそぐ家族や親せきの人々だけでなく、見知らぬ人たちまでもがそうでした。それも当然のことです。赤ん坊を両親のもとへと運んでいるとき、コウノトリは愛の妖精にでくわして、妖精はわざわざ赤ん坊にキスしてくれたのです。それから笑いじょうごの妖精が赤ん坊を抱きあげてくれましたし、よい魔女のグリンダも、幸せになりますようにと祝福してくれたからです。それにこのコウノトリは赤ん坊を運ぶとちゅうでエメラルドの都を通ったのですが、そこではボサ男が都の門から愛の磁石をはずして、それを赤ん坊の額にあててくれました。

つまりは、この赤ん坊がどんな人生を送るかおわかりですよね。妖精たちの祝福をいっぱい

このブリキのきこりのおもちゃの絵は、『デンスロウのABCの本』に初出のもの。デンスロウによる次のようなあまり上手とは言えない詩につけた挿絵だ。
「Tはブリキ（Tin）／おもちゃに使われる／自分で歩き／坊やたちをびっくりさせる」
こうしたおもちゃが、デンスロウの『クリスマスのまえのばん』に描かれたサンタの袋からものぞいている。個人蔵

に受けた男の子です。わたしにはわかります。この子の人生は喜びと感謝と繁栄にあふれ、愛の磁石に触れたこの子は、みんなに愛されることでしょう。きっとそうなるはずです。

3【「トル・デ・リ・デ・オー」(Tol-de-ri-de-oh)】カレッジのクラスメートだったジュディス・ブラウンロウは、かかしのこの掛け声が、一七世紀のバラッド『樫から唄うカラス A carrion crow sat on an oak』(初めて刊行されたのは一七九六年で、マザー・グースの歌の本に収録されることが多い)で繰り返される歌詞の最後の部分と似ていると指摘している。

ヘイホー！　と呼ぶのはハシボソ
カラス！
唄うよ！　トル・デ・ロル、デ・
リドル・ロウ(tol de rol, de riddle row)！

かかしはこの歌を知っていたと思うのが妥当だろう。タチアナ・ディミトリエヴナ・ヴェネディクトヴァが編纂した英語版『オズのふしぎな国』(一九八六年)に収録された、N・N・ラズゴヴォロヴァの『オズの魔法使い』に関する評論では、これとは別にソースがある可能性を指摘している。アメリカ各地で歌われた『牛追いの歌[The Ox-Driving Song]』に出てくる繰り返しだ。

さあ行け、さあ行け、ライド・エ・オー(ride-e-o)
さあ行け、さあ行け、リード・エ・オー(reed-e-o)
さあ行け、さあ行け、リ・デ・エ・オー(ri-de-e-o)

4【黄色に白、青、紫の大きな花が咲き乱れ】ボームがこの時点ではまだ、オズの四つの国の動植物の色を、その国の好きな色にするとは決めていなかったことがわかる例なのではと思う読者もいるだろう。だがスーザン・ウォルステンホルムは一九九七年のオックスフォード版『オズの魔法使い』の注釈で、この一見つじつまのあわない場面におもしろい解説を行っている。「ここでは、ドロシーと仲間は川に流されて道から外れてしまった。この地でさまざまな色の花が咲いているのは、彼らがオズの地理上の中心の周囲――おそらくはエメラルドの都のすぐそば――をさまよっており、各国との境界がちょうどこのあたりにあることを示しているのだ」

5【もっときれいだと思うんだろうな】アール・J・コールマンは「楽園であるオズと、哲学的問い」(『ボーム・ビューグル』誌、一九八〇年秋号)で、この議論は「美的判断力とは、基本的に感覚や感情ではなく認識力によるものではないかという問いをなげかけている。たとえばイマヌエル・カントは感情により判断するという意見であり、現代の前衛芸術家たちは認識力によるものだ」と主張する。さらにこの問題は、第5章でかかしとブリキのきこりがはじめる、脳みそと心臓に関する議論へと発展する。第5章注22を参照。

6【香りがとても強くなり、それを吸うと眠りに落ちてしまう】ボームは、『天路歴程』で、クリスチャンがベウラの地と天国の都へと到達する前に通過しなければならない「魅惑境」のことを意識していたようだ。「その地の空気を吸うと自然と人は眠くなるという国」だ。クリスチャンは旅の仲間のホープフルに「眠ってしまったらおしまいだ。目を覚ますことはない」と言って注意を促す。真っ赤なケシの花は古代の昔から、眠りと死と結びつけられてきた。その色から、赤いケシの花は殺された人々の血から生まれたと言われていた。戦場に咲くことが多いからだ。ギリシア神話では豊穣の女神デメテル(セレス)が、行方がわからなくなった娘のプロセルピナ(ペルセフォネ)を冥界へとさがしに行く。眠りの神は疲れ切ったデメテルにケシの花を与え、その香りで眠らせた。そしてデメテルが歩いたところにはケシの花が咲いた。赤いケシの花はキリストの血を意味することも多い。またもちろん、アヘンやそれから生まれる麻薬はケシの種子からとれる。アヘンを用いるととても変わった夢を見るが、中毒にもなる。アヘンは、コカインがコカ・コーラに使われていたように、かつてはアヘンチンキやその他痛み止めの原料としてごくふつうに使用されていた。また自由奔放に生きる人々のグループでは、広く嗜好品として吸われていた。アメリカで、一般市場におけるアヘン含有の特許医薬品の流通が制限されたのは、ようやく二〇世紀初頭になってからのことであり、アヘンの国際間取引きに対しても、厳格な法律が導入された。ケシはまた、アールヌーヴォーにおいて代表的なモチーフとなった。花のなかでもとりわけ美しいものだとみなされていたからだ。ジョン・R・ニールはオズマ姫の髪に赤いケシの花を描いていることが多いが、これは「おそろしいケシ畑」に関連させているわけではなく、当時のファッションを取り入れたものだった。一九三九年のMGMのミュージカル映画では、西の悪い魔女がケシの花に魔法をかける。ドロシーとその仲間がようやく、暗くて危険な森から澄んだ空気と明るい太陽の光のもとへと出てきたのに、エメラルドの都へと向かう旅のなかでもっとも危険な障害物――この一見かよわそうではかなげな花――に出くわすのは皮肉なことだ。

　伝説や文学作品には、悪意をもつ植物の話が満載だ。ジャワのウパスの木の樹液には猛毒が含まれ、その魅惑的な匂いで周囲数マイルにいる生き物を殺すとされている。ペルシャのケルツラの花も同様で、人をうっとりとさせる匂いをもつが、それは有毒だ。アークライト船長は南太平洋への航海の途上、一五八一年にエル・バノーアの島で死の花を発見したと言われている。ナサニエル・ホーソーンの短編「ラパチーニの娘」では、その香りで人を殺す花が咲く庭のことが語られる。しかしラパチーニの娘ベアトリーチェは、その毒に免疫がある。ボームのように花好きの人物が、これほどおそろしい植物をオズ・シリーズに取り入れているのはおどろきだ。『オズとドロシー』（一九〇八年）では、地下世界のガラスの都に住む危険な野菜人、マンガブー人が登場する。また『オズのチクタク』（一九一四年）では、バラ王国のバラたちはマンガブー人と同じくおそろしい一族で、美しいが心をもたないとされている。ボサ男の愛の磁石でさえも、バラたちに訪れた人をこころよく迎えさせることはできない。『オズのパッチワーク娘』（一九一三年）では、とてもおそろしい植物がはびこっているようすがうかがえる。第10章では、黄色いレンガの道のそばに大きな人食いの葉っぱが何枚も生えていて、巨大なハエトリグサのように、マンチキンの国をのんびりと旅する人々を攻撃する。だがおそらくいちばんおそろしいものは、この本の未刊に終わった章に登場する。それは「肉の畑」であり、困惑した出版社がボームにこの章を削除するよう求め、ボームはそれをすんなりと受け入れた。原稿は残っていないが、挿絵からすると、これは野菜が「食べる」ために人間を育てる場所のようだ。ディック・マーティンの「肉の畑――オズ王室史の失われたエピソード」（『ボーム・ビューグル』誌、一九六六年クリスマス号）を参照のこと。

【著者】ライマン・フランク・ボーム（L. Frank Baum）
1856年～1919年、アメリカの児童文学・ファンタジー作家。養鶏や新聞発行など他方面に才能を発揮、やがて児童・ファンタジー文学の古典的名作『オズの魔法使い』シリーズで世界に名声を残す。

【編者】マイケル・パトリック・ハーン（Michael Patrick Hearn）
アメリカの文学研究者、作家。『オズの魔法使い』とその著者ボームに関する世界的権威。また『ハックルベリーフィン』『クリスマスキャロル』の研究者としても有名。主な著編書に「Victorian Fairy Tales」「W.W. Denslow: The Other Wizard of Oz」「Myth, Magic, and Mystery」など多数。

【日本語版監修】川端有子（かわばた・ありこ）
児童文学研究者。日本女子大学家政学部児童学科教授。1985年神戸大学文学部英文科卒。ローハンプトン大学文学部で博士号取得。著書に『少女小説から世界が見える ペリーヌはなぜ英語が話せたか』『児童文学の教科書』などがある。

【訳者】龍 和子（りゅう・かずこ）
北九州市立大学外国語学部卒業。訳書に、ブラウン他『世界のシードル図鑑』、パヴリチェンコ『最強の女性狙撃手』、シャーマン『魔法使いの教科書』などがある。

［ヴィジュアル注釈版《ちゅうしゃくばん》］
オズの魔法使《まほうつか》い
上

●

2020年10月2日　第1刷

著者…………ライマン・フランク・ボーム
編者…………マイケル・パトリック・ハーン
日本語版監修…………川端有子《かわばたありこ》
訳者…………龍 和子《りゅうかずこ》

装幀・本文AD…………岡孝治＋森繭

発行者…………成瀬雅人
発行所…………株式会社原書房

〒160-0022 東京都新宿区新宿1-25-13
電話・代表03（3354）0685
http://www.harashobo.co.jp
振替・00150-6-151594

印刷…………シナノ印刷株式会社
製本…………東京美術紙工協業組合

ISBN978-4-562-05788-7, Printed in Japan